Natif de l'Hérault, **Alain Delage** *s'investit tout particulièrement dans la vie culturelle et associative de sa région. Ce passionné d'histoire a déjà publié plusieurs ouvrages à vocation patrimoniale depuis 2001. Il a été élevé au grade de chevalier de l'ordre des Arts et des Lettres pour son implication dans le domaine de la littérature avec un engagement très fort dans la conservation et la transmission de l'histoire locale.* Le Banni des hautes terres *est son neuvième roman aux éditions De Borée.*

Le Banni
des hautes terres

DU MÊME AUTEUR

Aux éditions De Borée

L'Enfant des murmures
L'Étrangère de Collonges
L'Inconnu de la Saint-Blaise
L'Ombre de la garrigue
La Nuit des vendanges
Le Dernier Chant des cigales
Les Rubans de la vengeance
Les Secrets de Fontvives, prix du Salon de Bagnols-sur-Cèze 2014

Autres éditeurs

Ces Gardois qui ont fait l'histoire
Guide secret de Nîmes
Le Canton de Saint-Mamert-du-Gard
Les Diversités d'un Gard insolite ou secret
Les Pays gardois en 200 questions
Nîmes de A à Z
Nîmes, regards croisés

45, rue du Clos-Four – 63056 Clermont-Ferrand Cedex 2

Alain Delage

LE BANNI DES HAUTES TERRES

de Borée

À Raymond Amat,
président de l'Association des buronniers de l'Aubrac,
et à tous les buronniers de l'Aubrac.

L'Aubrac, c'est un espace de quiétude et de labeur,
de ressourcement, parfois d'enchantement.
Ceux qui sont en recherche d'équilibre, de solidarité,
voire de vérité, peuvent faire confiance à ce terroir…

André Valadier (né en 1933)
Paysan-éleveur et homme politique de la région Occitanie

Avant-propos

Il va sans dire que toute la technicité de ce peuple des hautes terres que sont les buronniers, qui va illustrer les pages qui suivent, n'est pas le fruit du hasard ou simplement sortie de mon imagination, si fertile soit-elle ! Je n'ai jamais été buronnier, je ne suis pas buronnier et je ne serai jamais buronnier !

Ce constat vient surtout du fait que… je suis né peut-être trop tard pour être intégré à cette magnifique corporation et que, même si les vicissitudes de la vie m'avaient fait naître, comme ça a manqué être le cas, à la sortie de l'hiver rigoureux de 1956, au pied de la cathédrale Notre-Dame-de-l'Assomption de Rodez, mes antécédents familiaux ne m'auraient pas orienté vers cette destinée.

En revanche, il a bien fallu que je trouve la description de la vie de ces hommes pour pouvoir vous la restituer de la manière la plus juste, authentique et exacte.

Voilà pour quelles raisons j'ai pioché les termes linguistiques, les attitudes de mes personnages et leur manière de vivre dans deux ouvrages principaux, outre ceux mentionnés dans la partie « Sources bibliographiques » en fin d'ouvrage, et qui sont :

Aubrac, des racines et des hommes, *de Jean-Dominique Lajoux, Delachaux et Niestlé, 2014 ;*

142 jours dans un masuc de l'Aubrac, *de Paul Fournier et Patricia Pallier, Grelh Roergàs, 2016.*

Que leurs auteurs trouvent ici ma plus sincère gratitude et tous mes remerciements les plus cordiaux.

Alain Delage

I

Retour mouvementé

Mars 1890.
Macassargues, village dans la garrigue languedocienne.

— ARMAND, NE T'EN VA PAS. On a toute la nuit pour nous.
— Non, merci. Il faut que je rentre. Je dois aider mes parents à traire les vaches, demain matin.

— Quand tu seras sous les drapeaux, pendant trois ans, ils seront bien obligés de se débrouiller tout seuls, sans toi.

— Peut-être, mais pour l'instant je suis encore là. Allez la compagnie, à plus tard !

Armand Ligourel salua tout le monde d'un geste évasif de la main et sortit de l'auberge. Dans le brouhaha des jours de fête, au milieu de la fumée d'une vaste cheminée qui tirait mal et de fumeurs de pipe obstinés, il venait d'y passer une grande partie de cette journée mémorable à manger et à boire avec ses collègues, tous âgés de vingt ans.

En ce mois de mars 1890, toute la jeunesse masculine des villages du canton avait été convoquée pour subir le fameux conseil de révision. Moment important dans la vie d'un homme, il marquait symboliquement son passage de l'adolescence à l'âge adulte.

Depuis plusieurs jours, les fonctionnaires et militaires chargés d'établir la liste des récipiendaires avaient fouillé les registres de l'état civil concernant les naissances de l'année 1870 de toutes les communes environnantes pour en débusquer les futurs conscrits.

Le jeune homme était arrivé à la mairie du chef-lieu cantonal dès le matin. On lui avait demandé de se dénuder. Il était ensuite entré dans la salle où se déroulait la consultation. On l'avait mesuré, pesé, détaillé physiquement avant de lui poser quelques questions d'ordre général afin d'évaluer son intelligence et son instruction. Un secrétaire inscrivait la totalité de ces informations qui allaient noircir la fiche matricule des premières pages de son futur livret militaire.

L'angoisse de ne pas être sélectionné avait fait passer au second rang la pudeur que chacun éprouvait lorsque, dans le plus simple appareil, ils se présentaient devant le jury. Même les plus aguerris ne manquaient pas de montrer de l'appréhension pour cette situation quelque peu dévalorisante. Des réflexions humoristiques leur permettaient de conserver tout de même une bonne figure.

Faire son service militaire était une affaire de famille importante. Il en allait de la réputation de l'homme qui était accepté. Si tel n'était pas le cas, un refus pouvait marquer à jamais la vie de celui qui était ajourné, notamment pour un éventuel futur mariage. Quelle famille accepterait de donner sa fille à un être suspecté d'avoir une mauvaise santé, une constitution diminuée ?

Lorsque le président de la commission annonça « Bon pour le service », Armand rayonna de bonheur. Il savait que son père allait ajouter une nouvelle fierté à ce qu'il pensait de son fils. Avant de quitter le mas, il lui avait donné de l'argent, en cachette de son épouse, pour qu'il fête ce qu'il savait être déjà acquis d'avance, vu la corpulence de sa progéniture et son excellent état de santé.

Dès qu'il fut rhabillé, il sortit sur le perron du bâtiment communal et, face aux autres hommes qui l'avaient précédé, il leva les bras au ciel pour montrer sa satisfaction. Certains l'applaudirent, comme il fit de même lorsque les suivants se présentèrent.

— Et qu'est-ce que tu as tiré comme numéro ? lui lança un badaud.

— Le 183.

— Alors on ne sera pas ensemble. Moi, c'est le 12. Je serai dans une autre arme que la tienne.

— Et pourquoi ? s'étonna Armand.

— Parce que depuis cette année, le tirage au sort[1] ne détermine plus la durée de notre période sous les drapeaux, puisque nous ferons tous trois ans, mais notre appartenance à un corps d'armée. Et comme la différence entre ton tirage et le mien est très importante, on ne sera pas ensemble. Mais ça ne fait rien, on va quand même fêter ça.

Le badaud s'approcha, passa son bras autour des épaules d'Armand et l'attira vers lui.

Au moment du conseil de révision, chaque homme tirait au sort un numéro. Celui-ci lui était affecté puis était inscrit sur une liste qui allait permettre aux autorités d'appeler les jeunes en fonction des besoins de l'armée.

— On s'en fout du numéro, Armand. On est tous à égalité aujourd'hui. On va faire la fête. Achète ta cocarde et ton billet.

Comme venaient de le faire ses camarades, le jeune homme s'approcha d'un marchand spécialement installé au pied des marches menant à la mairie. Dans un assortiment coloré patriotique, il choisit une devise agrémentée de rubans tricolores qu'il épingla à sa boutonnière. Il acquit également une affichette sur laquelle étaient représentés deux militaires à cheval encadrant un blason au cœur duquel était écrit *Bon pour le service*. Au-dessous de cette mention, le vendeur y inscrivit le numéro 183. Certains, plus machistes, avaient choisi l'annotation *Bon pour les filles*, qui amusait les hommes mûrs et faisait fuir les demoiselles qu'ils croisaient.

Armand attendit que l'encre soit sèche avant de glisser la feuille de papier sous le ruban entourant la coiffe de son chapeau pour que tout le monde puisse la voir, tout en haut, juste au-dessus de son

1. *Voir « Sources bibliographiques » en fin d'ouvrage.*

visage. Ainsi affublé, il rejoignit une tablée dans la grande salle du café le plus proche.

— Honneur aux conscrits ! cria le tenancier en faisant claquer sur le grand plateau de bois le premier pichet de vin qu'il offrait à la jeunesse.

Beaucoup d'autres suivirent avant qu'Armand ne se décidât à quitter les lieux. La nourriture, les libations et les vapeurs d'alcool avaient quelque peu embrumé l'esprit du jeune homme, mais il avait conscience qu'il devait rejoindre son domicile avant l'aube pour participer aux travaux de bonne marche de la propriété familiale.

Armand était le fils de Gustave Ligourel et de Rose Cassagnole. Si le premier était originaire des hauts plateaux de la Lozère, la seconde était la descendante de la famille Cassagnole qui faisait partie des plus anciennes de son village. Le mas ancestral dans lequel ils vivaient s'élevait en retrait des habitations formant le noyau central de la bourgade, au milieu de terres agricoles que toutes les générations qui les avaient précédés avaient essayé de faire prospérer bon an, mal an !

Pourtant, la bâtisse, comme les terres, ne leur appartenait pas. Métayers de père en fils, les Cassagnole avaient des comptes à rendre au seigneur du village, le marquis de Macassargues, nouveau riche dont les ancêtres n'avaient pas fait la révolution du même côté que ceux de l'époque, mais qui avait fait fortune récemment dans le commerce du vin. Il avait profité de cette opulence financière pour acquérir de grandes propriétés et, au passage, quelques titres nobiliaires.

Les Cassagnole étaient donc les subalternes de ce pseudo-aristocrate. Ils dépendaient de ses bons vouloirs, au rythme de ses caprices et de son mauvais caractère qui alimentaient des relations quelquefois tendues ou conflictuelles entre les partis en présence.

Le clan familial dans lequel évoluait Armand, sous le même toit, se composait de six personnes.

En premier lieu apparaissaient les ancêtres, sexagénaires, grands-parents maternels du jeune homme, Jules Cassagnole et Marie, née Fabre. Ils étaient la mémoire vivante d'une époque tumultueuse qui avait vu passer deux révolutions, en 1830 et 1848. Nés sous la seconde Restauration du roi Louis XVIII, ils avaient vu l'accession au trône de son frère, Charles X, chassé par l'arrivée du roi citoyen, Louis-Philippe Ier, lui-même évincé par l'avènement de la Deuxième République, bien vite balayée par le second Empire de Napoléon III, avant que ne viennent la défaite de Sedan et la proclamation de la Troisième République, un an après la naissance de leur petit-fils, Armand.

Ce brassage de régimes politiques aux tendances si différentes avait fait naître des espoirs et enfanté beaucoup de déceptions à ceux qui les avaient vécus. De quoi donner à Marie et à Jules un caractère bien trempé. Ils en avaient gardé un certain dédain pour les politiciens de tous bords et une méfiance permanente envers les gens de pouvoir qu'ils soient éloignés ou proches, comme le marquis de Macassargues.

Ensuite venait l'unique fille de Jules et de Marie, Rose. Mariée à Gustave Ligourel, elle avait donné la vie à deux enfants : Armand, l'aîné, qui venait d'être déclaré apte au service militaire et une fille, Marthe, de quatre ans sa cadette.

La cohabitation entre les différentes générations ne présentait pas trop de problèmes. Les femmes s'entendaient à merveille. Quant aux hommes, lorsque le patriarche engageait de grandes discussions sur les différents pouvoirs qu'il avait subis tout au long de son existence, son esprit devenait beaucoup moins conciliant, pour ne pas dire buté, face à son gendre, un peu plus, voire trop diplomate à son goût. Les arguments de l'un s'opposant à ceux de l'autre, il n'était pas rare que Jules ne terminât ces joutes verbales par un « De toute façon, tu n'es qu'une lavette ! » qui n'acceptait aucune réponse vraiment valable de la part de celui qui avait épousé sa fille et à qui il ne se cachait pas de reprocher qu'il n'était qu'un *gavot*[1] perdu dans la plaine.

Armand, de son côté, avait du caractère et des idées assez arrêtées, beaucoup plus proches de celles de son aïeul que de son père. Pourtant, le respect qu'il avait pour ce dernier était touchant, prévenant. Il essayait de comprendre les deux opinions. Il concevait ainsi que, s'il s'opposait facilement au marquis, Jules n'avait pas totalement tort, mais que c'était Gustave, plus accommodant, qui permettait d'éviter de grandes tensions avec celui qui n'hésitait pas à se présenter comme leur seigneur, évitant ainsi un conflit entre les deux familles, conflit qui n'aurait pas manqué d'être néfaste aux relations de travail qu'ils étaient obligés d'entretenir au fil des jours pour la bonne marche du quotidien du mas.

La nuit était déjà tombée depuis bien longtemps. Une lune scintillante éclairait favorablement la campagne lorsque la nouvelle recrue prit le chemin du retour. Seuls quelques nuages fugaces venaient assombrir sporadiquement un environnement que le jeune homme connaissait par cœur depuis sa plus tendre enfance. Il avait parcouru tous les sentiers, tous les chemins et toutes les pistes, même les plus reculées, dès qu'il avait su marcher. Il entretenait avec ce territoire une relation viscérale qui ne s'estompait pas du tout avec les années, bien au contraire.

Ce départ prématuré de l'auberge, que certains auraient pu qualifier de précipité, n'était pas si anodin que ça. En effet, Armand avait décidé de profiter de cette randonnée imposée par ses obligations patriotiques pour aller vérifier si les pièges qu'il avait tendus quelques jours auparavant avaient atteint leur objectif. Cette tournée nocturne lui assurait une certaine tranquillité et la possibilité

1. *Dans la plaine languedocienne orientale (Gard), le terme* gavot *désigne un habitant venu des montagnes, généralement un paysan haut cévenol ou lozérien. Du côté de l'Hérault, et plus à l'ouest, le mot* gavach *ou* gabatch *est préféré pour appeler les personnes originaires du Tarn, de l'Aveyron, comme le signale René Domergue dans ses ouvrages (voir le chapitre « Sources bibliographiques »).*

de ramasser, en tout anonymat, loin de toute éventuelle rencontre diurne, le fruit de ses coupables agissements.

Le marquis de Macassargues n'aimait pas que l'on braconne sur ses terres et il le faisait savoir haut et fort à qui voulait bien l'entendre. Avec l'achat de son titre, il s'était également octroyé la justice qui y était associée sous l'Ancien Régime. Voilà pour quelles raisons Armand était satisfait de cette escapade obligée où il allait joindre, en quelque sorte, l'utile à l'agréable. C'était du moins ce qu'il croyait.

Dès qu'il fut sorti du bourg, chef-lieu du canton, le jeune homme emprunta la route habituelle. Le long ruban gris brillait sous l'astre nocturne. Il s'étalait à perte de vue en direction de sa destination, le mas familial où ses parents n'avaient pas dû attendre son retour pour aller se coucher. Son père comme son grand-père avaient sûrement incité la maisonnée à interrompre la veillée, conscients que le mâle le plus juvénile de la famille avait d'autres chats à fouetter en cette soirée mémorable pour un nouveau conscrit. Il n'y avait bien que les femmes qui se feraient du souci dans l'attente de son retour. Elles risquaient de passer un début de nuit blanche jusqu'au moment où elles entendraient le bruit sec de la gâche de la serrure de la grosse porte donnant accès à la salle commune de la maison. Ce ne serait qu'à cet instant qu'elles pourraient trouver le repos, dans l'attente d'une nouvelle journée où les travaux paysans occuperaient leur esprit en totalité.

Au fur et à mesure de sa progression, avec des pensées bien éloignées des préoccupations de ses familiers, Armand fut surpris de la luminosité ambiante qui donnait une tout autre dimension à la nature.

Les arbres, habituellement touffus avec des feuilles filtrant la lumière solaire, présentaient de gros panaches noirs qui laissaient peu de chance aux rayons de la lune de les traverser. On aurait dit que des cylindres entouraient leurs troncs de manière uniforme, depuis leurs cimes jusqu'au sol. Lorsqu'ils étaient isolés au milieu d'un champ, ils affichaient une forme fantomatique que le moindre souffle d'air aurait fait mouvoir. Pour une personne non habituée, ce spectacle pouvait être particulièrement angoissant et susceptible de donner quelques sueurs froides.

La recrue poursuivait son chemin, longeant des haies d'où s'évadaient des bruits insolites. Des oiseaux y nichaient. Au passage de l'intrus, dans le silence environnant, certains d'entre eux s'excitaient, prêts à esquiver une éventuelle agression.

Seuls les bruits émis par les galoches du marcheur venaient rompre le silence de cette campagne endormie. Au fil de sa progression, Armand pensa, même s'il en avait déjà conscience, qu'il y avait une vie nocturne très foisonnante. Elle s'exprimait à sa manière. La seule différence avec le jour résultait de la possibilité, pendant la course du soleil, d'anticiper les sons, vu que l'on distinguait leur origine, alors que dans l'obscurité on les entendait sans en connaître la provenance. C'était sûrement cette particularité qui donnait une dimension surnaturelle à l'opacité.

Armand se remémora les légendes qu'on lui racontait, lorsqu'il était enfant, au coin du feu, devant la chaleur rassurante des flammes. La majorité d'entre elles avaient pour décor une atmosphère où la lumière était absente, ou toutefois très feutrée. Il se pressait alors dans les robes de sa mère ou de sa grand-mère pour chercher une protection que les femmes lui accordaient bien volontiers en percevant l'inquiétude dans les yeux du gamin. Elles passaient alors une main apaisante dans ses cheveux, lui caressaient les tempes pour le calmer. Il restait ainsi pendant de longues minutes dans l'attente de la chute de l'histoire et de la plongée sous la couverture de son lit où il se sentait en sécurité, loin de tous les tracas de la vie quotidienne.

Le jeune homme se prit à sourire en méditant ces pensées qui l'accompagnaient tout au long de cette expédition. Il avait grandi depuis cette époque. Aujourd'hui, voilà qu'il était bon pour le service. Rien ne semblait plus lui faire peur. Il était un homme, un vrai, maintenant !

Au loin, une grande barrière sombre obstruait l'horizon. Il pensa qu'il pouvait presque la toucher. Elle était toute proche. C'était la forêt dans laquelle allait s'enfoncer le chemin que suivait notre promeneur. Contrairement aux arbres isolés auxquels avait pensé Armand quelques minutes plus tôt, elle était compacte. Elle semblait impénétrable. Pourtant il allait devoir la traverser et, surtout, c'est là qu'il avait posé les pièges qu'il allait relever. Cette pensée le revigora.

Le braconnier pensa que son butin pourrait augmenter les revenus de la famille. Les grives, les lièvres ou autres gibiers qu'il attrapait avec ses collets venaient garnir le garde-manger de l'aubergiste du village qui lui payait grassement cette récolte occasionnelle, mais ô combien lucrative !

Son père l'avait fait avant lui et son grand-père également. Il poursuivait cette tradition familiale qui venait mettre un peu de beurre dans les épinards, mais surtout accordait une revanche des paysans face aux agissements et à l'autorité du marquis de Macassargues.

C'est le cœur léger qu'Armand pénétra sous les premiers arbres de la futaie et qu'il quitta le sentier principal pour s'immerger sous ses frondaisons.

Les bruits étaient plus étouffés, plus discrets. Chaque pas s'accompagnait de craquements. Les feuilles tombées lors de l'automne précédent et qui n'avaient pas terminé leur décomposition tapissaient le sol. Elles recouvraient de petites branches sèches invisibles à l'œil nu que les vents d'hiver avaient détachées de leurs arbres géniteurs. Au moindre mouvement, elles se brisaient. Elles rompaient sèchement.

Alors qu'il se baissait pour éviter une grosse branche, Armand se sentit effleuré par un oiseau de nuit dérangé dans sa quête. Le bruit qu'il fit surprit le jeune homme. Il sursauta et, machinalement, passa sa main dans sa chevelure comme pour éliminer toute trace de cette involontaire proximité.

Les bruits devenaient sinistres, quelque peu inquiétants, mais ils n'altéraient en rien le courage et la progression de la recrue vers son premier piège. Lorsqu'il l'eut atteint, il se baissa et ramassa un lièvre d'au moins trois livres. La faible tiédeur qui émanait du corps de la bête prouvait qu'il s'était pris au collet depuis peu de temps. Mécaniquement, sans regarder ailleurs qu'au sol, Armand le jeta dans sa gibecière avant de remettre le lien en place, préparant ainsi un terrain propice à une nouvelle victime. Quelques mètres plus loin, ce fut le tour d'oiseaux de venir garnir le sac du chasseur.

Le jeune homme était particulièrement satisfait de sa moisson, même s'il découvrit un lapin de garenne en partie dévoré par ce qu'il pensa être un renard. Si le manque à gagner était évident, il pensa que c'était la règle du jeu. La nature avait les siennes que les hommes n'aimaient pas obligatoirement, mais c'était avec celles-ci qu'il fallait vivre. Un jour on gagnait, le lendemain on perdait.

Soupesant sa besace, il fut heureux de ce qu'elle contenait. Il pensa que si son père allait être fier de lui parce qu'il avait été reconnu apte au service, il le serait doublement quand il découvrirait cette cueillette.

Alors qu'Armand revenait sur ses pas pour rejoindre le chemin principal du retour et qu'il allait l'atteindre, il fut saisi d'étonnement. Il s'arrêta net. Si jusqu'à présent il avait été entouré de bruits dont il ne connaissait pas la provenance, mais auxquels il s'était habitué, celui qu'il entendait à cet instant précis était inhabituel à cette heure de la nuit.

Il lui sembla qu'une charrette était toute proche, en tout cas un attelage hippomobile puisqu'il entendit un hennissement. Instinctivement, il se jeta dans un fourré, s'immobilisa et retint sa respiration.

Il vit passer une voiture tirée par un unique cheval. Le cocher qui la dirigeait stoppa à quelques mètres de sa cachette. Il descendit de son banc. Assis aux côtés du premier, un autre individu en descendit à son tour.

Ce qu'Armand découvrit alors lui glaça le sang !

II

La nuit des angoisses

PROTÉGÉ PAR LES FEUILLAGES du buisson dans lequel il s'était réfugié spontanément en entendant le bruit inattendu des roues du véhicule, Armand ne perdait pas un seul geste du spectacle qui se déroulait sous ses yeux.

Lorsque l'attelage s'était arrêté sur le bord du chemin, le conducteur avait mis pied à terre. Il avait attaché tranquillement les rênes de la monture à un arbre et s'était saisi d'une lampe tempête avant de se diriger vers l'arrière du véhicule.

Dans la pénombre de la nuit et sous la protection des frondaisons, et ce malgré les rayons de lune et la faible lueur du point lumineux de la lampe, il était impossible au jeune homme de discerner si les personnes qui s'animaient devant lui étaient masculines ou féminines. Lorsqu'il vit le second tendre virilement une pelle au premier après s'être saisi d'une pioche, il n'eut aucun doute sur le sexe des protagonistes de cette scène.

— C'est là, lança le cocher.

Encagoulées, les deux silhouettes se mirent alors à fouiller la terre, le premier creusant et le second l'évacuant. En quelques minutes, elle commença à s'amonceler pour former un tas assez volumineux aux abords du trou.

« Mais que peuvent-ils bien chercher à cet endroit si reculé ? » pensa la nouvelle recrue en écarquillant des yeux remplis d'interrogation.

La nature n'émettait aucun bruit, comme si elle avait décidé d'être la complice de ce qui se passait en son sein, en cette nuit de fin d'hiver.

Les ombres chinoises s'activèrent avec une vigueur qui étonna Armand. De temps à autre, l'une d'elles s'arrêtait, épiant le moindre craquement.

— Tu ne trouves pas que c'est anormal de ne rien entendre ? questionna le cocher.

— Ce serait plutôt le contraire qui serait anormal à cette heure tardive, non ? De toute façon, c'est mieux. Ça prouve qu'on est seuls. Au lieu de te poser des questions aussi bêtes, tu ferais mieux de t'activer sinon le jour va se lever et on n'aura pas fini notre travail.

Enfouies sous des capuches, les voix des tâcherons parvenaient étouffées aux oreilles du guetteur. Il lui était quasiment impossible de les associer à un visage qu'il connaissait. Cette constatation le laissa quelque peu perplexe.

Natif des lieux, il connaissait tout le monde et aurait pu rapidement mettre un nom sur n'importe quelle intonation. Pourtant, ce n'était pas le cas. Pas un accent, pas un mot échangé ne lui donnaient une piste vers une solution à ce problème qui le taraudait. Il comprit brusquement pourquoi.

À la faveur d'une énième hésitation du conducteur, qui paraissait beaucoup plus nerveux, plus perturbé que son compagnon par la besogne qu'il effectuait, il vit dans la lueur vague de la lampe que, non contents d'être encapuchonnés, ils portaient un foulard sur le bas du visage, de quoi modifier insensiblement les tonalités de leurs paroles.

Il se demanda ce que pouvaient bien faire des étrangers, puisqu'il n'arrivait pas à identifier les personnages, dans cette partie retirée de la région où il ne se passait jamais grand-chose.

Même si cette constatation ne rassura pas Armand, elle lui permit de se concentrer une nouvelle fois sur les raisons de cette expédition. Comme il l'avait cogité un instant plus tôt, il se demanda ce qu'ils pouvaient bien chercher à cet endroit si reculé. La question resta sans réponse et il ne put que regarder, toujours aussi ébahi, la progression du creusement de la fosse. Ce qui le confondait tout de même, c'est le peu de minutie avec laquelle le travail s'effectuait.

Lorsqu'il avait entendu « C'est là » lancé par le cocher, à l'arrivée de la charrette, il avait hâtivement conclu qu'ils savaient exactement où ils allaient et que le but de leur quête nocturne était bien défini.

Or la fougue avec laquelle les deux travailleurs s'activaient ne laissa aucune alternative à ses pensées. S'ils avaient cherché quelque chose de précis, ils auraient fait attention à leurs gestes afin de ne pas le détériorer par un coup de pioche malencontreusement mal placé.

Par contre, s'ils venaient déposer la chose en question, rien ne pouvait retenir leur enthousiasme. L'attaque de la terre s'effectuait de la manière la plus brutale, sans se soucier de ce qui pourrait advenir d'un ricochet sur une pierre ou d'une ardeur mieux marquée entre deux frappes plus faibles.

Armand arriva à la déduction la plus plausible à son esprit : les deux acteurs de cette scène surréaliste étaient venus enfouir quelque chose de compromettant, puisqu'ils le faisaient de nuit !

Le temps s'écoulait au rythme de chaque coup de pioche et du bruit rampant de la pelle se glissant sous la terre remuée avant qu'elle ne soit expulsée vivement vers l'extérieur. Le trou s'élargissait, prenait de l'importance. De l'endroit où il observait, et vu son angle de vision au ras du sol, Armand ne pouvait pas apprécier son volume ni même ses caractéristiques.

Était-il long, ovale, carré ? La seule chose dont il était sûr, c'est qu'il commençait à devenir profond, car l'un des travailleurs n'avait pas hésité à y sauter pour poursuivre sa mystérieuse tâche.

La posture qui était la sienne commençait à devenir éprouvante. Armand sentit qu'une crampe gagnait une de ses jambes. Voulant la dégager légèrement, il fit craquer une branche morte proche de son pied. Immédiatement, les deux ouvriers s'arrêtèrent, à l'affût de tout son inattendu.

— Il y a quelqu'un, murmura le cocher, toujours aussi craintif.

Avant de répondre, son complice s'immobilisa. Il épia l'environnement en faisant signe à son compagnon, d'un signe de la main, de ne plus bouger. Au même instant, le cheval, qui s'impatientait, s'ébroua.

— Le voilà ton quelqu'un. Il commence à en avoir marre que son guide soit aussi poltron. Arrête de te miner le moral et finissons-en rapidement. Plus vite nous aurons accompli cette besogne et plus vite nous serons couchés.

— Je n'aurais jamais dû accepter de suivre ton idée !

— Pourquoi ? Tu avais le choix ? Tu es comme moi, nous avions tout à perdre.

— On a toujours le choix dans la vie.

— Oh, c'est sûr et c'est très facile de dire ça ! Pourtant, il y a des situations qui aident beaucoup à la décision. La nôtre n'est pas obligatoirement florissante. Tu as pensé à nos familles ? Qu'est-ce qui serait arrivé à nos proches si nous ne l'avions pas fait ?

— Peut-être…

— Pas peut-être, mais sûrement ! Arrête de parler et garde ton souffle pour creuser.

Le silence revint et le bruit des outils reprit sa danse.

Durant toute la conversation que les deux hommes avaient entamée à voix basse, Armand avait tenté, une nouvelle fois, de percer l'identité des deux ouvriers clandestins. Durant cet échange plus long, certaines articulations, déclamations ou dictions ne le laissèrent pas indifférent, à moins qu'il ne se soit habitué à les écouter parler. La confusion s'installa dans son imagination.

La seule nouveauté qu'Armand venait d'apprendre, c'est que les deux hommes qui s'activaient sous ses yeux n'avaient pas eu le choix de leur action et que, s'ils ne l'avaient pas effectuée, ils seraient allés au-devant de gros ennuis personnels, mais également pour leurs familles.

Leur œuvre devenait donc pour le moins illicite, ce qui expliquait la nervosité évidente d'un des comparses. La gravité des gestes pouvait avoir des conséquences inconsidérées à un point tel qu'il fallait rester, obligatoirement, dans l'anonymat.

Armand arriva à la conclusion provisoire que ce qu'ils accomplissaient par cette nuit, ils ne le voulaient pas. Que c'était à reculons qu'ils l'avaient, en quelque sorte, accepté, mais, surtout, qu'ils n'avaient pas eu le choix. Son attention fut alors attirée par un des acteurs de ce qu'il pensa être une tragédie, et qu'il avait laissé de côté dans ses premières pensées, le... véhicule qui avait permis à l'équipe d'arriver sur les lieux.

Si dans un premier temps, au bruit qu'avaient fait les roues sur le chemin sablonneux, le jeune homme avait pensé à une simple charrette très classique qui permettait aux paysans de rentrer les récoltes au temps des moissons, il distingua que l'arrière était formé d'un vaste plateau entouré de ridelles de faible hauteur. C'est là qu'étaient posés les outils à l'arrivée. Il remarqua également qu'il devait y avoir quelque chose d'entreposé puisqu'une forme blanche en dépassait. La stupéfaction de l'inattendu de la situation avait occulté totalement cette image. Jusqu'à cet instant précis, Armand n'avait pensé qu'à sa sécurité en se cachant.

Avant même qu'il ait pu approfondir cette nouvelle donne consécutive à ses réflexions, Armand constata que les deux hommes s'étaient arrêtés de creuser.

— Je pense que ça suffira.

— Tant mieux, parce que je commence à fatiguer, lança le cocher.

Le premier homme sortit du trou, posa sa pioche et marcha à côté avec des enjambées plus importantes qu'à l'accoutumée.

— Deux mètres, c'est bon ? Il n'est pas si grand que ça !

Armand resta stupéfait par ces derniers mots. Se pourrait-il que la forme qu'il venait de découvrir, sur le plateau de la charrette, soit un... ?

— Viens ! Attrape les pieds, moi je prends la tête.

Le guetteur avait la preuve de ce qu'il redoutait depuis un milliardième de seconde. L'effarement fut tel qu'il n'entendait même plus son cœur battre. Il assistait à l'ensevelissement d'un corps humain. Ce ne pouvait être que cette possibilité puisqu'il avait bien discerné, malgré la distance et le faible volume des voix, les mots « pieds » et « tête ». Dans un autre cas, l'homme aurait employé celui de « pattes ».

Le cocher s'était hissé, à son tour, hors du trou et il avait gagné l'arrière du véhicule. Ayant enlevé la ridelle, qu'il posa au sol, il monta sur le plateau. Son compagnon s'était placé face à lui, à l'autre extrémité de l'étrange chargement. Dans une synchronisation parfaite, ils saisirent la forme. Ils la firent glisser pour l'amener en partie dans le vide. Le conducteur sauta à terre pendant que son comparse la retenait. Il vint agripper le bout encore posé sur la plateforme qui lui revenait. Fléchissant sensiblement sous le poids mort qu'ils portaient, les deux hommes se rapprochèrent du trou.

À la faveur d'un rayon de lune traversant le seul endroit où les arbres lui laissaient cette possibilité, Armand eut un frisson. Il lui sembla que le drap blanc venait de bouger. Pas de beaucoup, mais il avait remué ! Constatant qu'aucun courant d'air, d'où qu'il puisse venir, n'animait cette scène macabre, il arriva au constat effrayant que la personne qui était masquée n'était peut-être pas morte, mais endormie ou agonisante.

Un tremblement traversa tout son organisme. Combiné avec la crampe qui venait de refaire son apparition, Armand était très mal à l'aise derrière ses buissons. Cette vision lui évoquait celles qui le faisaient quelquefois sursauter, malgré son âge, dans la maison familiale. Il n'était pas rare que la bougie oscillante se projetant sur la chaux blanchissant les murs ne lui provoquât un recul de surprise. La combinaison du mouvement de la flamme et de la rugosité de la construction, faite de pierres et de mortier, loin d'être plane, lui faisait croire, avec les ombres, à la présence d'un rideau derrière lequel tous les ancêtres devaient se cacher, après leur mort, pour surveiller les vivants. C'est en tout cas ce que le juvénile Armand en avait déduit, quand il était haut comme trois pommes. Cette pensée était restée bien ancrée dans sa mémoire au point de lui jouer des tours, à cet instant, au sein de cette forêt.

« Non, ce n'est pas possible qu'on puisse enterrer les gens vivants, pensa le jeune homme. Mais que puis-je faire ? » s'interrogea-t-il, impuissant.

Ses yeux restèrent rivés en permanence sur le corps afin d'essayer d'apercevoir un éventuel autre mouvement prouvant qu'il n'avait pas rêvé. Son attention renforcée n'apporta pas d'autres témoignages d'une hypothétique vie. Sans le rassurer, ce constat l'apaisa. La scène était déjà profondément infâme, il ne voulait pas qu'y soit associée de la cruauté.

Les deux hommes jetèrent le cadavre, sans aucun ménagement, dans le trou qu'ils venaient de creuser. Le bruit mou que celui-ci fit en s'écrasant au fond ajouta à la scène une dimension encore plus abjecte. Armand ferma les yeux comme pour ne pas assister à la suite de ce cauchemar dont il ne voyait aucune issue.

« Je rêve ! Je vais me réveiller. Ce n'est pas possible ! » s'interdit-il de hurler, pour ne pas être découvert.

Pourtant, ce n'était pas l'envie de se lever et de rugir sa désapprobation qui lui manquait. Mais qui étaient ces hommes ? Pourquoi effectuaient-ils cette détestable besogne ? Connaissaient-ils la victime qu'il y avait sous ce bout de tissu immaculé ?

Ces interrogations lui interdisaient toute réaction, tout comme sa condition de braconnier qui ne ferait qu'envenimer sa position déjà peu confortable. Il laissa faire, jugeant que le plus important était de ne pas être découvert.

La jambe d'Armand commençait à se durcir. La contraction de ses muscles lui faisait horriblement mal, mais il ne pouvait pas bouger. Il essaya de déplacer son membre endolori. Comme il s'y attendait, une branche craqua une nouvelle fois. Le plus craintif arrêta la série de pelletées de terre qu'il envoyait sur la dépouille.

— Cette fois, je ne suis pas fou. Il y a bien quelqu'un, assena-t-il à son compagnon. Ça ne vient pas du côté du cheval, mais de l'opposé.

— Tu m'ennuies, Tu n'as qu'à aller voir, si ça peut te calmer, mais le travail n'est pas fini et on a décidé de le faire à deux. N'oublie pas !

La nouvelle recrue vit l'homme planter sa pelle sur le tas de terre fraîchement retournée. Il se tourna vers sa cachette, remonta sa capuche pour cacher le peu de ce que l'on aurait pu apercevoir de son visage. Il s'avança.

Armand resta immobile, dans la dernière position qu'il avait adoptée. Il retint sa respiration. Les secondes qui suivirent lui parurent interminables.

Le cocher marcha doucement, délicatement, afin de surprendre le possible intrus qui lui donnait des sueurs froides depuis quelques instants, sans penser que, s'il y avait bien une personne, celle-ci devait l'épier, surveiller sa progression, voire se préparer à lui bondir dessus.

Le silence environnant n'était ponctué que par le bruit de la terre lancée sur le mort.

Armand voyait la stature du conducteur augmenter à vue d'œil. La silhouette envahissait son champ de vision à un point tel qu'il n'apercevait plus le deuxième comparse. Il vit la pointe des chaussures de celui qui allait devenir son adversaire, irrémédiablement, s'il le découvrait, se positionner à quelques dizaines de centimètres des premières branches le recouvrant.

Aucune stratégie ne venait effleurer son esprit. Que devait-il faire ? Il y avait urgence à réagir. Devait-il se lever d'un coup sec et profiter de l'effet de surprise pour s'enfuir ? Ne courrait-il pas un danger, dans ce cas précis ? Et si les fossoyeurs étaient armés, ils pourraient lui tirer dessus ?

« De toute façon, la partie est perdue. Il faut que je réagisse... pensa Armand. À mourir, autant essayer de saisir la dernière chance qui puisse me sauver : la fuite. »

À l'instant où il allait détendre ses jambes et bondir tel un diable surgissant de sa cage, un oiseau de nuit, vraisemblablement dérangé par les agissements des deux noctambules, déplia ses ailes et s'envola, juste au-dessus du cocher. En s'enfuyant, il laissa tomber un branchage qui vint atterrir sur la capuche de l'agresseur. Ce dernier, dans un mouvement de rage, le fit voler à quelques mètres. Il stoppa sa progression.

Près de la fosse, Armand entendit un rire étouffé.

— Cette fois, tu es tranquille. Bon, arrête tes bêtises et viens m'aider. On a presque terminé. Après, tu pourras dormir sur tes deux oreilles.

« Comment peut-on se reposer après avoir accompli une telle chose ? » songea Armand en reprenant une posture plus apte pour empêcher que ses crampes ne reviennent.

Il venait d'éviter le pire. Il remercia Dieu de lui avoir envoyé une de ses créatures en secours. L'affront que l'oiseau avait opposé au plus poltron lui avait décuplé l'énergie. Il reprit sa pelle et, sans plus attendre, s'activa pour mettre un terme plus rapide à cette expédition.

Lorsque la tranchée fut recouverte, les deux hommes remirent leurs outils dans la charrette. Avant de quitter les lieux, ils passèrent plusieurs fois sur la terre remuée en l'écrasant de leurs galoches pour la tasser. Ils recouvrirent leur ouvrage de branchages afin que le regard des passants ne soit pas attiré lorsque le jour se lèverait.

Ayant constaté que rien ne pouvait être déniché et qu'ils avaient mis tous les atouts de leur côté pour que l'anonymat soit respecté, les deux hommes montèrent sur le banc du véhicule et ne se firent pas prier pour prendre la fuite.

Dès qu'ils furent assez loin, Armand sortit de sa tanière. Il alla s'appuyer contre le tronc d'un chêne complètement dégarni par les bourrasques des vents hivernaux. Face à ce qu'il savait être une tombe, il resta, durant de longs instants, immobile, ne sachant plus que penser.

Ce qu'il venait de voir l'avait complètement vidé, troublé, décontenancé, sans parler de la peur qu'il avait encaissée au moment où il avait manqué être découvert.

Péniblement, il se leva, enchevêtra deux rameaux végétaux pour former une croix qu'il déposa sur l'amoncellement de branchages.

— Au moins, celui qui est là aura une petite marque de respect. Il n'aura pas été enterré comme un chien, se prit à dire à voix haute Armand.

Sans quitter du regard le camouflage effectué par les deux inconnus, il reprit sa route vers son domicile en hâtant le pas. Il lui languissait d'arriver chez lui pour essayer de retrouver une certaine sérénité, si tant est qu'il puisse y arriver après ce qu'il venait de voir.

III

Lendemain de fête

Armand Ligourel savait que la peur pouvait faire décupler la force des humains. Mais leur donner des ailes était totalement illusoire. Pourtant, c'est ce qui lui arriva. En moins de temps qu'il ne fallait pour le dire, il avait franchi la distance qui séparait le lieu où il venait d'être le témoin d'une abjecte cérémonie de la maison familiale.

Lorsqu'il poussa délicatement la porte afin de ne réveiller personne, le jour n'avait pas encore pointé le bout de son nez. Il fut surpris par l'odeur de cire chaude qui émanait de cette ambiance moite d'où jaillissaient quelques ronflements démontrant que celui ou celle qui en était l'auteur dormait du sommeil du juste.

Une personne avait dû veiller plus tardivement qu'à l'accoutumée. Peut-être dans l'espoir de le voir revenir du conseil de révision et d'avoir la primeur des informations. Ce pouvait être son grand-père qui avait pour son petit-fils des sentiments au-delà de toute affection familiale, ou son père qui n'était pas peu fier de sa progéniture.

Dans l'obscurité, le jeune homme embroncha un des bancs qui entouraient la lourde table de chêne. Le raclement que le siège fit sur le plancher de la salle commune fut suivi par un grognement provenant d'un des édredons d'une pièce voisine.

— Qui est là ? entendit-il.

— Rien, grand-père. C'est moi, Armand.

— Va te coucher et arrête de bousculer les meubles, bon Dieu ! Une fois ça va, mais deux ça devient une habitude.

— Excuse-moi ! Je vais au lit, murmura-t-il.

— Il vaut mieux. On ne va pas tarder à se lever pour traire les vaches. Dors un peu !

Le bruit de froissement de tissu qui suivit ces quelques mots fit comprendre à la nouvelle recrue que le vieil homme s'était retourné pour essayer de trouver un nouveau repos après ce réveil intempestif. En essayant de ne pas provoquer un nouveau bruit, c'est à tâtons qu'il arriva au pied de son lit, qu'il se déshabilla et qu'il se glissa sous les gros draps de coton.

Les émotions qu'il venait de vivre, la fatigue de la longue randonnée nocturne et des kilomètres absorbés au pas de charge, sans oublier les quelques effluves qui lui restaient de la mémorable journée écoulée eurent raison du peu d'attention qu'il lui restait. En quelques secondes, il sombra dans un sommeil réparateur bien mérité.

* *
*

— Alors, mon garçon, qu'est-ce que ça fait d'être un homme ?

Toute la maisonnée était déjà attablée pour prendre le premier repas de la journée quand Armand parut dans l'encadrement de la porte de la pièce qui lui servait de chambre.

La mère, Rose, avait ravivé le feu dans la grande cheminée. Les lueurs des flammes naissantes donnaient une atmosphère beaucoup plus rassurante que celle que le jeune homme avait subie derrière sa cache végétale quelques heures auparavant.

La grand-mère, Marie, aidée par sa petite-fille, était allée dans la souillarde pour ramener quelques victuailles.

Quant aux hommes, tout en dépliant leur couteau pour se couper de larges tranches dans les miches de pain que les femmes faisaient cuire hebdomadairement dans le grand four à bois familial, ils attendaient impatiemment que l'héritier des Ligourel-Cassagnole vienne faire son rapport en donnant ses sentiments sur ce passage obligé entre l'adolescence et l'âge adulte.

Armand bâilla longuement. Il passa une main dans sa chevelure ébouriffée et l'autre sur un côté de son postérieur qu'il gratta instinctivement.

— Ne nous fais pas languir, fiston. Est-ce que tu es bon pour le service ? lança le père Gustave.

— Et pour les filles aussi ? ajouta le grand-père Jules, un tantinet malicieux, sous le regard réprobateur de son épouse.

— Mais laissez-le se réveiller ! Viens t'asseoir, coupa la mère.

Désirant faire durer le suspense, la recrue s'approcha de sa sœur, déposa un baiser sur son front avant d'aller embrasser les deux autres femmes de la maison.

Gustave et Jules trépignaient de voir ce jeune blanc-bec les laisser s'exciter dans l'attente de sa réponse. Ne voulant pas les ennuyer plus longtemps, Armand se dirigea vers son lit, se saisit de sa veste, la mit et revint, les bras écartés encadrant sa poitrine gonflée, arborant la belle médaille agrémentée des rubans tricolores qu'il avait achetée à l'issue du conseil de révision, épinglée à sa boutonnière.

Tout le monde se mit à applaudir. Les hommes se levèrent pendant que sa mère le prenait dans ses bras.

— Te voilà un homme, mon fils, lui murmura-t-elle à l'oreille. Je ne t'ai pas vu grandir. Aujourd'hui, tu es prêt à voler de tes propres ailes.

Une larme coula sur sa joue que son fils essuya avant de l'embrasser une nouvelle fois.

— Je ne suis pas encore parti, tu sais, la rassura-t-il dans le creux de l'oreille. Ce n'est pas parce que d'autres hommes décident des dates importantes de ta vie qu'il faut suivre à la lettre leurs intentions ou leurs obligations. Il me reste ma liberté et je compte bien profiter d'elle au maximum.

— Tu es un bon fils, lui répondit-elle à son tour, à voix basse, en lui passant tendrement la main sur le visage, comme si elle l'effleurait pour la dernière fois.

— C'est un jour de fête. Tu ne vas pas le gâcher avec des pleurs, lança Gustave à sa femme en se levant du banc pour se diriger vers Armand.

— Ce ne sont pas des pleurs, mais simplement les émotions d'une mère qui voit s'éloigner la jeunesse de sa progéniture en se disant qu'elle aura beaucoup moins d'influence sur sa vie.

Armand regarda sa mère fixement dans les yeux.

— Ne t'en fais pas. L'amour que j'éprouve pour toi est plus fort que toute autre chose. Je ne suis pas près de l'oublier. Un homme ne se construit dans le bon sens que parce qu'il est bien entouré et... aimé.

— Alors, raconte-nous comment ça s'est passé ! Ils n'ont pas rechigné pour te prendre, j'espère ? lui lança son père pour couper court à une scène qu'il trouvait peu appropriée à l'instant viril qu'il avait vécu une vingtaine d'années plus tôt.

Le jeune homme tourna son regard vers son père.

— Pour sûr qu'ils m'ont jugé apte, et plutôt deux fois qu'une ! Tu n'imaginais pas qu'un Ligourel allait rester sur le bord du chemin à regarder partir les autres.

— Doublé d'un Cassagnole, tout de même, ne put s'empêcher de dire le grand-père.

Gustave ne releva pas la réflexion. Il fit face à son fils, posa ses mains sur ses épaules et le dévisagea avant de l'enlacer.

— Je suis fier de toi. Bravo !

— Et nous, on compte pour du beurre ?

— Mais non, papé et mamée. Il y a une hiérarchie à respecter. Je pense à vous aussi, mais mes parents passent avant vous, plaisanta Armand avant de se glisser entre les bras du couple d'aïeux réuni.

Lorsqu'il eut terminé les embrassades, il se tourna vers sa sœur et l'attira vers lui.

— Et toi aussi, Marthe, tu es importante dans ma vie. Ce n'est pas le conseil de révision qui va changer tout ça. La vie continue et je ne pense pas que les vaches vont voir la différence quand je vais les traire. Le soleil aura le même éclat ce matin et la lune la même brillance la nuit prochaine.

— Et quel numéro as-tu tiré ? s'empressa de questionner le père.

— Le 183 !

— Et ça correspond à quoi, aujourd'hui ? Il est bon ou mauvais, ce numéro ? De mon temps, suivant celui que tu tirais, tu partais ou tu ne partais pas.

— Aujourd'hui, ça a changé. Il n'y a pas de bon ou de mauvais numéro. Tout le monde part. Le numéro te désigne pour une arme : la marine, l'armée de terre, etc.

— Ah, fit Gustave. L'essentiel c'est que tu sois apte.

— C'est exactement ce que je me suis dit.

— Ce soir, à la veillée, on débouchera une bonne bouteille pour fêter ça, mais il faut songer à s'occuper du bétail et aller traire les vaches maintenant, conclut l'aïeul en pliant son couteau avant de se lever de table.

Les deux autres hommes le suivirent.

Alors qu'ils avaient déjà quitté la pièce, Armand revint sur ses pas, rouvrit la porte et s'adressa à sa mère :

— J'ai profité de mon retour pour relever les collets. J'ai mis quelques « suicidaires » dans la souillarde. Il faudrait s'en occuper avant que la carne ne soit trop dure.

Avant que Rose ait pu répliquer, c'est sa grand-mère qui lui répondit :

— Oui, j'ai vu ça, ce matin. La récolte a été bonne, si j'ai bien compté. Tu dois être content.

— Ça, tu peux le dire. Pour être content, j'ai été... content ! approuva-t-il en baissant l'intonation de sa voix, comme pour éviter que l'on entende la fin de sa phrase avant de sortir.

Ayant rejoint son père dans l'étable, Armand se saisit d'un seau en bois prévu pour traire et d'un tabouret spécialement conçu pour cet usage. Formé d'une assise circulaire et d'un pied unique central, il était équipé de deux sangles en cuir qu'il noua au niveau de son bassin. Ainsi son derrière était en permanence en contact avec le siège et il avait les deux mains libres pour s'occuper des pis qu'il allait travailler.

Le jeune homme se dirigea vers la première vache. Il nettoya les mamelles de l'animal des quelques impuretés qui pouvaient les souiller et envoya le premier jet vers le sol. Un des chats de la maison, aux aguets, absorba le chaud liquide avant qu'il ne touche la paille. Le deuxième jet fut pour le récipient. Le jeune homme prit rapidement le rythme. On n'entendit plus que le bruit du lait projeté violemment sur les parois du seau, à espaces réguliers, par les deux paysans.

Dès que le seau était plein, les trayeurs allaient le vider dans un récipient beaucoup plus important. Ce serait ensuite au tour des femmes de s'occuper de la transformation du produit qui serait vendu en fromage ou en beurre. Armand aimait les aider, même si ce n'était pas un travail d'homme. Il appréciait de voir la transmutation d'un état liquide à un autre plus consistant, même s'il fallait du temps pour effectuer l'opération, notamment pour le fromage. Il prenait ça comme de l'enchantement. De leur côté, son père et son grand-père voyaient d'un mauvais œil sa participation à ce que les deux hommes qualifiaient de travaux féminins, mais fermaient les yeux quand l'emploi du temps le lui permettait.

Gustave vint briser le silence que seuls les mouvements du bétail sur la paille et celui de la traite troublaient.

— J'ai entendu que tu disais aux femmes que tu avais profité de ton retour nocturne pour ramasser le fruit de ton braconnage.

— Oui, et j'ai bien fait parce qu'il y avait de quoi faire. Ainsi, ça m'a permis de ne pas aller le faire ce matin. J'ai gagné un peu de temps. En plus, la nuit on est plus tranquille pour effectuer ce que le marquis n'aime pas.

— C'est vrai, mais de quel côté es-tu allé ?

— Dans la forêt de Combe-Noire.

— Je ne savais pas que tu mettais des collets à cet endroit, répondit le père avec un tremblement dans la voix.

— Je ne te dis pas tout. Il faut bien que je garde quelques secrets, s'amusa Armand, un éclair de malice dans le regard.
— Tu as bien raison. Et tu n'as pas été dérangé au moins ?
— Non, pourquoi ?
— Parce qu'on ne sait jamais. Il peut y avoir du monde.
— À une heure aussi avancée ?
— Pourquoi pas ?
— Et que feraient des gens, la nuit, au cœur de cette forêt si obscure ?
— Il y a tellement de gens bizarres que rien ne m'étonne aujourd'hui.
— Il y a peut-être des fantômes, aussi ! plaisanta Armand.
— On ne rigole pas avec ça.
— Je te sens un peu nerveux.
— Non, pourquoi ?
— Parce que tes questions m'étonnent.
— C'est comme ça, juste pour parler.

Le père essuya les pis de la vache suivante et recommença son travail.

Armand était interloqué par le dialogue qui venait de s'installer. Ce n'était pas dans les habitudes de son père d'être si curieux. Habituellement, il appréciait que le braconnage permette d'améliorer les revenus de la famille et il ne se souciait pas de la provenance du gibier, bien au contraire, dans la mesure où son fils ne se faisait pas prendre la main dans le sac.

Alors qu'il avait terminé de traire sa vache et qu'il allait transvaser le lait, le jeune homme en profita pour regarder Gustave, furtivement. Le front appuyé sur le poitrail de la bête qu'il était occupé à délester de son lait, ce dernier s'en aperçut.

— Qu'est-ce qu'il y a ?
— Rien. Tu me donnes du souci. Je ne t'ai jamais vu comme ça. Tu as l'air vraiment inquiet.
— Non, un peu nerveux, c'est tout.
— Et qu'est-ce qui t'énerve ? Que j'aie été accepté au conseil de révision ?

— Pour ça non, bien au contraire. Je suis très fier que tu sois bon pour le service. Comme te l'a dit ta mère, te voilà un homme maintenant.

— Mais alors, qu'est-ce qu'il y a ?

— Si tu avais rencontré quelqu'un cette nuit, tu me le dirais. Tu es bien sûr que tu me dis la vérité ?

— Tu m'ennuies à la fin ! Je t'ai dit que je n'avais vu personne ! s'énerva Armand. Et si j'avais rencontré quelqu'un, en quoi ça te regarde ? Il ne m'a pas frappé puisque je suis là. Il ne m'a pas dépouillé, puisque j'ai ramené mon butin.

— Il ne faudrait pas que, si tu as croisé quelqu'un, il aille te dénoncer au marquis de Macassargues.

— C'est ça qui t'embête ? Ce n'est pas la première fois, et je suppose que ce ne sera pas la dernière fois que je braconnerai. Pour l'instant, ça s'est toujours bien passé, alors je ne vois pas ce qui peut changer.

— L'habitude amène à la faute, mon fils. Un jour, on fait moins attention, et là on fait une erreur impardonnable.

— Cette fois-ci, c'est bon. Si le marquis vient, il ne pourra pas prouver que j'ai chassé illégalement sur ses terres. Le gibier est en sécurité.

— Oui, mais avec un témoin, il fait ce qu'il veut et il peut accuser qui il veut.

— Arrête de te mettre ça dans la tête. Je t'ai dit que je n'avais rencontré personne.

— Ni vu personne ?

— Bon, ça suffit ! Tu m'ennuies maintenant. Termine la traite tout seul, je vais aider grand-père à entasser le fumier. Au moins, lui, il ne me posera pas ce genre de questions. En tout cas, je l'espère !

Mettant en application ce qu'il venait de dire, Armand termina de traire sa vache, alla vider son seau, le déposa près de la porte, enleva le tabouret de sa taille et sortit.

— Qu'est-ce qu'il a le père, aujourd'hui ? demanda la nouvelle recrue à Jules.

— Ah, toi aussi tu ne le trouves pas normal !

— Un peu, oui. Il est soucieux. Il n'arrête pas de me poser des questions idiotes.

— Il a toujours été comme ça. Tu le connais, il est peureux. Mais, depuis hier soir, j'avoue qu'il est plus tourmenté que d'habitude.

— Et tu en connais la raison ?

— Le voisin est venu lui parler avant qu'on passe à table et, quand il est revenu pour manger, il avait l'air vraiment préoccupé. Il n'a pas décroché un mot de tout le repas, contrairement à son habitude.

— Et qu'est-ce qu'il lui a dit ?

— Alors là, je n'en sais rien. Ils sont restés dans la cour du mas et, quand je le lui ai demandé, il m'a répondu qu'il valait mieux que je ne le sache pas.

— Peut-être qu'il est venu lui parler de moi et de mon braconnage, puisque c'est ça qui semble le tourmenter.

— Je n'en sais rien, poursuivit l'aïeul avant de reprendre sa fourche.

D'un geste franc, il saisit la paille souillée par le bétail lors du nettoyage des abris. Il l'avait placé dans un tombereau pour la transporter jusqu'à ce lieu reculé de la cour. Il l'entassa.

À son tour, Armand prit une fourche et s'activa aux côtés de son grand-père.

— Tu n'aides pas ton père à la traite ce matin ? s'étonna Jules.

— Non, il m'ennuie avec toutes ses questions. Si tu veux, tu peux y aller à ma place.

Jules déclina l'invitation.

Les travaux de ce début de printemps occupèrent tous les membres de la famille, chacun dans sa discipline, au fil de la journée. De ceux des champs aux deux traites des vaches, du changement des litières des animaux à l'entretien de quelques outils détériorés, personne n'eut l'occasion de chômer, comme d'habitude.

C'est avec un soulagement certain que tous se retrouvèrent autour de la grande table pour le repas du soir. Avant même qu'ils l'aient débuté, Jules alla à la cave. Comme il l'avait promis le matin, il en rapporta une bouteille de vin bouché qu'il avait gardée pour une bonne occasion.

Le bruit que fit le bouchon en se décollant du goulot annonça un moment de convivialité. L'aïeul porta à son nez le cylindre de liège qui avait protégé le breuvage pour le sentir et prévenir toute mauvaise oxydation ou un bouchonnage intempestif. À son sourire, tous comprirent qu'il n'en était rien. Religieusement, il emplit chaque godet en laissant aérer le vin.

— Il a une belle couleur, consentit Gustave.

Arrivé au verre de sa petite-fille, Jules marqua un temps d'arrêt.

— Oh si, grand-père, ce n'est pas un jour comme les autres ! supplia-t-elle.

— D'accord, mais coupé avec de l'eau.

— Heureusement, s'émut la mère. Il ne manquerait plus que ça qu'elle le boive pur.

Tous éclatèrent de rire pendant que Jules laissait couler une part infime du liquide alcoolisé devant un œil pétillant de bonheur de la jeune fille. Lorsque tous furent servis, ils trinquèrent à l'avenir d'Armand.

Au moment où chaque convive allait plonger ses lèvres dans le breuvage festif, on entendit deux coups secs frappés sur la porte. Rose se leva et alla à la fenêtre la plus proche de l'entrée dont elle souleva le rideau.

— Ce sont les gendarmes ! s'exclama-t-elle en blêmissant.

IV

Soupçons d'accusation

— Quoi, les gendarmes ! Et qu'est-ce qu'ils viennent faire ici ?

Gustave s'était levé lorsque sa femme, Rose, avait annoncé que la maréchaussée était sur le seuil de leur porte. Sa pâleur étonna tout le monde.

— Et alors ? On n'a rien à se reprocher, intervint Jules.

Tout le monde restait interdit. L'aïeul se leva au moment où, pour la seconde fois, chacun entendit deux nouveaux coups frappés sur le panneau de la porte.

— Ouvrez, c'est la gendarmerie ! cria le gradé. On sait qu'il y a quelqu'un. Ne nous obligez pas à enfoncer la porte.

Le grand-père passa devant son gendre, toujours debout, immobile, comme figé par la peur.

— Voilà, j'arrive !

Calmement, il fit tourner la clé dans la serrure et ouvrit la porte.

Quand il fut face au militaire, ce dernier le salua réglementairement.

— Bonjour, nous sommes bien chez la famille Ligourel ?

— Oui. Elle vit sous notre toit. Je suis Jules, Jules Cassagnole, le beau-père de Gustave Ligourel. Qu'est-ce qui vous amène ici ?

— Nous désirons parler à Armand Ligourel.

— C'est mon petit-fils. Qu'est-ce que vous lui voulez ?

— Nous désirons lui parler seul à seul.

— Il n'est pas majeur. Ses affaires nous regardent également, à mon gendre et à moi. Alors si vous avez quelque chose à lui dire, nous pouvons l'entendre. Que lui voulez-vous ?

On sentit le gendarme embarrassé.

— Si vous y tenez tant que ça, vous pouvez assister à notre entretien.

Les femmes et Armand étaient toujours assis, leur verre à la main. Seuls Jules et Gustave étaient debout.

— Pouvez-vous nous confirmer que vous étiez, cette nuit, dans la forêt de Combe-Noire ?

Gustave posa sa main sur le plateau de la table. Il chancelait. Sur son front perlaient quelques gouttes de sueur.

— Est-ce que je peux m'asseoir ? demanda-t-il au gendarme.

— Oui, si vous voulez. Vous n'allez pas bien ?

— C'est que nous sommes des gens honnêtes et que nous n'avons pas l'habitude de recevoir de telles visites. Mettez-vous à ma place.

Jules observa Gustave s'asseoir. Le regard qu'il lui lança était réprobateur. Au lieu de faire face avec rage et hargne, il se liquéfiait face à l'adversité.

De son côté, Armand pensa aux questions que son père lui avait posées avec insistance le matin même à l'étable. Se pouvait-il que quelqu'un l'ait dénoncé ? Il ne savait que penser.

— Oui, je suis passé dans la forêt de Combe-Noire.

— Et qu'y faisiez-vous ?

— Je revenais du chef-lieu du canton où j'ai passé mon conseil de révision.

— Avec succès ?

— Oui, avec succès.

— Et vous n'avez rien remarqué de spécial ?

— Que vouliez-vous que je remarque à cette heure tardive ? J'ai quitté mes collègues après avoir fêté le conseil et je me suis dépêché de rentrer parce que ce matin je devais me lever tôt pour aider ma famille dans les travaux du mas. Je ne pense pas que ce soit interdit, non ?

— Ne me prenez pas de si haut, s'il vous plaît. Je n'aime pas qu'on me parle ainsi. C'est moi qui pose les questions et je vous demande simplement d'y répondre. Vous ne vous êtes pas arrêté en chemin ?

— Pour quoi faire ?

— Je ne sais pas. C'est moi qui vous le demande.

— La nuit était noire...

— ... mais avec un beau clair de lune qui pouvait vous permettre de faire beaucoup de choses.

— Vous y étiez ?

Jules appréciait la manière dont le jeune homme tenait tête. Il pensa qu'il était bien de son sang. Quelque peu rebelle, avec beaucoup de répondant, à la limite de l'insoumission. Il ne ressemblait pas du tout à son père qui était assis, les coudes posés sur la table, les doigts des deux mains entrecroisés sous son menton pour soutenir sa tête. Ses yeux étaient dans le vague. De leur côté, les femmes ne quittaient pas la jeune recrue du regard, accrochées à ses lèvres dans l'attente de ses réponses.

— Non, je n'y étais pas, poursuivit le militaire, mais je suis quasiment sûr que vous vous êtes arrêté.

— Dans quel but ?

— Je ne sais pas, moi, c'est à vous de me le dire.

Pendant que son collègue interrogeait Armand, l'autre gendarme circulait dans la pièce, regardant sur les meubles, soulevant les rideaux qui cachaient les étagères, ouvrant la porte de la souillarde ou celles menant aux autres pièces.

— Qu'est-ce que vous cherchez ? lui demanda Jules, sèchement.

— Rien de spécial. Je m'occupe en attendant que votre petit-fils retrouve ses esprits et nous dise ce qu'il a fait cette nuit.

— Mais je n'ai rien fait qui puisse expliquer votre présence ici ! s'irrita le jeune homme qui avait tenté de se lever.

Avec poigne, son interlocuteur l'empêcha de terminer son mouvement. Il retomba lourdement sur son siège.

— Je vais un peu aider votre mémoire, puisque apparemment elle a des défaillances. Vous avez quitté l'auberge où vous avez passé une grande partie de la journée. Nous l'avons vérifié. Alors que toutes les autres jeunes recrues poursuivaient la fête, vous avez expliqué que vous deviez rentrer plus tôt. Généralement, les festivités se poursuivent toute la nuit. C'est d'ailleurs ce qui est arrivé à tous vos collègues. Ils ont quitté les lieux à l'aube, dans un sale état pour certains, mais bon, le conseil de révision ne se passe qu'une fois dans la vie d'un homme, n'est-ce pas monsieur ? essaya de plaisanter le gendarme en regardant Jules.

Au regard que lui lança l'aïeul, il ravala son sourire et poursuivit :

— Le tenancier nous a confirmé votre départ prématuré.

— Et alors ? Je n'étais pas obligé de rester avec eux. Je n'avais pas envie de terminer dans le même état qu'eux. Un état d'ailleurs qui semble vous plaire, ironisa Armand. Je suis libre de tous mes mouvements, non ?

— Oh, bien sûr, mais c'est assez étonnant. Vous devez être le seul à avoir agi ainsi depuis bien des années, à croire que vous aviez prévu de faire quelque chose d'autre que de rentrer, ou en tout cas que ce retour a été le prétexte à une action inavouable.

— Et c'est simplement pour ça que vous venez importuner ma famille ? Juste parce que je n'ai pas voulu boire comme un saoul avec des jeunes. Je crois rêver !

Un rire nerveux vint ponctuer la dernière phrase d'Armand qui regarda tous les siens avec étonnement.

— Non, monsieur Ligourel, vous ne rêvez pas. Je vais donc poursuivre mes explications.

Alors que tous attendaient la suite des commentaires, un bruit de verre brisé les arrêta net. Le second gendarme venait d'échapper celui qu'il venait de saisir sur la desserte.

— Ne vous gênez pas, lança Jules. Arrêtez de toucher à nos affaires.

— Je n'ai pas fait exprès, répondit moqueusement le soi-disant maladroit en poursuivant ses investigations sous la vigilance de

Marie et de Rose, qui avait accueilli dans ses bras sa fille, Marthe, au comble de l'inquiétude.

— Imaginez-vous que ce matin, de bonne heure, un colporteur a traversé la forêt de Combe-Noire en suivant le chemin que vous avez emprunté, j'en suis sûr, cette nuit.

— Et alors ?

— Ne soyez pas impatient, je viens au fait. Donc un colporteur a pris le même chemin que vous avez emprunté au clair de lune et il est arrivé à un endroit où la terre semblait avoir été remuée. Dans un premier temps, il a pensé que des sangliers avaient dû fouiller pour trouver de la nourriture, comme ça arrive bien souvent. C'est que ça fait des dégâts ces sales bêtes.

— À qui le dites-vous ! Ils n'arrêtent pas de détériorer nos cultures, à la belle saison, mais en quoi ça concerne mon petit-fils ? se lassa Jules Cassagnole.

— Laissez-moi poursuivre, s'il vous plaît. J'y arrive. Notre colporteur a vu cette terre fraîchement retournée. Il a d'abord trouvé ça normal, mais quelque chose l'a chagriné.

— Et quoi ?

— Il s'est aperçu qu'il y avait un petit triangle clair qui dépassait du sol. Il s'est approché et a vu un bout de tissu blanc.

Gustave ne bougeait pas, mais il blêmissait au fur et à mesure que l'histoire se développait.

— Ce n'est pas rare qu'une personne perde quelque chose. Ce chemin est emprunté tous les jours par des centaines de voyageurs à pied, à cheval ou en charrette. Quoi de plus normal !

— Mais vous avez raison. Sauf que sa curiosité a été plus forte et qu'il s'est approché de l'objet. Il a voulu tirer dessus et il a alors découvert que le tissu en question était beaucoup plus grand que ce qu'il croyait et qu'il résistait. Il a gratté autour et s'est aperçu rapidement qu'il avait affaire à un drap et que, sous ce drap, il y avait...

Le gendarme laissa sa phrase en suspens pour que l'effet qu'il escomptait soit à la hauteur de ses espérances. Avant de poursuivre, il lança un regard circulaire pour voir si ces mots avaient un impact sur son auditoire. Personne ne sourcilla. Quelque peu déçu, il reprit :

— ... il y avait une main.

Marthe poussa un cri d'effroi qu'elle étouffa dans les robes de sa mère, qui lui caressa la tête pour la calmer. Les autres témoins de cette scène se regardèrent avec stupeur.

— Une quoi ? osa Jules en écarquillant les yeux.

— Oui, vous avez bien entendu : une main.

— Et qu'est-ce qu'elle faisait là, cette... main ?

— Oh, elle n'était pas toute seule.

Marthe se serrait au plus près de sa mère, s'attendant au pire. Le visage de la jeune fille exprimait la frayeur, la panique.

— Et qu'a fait votre colporteur ?

— Il s'est enfui pour venir nous raconter son histoire à la gendarmerie. Avec mon collègue, nous sommes allés sur place et nous avons effectivement découvert ce que l'étranger nous avait décrit à l'endroit qu'il nous avait indiqué. J'ai laissé mon collègue en faction et je suis allé chercher le maire et le fossoyeur.

— Mais pourquoi venez-vous nous raconter tout ça ? l'interrompit Gustave, dont la lividité était à son comble.

— Parce que votre fils est passé à cet endroit pendant la nuit.

— Je vous trouve bien affirmatif ! dit le grand-père.

— Si je le suis, c'est que j'ai mes raisons.

— Et alors je suppose qu'il n'y a pas que lui. Après tout, le colporteur vous a peut-être raconté n'importe quoi.

— Non, parce que nous avons vérifié. Il a passé la nuit dans une grange d'un village voisin. Il y a plusieurs témoins. Par contre, votre fils n'en a pas depuis qu'il a quitté l'auberge où il avait fait la fête. Mais laissez-moi terminer.

Le gendarme marqua un temps d'arrêt comme pour remettre ses idées en place. Il reprit sa respiration et poursuivit :

— Le fossoyeur nous a aidés à continuer notre recherche. Au bout de la main, il y avait un bras, puis un...

— Bon, ça suffit maintenant ! s'emporta Jules en frappant du poing sur la table.

— Mais calmez-vous, s'il vous plaît !

— Comment voulez-vous que je sois calme ? Vous faites peur à ma petite-fille, et vous voulez que je me calme ! Je n'ose penser ce que ma femme et ma belle-fille ont dans la tête à cet instant, et vous voulez que je reste calme ! Vous semblez accuser mon petit-fils de tous les maux, et vous voulez que je me calme ! Mon gendre est à deux doigts de tomber dans les pommes, et vous voulez que je me calme ! Mais vous plaisantez. En plus, vous semblez prendre un malin plaisir à présenter cette horreur de la manière la plus abjecte. On a l'impression que vous savourez votre récit face à des gens honnêtes qui n'en peuvent plus d'écouter vos propos.

— Pourtant, il faudra que vous les écoutiez jusqu'au bout. À moins que vous ne vouliez qu'on vous emmène tous à la gendarmerie, répondit le militaire avec un regard empreint de dédain envers les attaques qu'il venait de subir. Le mépris qu'il éprouvait à cet instant était à son maximum et ce n'étaient pas les propos d'un vieil homme qui allaient faire chanceler sa détermination d'aller au bout de ce qu'il considérait comme sa mission.

L'aïeul serra le poing dans sa poche pour éviter qu'il ne finisse sur la figure de l'arrogant qui lui faisait face.

— C'est donc un cadavre que nous avons déterré. Il était enveloppé dans un drap blanc et la texture de la terre qui le recouvrait nous a permis d'évaluer que l'ensevelissement avait eu lieu quelques heures plus tôt, au moment où votre petit-fils était dans les parages, termina-t-il en faisant face à Jules.

— Et qu'est-ce qui vous permet d'affirmer ça ? hurla le grand-père en fixant son offenseur.

— Parce que si le corps avait été enterré beaucoup plus tôt, nous aurions remarqué des traces de recherches d'animaux. Cette forêt est très giboyeuse. Il y a d'ailleurs beaucoup de braconniers qui le savent... s'amusa le gendarme en ralentissant la diction de la dernière phrase pour mieux peser ses mots.

À cette évocation, Armand tressaillit, mais arriva à se maîtriser. Personne ne remarqua son trouble.

— ... or les animaux ne s'y trompent pas : ils fouillent, ils cherchent. Un mort est une chose intéressante pour eux. Ils n'ont qu'à se délecter. Donc nous en avons déduit, le maire, le fossoyeur, mon collègue et moi-même que cette monstrueuse mise en scène avait eu lieu dans le milieu de la nuit.

Les dernières évocations eurent raison des ultimes résistances physiques de Marthe. Elle se dirigea vers la porte, sortit précipitamment. En la voyant ainsi partir, le second gendarme se pressa pour la rattraper. Mal lui en prit. Au moment où il posait sa lourde main sur son épaule pour stopper sa progression, elle se retourna, de surprise, et vomit sur ses bottes.

Alors que des injures fusaient, Marie et Rose se pressèrent pour essayer d'atténuer la frayeur de la fille et les nausées qui en découlaient.

Pendant que le gendarme souillé, toujours insultant, nettoyait ses chausses dans l'abreuvoir de la cour, Jules ne put retenir son courroux :

— Voilà où nous en arrivons ! Je ne vous félicite pas. Vous faites un drôle de métier, monsieur.

— Mon adjudant ! rectifia le militaire.

— Je me fous complètement que vous soyez adjudant, colonel ou général. Je me moque totalement de votre grade, de votre condition ou de votre position. Vous n'êtes qu'un moins-que-rien, un minable à mes yeux. Vous venez salir ma famille, sous mon toit et vous voulez que je ne réagisse pas ?

— Calmez-vous, essaya d'intervenir Gustave.

Mal lui en prit. La colère de l'aïeul décupla :

— Pourquoi ? Ce serait plutôt à toi de t'opposer à ce mufle qui vient insulter notre famille et de prendre sa défense. Au lieu de ça, monsieur reste ainsi, assis, la tête dans ses mains. Tu me fais honte, tu m'entends, honte !

Jules agitait ses bras au-dessus de sa tête pour mieux illustrer son irritation, sa colère, qui enflait à vue d'œil. Armand eut peur que son grand-père ne frappât son père en laissant éclater sur lui toute la haine que lui inspirait la maréchaussée et qu'il avait accumulée au fil des minutes.

— Si nous avons fait plusieurs révolutions pour qu'un malotru comme cet individu se permette de venir outrager des gens qui sont justes, loyaux et ne veulent de mal à personne, alors je me demande pourquoi j'ai vécu. J'ai voulu une vie meilleure pour mes descendants et voilà que j'ai un gendre poltron et un petit-fils qu'on accuse de tous les malheurs de la commune.

Se tournant vers le gendarme qui restait impassible aux excessives réactions auxquelles il assistait, il éructa plus qu'il ne questionna, dans un ultime sursaut d'exaspération :

— Mais enfin, en quoi ça nous regarde toute cette histoire particulièrement morbide ?

— Parce que nous avons trouvé ça à côté de la fosse et du corps.

V

La détention

POUR COUPER COURT À LA COLÈRE de Jules, le brigadier avait sorti du sac en cuir qu'il portait en bandoulière une feuille de papier. Il la déplia.

— Vous avez bien tiré le numéro 183, hier, lors du conseil de révision, monsieur Cassagnole ?

— Oui, et alors, c'est une tare ? demanda Armand, ne voyant pas très bien où son interlocuteur voulait en venir.

— Et alors ? Vous reconnaissez bien cette affichette, avec les deux militaires et la phrase « Bon pour le service », sans oublier la mention de votre numéro ? demanda le gendarme en agitant la pièce à conviction devant le visage d'Armand.

— Oui, c'est la même que celle que j'ai achetée quand je suis sorti de la mairie après avoir été déclaré apte.

— Est-ce que c'est la même que celle que vous avez achetée ou est-ce que c'est la vôtre ?

— Laissez-moi quelques secondes et je vais aller chercher la mienne.

— Je vous en prie, autorisa le gendarme en repliant la feuille tranquillement, avec un sourire au coin des lèvres qui se voulait sarcastique, tant il était sûr de son effet.

Armand se dirigea vers la pièce qui lui servait de chambre à coucher. Au pied de son lit, ses habits de conscrit étaient toujours posés. Il les avait jetés lorsqu'il s'était dévêtu à son retour. Après avoir fouillé entre les plis de sa veste, il découvrit la devise tricolore qu'il avait arborée fièrement devant sa famille quelques heures plus tôt. Cherchant son chapeau qui avait roulé à terre, il le saisit pour prendre l'affichette qu'il avait glissée sous le ruban, à l'auberge, la veille. Il ne la trouva pas. Il pendit le couvre-chef sur un des montants de la tête du lit et se coucha par terre pour chercher l'objet de toutes ses attentions. Malgré ses investigations, sur le plancher ou sous sa couche, il ne trouva rien.

Le sang lui monta au visage. Se pourrait-il qu'il l'ait perdu quand il avait été le témoin de l'ensevelissement ? Elle était sûrement restée accrochée à un des branchages qui lui avaient permis de se cacher des fossoyeurs. Dans son affolement, il n'avait pas pensé à cet ornement qui dépassait de son chapeau et qu'il pouvait égarer. Cette pensée le déstabilisa. Il revint dans la pièce où le silence était écrasant.

— Alors, vous pouvez me la montrer ? s'amusa le gendarme, en tapotant régulièrement de l'index sur le plateau de la table fermière.

— Non. Je l'ai peut-être perdue pendant mon retour.

Se tournant vers son père et son grand-père, il les questionna :

— Est-ce que je vous l'ai montrée en arrivant ?

Le mutisme des deux hommes était un aveu négatif. Le militaire profita de la situation pour enfoncer le clou :

— Donc, si je comprends bien, vous ne l'avez plus et vous me confirmez que celle que je vous ai montrée est bien la vôtre ?

— Peut-être…

— Comment, peut-être ?

— De quelle manière est-ce que vous vous l'êtes procurée ?

— Nous l'avons trouvée dans un fourré à quelques mètres de la tombe clandestine que nous a signalée le colporteur. Comme il y avait un numéro, nous nous sommes rendus à la mairie du chef-lieu du canton et nous avons consulté les registres du conseil de révision de la veille. C'est là que nous avons découvert votre nom. Nous pensons que vous êtes impliqué dans l'ensevelissement du corps et peut-être même dans l'assassinat de la personne en question.

— Quoi ? s'insurgea Armand, rouge de surexcitation.

— Oui. Cette affichette est une pièce à conviction qui est très parlante.

— Mais c'est complètement absurde ! Vous allez un peu vite en besogne, non ? se révolta Jules.

— Et pourquoi ? répondit le gendarme.

— Ce n'est pas parce que vous avez trouvé cette feuille de papier à proximité du lieu d'un crime qu'il faut accuser celui à qui elle appartenait. Vous n'avez aucune preuve qu'elle est liée à votre affaire. Si j'échappe mon mouchoir en passant, si ma femme y égare une pince à cheveux ou si ma fille laisse choir son châle, vous allez en déduire que nous sommes également impliqués dans votre affaire ?

— Pas obligatoirement. Dans les cas que vous venez de citer, on peut croire à une coïncidence, mais dans le cas présent, nous n'avons pas la preuve inverse et il y a trop de choses troublantes pour qu'on ne tente pas cette piste. En particulier que cette feuille a été créée quelques heures avant l'ensevelissement du corps.

— Et ça vous suffit pour accuser ?

— Dans le doute, nous allons interroger votre petit-fils. Voilà pourquoi nous sommes venus le chercher. Avouez tout de même qu'il y a beaucoup de choses qui sont étonnantes et qui s'entrecoupent. On ensevelit un corps dans une forêt, en pleine nuit, au moment où M. Armand Ligourel la traverse et il nous dit qu'il n'a rien vu. On trouve un objet lui appartenant à proximité et il ne peut pas nous expliquer pourquoi il est là. C'est bien étrange tout ça, non ?

— Non, ce n'est pas étrange. C'est incompréhensible, se hasarda Jules. Ce n'est pas de cette façon qu'on porte des accusations sur les gens. Et toi, tu ne dis rien ? cria-t-il à l'attention de Gustave.

— Et qu'est-ce que je dois dire ?

— De toute façon, tu n'es qu'une lavette ! Vraiment, une lavette ! Ton fils est accusé d'une chose incroyable et tu restes là, sans rien dire.

Jules venait de prononcer la phrase fatidique qui mettait un terme à toute discussion. Il prit Armand par les épaules.

— Ne t'en fais pas, mon garçon, ce n'est pas parce que ton père est un minable que je vais te laisser tomber. Fais-moi confiance ! Je vais te sortir de là.

Les deux hommes s'enlacèrent. Armand embrassa également les trois femmes et se dirigea vers Gustave. Celui-ci le regarda. Il avait les yeux qui brillaient. Ils exprimaient une sorte de haine indescriptible. Totalement interdit, il était déconcerté, ne pouvait parler. Armand crut voir dans son regard de la sidération, comme s'il lançait un appel au secours. En tout cas, il n'avait pas les yeux qu'il affichait habituellement. Le jeune homme en fut affecté, presque autant que par son arrestation.

La nouvelle recrue mit sa veste et se dirigea vers la porte. Les deux gendarmes lui attachèrent les mains avec une corde dont les extrémités furent lancées par-dessus chacune de leurs montures. C'est ainsi qu'Armand quitta le mas, à pied, encadré par deux cavaliers de la maréchaussée, comme on conduit les criminels vers l'échafaud. Marthe se précipita pour l'embrasser une nouvelle fois.

— T'inquiète pas, sœurette, je reviendrai bientôt. Je n'ai rien fait. Je te le promets.

Rose vint récupérer sa fille. Les deux femmes firent un signe d'adieu de la main avant de tomber dans les bras l'une de l'autre et d'éclater en sanglots.

* *
*

Couché sur quelques planches disjointes qui lui servaient de lit, dans sa cellule, Armand n'avait pas fermé l'œil de la nuit. Dans la pénombre de sa prison que ne venaient éclaircir que quelques pâles rayons de lune traversant la petite fenêtre grillagée donnant vers l'extérieur, il se morfondait.

Les dernières heures avaient été éprouvantes pour le jeune homme. Alors qu'il s'apprêtait à célébrer en famille un moment important de sa vie d'homme, la fête avait été interrompue de la plus basse des façons, par une accusation fantaisiste dont il se serait bien passé, suivie de son emprisonnement.

Durant des heures et dans le silence de la captivité, il avait tourné et retourné dans sa tête les derniers événements qu'il venait de vivre, ou plutôt de subir. Plus il réfléchissait et moins il comprenait.

Il savait qu'il n'était pour rien dans l'assassinat de l'inconnu de la forêt de Combe-Noire, mais comment le prouver ? Il n'avait été que le témoin de son ensevelissement, c'est tout, mais comment le démontrer ?

Tout s'acharnait contre lui. Un instant, il eut la tentation d'appeler le gendarme pour lui avouer qu'il braconnait et que c'était pour cette raison qu'il avait surpris la scène qui hantait son esprit depuis une journée déjà, mais il se ravisa. S'il faisait cet aveu, au lieu de se sortir des griffes de la justice, comme il osait l'espérer, il allait offrir à ses geôliers un nouveau bâton pour se faire battre.

En effet, au lieu de le disculper, cette confession allait lui apporter les foudres du marquis de Macassargues qui était très à cheval sur les droits qu'il exerçait sur ses terres, avec un peu trop de zèle d'ailleurs, et qui punissait exemplairement ceux qui y chassaient sans son autorisation. Plusieurs de ses métayers en avaient déjà fait les frais récemment, dont certains avaient été purement et simplement congédiés, renvoyés de leur exploitation, leur bail avec le maître du village ayant été rompu pour faute grave.

Ensuite, affirmer que l'on chassait illégalement n'apportait en rien une preuve que l'on ne pouvait pas participer, en même temps, à un assassinat, mais au contraire pouvait orienter l'accusation vers des sentiers encore plus fous que ceux vers lesquels la suite de son existence était conditionnée à cet instant précis.

Rien n'empêcherait les gendarmes, bien au contraire, d'assurer que le suspect avait été dérangé dans ses funestes travaux et qu'il avait tué l'importun afin qu'il ne puisse parler et témoigner contre lui. Cette manière d'appréhender cette affaire ne pourrait que nuire à sa défense, si tant est qu'il ait la possibilité d'en exprimer une. La manière dont les militaires avaient répondu et s'étaient conduits face à sa famille ne donnait pas beaucoup d'espoir à Armand de pouvoir s'expliquer et, surtout, convaincre ou persuader ses accusateurs. Son moral en fut affecté durablement.

La question qui le taraudait depuis son arrivée à la gendarmerie restait immanquablement liée à la manière dont il pourrait se sortir de ce faux pas. Malheureusement, aucune lumière ne vint éclairer une issue éventuelle de ce tunnel dans lequel il était entré et dont il ne percevait pas du tout les lueurs de la sortie.

L'aube offrait son cœur à une nouvelle journée rayonnante de soleil lorsque Armand entendit la rotation de la clé dans la serrure de la porte de son cachot. Épuisé par ses réflexions et les longues heures passées à se morfondre, il avait sombré dans un sommeil superficiel qui ne lui avait pas permis d'entendre arriver ses gardiens.

— Lève-toi ! lui imposa un gendarme qu'il ne connaissait pas. Il n'avait pas fait partie du binôme qui l'avait arrêté la veille.

Dépliant son corps, le jeune homme prit le temps de s'étirer avant de se lever.

— Qu'est-ce que vous comptez faire de moi ? interrogea-t-il.

— Tu le sauras assez tôt. Pour l'instant, le brigadier veut te parler.

Armand sortit de sa cellule et attendit que le militaire vienne ouvrir la porte du couloir reliant la prison aux bureaux administratifs.

Derrière une table, le gradé l'attendait, un porte-plume à la main, prêt à en tremper la plume en acier dans un encrier pour coucher sur le papier les détails de l'arrestation de la veille.

— Assieds-toi ! ordonna-t-il.

Armand obéit.

— Alors, tu as réfléchi, cette nuit ? Il paraît que ça porte conseil.

— Beaucoup, oui !

— Et tu as décidé d'être plus coopératif, ce matin ?

— Bien sûr, mais en disant la vérité, déclara la jeune recrue.

— À la bonne heure ! Alors explique-moi ce qu'il s'est passé dans la forêt de Combe-Noire.

— Rien de plus que ce que je vous ai dit devant ma famille. Je suis rentré du conseil de révision, je n'ai rien vu de spécial et je suis allé me coucher.

— Et la perte de l'affichette ? surenchérit le gradé.

— Je ne peux pas l'expliquer. J'ai pris le chemin près duquel vous l'avez trouvé. Elle a dû tomber de mon chapeau et le vent l'a fait voler vers l'endroit où vous l'avez trouvée. Dans les fourrés, non ?

— Ne sois pas impertinent ! s'énerva le gendarme en se levant et en se plaçant face au prisonnier pour mieux le toiser et l'écraser de sa stature.

— Que voulez-vous que je vous dise de plus ?

— Simplement la vérité.

— Mais je viens de vous la dire.

Se rasseyant pour retrouver une certaine contenance, le brigadier poursuivit :

— Il y a une chose qui me chagrine depuis hier soir.

— J'en suis désolé, répondit avec insolence Armand en lançant un regard amer à son interlocuteur. J'espère que ça ne vous a pas gâché votre nuit ?

Ne désirant pas relever, l'adjudant reprit :

— Je suis persuadé que tu as participé à cette agression, et même à ce meurtre. Je pense également que tu n'étais pas seul et que tu as un complice. Tu peux me donner son nom ?

— Mais tout de suite !

S'attendant au pire, face à cette attitude contestataire, le gendarme serra fortement la planche de la table sur laquelle il écrivait.

— J'attends.

— Mon ombre, bien sûr ! Vous ne pouvez pas savoir comme elle est obligeante avec mes gestes. Elle obéit au doigt et à l'œil, sans qu'on lui demande quoi que ce soit.

N'y tenant plus face à cette adversité malintentionnée, le brigadier se leva une nouvelle fois. Il saisit Armand par le col. En un geste brusque, il le décolla de son siège et approcha son visage du sien.

— Tu veux que je te mette mon poing dans ta sale gueule ! hurla-t-il.

Ses collègues intervinrent pour le faire lâcher prise, mais en vain. Comprenant qu'il était capable d'en arriver à cette extrémité, Armand resta silencieux, mais conserva son regard de haine envers l'homme par qui tous ses malheurs arrivaient. Il ne le lâcha pas du regard, ce qui décupla l'hostilité du gradé.

— Puisque tu ne veux pas avouer, éructa le gendarme, ce sont d'autres personnes qui vont s'occuper de toi. On va te transférer au commandement départemental de la gendarmerie, et là ils ont des moyens supérieurs aux miens pour te faire avouer tes crimes.

— Ou peut-être qu'ils comprendront que je n'y suis pour rien et qu'ils me relâcheront.

— Enlevez-moi ça de devant les yeux, ordonna le chef de la brigade.

Armand rejoignit sa cellule, dans l'attente de son transfert.

Une heure plus tard, quelle ne fut pas sa surprise de voir arriver sa mère et son grand-père ! Le brigadier avait accepté cette visite à la condition qu'un militaire restât en permanence durant l'entretien et qu'il écoutât toute la conversation.

Au travers des barreaux qui séparaient le prisonnier de sa liberté, Rose lui prit les mains.

— Est-ce que tu vas bien, mon fils ? Ils ne t'ont pas trop maltraité ?

— Ne te fais pas de souci, maman. Tout va bien. Ils sont butés, mais je ne désespère pas de pouvoir m'expliquer. Je ne vais pas faire les frais d'une injustice, quand même ! Je t'assure que je n'ai rien fait et que je n'ai rien à voir avec ce cadavre et cette mise en scène impensable.

— On te croit, le soutint Jules. Penses-tu que tu seras assez persuasif pour faire entendre raison à ces monstres ?

Tout en prononçant cette dernière phrase, l'aïeul regarda le gendarme qui ne perdait aucun mot sortant de la bouche des discoureurs.

— J'ai bien dit « de ces monstres », insista-t-il. On ne peut pas les appeler autrement !

— Ils vont me transférer à la ville, coupa court le jeune homme afin d'éviter que son grand-père ne s'énerve une nouvelle fois.

— Quand ? s'émut la femme.

— Je ne sais pas.

Armand, se tournant vers le gardien, le lui demanda.

— Vraisemblablement avant ce soir, lui répondit-il.

— Je vais aller voir le maire et tout lui expliquer, promit Jules à son petit-fils. S'il peut empêcher ça...

— Pour quoi faire ? interrogea la recrue.

— Pour qu'il intervienne. Il sait bien que nous sommes des gens honnêtes et que nous n'avons jamais fait de mal à personne. Alors commettre un meurtre !

— Et papa, comment va-t-il ?

— Il est soucieux, répondit Rose.

— Quand je vous ai quittés, hier soir, j'ai trouvé qu'il avait un drôle de regard.

— Je l'ai entendu tourner dans le lit toute la nuit et, le peu de temps qu'il a dormi, il disait des choses incompréhensibles. Son sommeil était agité. Je pense qu'il a fait des cauchemars.

— Il peut, poltron comme il est, coupa Jules.

— Ne dis pas ça, grand-père, je ne lui avais jamais vu ces yeux. Surveille-le. J'ai l'impression que mon arrestation l'a choqué, poursuivit Armand en grossissant ses yeux et en hochant la tête pour désigner le militaire qui était occupé à scruter ailleurs.

Il voulait interrompre cette dérive verbale qui risquait d'attirer l'attention du témoin de leurs échanges.

— Tu as peut-être raison, approuva l'aïeul en comprenant où voulait en venir son petit-fils.

Comme il l'avait fait la veille, Jules essaya de tranquilliser du mieux qu'il put Armand. Il lui prit les mains entre les siennes, les serra longuement comme pour lui donner un fluide invisible.

Rose, de son côté, enserra le fruit de sa chair du mieux qu'elle put et l'embrassa interminablement.

Alors qu'ils quittaient la gendarmerie, Rose et Jules entendirent le chef de la brigade prévenir furtivement ses subalternes :

— On va transférer cette crapule en début d'après-midi.

VI

Le transfert

LES CHEVAUX ÉTAIENT SELLÉS. Les gendarmes qui avaient été désignés par leur chef pour effectuer le transfert d'Armand à la compagnie départementale ajustaient les sangles ventrales qui passaient sous le poitrail de leurs montures respectives.

Ils allaient convoyer le prisonnier de la même manière que la veille. Armand Ligourel allait marcher entre les deux militaires, les mains liées avec une corde qui serait attachée aux cornes situées sur l'avant de la selle de chacun des militaires, au-dessus du pommeau.

Dès qu'ils furent prêts, ils récupérèrent le dossier que leur supérieur avait préparé et dans lequel figurait le rapport étayant la culpabilité du jeune homme. Y était également insérée la fameuse affichette portant le numéro 183 qui était la seule pièce vraiment concrète de cette affaire et qui avait permis au brigadier de se faire une opinion un peu trop rapide sur le coupable de cet assassinat.

Sortant de sa cellule, Armand s'adressa à l'homme qui était venu l'arrêter chez ses parents :

— Il y a une chose que vous ne m'avez pas dite.

— Et quoi ? répondit le gendarme en levant la tête de la feuille qu'il était occupé à lire.

— L'identité de la victime. Tant qu'à être le coupable idéal à vos yeux. J'aimerais au moins savoir qui j'ai tué.

— Vous devez bien le savoir, non ?

— Eh bien non, justement. Je suis accusé d'un meurtre et le plus surprenant, c'est que je ne connais même pas la source de mes ennuis.

— Mes collègues vous le feront avouer. Ce n'est plus mon problème. Vous allez être transféré. Cette affaire est terminée pour moi. Je m'en lave les mains. Enfin, nous nous en lavons les mains, poursuivit-il en désignant d'un geste rotatif les autres militaires qui l'entouraient en laissant échapper un rire grotesque pour montrer son enchantement.

— Vous ne voulez donc pas me le dire ?

— Ce que je sais, c'est qu'il n'est pas d'ici.

— C'est donc un homme ?

— Et pourquoi donc ?

— Parce que vous avez dit « il » !

— Je parle d'un cadavre, pas d'un homme ou d'une femme, donc je ne peux qu'employer le masculin.

— Elle est bien facile, celle-là, insista la recrue. Je pense que vous vous êtes vendu en disant « il ».

Face à autant d'effronterie de la part d'Armand, le chef de la brigade serra les lèvres en contorsionnant sa bouche avant de reprendre sa lecture.

— Allez, emmenez-moi ça avant que je ne m'énerve une nouvelle fois, conclut-il.

Les deux convoyeurs avaient commencé à entraver les mains du prisonnier pendant son intervention verbale. Celui-ci s'était laissé faire sans broncher, trop occupé à demander les renseignements qu'il n'avait pu obtenir. Ils ouvrirent la porte de la gendarmerie. Ils poussèrent sans ménagement le détenu vers l'extérieur, entre les deux chevaux qui attendaient paisiblement, côte à côte.

Attachant le lien gênant l'individu à leurs deux selles, ils se hissèrent sur le dos des animaux, chacun à son tour, pour qu'à aucun moment le prisonnier ne soit sans surveillance.

Tant qu'il était entre les murs de ses geôliers, à l'abri de toute présence étrangère, Armand faisait bonne figure, mais dès qu'il fut à l'extérieur, il subit le contrecoup de tout ce qu'il avait vécu depuis son arrestation. La honte se lisait dans son regard lorsqu'il traversa le village. Les habitants sortaient sur le pas de leur porte pour voir passer, au pas, celui que tous connaissaient comme étant un honnête garçon, incapable de faire du mal à qui que ce soit. Les commentaires allaient bon train.

Il y avait ceux qui n'y croyaient pas. Ils avaient du mal à imaginer ce qu'ils voyaient défiler devant leurs yeux.

— Ce n'est pas possible que ce gosse ait pu faire une chose pareille, avançaient certains qui avaient appris la découverte macabre et la détention lorsque l'information avait traversé la commune, comme une traînée de poudre, dès le petit matin.

Les Cassagnole et leurs descendants étaient des gens bien vus, sans histoires, qui menaient une vie bien rangée au service du marquis de Macassargues. C'est cette tranquillité qui était à l'origine des déclarations des sceptiques :

— Comme quoi il faut toujours se méfier de l'eau qui dort. Quelquefois ça cache des choses pas bien belles, mais alors pas bien belles du tout !

Ensuite venaient les convaincus du bien-fondé de cette arrestation :

— Si les gendarmes le transfèrent à la ville, c'est qu'ils doivent avoir leurs raisons. On n'arrête pas les gens ainsi sans aucun motif. L'Armand ne doit pas être si clair que ça. Après tout, il est Cassagnole par sa mère et gavot par son père ! Ceci peut expliquer cela ! Que voulez-vous, avec la jeunesse d'aujourd'hui, il faut s'attendre à tout ! concluaient-ils avec en arrière-pensée la sempiternelle confrontation des générations.

Enfin, les désintéressés poursuivaient leurs activités sans même jeter un coup d'œil à ce drôle de défilé peu habituel dans la commune. Pour eux, la vie continuait, avec ou sans Armand Ligourel au village.

Dès les dernières maisons dépassées, les cavaliers augmentèrent l'allure, obligeant le captif à allonger ses pas.

— C'est bon, tu suis ? s'amusa un des deux militaires.

— Quand vous verrez un nuage de poussière derrière mon corps, c'est que je serai couché à terre et que vous me traînez, s'offusqua le jeune homme.

— Mais ce n'est pas notre intention, on doit te remettre en entier et en bonne santé à nos supérieurs.

— Alors modérez votre pas, sinon ce ne sont que deux moignons accrochés à un semblant de tronc que vous leur livrerez.

Les gendarmes adaptèrent la cadence à celle du prisonnier tout en bougonnant. Ils allaient mettre un temps beaucoup plus long, à ce rythme, pour parcourir la distance qui les séparait de la caserne départementale, but de leur destination.

Sur le chemin qu'ils empruntaient, Armand aperçut au loin les bâtiments du mas familial. Il imagina l'état d'esprit dans lequel devaient être les membres de sa famille. Certains devaient se morfondre, comme sa sœur Marthe, ou se révolter, comme son grand-père Jules. Quant à Gustave, son père, il ne savait que penser de lui et surtout ce qu'il avait dans la tête, au milieu de cette situation qui semblait le dépasser totalement. Il ne pouvait pas du tout être insensible à ce qui arrivait à son fils, malgré cette nonchalance qui faisait dire à Jules qu'il était une lavette ou un moins-que-rien.

Tout en marchant, il réfléchissait à ce qui allait lui arriver lorsqu'ils auraient atteint leur destination. Est-ce qu'il aurait plus de chances de s'expliquer et de se faire comprendre par les gradés qui devaient l'accueillir ou allaient-ils avoir une réaction pire que celle que lui avait infligée le brigadier qu'il venait de quitter ?

Il ne pouvait pas croire un seul instant que cette simple affichette perdue un soir de pleine lune soit l'unique chose qui puisse le conduire vers sa perte, l'entraîner vers la spirale infernale de l'incompréhension et de l'erreur judiciaire. Ce n'était pas possible qu'aucune personne sensée ne vienne se dresser sur ce chemin fait d'obscurantisme, dans l'état actuel de sa situation. Il n'y voyait aucun aboutissement positif. Les événements s'étaient enchaînés à une rapidité telle qu'il vivait un cauchemar dont il avait beaucoup de mal à s'extraire, même éveillé, ou... surtout éveillé !

Il devait bien exister un moyen de prouver qu'il n'avait pas tué et enseveli le corps de cette ou de cet inconnu. Si encore il avait une petite idée de son identité, il aurait pu contredire certaines affirmations un peu trop hâtives du chef de la brigade. Pourtant, il pensait que le seul fait que celui-ci ait avancé que ce pouvait être une personne qui l'aurait surpris en train de braconner ne donnait pas de grandes issues à sa défense.

Au lieu de ça, Armand était contraint de subir des péripéties totalement rocambolesques qui allaient le mener on ne sait où.

Il marchait machinalement, mécaniquement, obstinément vers son destin sans aucun espoir de retour. Au fil de ses pas, bien qu'il ait du mal à se faire à toute idée de résignation, il lui fallait être réaliste. Pour se donner du courage et ne pas céder à l'abattement, il se remit en mémoire les paroles de Jules, l'indocile, celui qui avait traversé les années révolutionnaires avec des engagements toujours aussi forts.

« Ne baisse jamais les bras, petit ! Après un crépuscule dévastateur, il naît toujours une aube régénératrice. C'est elle qu'il faut enthousiasmer, attiser, pour que les jours suivants soient bien meilleurs. »

Le crépuscule dévastateur, il l'avait vécu la veille et voilà que l'aube régénératrice s'était levée au fond d'un cachot. En regardant ses liens, il haussa les sourcils. Il pensa qu'elle allait avoir du mal à être acceptable, l'aube régénératrice, malgré toute la bonne volonté qu'il pourrait lui accorder.

Armand se replongea dans ses pensées.

« Saisis toujours les occasions imprévues qui se présentent. Il se peut qu'elles ne reviennent jamais, poursuivait son aïeul. De toute façon, en cas d'échec tu reviendras au même endroit, alors il ne faut pas réfléchir. Très souvent, la situation ne pourra que s'améliorer. »

Le jeune homme s'accorda que tel était son cas en cette journée de printemps. La philosophie qui avait guidé la vie de Jules et de Marie n'était pas si mauvaise que ça puisqu'ils étaient toujours là, ensemble, à poursuivre leur existence.

Sans qu'il sache pourquoi, Armand constata que le rythme qui était le leur depuis une bonne heure avait tendance à faiblir. Il regarda alternativement ses deux gardiens. L'un gesticulait beaucoup plus que l'autre sur sa selle. Au bout de quelques instants, ce dernier n'y tint plus.

— On va faire une halte.

— Pour quoi faire ? lui demanda son compagnon qui n'avait pas vu ses gigotements, trop occupé à regarder devant lui et rêvasser au terme de cette équipée.

— Parce que j'ai une envie pressante qui ne pourra pas attendre.

— Vraiment pressante ? interrogea soucieusement le second gendarme en lançant un regard en coin vers le prisonnier.

— Oui. Je ne sais pas, mais depuis ce matin, ça gargouille là-dedans, répondit-il en passant sa main sur son ventre. Je ne sais pas ce que j'ai mangé, hier soir, mais apparemment ça n'est pas passé.

— Pourtant, on a mangé la même tambouille.

— Peut-être, mais tu dois la supporter mieux que moi. Il faut que je m'arrête.

Anticipant ses mots, il stoppa sa monture et en descendit à la hâte. Il se dirigea vers un buisson où il s'accroupit après avoir baissé son pantalon sur ses bottes.

Armand ne put réprimer un sourire en voyant le bicorne qu'il n'avait pas quitté s'agiter convulsivement, dépassant des branches du bosquet, au fur et à mesure des efforts de soulagement de son propriétaire.

— Ah, elle est belle la maréchaussée quand elle retrouve ses attitudes bestiales ! s'amusa le jeune homme.

Rapidement, le prisonnier évalua que la situation pouvait lui être extrêmement favorable pour s'enfuir. Dans cette posture, le gendarme incommodé devenait impuissant et ne pouvait pas intervenir. De plus, en s'éloignant pour faire ses besoins, il avait abandonné la corde qui les reliait. Il lui fallait donc neutraliser le second et le tour serait joué.

Oui, mais voilà, celui-ci était doublement aux aguets, devançant sûrement les pensées d'Armand. Ses yeux allaient alternativement de l'horizon vers le prisonnier, occultant la vision poussive de son collègue.

Une odeur fétide parvint aux narines du détenu et de son geôlier. Elle prouvait que la nature avait fait ses effets et que le soulagement tripal en cours était bien engagé.

Regardant la selle inoccupée, Armand s'aperçut que le nœud qu'avait fait le militaire avec la corde s'était légèrement délié lorsqu'il avait abandonné subitement sa monture. Il paraissait aisément extractible de son point d'ancrage. En tout cas, il était moins serré qu'au départ. Il jugea qu'avec un mouvement sec, bien exécuté, il serait facile de le faire glisser sur la corne du pommeau en cuir et ainsi de libérer un des bouts.

C'est donc sans réfléchir une seconde supplémentaire que d'un geste brusque le jeune homme fit sauter l'extrémité de l'entrave qui céda facilement. Tirant de toutes ses forces sur celle-ci, mais dans l'autre direction, il déstabilisa le militaire resté à cheval. Surpris, malgré sa surveillance renforcée, celui-ci attrapa des deux mains la corde pour empêcher la poursuite de l'action et mettre un terme à cette tentative d'évasion. Mal lui en prit puisqu'il chuta lourdement sur le sol. Se relevant promptement, il fut bousculé par le captif qui profita de ce moment de flottement pour détacher l'autre extrémité de la corde. Une nouvelle fois, le gradé se retrouva à terre.

Ayant récupéré en vrac la totalité du lien qui entravait ses mains, Armand frappa violemment sur la croupe des deux chevaux qui s'enfuirent sans demander leur reste, avant de se mettre, lui-même, à courir à travers les bois dans la direction qui lui sembla la plus appropriée à une échappée plus aisée.

Au moment où le gendarme valide se remit sur ses jambes, laissant son collègue totalement ébahi par la soudaineté de la situation et incapable de pouvoir intervenir, ses culottes à la main, le fuyard avait déjà pris quelques mètres d'avance qu'il exploita favorablement pour gagner le maximum de terrain.

Armand courait sans savoir où il allait, au hasard, droit devant lui. Il sautait les branchages, franchissait les ruisseaux, survolait les fourrés. Le besoin de liberté le catapultait irrévocablement vers l'avant. Il n'aurait jamais pensé qu'il pût aller aussi vite. Il bondissait, ralentissait quand il jugeait que son allure risquait de le déstabiliser et de le projeter au sol. Il sautillait avant d'escalader des talus, soufflait régulièrement pour mieux contrôler sa respiration, afin de ne pas s'asphyxier.

À ses trousses, le militaire avait du mal à le suivre aussi rapidement. Son uniforme n'était pas approprié à ce genre de mouvements. Le haut de ses bottes lui sciait la pliure des genoux. Son sabre le gênait. Voulant l'empêcher de se balancer, il le retenait avec sa main et perdait beaucoup d'énergie pour ne pas le perdre. Il estima, un court instant, qu'il devait s'en défaire, mais il pensa aussi précipitamment que l'arrêt qu'il allait devoir s'imposer pour l'enlever laisserait à celui qu'il pourchassait une chance supplémentaire de creuser un écart encore plus important entre eux et ainsi de lui échapper. Il poursuivit donc sa progression sans aucune autre réflexion. Il n'avait d'œil que pour cette silhouette qu'il se devait de rattraper, mais qui diminuait à chaque instant, au fil de ses foulées.

Alors qu'il croyait avoir gagné la partie, Armand ne vit pas, sur sa trajectoire, une racine d'arbre plus proéminente que les autres. L'anneau qu'elle formait fut un piège. Il y accrocha son pied. Le vol plané qu'il effectua fut des plus spectaculaires. Avant même qu'il ait réfléchi à ce qui lui arrivait, il s'était relevé et il repartait.

Le jeune homme sentit un liquide chaud lui couler sur la joue. Il avait dû s'égratigner en tombant et du sang devait suinter de la plaie. Il n'était pas question un seul instant d'avoir mal. Il aurait tout le temps de souffrir quand il serait en sécurité. Il se devait de maintenir sa fuite, son échappée, jusqu'au moment où il n'aurait plus le choix de la poursuivre, en cas de victoire ou s'il était rattrapé. L'obligation de liberté qu'il éprouvait à cet instant précis était plus forte que tout. Il fallait qu'il se sorte de ce guêpier, qu'il coure, qu'il coure encore, qu'il coure toujours !

La partie semblait gagnée. Malgré sa chute et le temps qu'il avait perdu, le jeune homme comprit que le gendarme avait beaucoup de mal à le rattraper. Il en fut soulagé, mais la corde qu'il devait tenir entre ses mains lui joua un autre sale tour.

Alors qu'il reprenait son allure salvatrice, il fut arrêté net. Cette lanière qui restait le lien unique malencontreux entre lui et la justice s'était entortillée fâcheusement autour d'une branche. Elle était le seul témoin de tout ce qui lui tombait sur la figure depuis la veille. Elle lui rappelait qu'il n'était pas libre, qu'il lui fallait encore se détacher des antécédents qui étaient à ses trousses.

Armand chuta une nouvelle fois. Avec beaucoup de sang-froid, il réussit à se libérer, à ramasser ses liens, à les regrouper et à reprendre sa fugue. Durant le court instant où il était resté à terre, il en profita pour regarder derrière lui. Rien ne bougeait !

Petit à petit, Armand se fondit dans un environnement de verdure, d'arbres et de ramures qui étaient plus fournis à cet endroit de la forêt, laissant présager de la réussite de son évasion. Il était quasiment sûr que s'il s'arrêtait net, là, caché par les buissons, et qu'il ne bougeait plus, son poursuivant n'aurait plus la possibilité de l'apercevoir et celle d'évaluer l'endroit où il se trouvait exactement. N'entendant plus de mouvements derrière lui, il pensa que le gendarme avait rendu les armes, qu'il avait abandonné la chasse. Toutefois, il ne voulut pas tenter le diable ! Il reprit du mieux qu'il le put son rythme. La liberté était à ce prix, jusqu'à son dernier souffle.

Les battements de son cœur s'étaient accélérés proportionnellement à l'effort qu'il s'imposait. Il le sentait bondir dans sa poitrine, ne sachant plus si c'était consécutivement à cette course-poursuite ou au bonheur qui l'avait envahi d'avoir semé le gendarme.

À l'instant où il allait sortir du bois pour retrouver des espaces beaucoup plus dégagés qu'il allait devoir gérer de manière bien différente pour ne pas être vu, il sentit que sa jambe se raidissait.

Comme lorsqu'il était resté à l'affût pendant l'enterrement du cadavre, à son retour du conseil de révision, une crampe avait contracté ses muscles. Il ne put aller plus loin. Il s'approcha en boitant du dernier arbre avant les étendues planes des premiers champs cultivés. Il appuya son front sur le tronc. Il ferma les yeux pour mieux recentrer son attention sur son mal. D'une de ses mains, toujours liées entre elles par la maudite corde, il tenta de masser la partie douloureuse de son membre ankylosé. Il étira la jambe afin de faire fléchir la douleur.

Arrivant à vaincre péniblement sa souffrance, il entendit un bruissement de feuilles écrasées. Il sursauta.

— Alors on veut s'évader ! entendit-il à quelques mètres de lui.

Vaincu par la fatigue de l'effort qu'il venait de fournir, fourbu, éreinté, il était sûr que la partie était perdue, mais n'afficha aucun regret. Il avait fait ce qu'il pensait être salvateur et ne pourrait jamais se le reprocher. Son grand-père pourrait être fier de son petit-fils. Il avait suivi ses conseils et usé de toutes les situations pour améliorer sa condition, comme il le lui avait si souvent expliqué.

Armand rouvrit les yeux, résigné à ce qui l'attendait, et resta stupéfait.

VII

La proposition

ALORS QU'IL ROUVRAIT SES YEUX, après une fuite éperdue à travers les bois, Armand s'attendit à voir apparaître l'un des gendarmes qui le convoyaient. Il se préparait à être attrapé vigoureusement et à reprendre sa place entre les deux militaires.

Au lieu de ça, il resta ébahi de se retrouver face à son grand-père.

— Qu'est-ce que tu fais là ?

— Je t'attendais, répondit laconiquement Jules.

— Mais comment savais-tu que je serais ici, alors que moi-même je n'en avais aucune idée, il y a seulement dix minutes ?

— C'est le fruit de l'expérience, sourit le grand-père en dépliant son couteau qu'il avait sorti de sa poche pour couper la corde entravant encore une partie des mouvements de son petit-fils. Ne restons pas là. Tes geôliers pourraient revenir !

À quelques mètres des deux hommes, le cheval de trait de la famille attendait sagement, occupé à manger quelques touffes d'herbe fraîchement sorties de terre.

Les deux hommes se mirent sur son dos, à cru.

Sitôt monté, sitôt parti !

— Quand je suis venu te voir avec ta mère, tout à l'heure, j'ai entendu que ton transfert devait avoir lieu en début d'après-midi. Tout en mangeant, à midi, j'ai pensé que je ne pouvais pas te laisser partir ainsi. Pour moi, c'était impossible, inimaginable. J'ai donc pris le cheval pour essayer de vous suivre en espérant que je trouverais un moyen de te faire évader. Je me suis mis à bonne distance. Comme votre rythme était tranquille, ça a été plus simple que je ne croyais. Lorsque vous avez abordé les bois, j'ai pensé que le moment était venu de te sortir de là, mais comment ? Je vous ai vus ralentir, vous arrêter et j'ai vu détaler les deux chevaux. J'ai bien compris qu'il se passait quelque chose d'anormal. Puis je t'ai vu disparaître comme un fou. J'ai immédiatement compris que tu te faisais la belle. J'ai obliqué dans la même direction que celle que tu avais prise en suivant la lisière du bois. Je me suis dit que si tout se passait bien, à un moment donné, tu serais bien obligé d'en sortir et c'est ce qui est arrivé.

— Tu es formidable !

— Non, je réfléchis et je suis heureux que tu te sois sorti de ce pétrin tout seul. On va rentrer à la maison, mais il va falloir faire attention, parce que les deux hurluberlus, quand ils auront récupéré leurs montures, vont donner l'alerte rapidement. Le premier endroit où ils vont venir te chercher, c'est chez nous.

— Ils risquent de mettre un peu de temps si le gendarme qui était incommodé l'est encore, éclata de rire Armand. L'autre va avoir du mal à rattraper les deux chevaux.

— J'espère pour lui qu'il n'est pas encore dans les fourrés, sinon il va être... vidé ! s'amusa l'aïeul.

L'équipage força la cadence pour arriver au plus tôt, en sécurité, sous le toit de la famille Cassagnole, hors d'éventuels regards curieux. Leur cheval n'allait pas aussi vite que ceux de la maréchaussée, mais il avançait quand même assez rapidement.

Quelques minutes plus tard, les deux hommes arrivèrent à bon port. Armand tomba dans les bras de sa mère, puis de sa grand-mère, les deux femmes ayant abandonné leurs tâches et accouru pour l'accueillir. La surprise était telle qu'elles n'en croyaient pas leurs yeux.

— Marthe, Gustave, venez voir qui est là ! lancèrent-elles à la sœur et au père du fugitif.

— Il faut qu'il se cache, expliqua Jules aux deux femmes, ennuyé par les effusions qui lui paraissaient superflues, vu le contexte. On se fera la bise plus tard. Les gendarmes ne se la font pas, eux. Ils ne vont pas tarder à rappliquer. Le chef de la brigade ne va pas être content de l'aventure de ses deux subalternes et de l'affront qu'ils ont subi. Il faut s'attendre à des représailles assez vigoureuses de leur part. Viens avec moi, continua le grand-père en regardant Gustave, on va le dissimuler sous le tas de paille, sous l'auvent de l'écurie. On avisera plus tard de quelle manière on va s'y prendre pour qu'il soit introuvable. Il faut réagir dans l'urgence, et là il y a urgence !

Les trois hommes traversèrent en courant la cour ou les volailles s'ébattaient dans une cacophonie très champêtre. Dès qu'ils entrèrent sous l'avant-toit, Jules et Gustave saisirent des fourches et ouvrirent avec vigueur un passage dans l'amoncellement de fourrage. Récupérant quelques planches qui traînaient, ils construisirent un abri de fortune à la hâte. Le jeune homme s'y glissa. Aussi rapidement qu'il avait été édifié, le refuge fut recouvert jusqu'à ce que sa présence soit imperceptible.

* *
*

La nuit était déjà noire lorsque Armand entendit des voix se rapprocher de sa cachette. La paille qui l'entourait les filtrait. Il ne pouvait pas savoir si elles étaient familières ou inconnues. Dans le doute, il retint sa respiration pour effacer du mieux qu'il le pouvait sa présence.

— N'aie pas peur, c'est nous, entendit-il au bout de quelques instants qui lui avaient paru une éternité.

N'ayant toujours pas pu identifier les tonalités, il ne bougea pas. Et si c'était une tactique des gendarmes pour le débusquer ? Cette éventualité l'inquiéta. Il ne savait pas ce qui s'était passé depuis l'instant où la vue du ciel s'était voilée lors de son ensevelissement sous le tas de paille. Est-ce que la famille avait reçu la visite des représentants de la maréchaussée ? Est-ce que ceux-ci avaient réussi à faire parler l'un des membres ? Est-ce que sa tanière avait été divulguée ? Toutes ces interrogations affluaient en désordre dans son esprit. Elles l'empêchaient de bouger.

Ce qui le ramena à la raison fut le tutoiement avec lequel avait été posée la question. Il pensa que le brigadier, sûr de sa découverte, aurait hurlé un ordre du style « Sortez de là », en le vouvoyant. Il ne pensa pas que ce genre de personnage ait l'habitude d'afficher un quelconque genre de familiarités dans l'exercice de son travail.

Les secondes s'écoulèrent et il n'entendit plus rien. Pourtant, il lui sembla que l'on bougeait à quelques mètres de lui. Le crissement de la paille écrasée prouvait qu'une personne s'affairait, mais dans quel but ? Celui de l'aider ou de lui être préjudiciable ?

Après toutes ces incertitudes, quel ne fut pas le soulagement du jeune homme d'entendre très distinctement la voix de son grand-père et de voir une des planches de son repaire bouger. Dans la pénombre, il ne pouvait voir son visage, mais il reconnaissait cet accent si chantant qui donnait tant de charme aux discussions qu'ils échangeaient depuis qu'il était gosse. Il n'aurait jamais pensé qu'un jour il puisse le percevoir avec autant de bonheur.

— Ne faisons pas de bruit.

— Pourquoi n'as-tu pas pris la lampe tempête ?

— Parce que nous sommes épiés. Suis-moi le plus silencieusement possible et sans poser de questions.

Depuis la nuit tragique où la vie d'Armand avait basculé, la lune était descendante. Elle éclairait toujours autant la campagne environnante. À la faveur de quelques gros nuages poussés par les vents venant de la mer et qui annonçaient une dégradation du temps pour les jours suivants, de larges plages d'obscurité autorisaient des déplacements que seuls les bruits pouvaient divulguer. C'est donc avec beaucoup de précautions que les deux hommes sortirent de sous l'auvent protégeant le chaume des intempéries. Alors qu'ils arrivaient contre le mur de la maison d'habitation, l'astre diurne refit son apparition, redonnant aux choses une existence immobile.

Jules et Armand se fondirent au creux de l'ombre de la bâtisse, plaqués, côte à côte, contre les pierres de construction. C'est à cet instant qu'Armand comprit pour quelles raisons son grand-père était si prudent.

Là-bas, à l'endroit où la terre de l'entrée de la cour du mas se confondait avec celle du chemin, on pouvait distinguer une silhouette qui se déplaçait comme pour en interdire l'accès. Un cheval lui tenait compagnie. Très facilement, l'ancien prisonnier reconnut le bicorne d'un gendarme et pensa que, pendant qu'il prenait son mal en patience dans son repaire, il s'était passé bien des choses à l'air libre.

L'obscurité revint progressivement. Jules, en regardant le ciel, jugeant que le nuage qui en était la cause était assez imposant pour dissimuler la poursuite de leur déplacement, tapota sur l'épaule du jeune homme et lui fit signe de prolonger leur progression.

Plus que quelques mètres et les deux fuyards se trouvèrent sous la fenêtre de la souillarde. Le grand-père frappa discrètement au carreau. Aussitôt elle s'ouvrit. Jules indiqua à Armand de se hisser à l'intérieur. D'un coup de reins, il s'immobilisa sur l'appui inférieur de la maçonnerie et sauta à l'intérieur du bâtiment. Là l'attendait Gustave. Celui-ci tendit son bras vers l'extérieur pour la proposer à son beau-père. D'un revers de main, ce dernier la refusa et, en moins de temps qu'il ne faut pour le dire, l'aïeul avait franchi l'obstacle et se retrouvait aux côtés des deux hommes. Délicatement, il referma le battant en évitant qu'un grincement n'attire l'attention du gardien.

* *
*

— Alors, rien de nouveau ? lança le militaire arrivant à la rencontre de son collègue. Je viens pour la relève.

— Non. Ils ne bougent pas. Ils ont allumé la lampe à pétrole quand la nuit est tombée. On ne voit que quelques ombres qui passent de temps en temps devant la fenêtre.

— Personne n'est sorti ou entré ?

— Non, depuis que j'ai pris mon quart, il n'y a de la vie qu'à l'intérieur.

— D'accord. Tu peux aller te coucher et dis bien au suivant de ne pas m'oublier, parce que je ne veux pas faire un quart d'heure de plus dans ce froid.

— Oh, ce n'est pas le froid qui est le plus ennuyeux, c'est surtout l'humidité. On voit bien que le temps est en train de changer. On ne va pas manquer de se faire mouiller dans les jours à venir.

— C'est le mois de mars. Il faut le prendre comme il est. Un jour il fait beau et le lendemain il pleut ! Ce qui est le plus rageant c'est qu'on fait le pied de grue par la bêtise de nos collègues.

— Ne sois pas trop méchant avec eux.

— Oui, mais quand même, s'ils avaient fait attention, on n'en serait pas là.

— Je crois qu'on se serait tous fait prendre par surprise. D'autant qu'on a été plusieurs à avoir des maux de ventre. Même le chef, il n'était pas en pleine forme, en fin de matinée.

— Peut-être, mais ça ne l'a pas empêché de mettre une dérouillée aux fautifs.

— C'est ça être chef, savoir être égal à soi-même en toutes circonstances.

— Même dans la merde ! ne put s'empêcher de dire le militaire prenant sa permanence.

Les deux gendarmes éclatèrent de rire. Celui qui terminait sa permanence monta sur son cheval. En souhaitant perfidement de passer une belle nuit à son collègue, il ne perdit pas un seul instant pour regagner la caserne où l'attendait un peu de chaleur et un bon repas.

* *
*

Toute la famille était réunie devant le feu. Rose s'avança vers son fils, une assiette de soupe à la main.

— Assieds-toi au coin de la cheminée. Tu n'as pas eu trop froid, sous ta couverture végétale ? demanda-t-elle.

— Non. Et puis j'étais trop heureux d'être libre. Dans ces cas-là, on ne pense pas à autre chose, tu sais.

— Mange. Ça te fera du bien.

Depuis qu'ils étaient entrés, Jules n'avait rien dit. Il attendit quelques instants que son petit-fils ait avalé les premières cuillères de bouillon pour prendre la parole :

— Comme tu as pu le comprendre, notre journée n'a pas été de tout repos.

— Oui, j'ai vu le gendarme, là-bas.

— Effectivement. Comme on devait s'y attendre, le brigadier est venu avec plusieurs de ses hommes. Il était en pétard.

— On le serait à moins, admit Armand. Il a perdu et il va avoir du mal à s'en remettre. Je ne le crois pas beau joueur.

— Oh, c'est sûr, mais il ne faut pas crier victoire.

— Et qu'est-ce qu'il vous a demandé ?

— Où tu étais et si on ne t'avait pas vu. On lui a répondu que depuis qu'il t'avait emmené et qu'on t'avait vu à la gendarmerie, on n'avait plus de nouvelles. Ta sœur a même éclaté en sanglots. Une vraie comédienne !

— Brave Marthe, approuva le jeune homme en lui jetant un regard complice. Et il vous a crus ?

— Je ne sais pas. Il nous a demandé d'aller te dénoncer si par un heureux hasard tu refaisais surface, mais je ne pense pas qu'il ait été convaincu par sa demande. Il est bien conscient qu'on est solidaires avec toi.

— Il a fouillé quelque part ?

— Oui, la maison, dans toutes les pièces, sous les lits. Il a même déplacé la grande armoire de notre chambre, comme si tu pouvais être assez mince pour t'y cacher. Quand il a vu les araignées qui y vivaient, il est sorti en rage. Par contre, il n'est pas allé dans les communs. Il nous a expliqué qu'il allait nous surveiller et que, si on lui cachait quelque chose, on le regretterait. Quand il a claqué la porte, j'ai cru que le toit allait nous tomber sur la tête. Maintenant, il y a en permanence un de ses hommes qui garde l'entrée du mas. J'ai l'impression que c'est plus pour nous impressionner que pour vraiment nous surveiller. Mais il vaut mieux faire attention, tout de même. On ne sait jamais ce qui se passe dans la tête de ces gens-là !

Tout en discutant, Jules s'était approché de la fenêtre. Il souleva le rideau pour observer la silhouette qui faisait les cent pas à plusieurs dizaines de mètres de leur logis. Un long soupir vint clôturer son explication, avant qu'il ne propose à tous de s'asseoir autour de la grande table de chêne.

Au lieu de prendre leurs places habituelles, les membres de la famille attendirent que l'aïeul leur en désigne une. Vu la situation, chacun sentit que les règles coutumières pouvaient les perdre.

Jules proposa la place la plus éloignée de la fenêtre à son petit-fils afin de ne pas être dans son champ de vision si leur gardien était tenté de s'en approcher.

Lorsque Rose déposa la soupière sur la table et qu'elle en souleva le couvercle pour servir, les discussions avaient débuté sur le devenir d'Armand.

Une nouvelle fois, c'est Jules qui prit la parole en premier, à voix basse :

— Depuis ton arrestation, nous nous sommes concertés pour mettre au point un dispositif afin que tu ne te fasses pas prendre, car maintenant, non content d'être un suspect potentiel dans cette affaire de crime, tu es devenu un évadé, et là ça devient un peu plus grave. Mais ne t'en fais pas, poursuivit le grand-père en tapotant l'épaule du jeune homme, on ne va pas te laisser tomber. N'est-ce pas, Gustave ? questionna-t-il en regardant son gendre qui soufflait sur une cuillerée remplie de soupe pour la refroidir.

— Oui ! C'est évident.

— Encore heureux que ça le soit ! s'émut Jules, abattu, en levant les yeux au ciel, comme il le faisait habituellement quand il s'adressait à lui. Voilà ce que nous avons pensé pour toi. Tu vas te reposer un peu et, avant que le soleil se lève, tu quitteras la maison. Tu profiteras de l'obscurité pour t'éloigner le plus rapidement possible du mas qui est gardé et tu gagneras la montagne.

— La quoi ? s'étonna Armand.

— Tu as bien entendu : la montagne. En tout cas, tu dois quitter le pays pour te faire oublier le temps que cette affaire trouve une solution et que les coupables soient démasqués.

— Parce que tu crois qu'ils vont m'oublier, les gendarmes ?

— Non ! Mais tu ne seras plus leur première préoccupation dans quelques jours. Il se peut qu'entre-temps ils découvrent d'autres pistes sur cette sale affaire et qu'on trouve celui ou ceux qui sont les vrais criminels.

Le silence de la pièce, simplement rompu par les paroles feutrées de l'aïeul, le fut plus violemment par le choc de la cuillère que Gustave laissa tomber dans son assiette.

— Qu'est-ce qu'il y a ? J'ai dit quelque chose qu'il ne fallait pas ?

— Non, non. Je suis maladroit, c'est tout.

— Comme à l'accoutumée. Fais attention. Tu en as foutu partout. L'instant est grave, bon Dieu !

Rose s'était levée pour attraper sur la pile de l'évier de quoi nettoyer les dégâts occasionnés par la maladresse de son mari. Quand elle se fut assise, Jules reprit ses commentaires :

— Donc... je disais que tu vas aller vers la montagne pour trouver asile.

— Mais je ne connais personne dans les Cévennes.

— Qui t'a dit que tu devais aller dans les Cévennes ?

— Ben, quelles montagnes alors ?

— Encore plus loin. Au pays de ton père, chez les Ligourel, sur l'Aubrac.

À la tête que fit Armand et avant même qu'il ait le temps de réagir, il poursuivit :

— Explique-lui, Gustave, mais doucement. On ne sait jamais, si on était espionnés.

Avant que son beau-fils ne commençât son récit, Jules se leva et alla vérifier, une nouvelle fois, que la sentinelle était toujours éloignée de la maison. Avec quelques réticences, Gustave raconta :

— Dans mon village natal lozérien qui s'appelle Marchastel, tout en haut de la Lozère, vit encore le frère de mon père. Il doit avoir l'âge de ton grand-père, poursuivit l'homme en désignant Jules. Je pense qu'il t'accueillera le temps que tout redevienne normal, ici.

— Mais c'est loin ! s'apitoya Armand.

— Oui, mais tu seras en sécurité, là-haut, je te le jure.

— Dans les Cévennes aussi, non ?

— Sur l'Aubrac, comme la nature est assez désertique, on peut voir arriver de loin les importuns et les dangers.

Venant au secours de son gendre, Jules reprit la parole :

— Ce n'est pas de gaieté de cœur qu'on te dit ça, mais nous avons pensé que c'était la meilleure façon de se faire oublier.

— Je t'ai préparé un baluchon, expliqua la mère, avec quelques provisions de bouche pour le voyage.

— On t'a ajouté un peu d'argent pris sur nos économies, coupa sa grand-mère Marie, pour que tu puisses prendre la diligence et t'éloigner le plus rapidement possible d'ici.

N'y pouvant plus, elle se leva et alla embrasser son petit-fils, les larmes aux yeux. Dans son sillage, Marthe vint à son tour se glisser entre leurs deux corps.

— Je pense, reprit Jules, qu'il faut que tu gagnes les hauts cantons le plus vite possible, et là tu pourras te déplacer beaucoup plus tranquillement.

— Tu montes à Marvejols, expliqua Gustave, et après tu vas vers Nasbinals. Quelques lieues avant ce village, tu trouveras Marchastel sur ta droite. Tu demandes Alphonse Ligourel. On t'indiquera un hameau à une demi-lieue au nord. Il s'appelle Rieutort. C'est là que je suis né, que j'ai été élevé et qu'il doit toujours habiter.

— Parce que ce n'est pas sûr ? s'interrogea Armand.

— Il était trop attaché à son pays pour l'avoir quitté. Je suis sûr qu'il y est toujours. Il est aussi rude que sa terre pour lui être infidèle, s'attendrit Gustave. En arrivant, explique-lui que tu es mon fils et le petit-fils de Guillaume... Il devrait t'héberger, termina Gustave en baissant sensiblement la voix.

— Parce que ça aussi ce n'est pas sûr ? répéta Armand.

— Il a de l'honneur et il ne laissera pas un Ligourel dans l'embarras, j'en suis convaincu.

Complètement absorbés par les détails que l'homme énumérait à son fils, tous sursautèrent lorsqu'on frappa à la porte.

VIII

La fuite

Après le premier effet de surprise consécutif aux trois petits coups secs frappés sur le vantail de la porte et le silence qui s'ensuivit, Jules fit signe à Armand de se réfugier dans la souillarde. Ce dernier s'y précipita et se blottit dans un des angles du fond de la pièce, dans le noir. Pendant ce temps-là, Rose et Marie, aidées de Marthe, enlevèrent son couvert en priorité et commencèrent à débarrasser la table, comme si de rien n'était. Ne sachant pas qui était là, à quelques mètres d'eux, il fallait donner une apparence de normalité et surtout éviter que la présence d'Armand ne soit visible à quiconque pénétrerait dans la pièce.

L'aïeul se dirigea vers la porte et l'ouvrit. Dans l'encadrement apparut le gendarme qui était en faction sur le chemin.

— Que voulez-vous ? s'insurgea Jules.

— Pouvez-vous me donner à boire, s'il vous plaît ?

— Vous ne voulez pas qu'on vous propose de partager notre repas et de vous coucher, également ? ironisa le grand-père.

— Non, mais simplement un peu d'eau.

— Vous avez le puits au fond de la cour, indiqua-t-il en désignant une forme dans l'obscurité. Il n'est pas tari et il y a une louche qui est accrochée à une chaîne, sur la margelle. Si ça ne vous suffit pas, voyez ça avec votre hiérarchie. Elle n'a qu'à prévoir votre intendance quand elle fait surveiller les braves gens !

Avant même que le militaire n'ait pu répondre, Jules lui referma le battant sur le nez. Soucieux d'être sûr que l'intrus s'était bien retiré, il se dirigea vers la fenêtre par laquelle il l'observait à espaces réguliers et constata qu'il allait vers le lieu qu'il lui avait signalé.

Dans le silence, on entendit le grincement de la poulie remontant le seau dans lequel il plongea le récipient enchaîné. Il ne put s'empêcher de sourire lorsqu'il le vit faire un geste de recul et s'épousseter sa veste. Inévitablement, il avait dû asperger son uniforme avec le surplus d'eau qui avait débordé pendant qu'il buvait. Rageusement, le militaire rejeta la louche qui vint rebondir violemment contre la maçonnerie du puits.

— Non content de boire notre eau, il va nous foutre en l'air notre matériel. Ah ! S'il n'y avait pas Armand, je lui aurais fait passer l'envie de nous imposer ses sautes d'humeur à ce couillon ! râla Jules.

S'étant assuré que le planton avait bien repris sa place, assez éloignée de la maison pour qu'ils puissent reprendre leur conversation en toute tranquillité, l'aïeul s'approcha de la souillarde.

— Tu peux sortir de ta cachette, indiqua-t-il à son petit-fils.

Quelques instants plus tard, toute la famille était à nouveau installée autour de la grande table rustique.

— Donc il faut que je me rende à Rieutort et que je demande Alphonse Ligourel, si j'ai bien compris. Et après ?

— Après, il s'occupera de toi le temps que tout se tasse ici. De toute façon, dès qu'on aura quelque chose, on te contactera pour te donner des nouvelles de l'évolution de l'affaire, s'engagea Jules. N'étant plus avec nous, les autorités ne pourront que constater que nous n'avons rien à voir avec cette histoire, et ils nous foutront la paix.

— Dieu vous entende, soupira Gustave.

— Il a intérêt à m'entendre parce que s'il n'a rien d'autre à faire qu'à pourrir la vie des gens honnêtes ! Je me demande de quel côté il se trouve...

— Vous le savez bien, toujours du côté des puissants, poursuivit Gustave.

— Ce n'est pas le moment de faire le procès de la religion. On aura tout le temps d'en parler lorsque cette affaire sera close, s'offusqua le grand-père, et il y a de quoi dire !

Se tournant vers son petit-fils, il reprit les détails de la prévision de son départ :

— Comme tu peux le voir, on n'est pas à l'abri d'une intrusion malencontreuse. Il faut donc que tu partes au plus tôt et, surtout, avant que le jour se lève pour qu'à l'aube tu aies déjà mis quelque distance à ton avantage dans ta fuite. Je te propose de te reposer une petite heure, et ensuite tu pourras t'échapper.

Regardant le reste de la famille approuver dans le calme les directives de l'aïeul, Armand ne put qu'acquiescer et accepter ce projet. Il se dirigea vers son lit et se coucha, pendant que tous s'installèrent face à la grande cheminée comme on le faisait pour une veillée mortuaire, sans entrain, avec une boule au ventre, consécutive à tous les rebondissements qui avaient bouleversé la vie monotone du mas de la famille Cassagnole, en cette fin mars 1890.

* *
*

— Lève-toi, c'est le moment !

Armand eut du mal à ouvrir ses yeux, plongé depuis peu de temps dans un premier sommeil qui avait eu beaucoup de mal à s'installer. Comme il le faisait habituellement, il se leva et alla s'asperger le visage d'eau fraîche pour reprendre tous ses esprits. Ce geste coutumier avait une tout autre signification, ce matin-là. Il était le dernier qu'il allait effectuer, sous ce toit ancestral, avant bien des semaines, en espérant qu'il pourrait vivre, un jour, une autre matinée en ce lieu.

Le jeune homme, très attaché à ses racines, découvrait qu'un simple grain de sable, dans les rouages de la vie, pouvait transformer la routine en exception, et le bonheur en enfer. Lui, qui était persuadé quelques heures auparavant que rien ne pourrait modifier sa destinée, vivait des instants inimaginables, mais surtout injustes puisqu'il était innocent.

L'inconscience de l'entrée dans la vie d'adulte, résultant du conseil de révision et de sa fête, s'était troquée en soucis et contrariétés dont il avait du mal à imaginer le débouché.

Armand avait le choix entre rester caché au mas, en mettant en péril la quiétude, voire la sécurité de ses proches, et s'éloigner pendant quelque temps pour que la vérité éclate enfin au grand jour et qu'il puisse reprendre sa place sur l'échiquier de la vie villageoise en y revenant la tête haute.

Lorsqu'il avait été arrêté par les gendarmes et qu'il avait traversé la rue principale du bourg, il avait eu le temps de voir de quelle manière les gens avaient réagi. Il avait compris rapidement, à la vue des regards qui le dévisageaient, qu'il n'avait rien à attendre de la nature humaine, qui parlait de solidarité avec une arrière-pensée d'individualisme ou d'entraide avec un égoïsme inavoué. L'union avait ses limites lorsque les intérêts de chacun étaient mis à mal, voire bafoués.

Il s'était donc fait à l'idée que la meilleure des réactions était bien sa disparition entamée avec son évasion, pour son bien personnel et celui des siens.

L'atmosphère dans la salle commune était lourde, lugubre. Afin de ne pas attirer l'attention de l'extérieur, aucune bougie ou autre point lumineux n'avait été allumé et les bruits restaient étouffés. Il ne fallait surtout pas qu'on sache qu'il se passait quelque chose d'inhabituel dans la maison à cette heure avancée de la nuit. Seule la flamme du feu, dans l'âtre, était alimentée pour produire un semblant de lumière. Elle éclairait de manière mystérieuse la scène qui s'y déroulait.

— Voilà ton baluchon, proposa Rose à son fils en le lui tendant. Comme je te l'ai déjà dit, je t'y ai mis tout ce qui pourra te servir lors des premiers jours, en attendant que tu t'habitues à ta nouvelle vie et que tu trouves ce qui sera nécessaire à ta subsistance avant d'arriver sur l'Aubrac.

— Merci, mère, lui répondit Armand en la serrant dans ses bras. Vous allez tous me manquer. J'espère que ce ne sera pas long et que je serai rapidement de retour.

— Voilà quelques sous, lui confia à son tour Marie, sa grand-mère. Fais-en bon usage et pense à nous.

— Pour sûr que je vais penser à vous ! admit le jeune homme en embrassant son aïeule avant de se tourner vers sa sœur.

— Te voilà seule héritière, dans cette maison. Occupe-toi bien de nos anciens en attendant que je revienne. Je te fais confiance.

Marthe ne put répondre, tant sa gorge était serrée. Armand l'enlaça et déposa un baiser sur son front.

Toute cette série de séparations émouvantes et retrouvailles touchantes en si peu de temps mettait les nerfs à vif de tout le monde.

Jules ne disait rien. Il pensait qu'il devait se mettre en retrait et que les adieux étaient beaucoup plus une affaire de femmes que d'hommes. Lorsque les dernières étreintes furent consommées, Gustave s'adressa à Jules :

— Vous pouvez dire adieu ici à votre petit-fils. C'est moi qui l'accompagnerai à la fenêtre de la souillarde pour son départ.

— Et pourquoi ?

— Parce que c'est mon fils et qu'il est de mon devoir d'être avec lui, en ces moments difficiles.

— Il serait temps, risqua l'aïeul.

Dans la pénombre environnante, Jules vit le regard grave que son gendre lui adressait. Malgré son étonnement face à cette attitude peu habituelle, il pensa qu'il devait s'effacer. Il s'approcha d'Armand et, à son tour, posa ses mains sur les épaules du jeune homme.

— Je suis sûr que tu seras à la hauteur de la situation. Garde confiance en toi et n'oublie pas qu'on pensera à toi tous les jours en attendant de te voir reparaître dans l'encadrement de cette porte tout auréolé d'innocence.

Dans une longue accolade, il embrassa son petit-fils.

Gustave prit alors le bras d'Armand et l'entraîna vers la souillarde dont il ferma la porte. Quand ils furent seuls et avant qu'il n'ouvre la fenêtre qui allait servir à la disparition programmée de son fils, il approcha sa bouche de son oreille et lui parla à voix tout juste audible :

— Il faut que tu saches que je n'étais pas d'accord avec le reste de la famille pour que tu partes.

— Pourtant, c'est une solution de sagesse, père.

— Oui, bien sûr, puisque c'est celle de ton grand-père...

— Arrêtez de vous quereller dans ces moments très difficiles, coupa Armand. Pour que je parte tranquille, jure-moi que vous allez coopérer pour que la vérité éclate.

— N'aie aucune crainte, elle éclatera plus vite que tu ne le crois, même si ça ne va pas être facile. Je vais m'y atteler dès demain. Tiens, prends ça, c'est un peu d'argent que j'avais mis de côté sans que ta mère le sache. Tu en feras un meilleur usage que moi.

Alors qu'il recevait les quelques pièces que son père lui tendait, Armand sentit une goutte mouiller son bras. Dans une lueur pâle venue de l'extérieur, il vit que l'auteur de ses jours pleurait. Pour seule réponse, il l'enlaça.

— Ne t'en fais pas, un Ligourel doublé d'un Cassagnole ne se laisse pas démoraliser si facilement. Je serai digne de toi, papa !

Le jeune homme ne se souvenait pas d'avoir appelé ainsi Gustave. Habituellement, lorsqu'il s'adressait à lui, le mot « père » était de mise. Les familiarités qui les liaient s'arrêtaient là et seulement là. Il avait fallu cette sordide affaire pour qu'il puisse comprendre que cet homme, que son grand-père désignait « lavette » à tout bout de champ avec beaucoup de raillerie, l'aimait à un point tel que cette séparation l'attendrissait.

La vie était donc faite ainsi que les hommes n'appréciaient les gens en général, et leurs proches en particulier, que lorsqu'ils les quittaient.

« La pudeur est vraiment une bêtise et la vie est drôlement faite », pensa Armand.

Après avoir serré dans ses bras une dernière fois Gustave, le fuyard ouvrit la fenêtre, glissa sa tête à l'extérieur pour vérifier que le champ était bien libre avant de se hisser sur l'appui. En retenant son souffle, il sauta au sol tout en soulageant son corps avec ses bras afin d'éviter de produire un son qui pût attirer l'attention de leur surveillant.

Gustave lui lança son bagage et lui fit un signe d'adieu de la main. Après le lui avoir rendu, le jeune homme se courba et détala le plus rapidement qu'il le put. Son père suivit les contours de cette ombre qui s'estompait dans le mystère de la nuit.

Un enfant s'enfuyait comme un voleur de la maison de ses ancêtres.

* *
*

Lorsque les premières lueurs de l'aube prirent possession de la campagne, victoire quotidienne de la lumière sur les ténèbres, Armand avait déjà parcouru une bonne distance qui l'éloignait inexorablement de Macassargues.

Au loin, un coq chanta. Le jeune homme prit ça comme un accueil dans sa nouvelle vie, celle qu'il devait accepter de gré ou de force. Le chemin qu'il suivait le conduisait vers la montagne et au-delà vers sa nouvelle destinée, dans un pays qu'il ne connaissait pas et dont il n'avait aucune représentation. Il savait qu'il était rigoureux, peu clément, puisque son père avait fait allusion à ces caractéristiques lorsqu'il lui avait parlé de son grand-oncle, Alphonse Ligourel : « Il est aussi rude que sa terre pour lui être infidèle. »

Le fuyard n'ayant jamais quitté sa région et son terroir méridional, même pas pour aller à la grande ville voisine d'une trentaine de kilomètres, le changement allait être radical. Il passait d'un climat doux et agréable à un environnement qu'il imaginait plutôt hostile.

Comme le lui avait suggéré sa grand-mère, lorsqu'il jugea qu'il y avait moins de chance de rencontrer des personnes qu'il connaissait, et surtout la maréchaussée, il décida de prendre une diligence afin de rejoindre le plus rapidement possible sa jeune destinée.

Au fil des sabots des chevaux de l'attelage, il vit disparaître progressivement les vignes de la plaine, naître des coteaux plus ou moins cultivés avant que n'apparaissent des *bancels*[1], ces plates-bandes de cultures retenant d'interminables langues de terre épousant les courbes de terrains sur lesquelles s'épanouissaient les cultures locales. Ils formaient des gradins partant à l'assaut de la moindre colline.

Quelques mas éparpillés çà et là prouvaient qu'il y avait bien une vie dans cette contrée de moyenne montagne, en dehors de petits villages dont les maisons étaient blotties autour de leur église ou de leur temple protestant, dans ce pays cévenol où les guerres de Religion avaient fait beaucoup de ravages et autant marqué les esprits.

Progressivement, à leur tour, ces cultures laissèrent leur place à des pâturages envahis par des troupeaux de vaches. Puis, à la faveur d'un rétrécissement de la vallée qu'empruntait la patache, ce ne furent que rochers et pins prouvant qu'une altitude déjà élevée avait été atteinte.

Les bancels se faisaient beaucoup plus rares et, petit à petit, le paysage se désertifia. Armand était arrivé sur le causse. La végétation était beaucoup plus rase, les arbres plus rares et les bovins avaient cédé leur place aux ovins, moins regardants sur la qualité de l'herbe moins abondante.

À chacune de ses étapes, Armand essayait de ne pas trop s'attarder dans les villages, préférant la solitude d'une exploitation isolée avec toujours en tête cette idée de fuir d'éventuelles rencontres inopportunes. Le cérémonial était toujours le même :

— Bonjour, vous n'avez pas besoin de bras pour vous aider, contre la soupe et le coucher ?

Dans la majorité des cas, la réponse était positive. Ainsi il aida à rentrer du foin ramassé en abondance, traire des vaches, construire des murets de protection longeant les chemins empruntés par les animaux ou éparpiller du fumier pour fertiliser les champs.

À chacune de ses interventions, qui pouvaient durer d'une soirée à plusieurs jours, il gagna sa nourriture et put profiter de la paille

1. *Voir « Sources bibliographiques » en fin d'ouvrage.*

de l'étable ou de l'écurie pour se reposer. Plusieurs fois, il récupéra quelques pièces qui lui permirent de se constituer un petit pécule.

Un bon mois était passé le jour où Armand arriva dans une ferme proche de Marvejols. Il s'était fait à sa nouvelle vie de nomade tout en regrettant le confort de celle qu'il avait été obligé de quitter. Sa famille lui manquait, mais il savait que cet exil lui était salvateur, avec l'espoir permanent qu'il serait provisoire et qu'il retrouverait les siens au plus tôt.

Le couple d'agriculteurs chez qui il logeait était particulièrement correct avec lui. Au bout de quelques jours, ils lui proposèrent de dormir dans la maison, dans le lit-clos laissé vacant par la disparition du père de la maîtresse de maison. Après bien des semaines, le jeune homme savoura le creux d'une couche plus confortable que la paille crue et la proximité d'animaux.

Lors d'un repas, et pour la première fois depuis son départ, Armand se confia, sans divulguer le motif réel de son départ de Macassargues. Il expliqua qu'il se rendait auprès d'un grand-oncle, sur l'Aubrac, afin de le soulager dans ses travaux que son grand âge ne lui permettait plus d'effectuer. Il présenta ce projet comme étant une solidarité intergénérationnelle, afin d'éviter d'entrer dans des détails qui risquaient de le mettre dans l'embarras.

Assis près de la cheminée, les deux hommes discutèrent. Tirant sur sa pipe, au cœur de volutes de fumée, l'hôte du fils Ligourel devint plus précis dans ses interrogations :

— L'Aubrac, c'est bien vaste. Où vas-tu exactement ?

— À Marchastel. Mon parent se nomme Alphonse Ligourel.

— Bien que connaissant beaucoup de monde, je ne vois personne ayant ce nom-là. Par contre, il y a des marchands qui viennent de l'Aubrac, chaque samedi au marché de Marvejols. Si tu le veux, tu pourras nous accompagner et trouver ton bonheur pour poursuivre ton chemin. Maintenant, si tu veux rester ici, je n'y vois aucun inconvénient. Tu es loin d'être fainéant et je te trouve plutôt sympathique. C'est à toi de voir.

Armand déclina la seconde proposition. Il refusait de modifier ce que son grand-père Jules avait décidé pour lui. Tant qu'il n'avait pas atteint son but, il ne voulait pas dévier de sa route. Après, il verrait !

En revanche, l'idée de se rendre au marché lui parut excellente. Il pourrait ainsi peut-être trouver une personne charitable qui le conduirait au plus près de sa destination. Excité par cette perspective, c'est avec un bonheur non dissimulé qu'il se leva le matin de ladite foire et qu'il chargea les produits que la maîtresse de maison allait proposer à ses clients.

Assis sur le banc de la charrette aux côtés de ses patrons provisoires, c'est le sourire aux lèvres que le fuyard rejoignit la sous-préfecture lozérienne[1].

L'arrivée à Marvejols se faisait par un chemin dont la déclivité était permanente sur plusieurs kilomètres. Afin de soulager le cheval dans cette épreuve, le conducteur actionnait le frein, à espaces réguliers, afin de diminuer la charge que l'animal devait supporter.

Lorsque l'attelage atteint le pont enjambant la Colagne, la descente était terminée et c'est avec une allure plus détendue que l'équipage atteignit l'entrée du bourg et la longue ligne droite menant à la place où était organisé le marché.

Passant sous la porte de Chanelles, Armand admira ce vestige des fortifications édifiées à la fin du XIVe siècle pour se protéger des attaques des routiers, ces mercenaires désœuvrés qui pillaient le pays durant les périodes de paix de la guerre de Cent Ans. S'engageant entre les deux tours massives encadrant un passage voûté, il leva la tête pour contempler l'architecture de cette magnifique construction.

La route se poursuivait entre deux rangées de maisons dont les rez-de-chaussée étaient occupés par diverses boutiques : bar-tabac, restaurants, épiceries ou autres commerces de bouche. De grandes

1. *Marvejols a été sous-préfecture du département de la Lozère jusqu'au décret du 10 septembre 1926 pris par le président du Conseil, Raymond Poincaré, supprimant cent quatre sous-préfectures de l'Hexagone.*

portes vitrées, quelquefois doublées de rideaux pour laisser pénétrer la lumière sans dévoiler l'intimité des intérieurs, proposaient aux acheteurs de venir faire leur choix. Une profusion d'enseignes métalliques les annonçant débordait sur la rue. Une activité toute particulière commençait à l'animer. Lentement, les paysans s'y frayèrent un passage entre les badauds pour atteindre la place Thiers[1] où se tenait le marché hebdomadaire.

Dès qu'ils furent arrivés, Armand et ses employeurs dételèrent le cheval et préparèrent l'étal que la femme allait tenir pendant que les hommes iraient à la rencontre d'un éventuel convoyeur pour le fuyard. Ils n'allèrent pas bien loin. À quelques mètres de là, un charcutier coiffé d'un large chapeau noir et portant fièrement la *biaude*, cette blouse de toile grise ou bleue typique de ce terroir, s'égosillait en vantant à grands coups de gueule les qualités de ses produits qui étaient « les meilleurs de toute la région, du Gévaudan à l'Aubrac ». Ce dernier mot lancé à la cantonade attira l'attention des deux hommes. Ils s'approchèrent et engagèrent la discussion.

— D'où viens-tu ? demanda le patron d'Armand.

— De Nasbinals.

— Voilà notre homme, poursuivit-il en lançant un clin d'œil à son compagnon. Peux-tu prendre ce garçon avec toi, à la fin du marché ? Il se rend à Marchastel.

— Toi, je te connais. Je t'aperçois tous les samedis, mais lui, je ne sais pas d'où il sort, lança le forain en tendant une tranche de saucisson à une ménagère qu'il pensa intéressée par ses produits.

— N'aie aucune inquiétude. C'est un bon gars. Tu peux lui faire confiance. Et puis ça te fera de la compagnie pour le retour.

Après quelques instants de réflexion, l'ambulant accepta, à la condition que son passager l'aidât à ranger son étalage à la fin du

1. *Elle porte aujourd'hui le nom d'Henri Cordesse (1910-2001), instituteur, syndicaliste, résistant, préfet de la Lozère de 1944 à 1946 et inspecteur de l'Éducation nationale. Avec son épouse, Hélène Cordesse (1909-2011), ils ont été nommés « Justes de France » pour l'implication du couple afin de sauver des enfants juifs quand ils étaient instituteurs à Chirac (Lozère), durant la Seconde Guerre mondiale (voir « Sources bibliographiques » en fin d'ouvrage).*

marché. Comme s'ils avaient parachevé une vente sur une foire aux bestiaux, les deux hommes se tapèrent dans la main. L'affaire était conclue, Armand avait trouvé son chauffeur.

Après avoir remercié ses hôtes, Armand prit son baluchon et monta aux côtés du charcutier qui l'attendait. Assez bourru, ce dernier resta muet durant une grande partie du trajet, ne demandant même pas d'où venait son voyageur et quelles pouvaient bien être les motivations qui le poussaient à venir dans cette partie reculée de la région.

Passé une bonne heure trente, le conducteur arrêta son attelage et désigna sur la droite un chemin de terre qui gravissait une petite colline.

— Te voilà arrivé, mon garçon. Au bout de ce chemin, il y a Marchastel. Bon courage à toi !

Remerciant son guide, Armand s'engagea à la fois vers le terme de son périple, mais également vers l'inconnu. Le silence était tel qu'il entendit pendant de longues minutes encore le bruit des bardes de fer entourant les roues de la charrette qu'il venait de quitter crisser sur les gravillons de la route.

Quelques centaines de mètres après avoir quitté l'embranchement, le jeune homme se trouva sur la place du village, ou plutôt d'un gros hameau. Seules trois ou quatre maisons éparpillées prouvaient que l'on était en présence d'une communauté humaine. Heureusement qu'il y avait une église, surmontée d'un clocher peigne abritant deux cloches, pour comprendre que le lieu était vraiment un endroit où des gens vivaient.

S'approchant du lieu de culte, dont la porte était ouverte et d'où sortait un curé en habits sacerdotaux accompagné de deux enfants de chœur, il s'adressa à lui :

— Bonjour, mon père, pouvez-vous m'indiquer où se trouve le hameau de Rieutort, s'il vous plaît ?

— C'est un peu plus loin, à un peu plus d'un kilomètre, vers là, lui signala le prêtre.

— Merci beaucoup, dit Armand en se tournant vers la direction indiquée.

Avant même qu'il ait pu faire un pas, le curé ajouta :

— Vous cherchez quelqu'un de particulier à Rieutort ?

— Oui, mon grand-oncle !

— Qui s'appelle ?

— Alphonse Ligourel.

— Alors ne vous fatiguez pas et n'allez pas plus loin. Suivez le cortège qui arrive. Il vous mènera à sa dernière demeure qui se trouve là, conclut l'homme d'Église en lui indiquant le cimetière contigu.

C'est avec stupéfaction qu'Armand vit surgir, à l'angle d'une maison, un corbillard attelé de deux chevaux bardés de noir.

IX

L'arrivée

ARMAND RESTA INTERDIT devant ce qu'il venait de découvrir. Un attelage de deux chevaux complètement caparaçonnés de noir tirait un corbillard sur lequel était installé un cercueil directement posé sur le plateau en bois. Suivaient trois personnes, deux femmes et un homme, dont le visage marquait l'affliction.

Le jeune homme se déporta sur le côté pour laisser passer le cortège réduit à sa plus simple expression. Machinalement, il fit un signe de croix. Au même instant, le prêtre s'approcha de l'équipage mortuaire. Il prit le goupillon que lui tendait l'un des enfants de chœur et bénit le corps qui se présentait à l'entrée de son église.

— Je te bénis, Alphonse, pour te donner accès à cette église dédiée à notre patron, saint Pierre.

Le conducteur descendit de son banc, attacha les rênes à un anneau scellé dans le mur et s'approcha du cercueil. L'homme qui suivait enleva son chapeau, le donna à la femme qui était à ses côtés et vint lui prêter main-forte. Tous deux s'enquirent de le saisir pour le transférer dans l'église. Voyant que l'action était plus difficile que prévu, Armand posa son baluchon à terre, se précipita et les aida.

C'est ainsi qu'un habitant du lointain village de Macassargues, dans la plaine languedocienne, fit son entrée dans le lieu de culte qui avait sûrement été le témoin des grands événements religieux de toute la famille Ligourel et apparentés, des baptêmes aux mariages sans oublier les ensevelissements, comme celui auquel il assistait.

« Drôle de retour au pays », pensa le jeune homme.

Quand le cercueil fut installé à l'entrée du chœur, Armand se mit en retrait, près de la porte. Un frisson vint parcourir son corps. L'expatrié ne savait si c'était de froid ou de nervosité. Peut-être les deux, tant ce moment était complètement inenvisageable au moment où il avait quitté la charrette qui l'avait conduit depuis le marché de Marvejols.

L'office terminé, Armand retrouva sa place pour aider à transporter la bière jusqu'au trou qui avait été creusé dans le petit cimetière pour l'accueillir. Avec délicatesse, les porteurs la déposèrent au fond.

— Alphonse, te voilà arrivé à la fin de ton voyage dans ce bas monde, commença le curé avant que l'on ne recouvre de terre le défunt. Tu l'as commencé le jour où, par ton baptême, tu as fait ton entrée dans notre communauté chrétienne et maintenant tu vas te présenter, muni de tous les sacrements, devant Notre Père éternel.

Reprenant le goupillon qu'il trempa une nouvelle fois dans le récipient d'eau bénite que lui tendait l'enfant de chœur, il en aspergea les planches de bois de sapin dans lesquelles allait reposer pour l'éternité le grand-oncle d'Armand.

— Je te bénis pour la dernière fois, au nom du Père, du Fils et du Saint-Esprit...

Les quelques personnes présentes se marquèrent d'un signe de croix et répondirent d'une seule voix :

— Amen !

Le conducteur du corbillard, également fossoyeur communal, saisit la pelle qu'il avait négligemment laissée contre la croix de bois de la tombe voisine quand il avait creusé le trou. Il commença à le boucher, mettant ainsi un terme définitif à la vie terrestre du mort.

Avant que tous les acteurs de cette scène funéraire ne fussent partis, Armand s'était éclipsé. Il revint lorsque le cimetière eut retrouvé son calme habituel et déposa sur le monticule de terre fraîchement retournée un bouquet de fleurs champêtres qu'il était allé cueillir dans une prairie voisine.

Revenant vers l'entrée de l'église, il récupéra son bagage et il allait s'éloigner lorsqu'il entendit une voix l'interpeller d'une des fenêtres de la maison qui y était accolée.

— Vous comptez aller où, en cette fin d'après-midi ? entendit-il.

— Je ne sais pas. J'allais chez mon oncle et j'avoue que je n'ai plus de but maintenant. Quant à trouver un hôtel, je pense qu'il ne doit pas y en avoir dans votre village.

— Pour sûr que non. Il faut aller jusqu'à Nasbinals et la nuit tombe vite à cette époque.

— Ah ! réagit Armand avec surprise.

— J'espère que vous ne comptez pas coucher dehors, cette nuit ?

— Je ne sais pas, je ne sais plus...

— Les nuits sont très rudes. Vu votre accent, vous n'êtes pas d'ici et je suppose que, d'où vous venez, il doit faire meilleur que dans nos contrées. Ne restez pas ainsi à l'extérieur.

En prononçant ces derniers mots, le curé avait fermé la croisée et était allé ouvrir la porte pour accueillir Armand.

— Entrez, mon fils. Il fait meilleur à l'intérieur.

Le jeune homme accepta l'invitation. Il entra dans une pièce contre l'un des murs de laquelle s'adossait une grande cheminée dont l'âtre dégageait une douce chaleur. Un fauteuil y faisait face. À ses côtés trônait une petite table sur laquelle un bréviaire était fermé. Plusieurs marque-pages formés par des feuilles de papier journal déchirées en dépassaient. Armand imagina que son hôte s'installait à cette place pour lire les Saintes Écritures. Le prêtre alla saisir un autre siège. Il le plaça aux côtés du premier.

— Installez-vous. Je suis à vous.

Pendant qu'Armand prenait la place qui lui avait été indiquée, l'homme d'Église était allé ouvrir un placard dans lequel il attrapa deux verres et une bouteille cachetée avec de la cire jaune.

— Je ne reçois pas souvent de monde, dans mon presbytère. Votre présence est une occasion d'ouvrir cette bouteille de gentiane.

— De quoi ? s'étonna Armand.

— De la gentiane. C'est une boisson qui est fabriquée par macération et distillation de racines de cette plante que l'on trouve principalement sur les hauteurs des monts du Cantal, tout proches. C'est un confrère que je rencontre une fois l'an qui me l'a offerte il y a quelque temps et j'attendais un jour propice pour lui faire sa fête.

Armand se prit à sourire en entendant la fin de la phrase peu courante dans la bouche d'un ecclésiastique.

— Bon, parlons bien. Je vous propose de passer la nuit au presbytère et demain un nouveau jour vous permettra de réfléchir à la suite de votre périple qui, je suppose, est freiné par le décès d'Alphonse, non ?

— Vous ne vous trompez pas, mais je ne voudrais pas vous déranger.

— Ne vous en faites pas. Mon sacerdoce est également fait pour accueillir les brebis égarées. Eh bien, je pense que vous en êtes une, ce soir, sur le plateau de l'Aubrac. Pour une fois que je serai dans mon rôle de berger au sens matériel du terme, plus que spirituel, ne m'enlevez pas ce plaisir.

Une nouvelle fois, le jeune homme sourit à l'analyse très terre à terre du curé. Ses argumentations ne lui déplaisaient pas. Il devait bien avoir l'âge de son grand-père et une expérience à toute épreuve.

Le bruit sec du bouchon s'extrayant du goulot de la bouteille et celui liquoreux du liquide jaune coulant dans le premier verre mirent un terme à cette invitation de logement que le jeune homme accepta.

— À votre venue en terre du Gévaudan occidental, et surtout à votre bonne santé ! offrit le prêtre en tendant son bras pour trinquer avec son invité.

— En vous remerciant pour votre accueil et votre gentillesse, répondit Armand en tendant, à son tour, son gobelet.

Le fuyard trempa ses lèvres dans le liquide qui lui était inconnu.

— Mais c'est sacrément amer ! grimaça Armand.

— Oui, mais c'est bon pour la santé.

— Ah bon ?

— Oui, c'est bon pour la digestion, ça évite les pertes d'appétit et ça lutte également contre les douleurs gastriques. Ça stimule l'estomac et atténue les ballonnements et les flatulences, si vous voyez ce que je veux dire.

— Les flatu... quoi ?

— Les flatulences. Autrement dit... ça vous évite de péter.

— Ah ! accorda Armand en buvant une nouvelle gorgée de l'apéritif sans faire la moue, cette fois-ci. Vous semblez vous y connaître dans ce domaine.

— Quel domaine ? Les flatulences ?

— Non, je ne me permettrais pas, mon père !

— Eh bien, il faut ! éclata d'un rire sonore le curé.

— Non... je voulais dire en... alcool, hésita Armand.

— À part le vin de messe, je ne m'y connais pas trop, mais j'aime bien la gentiane.

— Et ce n'est pas un péché ?

— Pourquoi ? Ce sont des plantes que nous a données Notre-Seigneur, n'est-ce pas ? s'amusa le prêtre en levant les yeux vers le plafond. Et puis il faut bien que l'on ait des péchés pour avoir le plaisir de se les faire pardonner et de sentir son âme redevenir bien propre. S'il n'y avait pas de péchés, il n'y aurait pas de rédemption et sans besoin de rédemption, pas de confession. Or, dans ce pays si retiré, c'est là qu'est ma seule récréation, celle de confesser mes ouailles, et je peux vous assurer que quelquefois j'en entends des belles.

— Mais le secret de la confession ?

— Je le respecte, mon fils ! Je le respecte. Ce n'est parce que j'en parle ouvertement avec vous que je vais vous expliquer les détails de la vie de mes paroissiens. Mais assez parlé de moi. Et vous, que venez-vous faire ici ? Si j'ai bien compris, vous avez de la famille à Marchastel.

Armand s'attendait à ce moment depuis qu'il avait aperçu les habitations de la destination de son périple. Pourtant, il éprouva une certaine gêne, car l'interlocuteur qui lui posait ces questions n'était pas celui qu'il espérait et les réponses qu'il allait devoir lui fournir ne seraient pas les mêmes que celles qu'il avait préparées pour son grand-oncle, qu'il n'aurait pas le plaisir de rencontrer. Que devait-il dire ? Que devait-il expliquer ?

Le curé s'aperçut du malaise qu'avaient occasionné ses questions sur son interlocuteur. Il s'en excusa.

— Je suis désolé. Je suis un peu trop curieux !

— Non, mon père, mentit le jeune homme. Je vous assure que non ! Votre intérêt pour ma présence ici est bien légitime. J'arrive comme un cheveu sur la soupe et je vous dois quelques explications.

Le décès d'Alphonse Ligourel avait plongé Armand dans une grande détresse. Tout ce qu'il avait échafaudé depuis son départ de Macassargues s'effondrait. Or cette présence religieuse inattendue pouvait lui donner des réponses à quelques-unes des interrogations qui prenaient naissance furtivement dans sa tête.

Le prêtre lui paraissait sympathique, et surtout assez bavard. Il songea qu'il pourrait apprendre beaucoup de choses et que toutes ces informations lui seraient très utiles pour la suite de son séjour dans cette terre qui lui était inconnue, en tout cas pour l'instant.

Armand avala une nouvelle gorgée de gentiane. S'y étant habitué, il apprécia cette amertume qui s'étendait en bouche pendant de longues secondes. Après avoir absorbé cette boisson qui serait son premier souvenir de son arrivée sur le plateau, il porta son verre devant ses yeux et en contempla la couleur.

— Alors, vous aimez ?

— Oui, beaucoup. Au premier abord, c'est surprenant, mais ensuite on s'y habitue. Et en plus, comme vous le dites : c'est bon pour la santé, alors...

— Alors... je vous en ressers une autre tournée ? proposa le curé.

— Est-ce bien raisonnable ?

— La raison n'appartient qu'à ceux qui n'apprécient pas la vie !

— Si une personne de votre condition l'approuve, alors je ne peux qu'adhérer à votre vision des choses.

— À la bonne heure ! Ensuite, nous passerons à table. Je vous propose mon modeste repas, suggéra le prêtre en remplissant le verre de son invité.

— Mais je suis sûr que ce sera un festin, approuva Armand qui n'avait rien mangé depuis le matin.

La nuit était déjà tombée lorsque les deux hommes se firent face autour de nourritures que le prêtre avait bénies après avoir récité le bénédicité.

N'y pouvant plus tenir, le curé posa la question qui le taraudait depuis que les deux hommes avaient commencé à discuter :

— Mais, au fait, quelle est votre parenté avec le pauvre Alphonse ?

— C'est mon grand-oncle. Il était le frère de mon grand-père paternel.

— Donc vous êtes un Ligourel.

— Oui, lâcha Armand qui s'aperçut qu'il n'avait même pas décliné son identité depuis son arrivée. Je m'appelle Armand Ligourel et je suis le fils de Rose Cassagnole et de Gustave, originaire de votre commune.

— De Gustave ? s'étonna le prêtre en plissant les yeux et en marquant un temps d'arrêt dans sa compréhension. De... Gustave ! répéta-t-il. Et qu'est-ce qui vous amène ici, en cette funeste journée de deuil pour votre famille ? se rattrapa-t-il.

Le jeune homme remarqua l'hésitation. Il pensa qu'il devait tromper le désir de connaissance de son interlocuteur. Il ne pouvait quand même pas lui avouer qu'il était en fuite et qu'il était là pour se cacher.

— Depuis des années, mon père me parle de son oncle et j'avais envie de faire sa connaissance. Comme nous sommes à un moment de l'année où il y a moins de travaux au mas, j'en ai profité pour venir le rencontrer.

— C'est un peu étonnant qu'il vous en ait parlé souvent, car je ne pense pas qu'il soit venu le voir depuis bien longtemps. En tout cas, Alphonse ne m'en a jamais parlé, se surprit à dire le curé en mangeant sa première bouchée pour éviter le regard de son invité, ce qui étonna Armand.

— Vous étiez proche de mon grand-oncle ? temporisa le jeune homme.

— Nous avions le même âge et, comme je suis ici depuis le début de mon sacerdoce, nous avions beaucoup d'affinités et... de confidences.

Désirant poursuivre la conversation sur une autre piste afin d'éviter les questions embarrassantes, le fuyard s'enquit de mieux connaître son parent :

— Et comment était-il ?

— C'était un homme robuste au corps musclé, de taille massive et à la physionomie sévère. Il était d'un abord difficile avec les gens qu'il ne connaissait pas. Il était renfermé comme le sont ceux qui ont plus souffert que les autres.

— Il était marié ?

— Non. Il est resté vieux garçon jusqu'à la fin de ses jours.

— Mais alors qui étaient les personnes qui ont assisté à son enterrement ?

— Il y avait le maire avec sa femme, qui s'occupe de l'église.

— Et l'autre femme ?

— C'était, en quelque sorte, sa servante. C'est elle qui s'occupait de lui faire les repas et entretenait un peu sa maison, si tant est qu'elle soit bien entretenue ! Mais passons sur ce genre de choses.

— Que voulez-vous dire ?

— Qu'ils étaient très proches au point que, n'ayant pas de descendants, il lui avait donné le peu qu'il possédait.

— Ah ! Et il ne fréquentait personne d'autre ?

— Non. Il était peu sociable avec les gens et pas du tout expansif. Il y a peu de temps, j'ai lu dans une revue une étude sur les gens d'ici. On pouvait y lire que « l'Aveyronnais fait moins de compliments en dix ans qu'il s'en dit en dix jours dans les autres départements ». Eh bien lui, il était comme ça.

— Mais nous sommes en Lozère !

— Peut-être, mais c'est l'Aubrac qui nous unit, les Aveyronnais, les Cantaliens et les Lozériens. Et bien que nous soyons encore en Lozère, comme vous dites, cette affirmation est également valable pour tous les autres hommes de ce plateau que d'autres nomment la Petite Sibérie, tant les hivers y sont rudes. Ceci expliquant sûrement cela.

— La quoi ?

— La Sibérie. C'est une région de la Russie où le froid est extrême.

— Je comprends.

— Resservez-vous si ça vous dit.

— Tout ça explique mieux le silence de mon charcutier-convoyeur de Nasbinals qui m'a amené jusqu'ici depuis Marvejols, constata Armand en reprenant des légumes. Malgré mes amorces de discussion, il n'a pas décroché un seul mot de tout le voyage.

— Alphonse était comme ça, un tantinet renfermé. Allez donc savoir pourquoi ! Et vous comptiez vivre chez lui ?

— Je ne sais pas. Voilà une question à laquelle je ne pourrais pas répondre. Par contre, il va bien falloir que je trouve du travail pour vivre, maintenant que je suis là et que je n'ai plus personne pour m'accueillir. Vous ne savez pas si un paysan du coin pourrait m'embaucher ?

— À Marchastel, non. Ils sont tous pauvres. Ils vivotent, la plupart du temps. Mais, dans votre malheur, vous avez de la chance.

— Pourquoi ?

— Parce qu'un dimanche par mois, après avoir célébré la messe, nous nous retrouvons entre prêtres des trois diocèses qui assurent la spiritualité du pays. Ainsi nous partageons nos expériences et échangeons les potins du pays. Surtout pour ce second motif, d'ailleurs ! s'amusa l'ecclésiastique. Nous mangeons ensemble dans une auberge d'Aubrac. Le curé de Saint-Chély[1] vient dire l'office religieux à la domerie qui dépend de sa paroisse. C'est le prétexte à ces retrouvailles. C'est là que nous nous donnons rendez-vous.

— Mais nous y sommes.

— Où ?

— Ben, sur l'Aubrac !

1. *Devenu Saint-Chély-d'Aubrac en 1936.*

— Oui, mais je vous parle du village d'Aubrac, pas du plateau. Ce sont deux choses différentes, le premier ayant donné son nom au second. Ce toponyme viendrait d'*alto braco* qui signifie « lieu élevé ». C'est vrai qu'il est à mille trois cents mètres d'altitude quand même. Si vous voulez, je vous raconterai l'histoire de ce bourg qui est très intéressante.

Armand fronça les sourcils. Ces nouveaux mots s'aventuraient dans sa tête et s'y mélangeaient. Il fallait qu'il fasse du tri pour bien comprendre la géographie de ce pays, son histoire et ses coutumes, mais était-il là pour ça ?

Le prêtre était très érudit et ce qu'il racontait très intéressant. Armand comprit que ce besoin de parler devait venir du fait qu'il n'avait pas souvent l'occasion de dialoguer avec quelqu'un. Il jeta un œil vers le bréviaire qu'il avait remarqué en arrivant. C'est avec lui qu'il devait passer toutes ses longues soirées en endurant seul le bruit des grosses bourrasques, à la mauvaise saison, quand tout le monde vivait cloîtré chez soi.

Le jeune homme pensa à ses ancêtres qui avaient vécu cette existence pendant des siècles avant que son père ne décide de s'expatrier vers des climats plus sereins. À moins qu'il n'y ait une autre raison à ce départ.

Il s'apercevait que son père ne lui avait jamais expliqué les causes de cet exil, et surtout ce qui avait poussé la famille Ligourel à se diviser. C'était tabou d'en parler ! Il savait seulement que c'était son père, Gustave, qui avait fui son pays natal avant d'épouser sa mère à Macassargues, son oncle Alphonse y restant accroché. Il se remémora les paroles de Gustave quand il lui avait proposé de se cacher dans la montagne. Parlant de son oncle, il avait dit : « Il est aussi rude que sa terre pour lui être infidèle. » Était-ce aussi simple que ça ?

Le curé vit que son invité était songeur.

— Je vous ennuie avec toutes mes histoires, poursuivit-il en lui resservant un verre de vin.

— Pas du tout. C'est très intéressant, mais vous comprendrez que beaucoup de choses sont nouvelles pour moi.

— C'est évident. Si vous le voulez, je vous propose de vous joindre à notre repas. Je suis quasiment sûr que l'on pourra vous trouver quelque chose pour vivre dans une de nos paroisses. Il y a des exploitations plus importantes qui ont besoin de main-d'œuvre, surtout en ce moment.

— Pourquoi, en ce moment ?

— Parce que dans moins d'un mois, c'est la montée aux estives. Je suis sûr que vous ne savez pas ce que c'est.

— J'en ai une vague idée. Je suppose que c'est la transhumance, comme nous le faisons dans la plaine avec les moutons qui montent à l'assaut des Cévennes pour trouver la fraîcheur de l'été montagnard.

— C'est exactement ça. Sauf qu'ici ce sont les vaches qui gagnent de l'altitude. Comme je vous l'ai dit il y a un instant, les hivers sont longs et très rudes. Le froid est intense et les tourmentes de neige fréquentes. Il y en a tant que l'on est obligés de construire des murs ou de planter des pierres dressées, à intervalles réguliers, pour matérialiser les chemins, sans parler des cloches de nos églises ou de celles des « clochers de tourmente » que l'on actionne dès qu'il y a de la tempête pour que les égarés retrouvent le chemin de la civilisation, grâce à leur son. Dès que la neige a fondu apparaissent de la verdure et une abondante végétation qu'il serait dommage de laisser perdre. Alors de toutes les vallées les troupeaux gagnent ces pâturages jusqu'à l'automne. Avec un peu de chance, vous trouverez un propriétaire qui a besoin d'un homme comme vous. Prions le Seigneur que ce soit le cas.

Le repas terminé, les deux hommes se retrouvèrent devant la cheminée avant d'aller se coucher.

— Profitez de la nuit pour réfléchir à ma proposition. Elle porte toujours conseil. Je vous sers une petite gentiane pour digérer ?

Armand accepta. Il commençait à aimer ce breuvage qui lui était inconnu quelques heures plus tôt. S'il n'avait aucune idée de ce qu'il déciderait le lendemain matin, ce dont il était sûr, c'est que son hôte aimait bien les plantes de son plateau et surtout ce qu'on en faisait… avec de l'alcool !

X

L'Aubrac

— ALORS, QU'AVEZ-VOUS DÉCIDÉ ? Nous faisons la route ensemble, ce dimanche, où vous partez seul de votre côté ?

Après avoir dit sa messe, le curé de Marchastel était occupé à se libérer de ses habits sacerdotaux, aidé par un des enfants de chœur qui avaient servi l'office. Le second rangeait les objets sacrés dans une petite armoire dont les portes disjointes démontraient que l'ébéniste qui l'avait assemblée ne devait plus être de ce monde depuis bien longtemps.

Tous les fidèles qui avaient occupé l'ensemble des sièges de l'édifice religieux étaient sortis de l'église. Sur son parvis, à quelques mètres des premières tombes du cimetière, les langues s'activaient.

Si les conversations se concentraient sur les derniers événements qui avaient émaillé la vie locale, comme le décès d'Alphonse Ligourel, aux regards furtifs que certains lui lançaient depuis l'extérieur à travers la porte d'accès du lieu de culte resté ouvert, Armand comprit que sa présence devait être l'un des sujets principaux.

Personne ne s'aventurant dans les parages de ce bourg écarté de toutes les voies de communication, la moindre présence d'un étranger devenait une affaire importante avec ses interrogations et peut-être ses mystères.

Armand se rappela ce que le prêtre lui avait dit, à la veillée, sur le tempérament des gens de l'Aubrac, à l'image d'Alphonse : « Ils sont robustes, de taille massive, à la physionomie sévère, d'un abord difficile et renfermé », ce à quoi il ajouta : « Et la curiosité n'est pas leur priorité. »

Si cette scène s'était produite à la sortie de la messe, chez lui, à Macassargues, il aurait déjà été assailli par plusieurs personnes désirant connaître son identité afin d'être les premières à pouvoir colporter la nouvelle de cette présence. Il aurait fait les choux gras de toutes les discussions du repas dominical.

Vraiment, les comportements étaient différents et totalement opposés entre la plaine et la montagne. Il comprenait maintenant un peu mieux les oppositions de personnalités entre les retenues de son montagnard de père et la fougue méridionale de son grand-père maternel.

Cependant, cette façon d'appréhender son existence avec un certain détachement l'arrangeait. Armand aurait eu beaucoup de mal à répondre à certaines questions qui auraient été sûrement embarrassantes. Il découvrait un monde inconnu et l'inavouable raison de sa présence n'était pas faite pour le mettre vraiment à son aise.

Le curé avait retrouvé sa soutane noire qu'il époussetait d'un revers de main vigoureux pour effacer les faux plis qu'elle avait pris sous la chasuble, pendant l'office.

— Vous avez réfléchi, réitéra-t-il à l'adresse de son invité. Vous venez avec moi ou… vous repartez vers les horizons de votre terre natale ? questionna le curé en marquant un léger temps d'arrêt entre les deux possibilités.

Cette phrase étonna Armand. À aucun moment il n'avait fait une allusion ni même pensé à un éventuel retour en arrière. Or il était le seul à savoir que c'était impossible et que, s'il était là, à cet instant précis, c'était pour mettre des kilomètres entre son ancienne vie et sa nouvelle, afin de se mettre à l'abri.

Se pourrait-il que la question de l'ecclésiastique soit banale ou, au contraire, très bien orientée afin de mieux connaître les intentions réelles du descendant des Ligourel ? réfléchit l'exilé. Il pensa qu'aller directement au but, sans s'esquiver, devait être la seule manière de se sortir de ce qui pouvait être un piège.

— Oui ! Vous avez raison. N'ayant pas de travail possible ici, à Marchastel, il se peut que je puisse proposer mes bras dans une paroisse beaucoup plus importante, comme vous me l'avez proposé hier.

— Je pense que c'est la voix de la sagesse que vous prenez, mon fils. Dès que vous aurez trouvé un toit et une occupation, vous pourrez mieux penser à votre avenir, quel qu'il puisse être. Je vous propose d'aller récupérer votre baluchon pendant que je discute avec mes ouailles. Elles vont avoir pas mal de questions à me poser sur votre passage ici.

Armand sortit de l'église et se dirigea vers le presbytère. Après avoir récupéré ses affaires qu'il regroupa dans son bagage pour poursuivre son voyage vers l'inconnu, qui allait être son quotidien après le décès d'Alphonse, et alors qu'il s'apprêtait à sortir, il passa devant une fenêtre. Son attention fut attirée par le groupe de personnes qui s'était formé autour du prêtre et dont certains acteurs masculins avaient l'air quelque peu excités.

N'osant pas soulever le rideau sous peine d'être vu, il observa que des gestes un peu plus animés venaient ponctuer des périodes plus calmes que le curé tentait d'imposer à ses interlocuteurs. Ces derniers regardaient de temps en temps vers l'habitation où le jeune homme était réfugié. L'un des protagonistes de cette conversation allait quitter l'attroupement lorsque le prêtre l'attrapa vigoureusement par le bras afin d'interrompre son action. Au regard qu'il lui lança, Armand comprit que ce n'était pas de manière bienveillante qu'il s'était adressé à lui. Ne comprenant pas ce qui se passait, il préféra rester à l'intérieur et attendre que le curé vienne le chercher.

Au bout de quelques minutes, et après que le prêtre eut imposé le silence à ses interlocuteurs par des mouvements de main fermes, ceux-ci se dispersèrent. Les visages avaient l'air assombris et beaucoup plus sévères qu'ils ne l'avaient été depuis le début de l'office.

Armand vit l'ecclésiastique s'approcher du presbytère. Il se détacha de la fenêtre pour quitter son poste d'observation afin de ne pas montrer qu'il avait été le témoin sourd de cette réunion villageoise animée. Il aurait bien aimé savoir ce qui s'était dit, mais il n'en avait pas eu la possibilité. La seule chose qu'il savait, c'est que le ton était monté à plusieurs reprises, sans qu'il sache pour quelle raison.

En entrant dans la salle commune, le prêtre lança, avec une gaieté inattendue, un « Alors, on y va ! » qui détonna avec l'ambiance électrique qu'Armand avait pu observer depuis la fenêtre du presbytère quelques instants plus tôt.

— Si vous le voulez, répondit-il. Je suis prêt !

* *
*

Même s'il avait déjà emprunté le chemin le jour précédent pour arriver à Marchastel sur la charrette du charcutier de Nasbinals, dès que l'attelage conduit par son hôte sortit du village et s'engagea sur celui qui allait les conduire à ce fameux repas entre coreligionnaires, Armand fut étourdi par le paysage qui se présentait à ses yeux. Peut-être que les explications de son logeur avaient ouvert un regard différent de celui qu'il avait, la veille, sur ce pays d'Aubrac.

De l'herbe, encore de l'herbe, toujours de l'herbe et, inexorablement… de l'herbe sur une étendue presque plane que ne venaient bouleverser que quelques petites éminences collinaires.

Pas ou peu d'arbres venaient bousculer ce panorama qui s'étendait à perte de vue avant de se perdre dans un ciel qui affichait un gris moutonnant de quelques nuages un peu plus clairs. Leurs branches restaient dénudées, alors que dans la plaine les bourgeons annonçaient la belle saison. Vraiment, le jeune homme se trouvait dans un monde complètement différent de celui dans lequel il avait été élevé et où il s'était épanoui.

Des murets, comme ceux qu'il avait aidé à construire dans les fermes isolées qui l'avaient hébergé avant qu'il n'atteigne Marvejols, troublaient cet ordonnancement. Les roches qui les constituaient avaient la même couleur que celle des cieux. Elles étaient toutefois mouchetées d'un vert tirant sur le marron de timides plaques de mousse ou de lichen que l'hiver avait malmenées pendant les longues périodes de froidure.

De vastes flaques d'eau, vestiges des dernières intempéries qu'avait subies la contrée, donnaient naissance à des ornières dans lesquelles les roues du véhicule sur lequel avaient pris place les deux voyageurs s'engouffraient. Le balancement qu'elles engendraient était propice à un endormissement d'Armand, pourtant il voulait ne rien perdre de ces paysages dont il se rappelait la description que son père en avait fait, la veille de son départ : « Sur l'Aubrac, comme la nature est assez désertique, on peut voir arriver de loin les importuns et les dangers. » Il n'imaginait pas que ce fût à un tel point.

Armand se prit à sourire en pensant qu'habituellement, lorsqu'on voulait se cacher, on cherchait un lieu bien calfeutré pour ne pas être vu. Or ici c'était l'inverse, on n'avait pas peur de se montrer à découvert, de très loin, afin d'éviter toute rencontre fâcheuse. Cette manière d'appréhender son avenir lui plut. Au lieu de tressaillir au moindre bruit anormal, il pouvait vivre en toute liberté, mais en anticipant les difficultés qui pouvaient se présenter.

La route était presque rectiligne. Ils passèrent sur un pont enjambant une rivière dont le courant était comme l'atmosphère de ce pays, calme. À égale distance des deux rives, une croix en fer forgée marquait l'attachement des habitants du cru au christianisme. Les eaux serpentaient à travers les prairies, initiant le seul mouvement et n'engendrant que quelques bruits environnants.

Quelques bâtiments apparurent, isolés.

— Nous voilà à Montgrousset. Nasbinals est à un peu plus de deux kilomètres et après on atteindra le col de l'Aubrac et la domerie où nous allons.

— Je vous ai entendu dire ce mot, hier soir. Je n'ai pas osé vous interrompre dans votre discussion, mais qu'est-ce que c'est qu'une domerie ? Je ne connais pas ce terme et on ne l'emploie pas, chez moi.

— C'est le nom que l'on donne à l'hôpital d'Aubrac. Domerie est un titre ecclésiastique. Celui qui le possède porte le nom de

« dom » qui est, lui-même, un titre honorifique obtenu par certains religieux élus à vie par leurs frères.

— Ah ! se surprit Armand.

— « Dom » vient du latin *dominus* qui signifie « maître ». Ce personnage avait une importance telle qu'il siégeait même aux États du Rouergue. Excusez du peu ! Les religieux possédaient de nombreux domaines dans le Gévaudan. Le dom dirigeait à la fois la communauté religieuse, mais également l'hôpital et ses dépendances...

— Un hôpital... ici ! s'étonna le jeune homme en désignant la campagne désertique qui les entourait.

— Oui, ici ! C'est étonnant, mais c'est comme ça ! Il faut savoir que tout débute par une, voire plusieurs légendes qui remontent au XIIe siècle. L'une d'elles raconte qu'à l'époque le plateau, sur lequel nous voyageons aujourd'hui avec une certaine sécurité, ne l'était pas trop en ces temps anciens. Or un comte d'origine flamande, prénommé Adalard, se rendant en pèlerinage à Saint-Jacques-de-Compostelle, fut attaqué par des brigands. Il fit alors le vœu que s'il en réchappait, il fonderait en ces lieux un centre d'accueil pour y recevoir et escorter les pèlerins.

— Et il a respecté sa parole ?

— Évidemment, puisqu'il s'en est... sorti ! À son retour, il a fondé un hôpital qu'il fit gérer par des prêtres, servir par des frères, des sœurs et alimenter par des offrandes. En plus de ça, une douzaine de chevaliers assuraient la sécurité des voyageurs.

— Et c'est vrai cette histoire ?

— À toute légende, il y a toujours un fond de vérité, mon fils. Et puis l'histoire est belle, non ?

— Oui.

— Ce qui est sûr c'est que le premier dom d'Aubrac s'appelait réellement Adalard et que la domerie a été créée entre 1108 et 1125.

— Et elle marche toujours ?

— Malheureusement non. À la Révolution française, beaucoup de destructions ont eu raison de cette institution. Imaginez-vous qu'au fil des ans on a construit, outre l'hôpital, une église, des granges, mais également des dépendances dans toute la région. Au moment de sa grandeur, on distribuait jusqu'à cinq mille pains par jour et on pouvait héberger jusqu'à cinq cents personnes en même temps. Le pont de Marchastel que nous venons de traverser, avec sa croix, était un lieu de passage très important pour les vassaux qui dépendaient des religieux de la domerie. Vraiment, elle était d'un intérêt majeur dans la région.

— C'est effectivement énorme. Comme vous venez de dire « était », je suppose qu'aujourd'hui il ne reste plus rien de tout ça ?

— Peu de chose. L'église Notre-Dame-des-Pauvres, où mon collègue a officié ce matin, une tour fortifiée qui date de la guerre de Cent Ans et une simple maison qui est devenue la maison forestière.

— C'est peu. Mais alors où est-ce que votre collègue, comme vous dites, loge-t-il ?

— Aubrac n'est plus une paroisse à part entière, mais dépend de celle de Saint-Chély, à quelques kilomètres, dans la vallée. C'est là qu'il a son presbytère. Il vient dire la messe à Aubrac occasionnellement.

— L'histoire est belle, mais elle se finit assez mal.

— Comme celle des hommes. Ils sont capables des plus belles comme des plus horribles, vous savez ? C'est bien ce qui me préoccupe le plus en ce monde, cette capacité de pouvoir être à la fois ange et démon à quelques minutes d'intervalle, suivant les... circonstances.

Le silence qui suivit étonna Armand. La dernière phrase prononcée par le prêtre tournait et retournait dans sa tête. Surtout le dernier mot sur lequel il avait semblé vouloir appuyer volontairement. L'avait-il formulé naïvement ou intentionnellement ? À moins que ce ne soit pour compenser le bruit grandissant des ferrages des roues sur les pierres plates comblant les nids-de-poule de l'entrée du village de Nasbinals qui avaient succédé à la terre du chemin.

Le jeune homme apercevait les toitures de lauzes du bourg et le clocher octogonal de son église. Passant à proximité de la place du Foirail et contournant l'édifice religieux en face duquel était située la mairie, la route semblait se faufiler entre les habitations, comme pour se protéger des intempéries que lui avait décrites le prêtre lorsqu'il lui avait parlé de ce pays si rude.

Dès la sortie du village, quelques bois donnèrent une autre dimension au panorama. Les murets de pierre se faisaient beaucoup plus rares et des clôtures rustiques, faites de piquets grossièrement taillés dans des branches d'arbre de toutes formes, les remplaçaient.

La route amorça une montée sur plusieurs centaines de mètres. L'air était devenu plus frais. Armand s'empressa de se couvrir les épaules.

— C'est vivifiant, ici ! s'amusa le curé.

— On ne peut pas dire le contraire, confirma le jeune homme.

— Il fait plus frais qu'à Marchastel. Il faut dire que si nous étions à une altitude de mille deux cents mètres, au départ, qui est celle moyenne de ce plateau, nous atteignons ici, au col de l'Aubrac, les mille trois cent quarante mètres, ce qui n'est pas anodin. Mais tranquillisez-vous, nous allons amorcer notre descente pour arriver à mille trois cents mètres.

— Vous me rassurez ! Quarante mètres de moins, c'est la chaleur assurée, s'amusa Armand.

— En tout cas, il y aura la chaleur des cœurs. C'est plus important que tout le reste, non ?

— En parlant de cœur, je n'ai pas remarqué, ce matin, à la sortie de la messe, la présence de la servante de mon grand-oncle Alphonse. Vous m'avez dit qu'elle était très proche de lui. Qu'entendez-vous par cette formule ?

— Oh, ce n'est pas ce qu'on peut appeler une grenouille de bénitier. Elle est gentille. On peut lui demander ce qu'on veut, mais l'église n'est pas le lieu de la commune qu'elle fréquente le plus assidûment. Quant à être très proche, c'est le moins que l'on puisse dire. Ils formaient une sorte de couple dont les intentions ne me regardent pas.

— Vous voulez dire qu'ils vivaient dans le péché ?

— Dans le péché, je ne sais pas, mais incontestablement sous le même toit et sûrement dans le même lit.

— Et depuis longtemps ?

— Mais votre père ne vous a jamais parlé de ça ? Remarquez qu'il ne pouvait peut-être pas puisque ce... rapprochement entre Alphonse et sa servante n'a eu lieu qu'après... son départ.

Armand ne sut quoi répondre. Il découvrait plus de choses sur sa famille paternelle en une heure qu'il n'en avait apprises en vingt années d'existence. Le prêtre remarqua une certaine gêne.

— Je suppose que vous ne saviez pas tout ça...

— Non.

— Vous savez, il y a des choses dont on évite de parler dans les familles. Des choses qui ne regardent que ceux qui les ont vécues. Vous ne faites pas exception à cette règle chez les Ligourel. Je peux vous l'assurer.

Dès lors, l'ecclésiastique se tut, comme s'il en avait trop dit, jusqu'au moment où, après une déclivité plus prononcée et un grand virage amorcé vers la droite, celui-ci avisa son passager, comme on annonce une délivrance :

— Nous voilà bientôt arrivés. Je vous présente Aubrac !

Face à lui, dans un repli de terrain, protégé au nord des vents dominants par des monts pelés et érodés par le temps et les fréquentes intempéries, Armand aperçut un groupe de maisons massives semblant se défendre mutuellement. Le gris des toitures rehaussait celui, plus clair, des pierres de construction. Une grande tour dépassait légèrement du clocher de l'église qu'il identifia comme étant Notre-Dame-des-Pauvres évoquée durant leur voyage par le prêtre. Une profonde harmonie prédominait et s'intégrait à l'environnement. L'ordonnancement de l'ensemble offrait une sérénité toute particulière.

« Où qu'ils aient construit, ces religieux savaient choisir les bons endroits, pensa Armand. J'espère que ce sera pour moi celui de la quiétude. »

XI

L'embauche

PASSANT DEVANT LA TOUR des Anglais, à l'entrée du village, le curé tira sur les rênes pour que le cheval ralentisse. C'est au petit trot que celui-ci aborda la place formée par l'intersection de la route principale et de celle conduisant à Saint-Chély. Sur la gauche, à l'un de ses angles, s'élevait l'*Hôtel d'Aubrac* en face duquel trônaient une autre auberge et, sur la route leur faisant face, un nouvel établissement hôtelier. Armand les regarda les uns après les autres. Le prêtre s'en aperçut.

— Vous devez vous demander comment se fait-il qu'il y ait autant de lieux de villégiature pour un si petit bourg ?

— C'est effectivement étonnant, affirma Armand en détaillant les façades une nouvelle fois. Il y a plus d'auberges que de maisons particulières.

— Comme je vous l'ai dit hier soir, nous sommes au cœur d'une zone d'estive de bovins, mais de bovins laitiers. Ici, on fabrique du fromage. Ce village, qui semble au bout du monde, a développé cette activité, après l'abandon de la domerie. C'est devenu un centre de négoce très important sur le plateau, mais également une destination touristique très à la mode. On vient y chercher le repos et on y reçoit des cures de petit-lait.

— Parce qu'il y a des gens qui se déplacent jusque dans ce trou perdu pour venir boire du petit-lait ! s'exclama Armand en écarquillant les yeux. Nous, on le donne aux cochons.

— Ici aussi, majoritairement, mais il faut savoir que c'est un excellent nettoyeur pour le foie qu'il purifie et qu'il stimule, sans oublier les intestins et les reins.

— Alors là, vous me laissez sans voix.

— Voilà pour quelles raisons il y a autant de lieux d'hébergement ici. L'air y est bon, on s'y ressource et on en repart en pleine forme.

Pendant la discussion, l'attelage s'était arrêté au niveau de la porte d'entrée de l'*Hôtel d'Aubrac*. Les deux hommes descendirent de leur banc. L'ecclésiastique attacha les brides de la monture à un anneau près de l'abreuvoir, dans l'eau duquel la bête vint tremper franchement son museau, apparemment heureuse d'être arrivée à destination.

— Je pense que nous sommes les premiers, remarqua le curé en constatant qu'aucun autre véhicule n'était à proximité.

— Combien êtes-vous ? s'enquit Armand.

— Normalement, cinq. Il y a mon collègue de Saint-Chély dont je vous ai parlé, puis celui de Condom[1], ensuite l'officiant de Saint-Urcize, et enfin celui de Nasbinals, où nous sommes passés. Nous sommes très représentatifs du plateau puisque nous venons de trois diocèses différents. Les deux premiers dépendent de l'évêque de Rodez, le troisième de celui de Saint-Flour et le dernier, sans m'oublier bien sûr, de Mende.

— C'est effectivement très varié, répondit le jeune homme.

Il recevait avec délectation ces indications qui n'étaient pas pour lui déplaire, lui qui était curieux de tout ce qui l'entourait.

— Depuis que je vous ai rencontré, mon père, j'ai l'impression de vivre sur une autre planète que la mienne, en tout cas celle sur laquelle je respirais avant de venir ici. Tout est différent !

1. *Devenu Condom-d'Aubrac en 1919.*

— Il faut savoir découvrir d'autres manières de vivre pour se faire une idée de l'ensemble de notre société et pouvoir porter de sains jugements. Ce sont les gens qui voyagent qui ont une meilleure compréhension de la vie. Si vous restez dans votre petit village, sans rien découvrir d'autre, il y a de grandes chances que vous ne puissiez pas progresser, vous améliorer. Ce n'est pas bien de rester cloîtré…

— Pourtant, les moines qui peuplent les monastères ou les religieuses qui hantent les couloirs des couvents semblent bien progresser, comme vous dites, malgré leur confinement, coupa Armand.

— Mais ils ne sont pas isolés, ils sont en compagnie de Notre-Seigneur. Ils sont dans sa lumière. Ça leur suffit pour vivre heureux.

— Alors là… ça vous arrange ! se risqua le jeune homme avec un ton légèrement provocateur.

— Je vous l'avoue, mon fils. Oui, ça m'arrange ! sourit le curé. Pendant qu'eux prient pour mon salut et celui de l'humanité tout entière, moi je m'occupe de tout ce monde qui m'entoure et qui a besoin de mes lumières, ou de mon secours, pour accepter les malheurs qui l'accablent ou les fléaux dont il est, en permanence, la fragile victime.

« À qui le dites-vous ! » pensa Armand.

Au moment où il allait poursuivre la conversation, les deux hommes sursautèrent. Dans leur dos, une personne les apostropha :

— Alors, on discute ?

Un prêtre s'était approché sans qu'ils l'aient entendu arriver, trop occupés à deviser. Celui-ci s'avançant vers eux à pied, Armand en conclut que ce devait être le célébrant de Saint-Chély venu dire sa messe ici, à Aubrac. Le curé de Marchastel le lui confirma en lançant :

— Votre office est terminé, mon père ?

— Si je suis là, c'est que c'est le cas, ironisa l'arrivant. Je n'aurais jamais abandonné mes paroissiens avant son terme. Vous êtes seuls ? demanda-t-il en lançant un regard circulaire sur l'ensemble de la place.

— Oui, on arrive à l'instant.

Détaillant avec insistance l'étranger qui accompagnait son collègue, il sollicita :

— Vous ne me présentez pas ? Je n'ai pas l'honneur de connaître ce monsieur.

— Il nous vient de la plaine.

— Alors bienvenue à vous, dans notre beau pays, répondit le prêtre de Saint-Chély en tendant la main pour saluer son interlocuteur. Vous êtes venu en cure ?

Avant même qu'Armand ait pu ouvrir la bouche, ce fut son hôte qui répondit :

— Non. Il est revenu aux sources familiales voir un grand-oncle que j'ai, malheureusement, enterré au moment où il arrivait à Marchastel.

— Ça, c'est une tuile !

— On peut dire ça ainsi, admit Armand qui trouva familière la manière que le prêtre avait de s'exprimer.

— Et il vous accompagne dans votre tournée pastorale afin de renforcer les effectifs du séminaire de Mende ? continua, en éclatant de rire, le curé de Saint-Chély.

— Je ne pense pas. Notre cohabitation risque de s'arrêter ici.

— Il compte rester à Aubrac ?

— Non, mais je lui ai proposé de se joindre à nous pour notre repas dominical parce qu'il cherche du travail. Or chez moi, comme vous le savez, la paroisse est trop pauvre. Il n'a aucune chance de ce côté-là. J'ai pensé que l'un de vous quatre pourrait lui trouver quelque chose.

Le prêtre de Saint-Chély fronça les sourcils, comme s'il cherchait une solution à la sollicitation que son collègue venait d'émettre. Alors qu'il allait répondre, un bruit de carriole se fit entendre.

— Tenez, lança le prêtre de Marchastel, deux autres confrères arrivent côte à côte. On se croirait à une course de chars, s'amusa-t-il. Lequel va gagner, Saint-Urcize ou Condom ?

— Il ne manque plus que celui de Nasbinals pour que nous soyons au complet, constata le prêtre accueillant dans sa paroisse cette réunion mensuelle.

— Il aura un peu de retard, l'informa le curé de Marchastel. Je l'ai rencontré il y a un peu plus d'une semaine et demie. Je lui avais proposé de le prendre puisque mon chemin passe devant son église pour que nous fassions la route ensemble. Il a décliné mon offre parce que, après sa messe, il avait deux baptêmes. Il ne savait pas combien de temps ça allait lui prendre. Il ne voulait pas nous retarder.

— Alors entrons dans l'auberge. Nous y serons beaucoup mieux pour discuter des tracas de votre protégé, invita le curé de Saint-Chély, après avoir présenté à Armand les nouveaux arrivants.

* *
*

— Alors c'est votre dimanche de débauche ? éclata de rire l'aubergiste en accueillant les cinq personnes dans son établissement.

Il s'approcha d'eux pour récupérer les capes que les prêtres venaient de quitter.

— En plus, vous avez corrompu une nouvelle recrue ! poursuivit-il en apercevant Armand.

— Monsieur Gros, vous n'allez pas tarder à blasphémer ! lui lança, allègrement, le prêtre de Saint-Chély.

— Est-ce que l'humour est un blasphème ?

— Vaste débat, mais quelquefois il y mène.

— Vous savez, depuis cent cinquante ans que ma famille tient cet établissement, il s'en est dit des choses plus ou moins correctes entre ces murs et nous sommes toujours là pour contenter vos pécheurs ou autres pécheresses. Donc je pense que le bon Dieu ne nous en tient pas trop rigueur !

— Ou alors il vous a oublié. Tant que ça reste pour amuser les gens, l'humour est un bon remède à tous nos maux. Par contre, s'il est fait pour blesser, alors là c'est autre chose.

Le maître de maison désigna de sa main une table.

— Comme toujours, je vous ai installé à côté de la cheminée. Vous y serez bien. Cependant, il me semble qu'il manque quelqu'un et qu'il y a une personne supplémentaire, poursuivit-il en désignant Armand. Vous serez cinq ou six ?

— Notre confrère de Nasbinals ne va pas tarder et nous sommes six, exceptionnellement, aujourd'hui.

— Vous voyez qu'au moins je sais compter, s'amusa l'aubergiste.

— C'est bien normal... poursuivit le prêtre de Saint-Chély.

— Pour le tenancier d'un tel établissement, il vaut mieux, conclut le curé de Marchastel avec le ton ferme d'une personne qui voulait mettre un terme à des joutes verbales qui pouvaient durer une éternité.

Il connaissait l'obstination des deux protagonistes et savait par expérience que l'hôtelier n'aurait pas le dernier mot, tant le prêtre de la paroisse dont dépendait Aubrac avait du répondant. Il attira vers lui la chaise qu'il allait occuper pendant le repas tout en indiquant à son invité celle qu'il avait à sa droite. Les deux hommes s'assirent.

L'agencement des convives n'était pas encore terminé lorsque le dernier entra. Il s'approcha de la table, en fit le tour pour saluer chaque personne et s'arrêta au niveau d'Armand qui amorça le mouvement pour se lever.

— Restez assis, je vous en prie. À qui ai-je affaire ? lui demanda-t-il en appuyant de sa main l'épaule du jeune homme pour l'empêcher de bouger.

— Je m'appelle Armand Lig...

Au coup de pied violent qu'il reçut sous la table, le jeune homme comprit qu'il ne devait pas poursuivre ses explications.

— ... Vigouroux. Il s'appelle Armand Vi-gou-roux ! interrompit le prêtre de Marchastel, en détachant chaque syllabe pour bien appuyer sur chacune d'elles.

— J'avais cru entendre Lig... s'étonna le curé de Nasbinals.

— Ce doit être l'accent chantant de notre invité qui vous a induit en erreur. C'est bien Armand Vigouroux !

— Mais il n'y a personne qui porte ce nom, dans votre paroisse ? Ni dans la mienne d'ailleurs !

— C'est vrai actuellement, mais il était porté il y a bien longtemps, à l'époque de ses ancêtres. C'est sur le chemin de ceux-ci d'ailleurs qu'il est venu se perdre dans nos contrées.

— Vous recherchez vos racines ? interrogea le curé de Saint-Urcize. Comme c'est intéressant !

Complètement décontenancé, Armand ne sut que répondre.

Alors que le dernier arrivant altérait le bruit environnant en raclant les pieds de son siège sur les pierres rugueuses qui pavaient le sol pour prendre place, le jeune homme se tourna avec un regard interrogateur vers celui qui devenait son protecteur au fil du temps, en prenant des décisions le concernant qui commençaient à l'étonner.

Armand n'avait pas compris l'histoire que son hôte venait de raconter sur son nom. La seule qu'il avait bien assimilée c'est qu'il devait se taire sinon ses chevilles allaient prendre une nouvelle fois quelques coups inattendus.

— En quelque sorte. Comme il n'avait plus de travail dans la plaine, il a pensé que ce serait bien de se replonger dans la vie des hauts plateaux, argumenta le prêtre de Marchastel.

— Cette évolution est un peu étonnante. Vous faites l'inverse de notre jeunesse, se confondit avec moult grimaces l'officiant de Condom.

Ne comprenant pas trop où son hôte de la veille voulait en venir en modifiant son nom, Armand masqua sa surprise en s'intéressant aux paroles prononcées par le dernier religieux.

— Et pourquoi, mon père ?

— Parce que depuis que le Massif central est traversé par le chemin de fer, les enfants de ce pays s'exilent vers d'autres contrées pour mieux y vivre. Ils prennent le train à l'embarcadère de Marvejols pour descendre dans la plaine jusqu'à Béziers. Ils deviennent ainsi des *gavach* !

— Des quoi ? s'étonna le prêtre de Saint-Urcize.

— On n'emploie pas ce terme, dans le Cantal ?

— En tout cas, pas moi.

— Ce sont des *gavach*. C'est ainsi qu'on nomme les gens originaires de la montagne, dans ces basses terres. Or vous, jeune homme, vous êtes un *antigavach*, en quelque sorte, puisqu'il n'existe aucune manière à ma connaissance de nommer ici, à la montagne, les gens qui viennent de la plaine.

— Il y a bien un terme… meubla le curé de Nasbinals.

— Ah bon ! Et lequel ? demanda avec curiosité l'aubergiste qui avait entendu la conversation, courbé sur le feu de la cheminée, occupé à l'alimenter sous le chaudron dans lequel cuisait la soupe, objet de toutes ses attentions.

— Celui d'*estrangé*. Tout simplement !

— Il n'est pas un *estrangé*, s'étonna le curé de Marchastel, puisque ses aïeux sont d'ici.

— Peut-être, mais il n'est pas né sur le plateau !

Armand coupa court au débat :

— D'autant que vous êtes dans l'erreur.

Face à l'étonnement de tous, il poursuivit :

— Comme je suis né dans la partie orientale du Languedoc, là-bas on nomme les gens de la montagne des gavots. C'est comme ça qu'on appelle mon père.

— Alors vous êtes un antigavot ! agréa le prêtre de Condom en écartant ses bras, mains grandes ouvertes, les paumes tournées vers le ciel, comme il le faisait avant de bénir ses fidèles à la fin de ses messes, juste avant de lancer le traditionnel *Ite missa est*[1].

Laissant sa marmitée mijoter, le tenancier se rapprocha des convives en s'essuyant les mains sur son tablier.

— Je vous propose la soupe traditionnelle, ensuite j'ai fait un pot-au-feu pour les voyageurs. Je pense que ce serait un bon complément. Et pour le dessert, que désirez-vous ?

— Vous avez vos fameuses tartes aux fruits rouges ? questionna le curé de Nasbinals qu'Armand identifia comme étant le plus gourmand des cinq religieux.

---

1. *Cette formule latine s'utilise pour clore la messe. Elle signifie, littéralement : la messe est dite.*

À la manière dont il avait posé la question, les yeux écarquillés par l'envie tout en se frottant les mains, il ne pouvait qu'en être ainsi.

— Vous savez que c'est mon péché mignon.

— Vous avez de la chance, mon père. Ce sont les dernières parce qu'il ne me reste que quelques conserves de fruits de la saison dernière. Il faudra attendre quelques semaines pour faire la prochaine récolte et en proposer à nouveau à ma clientèle.

— Que pensez-vous de ce programme, mes amis ?

Ayant tous acquiescé, l'aubergiste repartit vaquer à ses occupations.

Ce fut le prêtre de Saint-Chély qui brisa le silence. S'adressant à son collègue de Marchastel, il évoqua la conversation qu'ils avaient entamée sur le pas de la porte de l'auberge :

— Avant que nous ne soyons au complet, nous discutions de l'embauche que votre protégé recherche. Je pense que vous arrivez un peu tard dans la saison.

Face à l'étonnement d'Armand, il expliqua :

— Avec l'accroissement du cheptel, on a créé une foire aux jeunes animaux d'élevage ainsi qu'aux animaux de trait, ici, à Aubrac. Y est organisée, le même jour, une *fièri de la lòga*, autrement dit, si vous ne comprenez pas notre patois, une foire où les hommes viennent se louer. Comme l'activité fromagère saisonnière s'achève, les grands propriétaires viennent, en quelque sorte, faire leur marché humain. Ils embauchent le personnel pour la saison suivante.

— Voilà qui est intéressant. Ça ne me gêne pas de me vendre. Et à quel moment cette foire a-t-elle lieu ? s'informa Armand.

— Le 3 octobre précisément. Vous comprendrez que c'est un peu tard pour cette année, ou un peu tôt pour la prochaine. C'était il y a presque sept mois.

— Effectivement ! constata, désabusé, le jeune homme qui avait mis un grand espoir dans ce qu'il venait d'entendre.

— Mais on ne pourra pas dire que dans votre malheur vous n'avez pas de chance.

Armand sourcilla. Il se prit à sourire en coin. Ce n'était vraiment pas le mot qui convenait à sa situation actuelle. Il était accusé de meurtre à tort. Il avait dû quitter son pays pour se faire oublier et le parent chez qui il comptait se rendre était mort quasiment sous ses yeux, à quelques heures près. La bonne fortune n'était pas obligatoirement en accord avec sa vie présente.

— Dites toujours. On verra après si véritablement elle est de mon côté… la chance, proposa-t-il au prêtre.

— Ma paroisse comprend plusieurs exploitants qui préparent le départ de leurs troupeaux vers les estives, dans un mois. Or il y a toujours des défections de dernière minute pour raisons de santé ou autres. Si vous le désirez, je peux vous conduire chez l'un d'eux qui m'a fait état de problèmes récemment. Après, ce sera à vous de faire vos preuves et de lui démontrer que vous êtes capable de suivre la vie des *buronniers* dans un *masuc*.

— Les quoi ?

— Vous êtes vraiment de la plaine, s'amusa l'ecclésiastique. Les buronniers sont les hommes chargés de traire les vaches et de faire le fromage pendant que les bêtes sont en estive, en été.

— Et le masuc, qu'est-ce que c'est ?

— C'est l'autre nom que l'on donne communément aux *burons*. Ce sont les habitations dans lesquelles les équipes sont logées et travaillent, en pleine montagne. Vous savez traire les bêtes au moins ?

— Il n'y a aucun problème.

— Et le fromage, vous savez le fabriquer ?

— J'ai souvent aidé ma mère pour faire ceux de chèvre, au mas.

— C'est un début, mais ceux d'ici font plus de… trente kilos. Nos « chèvres » ne sont pas de la même taille que dans la plaine, éclata d'un rire sonore le curé de Saint-Chély suivi par tous les participants au repas à l'instant où M. Gros leur servait la soupe.

— N'oublions pas le bénédicité, proposa le prêtre de Saint-Urcize.

Chacun joignit ses mains, inclina la face vers la table et pria.

* *
*

— Je suis heureux que vous ayez accepté la proposition de mon collègue de Saint-Chély.

Le repas terminé, les prêtres s'étaient retrouvés sur la place du village. Après s'être congratulés dans l'attente de leur prochaine rencontre, chacun avait pris le chemin du retour.

Seuls étaient restés le curé de Marchastel et Armand, l'officiant de Saint-Chély étant allé chercher son véhicule qu'il avait stationné, à son arrivée, devant la porte de l'église Notre-Dame-des-Pauvres où il avait célébré la messe.

— Vraiment, je suis content pour vous, Armand. Je suis sûr que vous allez trouver ce qu'il faut pour poursuivre votre voyage ou votre quête. Allez donc savoir, puisque je ne sais pas ce que vous cherchez exactement en venant ici. En tout cas, j'espère que c'est la quiétude et non les soucis ou le trouble.

Alors qu'Armand allait ouvrir la bouche pour s'expliquer, il lui saisit vigoureusement le poignet pour lui imposer le silence.

— ... et je ne veux rien savoir de plus sur vous. Je préfère en rester là.

— D'une certaine manière, je vous en remercie, comme je vous remercie pour votre hospitalité et ce que vous avez fait pour moi depuis hier soir, poursuivit le jeune homme en posant à son tour sa main sur celle du prêtre qui avait maintenu la pression.

— Je vous ai déjà dit que j'étais dans mon rôle, tout simplement.

— Peut-être, mais il est toujours bon et valorisant de dire aux gens qu'ils le tiennent bien, leur... rôle ! Par contre, pouvez-vous me dire pour quelle raison vous avez modifié mon nom, au début des discussions ? Je n'ai pas du tout compris votre initiative. Est-il si difficile à porter, dans le pays de mes ancêtres ?

— Il est effectivement difficile à porter, dans notre pays. Je vous conseille de faire attention à ce que vous dites sur votre vie et votre famille. Ne soyez pas trop bavard. Certaines personnes ne seront pas prêtes à vous entendre, s'ils le connaissent. Pour votre tranquillité, restez Armand Vigouroux, descendant d'une vieille famille éteinte de ma paroisse, je vous en conjure, supplia le curé en appuyant une nouvelle fois sa main sur l'avant-bras du jeune homme, avant de le lâcher.

Le prêtre de Saint-Chély arrivait au moment où celui de Marchastel tendit sa main, en signe d'adieu, à Armand. Avant qu'ils ne soient plus seuls, l'interlocuteur du jeune homme lui glissa à l'oreille :

— La famille, c'est comme un boulet dont on vous greffe la chaîne à la place du cordon ombilical. Généralement, son nom est facile à porter, mais quelquefois il est difficile à endurer.

XII

La rencontre

Le premier regard que croisa Armand lors de son arrivée à Bonnefon fut celui d'une jeune fille occupée à remplir une cruche à la fontaine publique.

Il émanait de cette scène une grande quiétude. Le bruit fluide de l'eau coulant dans le récipient et la sérénité qui se lisait sur le visage de la personne qui en était à l'origine lui suscitèrent un sentiment de calme, comme s'il avait atteint celui qu'il était venu chercher dans ce pays.

Depuis qu'il avait quitté sa famille, le jeune homme ne savait pas de quelle manière se présenterait cette paix tant recherchée depuis l'atmosphère très hostile qui avait succédé à son aventure rocambolesque dans la forêt de Combe-Noire, et les accusations qui en avaient découlé, source de son départ précipité.

À l'attention que lui manifesta la jeune fille, il pensa l'avoir trouvé.

Même si les sollicitudes dont lui avaient fait preuve plusieurs personnes qu'il avait croisées depuis son départ de Macassargues avaient été agréables à recevoir, pour la première fois il lui sembla qu'une clarté inattendue réchauffait son cœur, envahissait sa vie, et qu'elle s'en trouvait ainsi apaisée.

Cette situation ne passa pas inaperçue au prêtre conduisant l'attelage.

— Elle est mignonne, non ?

— C'est sûr, lui répondit le jeune homme sans la quitter des yeux.

— C'est moi qui l'ai baptisée. Elle est l'unique fille du propriétaire chez qui je vous conduis.

— Ah ! s'enthousiasma Armand en tournant vivement la tête vers l'ecclésiastique avant de reprendre sa position initiale.

— Je pense que vous allez aimer ce pays, badina le curé.

— Je le pense aussi, acquiesça l'exilé.

Le hameau de Bonnefon faisait partie de la commune de Saint-Chély, à un peu moins de cinq kilomètres de ce bourg, et donc de la paroisse dirigée par le prêtre qui avait pris en charge Armand après le repas, à Aubrac.

Quelques exploitations comprenant des maisons d'habitation bien modestes, aux côtés de vastes étables abritant les troupeaux de bovins à la mauvaise saison, servaient d'environnement à une grande tour massive dominant l'ensemble. Elle écrasait, de ses quatre niveaux et de son toit de lauzes, le clocher de l'église qui lui faisait face.

C'est entre ces deux monuments emblématiques du lieu que s'arrêta la carriole, à l'entrée d'une cour limitée sur trois côtés par les bâtiments de la ferme où allait, sembla-t-il à Armand, s'arrêter son voyage.

Descendant de son banc, le conducteur désigna de la main la tour en question.

— Vous n'échapperez pas à la domerie d'Aubrac, mon garçon ! Voilà un nouveau symbole de sa domination sur cette région. Cette grosse construction a été édifiée au XVe siècle pour défendre la grande grange que vous voyez dans son prolongement. C'est là que les moines, ou ceux qui travaillaient pour eux, entreposaient leurs récoltes.

— Ah, cautionna l'exilé, la tête toujours tournée vers l'apparition inattendue de la jeune fille à son arrivée.

Celle-ci s'avança vers la cour devant laquelle ils stationnaient.

Le curé ne put s'empêcher de sourire.

— Je pense que l'architecture ou l'histoire locale n'ont aucune importance pour vous.

S'étant ressaisi, Armand laissa s'éloigner à regret la silhouette enviée et se tourna vers son interlocuteur.

— N'en croyez rien, mon père, n'en croyez rien ! Je suis tout ouïe !

Afin de se donner bonne contenance, il poursuivit :

— Et la chapelle qui est en face, elle n'est pas sous la même protection ? questionna Armand en mettant pied à terre à son tour. Les moines la laissaient à la merci des pilleurs ? Ils préféraient mettre à l'abri les nourritures de cette terre et laisser la spiritualité à tous les vents ? Étonnant pour des religieux !

Le jeune homme avait effectivement remarqué, après les yeux de la porteuse d'eau, qu'un petit édifice un peu étonnant était bien seul au milieu d'un champ, proche de l'église. Son toit pointu, sa porte avec son arc en plein cintre surmontée d'un oculus et encadrée par deux fenêtres également en plein cintre lui donnaient une apparence religieuse.

— Les moines du Moyen Âge ne l'avaient pas abandonnée aux pillards, comme vous le pensez, pour une raison très précise.

— Et laquelle ? s'intéressa Armand depuis que la jeune fille avait disparu dans la maison d'habitation.

— Qu'elle a été construite plus récemment. On l'appelle chapelle Saint-Antoine.

— D'accord. Elle a quand même une drôle de forme. J'avais hésité entre une chapelle ou un tombeau.

— Elle est un peu les deux, malgré son vocable, mais elle est plus que ça. Elle témoigne de la volonté de garder un souvenir.

— Vous devenez un peu mystérieux. J'ai du mal à vous suivre.

— Je vous explique. En fait, elle a recueilli les sépultures d'une famille locale. L'histoire est assez triste d'ailleurs. Un négociant en textile de la paroisse de Saint-Geniez-d'Olt, à une trentaine de kilomètres plus au sud, possédait des terres ici même et une maison d'habitation. Son fils, Antoine Talon, y eut une fille à qui il vouait une véritable dévotion. Malheureusement, la fillette mourut à l'âge de dix ans. Il fut tellement affecté par cette perte qu'il décida de construire ce qui est devenu une chapelle pour accueillir son tombeau. Il ne vit pas la fin des travaux puisqu'il mourut à son tour trois ans plus tard. Avant de rendre l'âme, il avait émis le souhait de reposer auprès d'elle, dans ce même endroit. Le père et la fille dorment en paix dans ce petit édifice.

— Effectivement, c'est une bien triste histoire. Et si la fillette était aussi jolie que la jeune fille que je viens de voir, je comprends qu'il l'ait regrettée.

— La beauté ne fait pas l'âme, mon fils ! s'insurgea le prêtre en écarquillant les yeux.

— Ça aide un peu, tout de même.

— Je ne pense pas que les personnes physiquement belles soient plus respectables que les autres et que leurs âmes soient plus admirables.

— Veuillez m'excuser, mon père, bafouilla Armand qui sentait qu'il venait de commettre une maladresse.

— Suivez-moi, vous allez connaître le patron à qui je vais vous recommander et qui est, accessoirement, le père de la demoiselle que vous n'arrêtez pas de dévisager depuis que vous êtes arrivé.

* *
*

— Bonjour, lança le prêtre en entrant dans la grande pièce commune de la ferme.

Une femme affairée à éplucher des pommes de terre leva la tête de son occupation. En voyant l'arrivant, elle posa ce qui encombrait ses mains, se les essuya dans le tissu de son large tablier et se leva instinctivement.

— Bonjour, mon père, lui répondit-elle. Quel bon vent vous amène chez nous ? Pas une mauvaise nouvelle, j'espère ?

— Tranquillisez-vous, ma fille. Reprenez ce que vous étiez occupée à faire. La soupe ne doit pas attendre, d'autant que vous risquez d'avoir une nouvelle bouche à nourrir...

Alors qu'elle avait amorcé le mouvement pour se rasseoir, elle se raidit, posa ses deux mains à plat sur le plateau de la table et devint blême.

— Comment, une nouvelle bouche à nourrir ? s'émut-elle en fronçant les sourcils et en regardant la fille de la fontaine qui venait d'apparaître dans l'entrebâillement de la porte d'une pièce voisine.

Le prêtre éclata du rire sonore qu'Armand avait eu l'occasion d'entendre lors du repas, à Aubrac.

— Mais non ! Ne vous méprenez pas. Je ne parle pas d'une quelconque faute, mais d'une nouvelle bouche à nourrir... ce soir, pas dans quelques mois.

Une nouvelle fois, le curé repartit dans une hilarité qui détendit l'atmosphère.

— Ah, se sentit soulagée celle qui paraissait être la maîtresse de maison, en se rasseyant. Vous m'avez fait peur !

— Vous avez une fille sérieuse, ma brave Pascaline, et la famille Anglade est une des plus dévouées de notre paroisse. Je suis très tranquille de ce côté-là.

Armand eut la confirmation qu'il était bien en présence de la mère de la belle créature qui lui avait fait un excellent effet en arrivant à Bonnefon.

Se tournant vers son passager, le curé de Saint-Chély le pointa d'un doigt déterminé.

— Je vous présente Armand Vigouroux.

Le jeune homme fit un salut de la tête pour marquer son approbation.

— Il m'a été recommandé par mon collègue de Marchastel. Il est à la recherche d'une embauche. Or j'ai cru comprendre, lors de ma dernière visite, que votre mari avait quelques problèmes avec certaines de ses recrues pour l'estive de cette année.

— À qui le dites-vous ! Il est à la recherche de bras. La date de la transhumance approche et il lui manque encore plusieurs hommes.

— Alors la Providence m'aura bien conseillé en vous l'amenant.

— S'il connaît le travail, pourquoi pas ? Mais il faut voir avec mon mari.

— Et où puis-je le trouver ?

— Vous trouverez Pierre dans les prés, en dessous de la maison des Mercadier.

— C'est loin ?

— Non. Vous trouverez facilement. C'est un peu en contrebas de l'église.

Voyant l'air quelque peu sceptique de son interlocuteur, elle ajouta :

— La fille peut vous y conduire si vous le voulez.

Avant même que la mère n'ait pu terminer sa phrase, sa progéniture s'était avancée, montrant ainsi qu'elle était d'accord pour servir de guide.

— Si ça ne la dérange pas, nous voulons bien, n'est-ce pas ? répondit le curé en lançant un coup d'œil vers un Armand qui avait du mal à cacher son évidente approbation.

— On vous abandonne, Pascaline. À un de ces jours. Soyez en paix ! conclut le prêtre en s'écartant pour laisser sortir leur accompagnatrice.

Armand s'était également légèrement retiré, mais pas assez pour éviter le frottement de la robe de la jeune fille contre lui. Cette promiscuité entre les deux individus ne sembla pas leur déplaire.

Dès qu'ils furent à l'extérieur, les trois personnes se dirigèrent vers les pâturages indiqués. Après avoir parcouru environ trois cents mètres dans un chemin creux qui menait vers une zone plus densément boisée, elles aperçurent un troupeau de vaches occupées à brouter. Une silhouette humaine, les bras croisés sur une longue canne, se détachait à l'entrée du pré.

La jeune fille la désigna avec son index.

— Mon père est là. Je vous laisse le retrouver. Il faut que je rentre à la maison pour aider ma mère.

— Merci, Cécile, s'enquit le prêtre.

Cécile !

Les trois syllabes de ce prénom résonnèrent avec bonheur dans la tête d'Armand. Enfin, il connaissait le prénom de celle qui lui était apparue quelques dizaines de minutes auparavant et qui lui avait fait un effet dont il ne connaissait pas encore la source, jusqu'à cet instant.

Il reçut ce nom de baptême comme une musique qu'on a envie d'écouter en permanence et, en toute complicité, de partager avec la terre entière.

Armand marchait obstinément vers le destin qu'il s'était fixé : trouver un travail sur cette terre aveyronnaise qui lui était inconnue, pour se faire oublier dans la plaine languedocienne.

Et voilà que son esprit s'accrochait à ces yeux qui l'avaient envoûté en un millième de seconde, cette chevelure couleur châtain s'échappant de la coiffe traditionnelle de ces hauts plateaux, ce sourire séduisant qu'il ne pouvait plus oublier, les formes juvéniles d'une poitrine tout juste sortie de l'enfance et cette allure gracieuse qu'il avait pu observer quand elle avait quitté la fontaine pour revenir vers sa maison.

Toutes ces sensations s'appelaient Cécile !

Les deux hommes poursuivirent seuls leur progression. Dès qu'il les aperçut, Pierre Anglade vint à leur rencontre.

— Et que me vaut une telle visite, un dimanche, monsieur le curé ?

— Rien qu'une visite de courtoisie, mais qui pourrait vous intéresser.

— C'est-à-dire ?

Le prêtre présenta Armand. Les hommes se saluèrent en se serrant la main.

— Voilà une personne qui vient de la plaine et qui cherche du travail. Je crois que vous avez quelques problèmes en ce moment pour trouver du personnel, non ?

— C'est sûr ! Nous en avons parlé récemment. La montée à l'estive est pour bientôt et il me manque deux hommes pour compléter mes équipes.

— Que s'est-il passé ?

— L'attirance de Paris, toujours l'attirance de Paris ! Vous savez aussi bien que moi que, depuis presque un demi-siècle, toute la jeunesse de nos contrées part pour la capitale.

— Et qu'est-ce qui les attire ? se permit Armand.

— L'eau.

— Comment, l'eau ?

— Ils montent là-haut pour être porteurs d'eau[1]. Ils passent leur journée à livrer dans les appartements l'eau nécessaire aux gens. Comme si les Parisiens ne pouvaient pas descendre aux fontaines publiques.

— S'ils le font, c'est que ça rapporte beaucoup plus que le travail d'ici. Vous le savez bien, fit remarquer le curé.

— Ah, c'est sûr, ça leur assure une rentrée d'argent assez importante et on leur donne des pourboires. En plus, comme ils disent, ils n'ont pas de patron sur le dos, ils sont indépendants. Comment voulez-vous qu'on puisse lutter face à des arguments pareils ?

— Mais vos équipes n'étaient pas complètes après la louée d'octobre ? demanda le curé.

— Bien sûr que si, mais deux buronniers me font faux bond aujourd'hui. C'est à ne plus croire en l'honnêteté des gens. De mon temps, ça ne se serait pas passé comme ça ! Quand on tapait dans la main du patron, c'était un gage solide et on ne se parjurait pas, on ne violait pas le serment, la parole donnée, même plusieurs mois plus tard.

— Vous savez, ça a toujours existé.

— Et en plus, non contents de porter l'eau, maintenant ils livrent les bains à domicile.

— Quoi ? s'étonna le prêtre.

— J'ai appris ça il y a peu de temps. Ce sont d'ailleurs les deux lâcheurs qui me l'ont dit. Ils livrent des baignoires en cuivre qu'ils

1. *Dans son livre* Quand les Auvergnats partaient conquérir Paris, *paru chez Fayard en 1979, Roger Girard rapporte qu'en 1850 on recensait dans la capitale deux cents porteurs d'eau originaires de la seule commune de Saint-Chély-d'Aubrac (Aveyron).*

montent dans les étages, ils les remplissent d'eau, attendent sur le palier le temps que le client se lave et ils vident l'eau sale. Vous parlez d'un travail !

Le silence qui suivit montra l'incompréhension qu'apportait cette nouvelle information.

— Donc, si j'ai bien compris, jeune homme, vous voulez du travail et moi, comme je suis coincé, je peux vous en proposer.

— C'est ça, monsieur.

— Oh, avec l'accent que vous avez, vous n'êtes pas d'ici.

— Non ! Je suis de la plaine.

— Et si je vous donne ce travail, je peux être sûr que vous resterez ici et que vous ne partirez pas pour Paris, vous aussi ?

— Si j'avais l'intention de partir pour Paris, je crois que je l'aurais déjà fait et que je n'aurais pas fait un crochet par l'Aubrac, juste pour vous dire bonjour.

— Voilà qui est bien dit. Vous me plaisez, accorda Pierre Anglade en tapotant l'épaule d'Armand. Et que connaissez-vous du métier de buronnier, vous qui venez du bas pays ?

— Rien.

— Mais encore ? se stupéfia le patron.

— Je ne connaissais même pas le nom de buronnier avant que les prêtres avec qui j'ai mangé, ce midi, ne me l'apprennent.

— Parce que vous êtes un intime de nos prêtres ? Peut-être séminariste vous-même ?

Le curé de Saint-Chély avait laissé Armand et Pierre Anglade discuter. Il intervint :

— Je ne pense pas qu'il veuille prononcer le vœu de chasteté, après ce que je viens de voir.

— C'est-à-dire ? s'interrogea Pierre Anglade.

— Rien. Depuis que nous sommes arrivés, il a des yeux très curieux pour le cheptel local. Laissez faire, c'était pour faire un peu d'humour.

Armand se prit à rougir.

— Il s'appelle Armand Vigouroux. Il m'a été recommandé par mon collègue de Marchastel. S'il ne connaît pas le métier de buronnier, il sait déjà traire les animaux et il sait faire le fromage de chèvre.

— S'il a déjà quelques bases. Je veux bien le prendre à l'essai. S'il est motivé et qu'il fait l'affaire, je l'enverrai dans les estives, sauf, bien évidemment, si je trouve entre-temps une personne plus qualifiée que lui.

— Je vous assure que je vais donner le meilleur de moi-même pour rester ici, affirma Armand. J'ai vraiment envie de rentrer à votre service.

— Ben voyons ! Tu m'en diras tant ! s'égaya à voix basse le prêtre en baissant la tête pour masquer sa voix et son petit sourire.

— Remontez à la ferme, je termine ce que j'avais à faire ici et je vous rejoins.

Alors que l'ecclésiastique et son compagnon de route avaient pris le chemin du retour, on entendit Pierre Anglade les interpeller :

— Monsieur Vigouroux !

Si le curé se retourna instantanément, Armand poursuivit son chemin sans faire attention aux appels qui le concernaient.

— Monsieur Vigouroux ! insista le patron.

Le prêtre de Saint-Chély, voyant qu'il ne réagissait toujours pas, l'interpella à son tour :

— Armand, vous n'entendez pas ? M. Anglade vous appelle.

— Qui ça ?

— M. Anglade vient de vous appeler.

— Ah !

— Oui, il vient de vous appeler monsieur Vigouroux et vous ne semblez pas bien connaître votre nom.

— Quand même, je ne connais que ça depuis que je suis né. J'étais dans mes pensées. Je suis désolé. Oui, monsieur, qu'y a-t-il ? cria à son tour Armand.

— Dites à ma femme que vous mangerez avec nous ce soir et, si vous désirez vous joindre à nous, mon père, vous êtes le bienvenu.

— Bien, monsieur, confirma Armand avant que le curé ne décline l'invitation.

Les deux hommes reprirent leur chemin.

« C'est étonnant que ce garçon ne réponde pas quand on l'appelle par son nom de famille », songea le curé en regardant l'homme qui le précédait et qui lui parut, à cet instant, encore plus *estrangé* que ne l'avait qualifié le curé de Nasbinals, quelques heures plus tôt, dans l'auberge d'Aubrac.

XIII

Passion naissante

— ALORS, COMME ÇA, vous venez de la plaine ?

La question devenue rituelle pour Armand, quand il parlait et qu'on découvrait son accent méridional, lui avait été posée par Pierre Anglade, dès qu'ils avaient terminé de manger.

Alors que les femmes rangeaient la salle commune et les derniers reliefs du repas, le maître de maison avait invité son nouvel employé à venir prendre un peu l'air. Ils s'étaient assis, côte à côte, sur un banc en granit gris érodé par le temps qui voisinait avec la porte d'entrée du bâtiment.

Pierre Anglade sortit de sa poche une pipe dont il bourra de tabac le foyer d'un pouce expert. Ayant placé le bec entre ses lèvres, il l'inclina sur le côté afin de l'allumer avec un briquet à amadou. D'un geste expérimenté, l'éleveur fit monter la mèche, fruit de l'amadouvier, champignon parasite des arbres, vers le dispositif d'allumage composé d'une molette en acier couplée à une pierre de silex. Frottant la première sur la seconde, il fit naître une braise rougeoyante sur la mèche. En soufflant dessus apparut une flamme avec laquelle il embrasa le tabac. Dès que ce fut terminé, il retira la mèche vers le bas. En entrant dans sa protection métallique la flammèche s'éteignit. L'homme remit le briquet dans sa poche avant de tirer quelques bouffées.

Clignant les yeux dans un nuage de fumée, Pierre reprit la conversation :

— Donc vous voilà sur notre plateau. Mais qu'êtes-vous venu y faire ? En général, ce sont nos jeunes qui partent chercher du travail loin d'ici.

Comme il l'avait fait précédemment, Armand se lança dans les explications. Son arrivée à Marchastel, la mort de son grand-oncle, la rencontre avec le prêtre, le repas à l'auberge et la proposition du curé de Saint-Chély de venir le trouver.

Tout en écoutant, Pierre regardait dans le vide, face à lui, en tenant sa bouffarde entre le pouce et l'index entre deux aspirations.

— Je vois, je vois... répondit-il laconiquement, sans bouger.

Un silence s'installa.

— Je ne vous ai pas proposé de fumer, si vous le désirez.

— J'ai également une pipe dans mon baluchon, mais je la fumerai plus tard.

Pierre Anglade se tourna vers son interlocuteur.

— Vous me plaisez. Je ne vous connais pas assez, mais j'ai envie de vous voir travailler. Je vous engage.

Armand eut beaucoup de mal à masquer sa satisfaction. Il se leva, fit face à son nouvel employeur et tenta de lui saisir les mains pour le remercier. À cet instant, un chien vint se blottir contre la jambe de Pierre et posa sa tête sur son genou. Armand arrêta son geste au moment où Pierre commença à caresser l'animal.

— En voilà un qui est fidèle. J'aime les gens et les animaux qui le sont. Puisque c'est le prêtre de notre paroisse qui vous a recommandé à moi, je suis en confiance. À vous de ne pas la trahir.

— Je vous assure que vous serez satisfait de mon travail, monsieur Anglade.

— Je l'espère. Vous allez intégrer l'équipe qui partira vers l'estive. Est-ce que vous savez comment ça fonctionne ?

— Non, répondit Armand en se rasseyant.

— Alors je vais vous expliquer. Vous savez tout de même ce qu'est un masuc ou un buron ?

— Depuis peu de temps, puisque ce sont les prêtres qui me l'ont expliqué à midi.

— Alors c'est bien ! Donc, dans un masuc, il y a une équipe composée de plusieurs personnes. Il y a celui qui dirige. On l'appelle le *cantalès*. C'est lui qui supervise le travail et donne les ordres. Il est aussi le garant de la sérénité des lieux en gérant les conflits qui peuvent naître. L'équipe doit bien s'entendre. Ensuite, il y a le *pastre*. Il a la charge de la traite des vaches et la préparation du fromage. Puis vient le *vedelièr* qui a pour tâche de s'occuper des veaux, et enfin le *rol*. C'est un adolescent qui apprend le métier de buronnier. Il est, en quelque sorte, l'homme à tout faire.

— Il n'y a pas de femmes ?

— Non. Il vaut mieux. Vous savez comme moi que si vous mettez une femme dans un milieu d'hommes, la zizanie n'est jamais bien loin. Or, comme tous ces hommes doivent vivre en autarcie pendant plusieurs mois...

Pierre marqua un temps d'arrêt pour tirer une nouvelle fois sur sa pipe.

— ... vous voyez ce que je veux dire ?

— Tout à fait, approuva Armand. L'équipe est donc de quatre hommes.

— Non. Chez moi, vous êtes cinq. Il y a un cantalès, deux pastres, un vedelièr et un rol. C'est d'ailleurs pour ça que je vous embauche, parce que vous serez deux pastres. Le premier est confirmé et, comme vous m'avez dit que vous saviez traire et que vous avez quelques notions de fabrication de fromage, il saura vous expliquer le métier rapidement. C'est à vous de me confirmer vos dires et de me montrer vos capacités d'adaptation.

— Et les bêtes ?

— Elles m'appartiennent toutes. Certaines petites exploitations se regroupent pour former un seul troupeau à la surveillance d'une équipe. Les bêtes sont marquées au ciseau ou au fer rouge, sur le haut de la cuisse ou à l'épaule, pour qu'on puisse les reconnaître. Pour ma part, chaque animal a une chaîne avec un numéro. La vache et son veau ont le même pour mieux les reconnaître. Pour ce qui est du contrat qui va nous lier et de votre rémunération, la production du fromage va se partager en trois tiers. Le premier ira au propriétaire des herbages où paissent les troupeaux, le deuxième à l'éleveur, en l'occurrence moi, et le dernier au personnel. Comme vous êtes cinq, vous aurez le cinquième d'un tiers, c'est-à-dire un quinzième de la production fromagère. Une tome sur quinze vous reviendra. Si vous travaillez, le tiers qui vous revient sera conséquent, dans la limite de la production laitière, s'amusa Pierre Anglade, et si vous ne faites rien, il sera au plus bas. Mais attention, dans ce cas-là, le cantalès devra me rendre des comptes.

Après un nouveau temps d'arrêt, l'éleveur posa la question cruciale :

— Ça vous convient ?

— Parfaitement.

Les deux hommes se levèrent et, pour tout accord, se frappèrent leur main droite en signe de contrat.

— Vous dormirez dans la grange. Ma fille va vous y guider. Cécile, viens ici !

La porte légèrement entrouverte s'ouvrit entièrement et la jeune fille apparut.

— Oui, père.

La voix qui émanait de cette bouche émerveilla Armand. Il restait pendu à ces magnifiques lèvres. Ses pensées vagabondèrent pendant que le maître des lieux expliquait les raisons de son appel.

Alors qu'Armand s'éloignait, suivant les volutes formées par les flottements de la robe de Cécile, son père l'apostropha avant d'entrer dans la maison :

— Puisque nous sommes liés, maintenant, monsieur Vigouroux, je vais vous appeler Armand et vous tutoyer. Par contre, vous m'appellerez par mon nom de famille et je vous demande de me vouvoyer, comme les autres *montanhièrs*[1].

N'ayant reçu aucune réponse, Pierre l'interpella une nouvelle fois :

— Armand...

---

1. *Nom donné aux membres de l'équipe du buron. Il faut prononcer « mountanié ».*

— Oui, monsieur.
— Tu as entendu ce que je viens de te dire ?
— Non. Je suis désolé.
— Avant de t'intéresser à mon héritière, écoute ce que je te dis, rigola l'éleveur. Il faut faire ses preuves, ici, avant d'avoir accès à certaines faveurs.

L'exilé s'était arrêté et retourné vers son nouveau patron. Pierre lui répéta ses consignes.

— Oui, monsieur Anglade. Belle soirée à vous.
— Et belle installation à toi, conclut Pierre en tapotant sa pipe sur le bord du banc de pierre pour en extraire les cendres avant de la ranger dans sa poche.

* *
*

Dans un coin d'une des étables de la ferme, derrière une rangée de voliges disjointes servant de cloison séparant les bêtes d'une chambre improvisée, se trouvait une couche rustique.

Quatre planches montées sur quatre pieds succincts délimitaient un espace qui servait de couche.

— Je vous ai mis de la paille fraîche. Ce sera plus confortable, expliqua Cécile à Armand.
— Merci, demoiselle, osa le jeune homme en déposant son baluchon sur le bord de ce qui allait être son lit.
— Vous pouvez m'appeler Cécile.
— Vous croyez ?
— C'est comme ça que tout le monde m'appelle. Ça tombe bien d'ailleurs, puisque c'est mon prénom ! éclata d'un rire franc la fille de la maison.

Armand ne put se retenir de pouffer à son tour.

Les jeunes gens restaient ainsi, immobiles, ne sachant que dire de supplémentaire. Au moment où la jeune fille allait partir, Armand l'interrogea :

— Il y a beaucoup de bêtes ici ?

La question, d'une banalité déconcertante, était sortie de sa bouche sans qu'il ne sache trop pourquoi. Son seul but inavouable avait été de retarder le départ de Cécile. La jeune fille s'en aperçut. Elle ne se fit pas prier pour y répondre :

— Une bonne centaine de têtes de bétail.

— Ah ! C'est un gros élevage alors.

— Plutôt. En tout cas, un des plus considérables du bourg. Il y en a d'aussi importants, chez vous ?

— Non. Ce sont surtout des troupeaux de chèvres que nous avons, et seulement quelques vaches pour le lait. Il faut dire que l'herbe est moins grasse dans notre garrigue que dans vos prés.

Cécile écoutait Armand avec une attention qui résultait beaucoup plus de la curiosité qu'elle portait à son physique qu'à l'intérêt que lui inspiraient ses explications agricoles du monde paysan.

Bouche bée, elle était en extase face à la chevelure ébène du garçon et au teint hâlé de sa peau que venaient illuminer deux yeux d'un bleu profond dans lequel elle se serait bien abîmée sans aucune retenue. Sa dentition, dont la blancheur accentuait le cuivrage de son épiderme, ajoutait à son charme tout ce qu'elle trouvait beau chez un homme.

Dès qu'elle l'avait vu, lorsqu'à la fontaine elle était occupée à remplir sa cruche, elle avait senti son cœur s'emballer. La curiosité d'un premier abord badaud avait laissé très rapidement la place à une soif de connaissance beaucoup plus intime.

Cécile avait bien été obligée de détourner son regard puisque, de son côté, cet étranger la dévisageait avec insistance. Il aurait été très inconvenant pour une fille respectable de poursuivre cette fixation en présence du curé de la paroisse qui conduisait l'attelage. Elle aurait sûrement été obligée de lui avouer, en confession, que le nouveau venu ne la laissait pas indifférente.

Tentant de se ressaisir, Armand se frotta les mains avant de les passer sur ses cuisses. Dans son geste, il vint effleurer son sac qui chuta sur le sol. En moins de temps qu'il ne faut pour le dire, les deux protagonistes se baissèrent pour le ramasser. Les mains de Cécile et d'Armand s'effleurèrent avant de se retirer dans le mouvement synchronisé de deux aimants d'une même polarité qui se repoussent, alors que leurs deux visages n'avaient jamais été si près.

— Veuillez m'excuser. C'est involontaire ! se justifia le jeune homme en se relevant.

— N'en faites rien. C'est plutôt à moi de vous présenter des excuses. C'est votre baluchon et je n'ai pas à y toucher, innocenta la fille en reprenant sa position initiale.

Les secondes passaient sans qu'aucun des jeunes gens ne fasse un seul geste, comme figés dans leurs contemplations mutuelles. Le temps s'était arrêté à cet instant précis, au fond d'une étable, au cœur de l'Aubrac.

* *
*

La première nuit qu'Armand passa à Bonnefon fut parsemée de rêves.

Au détour de chacun d'eux apparaissaient les traits de Cécile. Il ne pouvait détacher son esprit de cette image d'un magnifique visage aux traits charmants, au sourire éclatant, et encore moins oublier la fine odeur émanant d'un corps si harmonieux.

En quelques heures, la présence de la jeune fille avait dissipé toutes les appréhensions que ses aventures chaotiques récentes avaient fait naître en lui. Elle avait su redonner du courage et une certaine joie de vivre à cet homme déraciné dans un pays qu'il ne connaissait pas du tout quelques jours auparavant, même si ses ancêtres paternels y reposaient depuis plusieurs siècles.

Cet Aubrac si rude, aux hivers interminables et rigoureux, aux étés chauds et orageux, où le vent ne rencontre aucun obstacle, aux paysages dont l'immensité donnait le tournis à ceux qui les découvraient et aux habitants au caractère bourru à force de contenir leur pudeur dans des corps travaillés par les éléments extrêmes, prenait une tout autre dimension, vu à travers les yeux de Cécile.

Cette contrée où l'exilé était venu se perdre volontairement pour se faire oublier et démarrer une autre vie, en attendant de pouvoir revenir la tête haute dans la plaine, lui plaisait vraiment de plus en plus.

Malgré les réticences dont son père lui avait fait part au moment où il avait quitté les siens par la fenêtre de la souillarde, un beau matin de printemps, et dont il avait encore beaucoup de mal à comprendre le sens, Armand pensa que ce choix allait lui offrir des instants qu'il n'oublierait sûrement jamais et que les émois, qu'avait fait naître son arrivée à Bonnefon, et sa rencontre avec la fille de la famille Anglade seraient un excellent souvenir.

Il ne croyait pas si bien penser !

XIV

Les préparatifs

Dès le lendemain de son arrivée dans la famille Anglade, Armand avait donné le meilleur de lui-même pour prouver qu'il était capable de tenir son rang au sein de l'équipe des montanhièrs.

Il s'affairait à la traite des vaches, améliorant jour après jour sa manière de mettre en confiance les bêtes, de les flatter pour qu'elles se laissent manipuler plus facilement. Il participait aux tâches quotidiennes de l'entretien de la ferme pour démontrer qu'il pouvait être polyvalent. De la réparation des mangeoires au nettoyage des litières, il était partout à la fois, ce qui inspira une envolée poétique au maître des lieux, admiratif :

— Avec Armand, tout est pimpant !

La confiance s'installa entre Pierre Anglade et l'exilé. Au bout de quelques jours, l'éleveur ne chercha plus qu'un seul homme au lieu des deux qui lui manquaient auparavant. Le Méridional avait réussi son examen de passage pour obtenir ce travail qu'il espérait de tout son cœur, mais également pour rester dans l'entourage de Cécile pour qui ses premiers sentiments allaient croissant.

Le mois de mai passa avec une rapidité déconcertante. Les jours augmentaient, se rapprochant de la Saint-Jean et du solstice d'été, jour le plus long de l'année. Une semaine avant la date de la transhumance, fixée au 25 mai, un dimanche en cette année 1890, le patron vint à l'étable pour s'entretenir avec son pastre, Armand.

— Il faut nous atteler à la préparation de l'installation de l'équipe au masuc. Nous allons y apporter tout ce qui vous permettra de vivre pendant ces cinq mois. Vous serez isolés et vous allez vivre en autarcie.

— Personne ne vient nous apporter de ravitaillement ?

— Non. Vous allez vous débrouiller tout seuls. Voilà pour quelle raison on doit préparer votre séjour pour qu'il n'y ait pas de surprise. Il faut prévoir tous les outils, la baratte, l'écrémeuse et tout ce dont vous avez besoin pour faire le fromage. Nous allons y monter tous les deux, demain matin, comme ça tu connaîtras la route qui y conduit.

— Et où se trouve le masuc en question ?

— C'est vrai que je ne t'en ai jamais parlé. Il faut savoir qu'il y a plus de trois cents burons sur les montagnes de l'Aubrac et il vaut mieux savoir où est le nôtre pour ne pas occuper les pâturages d'un propriétaire inconnu.

— C'est déjà arrivé ?

— Je ne crois pas. En tout cas, je ne veux pas être le premier. Notre buron se situe vers la croix des Trois-Évêques, qui est sur le puy de Gudette, proche des Trusques, à moins de quinze kilomètres d'ici.

Face au regard interrogateur d'un Armand complètement perdu dans toutes ces dénominations, Pierre s'en amusa. Il poursuivit :

— C'est vrai que tous ces noms te sont inconnus. On est en altitude et on dépasse les mille quatre cents mètres. Le temps n'est pas le même qu'ici.

— Et pourquoi Trois-Évêques ? demanda Armand, toujours avide de connaissance.

— C'est une légende...

— ... comme il y en a beaucoup ici, j'ai l'impression, interrompit le jeune homme.

— Le pays est rude, donc mystérieux.

— Et que raconte-t-elle cette légende ?

— Si je me souviens bien, parce que notre curé te la raconterait beaucoup mieux que moi, ça remonte à 590. À cette époque, une jeune femme très belle appelée Tétradie avait été enlevée à son seigneur de mari, parce qu'il la brutalisait, par son cousin, un certain Virus. De rage, le seigneur tua Virus, mais le comte de Toulouse épousa Tétradie.

— C'est bien compliqué cette histoire.

— Comme ça l'était souvent à l'époque, je vous le confirme ! entendirent les hommes dans leur dos.

Avant même qu'il n'ait vu la personne qui avait prononcé ces mots, Armand l'avait identifiée. C'était Cécile, venant chercher du lait.

— Mon père raconte bien les contes. Quand j'étais toute petite, j'attendais la veillée avec impatience, au coin du feu. Pendant que ma mère filait la laine, mon père nous relatait toutes les légendes de la région. Et comme vous venez de le dire, celle-ci était compliquée et difficile à comprendre, mais comme elle était bien dite, on lui pardonnait.

Regardant son père, Cécile lui demanda si elle pouvait rester pour entendre une nouvelle fois d'où pouvaient bien venir ces trois évêques.

Pierre reprit son exposé :

— Ne voulant pas en rester là, le mari violent de Tétradie, se sentant lésé, réclama la dot de son épouse au comte. Or tous nos personnages étaient issus de provinces différentes. Tétradie était languedocienne, le mari auvergnat et Virus toulousain. On demanda alors aux évêques dont dépendaient ces trois individus de se réunir en concile et de trancher dans cette affaire. Ainsi se réunirent l'évêque de Mende pour le Gévaudan, celui de Rodez pour le Rouergue et de Saint-Flour pour l'Auvergne. Voilà pour quelles raisons les moines de la domerie d'Aubrac ont élevé une croix en pierre à la limite des trois diocèses, sur le plateau, sur le puy de Gudette, près de notre estive.

— Ça me rappelle quelque chose, cette histoire ! s'exclama Armand qui s'était appuyé sur le manche de sa fourche pour mieux écouter les paroles de son patron.

— Vous avez la même chose dans votre région ? demanda Cécile en inclinant sa tête pour afficher sa surprise.

— Non, mais quand je suis arrivé dans votre pays, j'ai assisté à une sorte de concile entre les trois diocèses, sauf que là il y avait cinq ecclésiastiques en soutane au lieu de trois évêques et qu'en guise de mise en place d'une croix en pierre ils ont savouré un repas composé d'une soupe, d'un pot-au-feu et d'une tarte aux fruits rouges… qui étaient très bons d'ailleurs.

— Eh oui, certaines valeurs de notre clergé se perdent, constata Pierre.

— Les pouvoirs ne sont plus au même niveau. Les seigneurs ont changé.

— Il n'y en a plus beaucoup, aujourd'hui.

— De quoi ?

— Des seigneurs !

— Détrompez-vous, de nouveaux se sont accommodés des lois actuelles pour faire régner leur ordre. Ils sont quelquefois plus durs que les anciens, c'est tout. Dans mon village, il y a un gros propriétaire qui se conduit comme s'il avait le droit de justice ou, sauf respect à votre égard, mademoiselle, de… cuissage, parce qu'il a réussi à racheter toutes les propriétés de l'ancienne seigneurie.

— Je pense que tu y vas un peu fort. Nous sommes sous la Troisième République et les maîtres absolus de l'Ancien Régime ont été neutralisés.

— On croit que tel est le cas, mais il y en a toujours à l'affût pour faire valoir des droits qui ne sont pas les leurs, malgré les nouvelles institutions que nous propose, soi-disant, une meilleure vie.

En prononçant ces mots, Armand eut une pensée pour ses grands-parents maternels, Marie et Jules, qui lui avaient inculqué certaines valeurs, surtout contre le marquis qui régnait sur leur village. Ils auraient été fiers de lui, en l'entendant parler.

— Autres temps, autres mœurs, approuva Pierre. Je comprends mieux maintenant pour quelles raisons tu as fui un environnement qui semble assez hostile.

— Oh, il n'est pas obligatoirement hostile, mais il est sûrement pesant.

Le jeune homme pensa que si ce milieu était devenu douloureux, ce n'était pas de la faute du marquis, mais d'une autre affaire d'ensevelissement clandestin qui était inavouable et dont il était la victime innocente.

Armand s'interrompit en se remémorant les paroles du curé de Marchastel qui lui avait conseillé de bien faire attention à ce qu'il dirait sur sa vie et sa famille, sans qu'il sache vraiment pourquoi.

Ces recommandations retentirent comme une alarme dans son crâne. Elles marquèrent la fin de sa participation à la discussion avec Pierre Anglade, de peur de trop se dévoiler, aux détours de mots faussement maîtrisés ou qui pourraient être mal interprétés.

Il se retrouvait entre l'enclume et le marteau. La première étant ce qu'il connaissait de sa propre aventure nocturne et les suites qui l'avaient poussé à fuir son pays, et le second qui était pendu au-dessus de sa tête, telle une épée de Damoclès, et qui concernait l'histoire de sa famille dont il n'avait aucune idée.

— À demain.

— Oui, monsieur Anglade, consentit le jeune homme, soulagé de voir ces explications s'achever.

— Vous pouvez m'aider à prendre du lait ? demanda Cécile avant qu'Armand n'ait eu le temps de reprendre sa tâche, après le départ de Pierre Anglade.

— Avec le plus grand plaisir.

Lâchant sa fourche, il saisit le pot au lait en fer-blanc que lui tendait Cécile. Il en ouvrit le couvercle, plongea une louche dans le grand récipient où était entreposé le fruit de la traite du matin, encore tiède. Il y versa le liquide légèrement jaunâtre en essayant de ne pas trop en mettre à côté de l'ouverture. Lorsqu'il fut plein, il le ferma hermétiquement et le tendit à la fille de son patron. Celle-ci le prit et, sans quitter du regard Armand, le déposa, à tâtons, sur une planche scellée dans le mur pour servir d'étagère.

— Je voulais vous parler, Armand.

Le jeune homme ne sut quoi répondre. Il s'attendait à tout sauf à ce qui allait suivre.

— Depuis que vous êtes arrivé ici, je ne pense qu'à vous et je saisis tous les prétextes pour vous croiser.

— Ah ! s'ébahit le jeune homme. Et pourquoi ?

— Parce que je crois que je suis amoureuse de vous.

La promptitude des propos de la jeune fille fit rougir le nouvel employé.

Tout en prononçant ces mots, Cécile s'était rapprochée du pastre. Celui-ci sentit son cœur s'emballer, une légère sueur perler sur son front et l'haleine de la jeune fille se rapprocher de sa bouche.

Au lieu d'avoir une réaction négative, l'homme se laissa faire et incita l'initiative de Cécile en l'enveloppant de ses bras. La jeune fille fit de même et alla au bout de son désir, sans trouver aucune opposition.

Encouragées par leurs convoitises réciproques, les lèvres des deux jeunes gens se touchèrent. Un long baiser langoureux vint clôturer ce moment dont les deux soupirants rêvaient secrètement.

Seules les vaches, qui rejoignaient l'étable pour y passer la nuit, furent les témoins quotidiens des ébats qui suivirent cette déclaration, dans le crissement de la paille de la couche d'Armand.

Chaque soir, après que la maisonnée eut trouvé un sommeil réparateur profond, la fille de la maison rejoignait le nouvel employé de son père qui était devenu, en quelques jours, son amant et qui allait la délaisser pendant toute la période de l'estive. C'était l'imminence de ce départ qui avait décidé Cécile à se déclarer.

* *
*

— Et pourquoi viendrais-tu ?

Pierre Anglade apostropha sa fille qui insistait pour suivre la transhumance.

— C'est une affaire d'hommes ! Les filles ont autre chose à faire.

— Ah bon ! Et pourquoi ?

— Parce que c'est ainsi depuis la nuit des temps et que tu n'y as pas ta place. Tu sais comment certains buronniers appellent leur masuc ?

— Non, mais je pense que tu ne vas pas tarder à me le dire, s'enhardit Cécile, provocatrice.

La discussion avait débuté entre le père et sa fille, lorsque celle-ci avait émis l'idée de suivre la montée vers les pâturages dans la charrette convoyant le matériel.

Pierre Anglade n'avait jamais vu sa progéniture aussi excitée et tant agitée. D'habitude, elle était plus calme, posée et obéissante. Que s'était-il donc passé pour que tout à coup elle devienne cette furie qui s'insurgeait devant son père et ne voulait plus lui obéir ?

— Alors, comment l'appellent-ils, entre mâles, leur masuc ? poursuivit Cécile en se plantant devant son père, les mains posées sur les hanches.

— Ils disent que c'est la maison des « privés d'amour ».

— Et alors ?

— Et alors ? Ça veut tout dire. Les femmes n'y sont pas admises, un point c'est tout !

— Je n'ai jamais demandé à faire partie des montanhièrs et de rester avec eux tout le temps que va durer leur séjour, mais seulement de faire le voyage avec vous. Je crois que je peux le faire, non ?

— Il n'en est pas question !

— Eh bien on verra, conclut la jeune fille.

— Mais c'est tout vu ! cria le père alors que la jeune fille s'éloignait en arborant sa tête des mauvais jours.

Armand, qui sortait de l'étable au moment où avait commencé cette altercation, avait tout entendu.

Si son patron n'avait aucune explication à cette attitude pour le moins inhabituelle et si soudaine, l'exilé, lui, avait une hypothèse plus que vraisemblable. En effet, il était convenu que ce serait Armand qui conduirait la charrette en question et qui précéderait la montée du troupeau, pendant que son patron le suivrait avec les autres montanhièrs, à charge pour celui-ci de ramener le véhicule vide, au retour.

— Ah, te voilà, lança Pierre en apercevant son pastre. Mais quelle furie ! Je te jure qu'il y a des moments où on se demande pourquoi on a fait des gosses.

— Ce n'est qu'un caprice, monsieur Anglade.

— Je l'espère bien. Tu es bien heureux d'être célibataire et de ne pas avoir d'enfants.

— Vous savez, le célibat a d'autres inconvénients qui sont peut-être moins supportables que ceux d'un père de famille avec une fille aussi charmante. Par contre, il y a une chose pour laquelle vous avez complètement raison.

— Et laquelle ?

— Je ne risque pas de me faire engueuler, moi !

Pierre Anglade éclata de rire et tapa sur l'épaule d'Armand.

— Vraiment, tu me plais de plus en plus, toi ! J'aime ton humour. Le curé de Saint-Chély a bien fait de t'amener chez moi. Tu es une excellente recrue.

Alors que les deux hommes échangeaient sur les états d'âme de Cécile, Armand en aperçut plusieurs entrer dans la cour de la ferme.

— Ah, les voilà. Ce sont les membres de l'équipe avec qui tu vas passer les semaines à venir, expliqua Pierre avant de se tourner vers eux.

— Approchez, c'est par ici que ça se passe.

On était à l'avant-veille du grand départ et Pierre Anglade avait convoqué les autres montanhièrs afin qu'ils fassent connaissance, qu'ils effectuent les derniers préparatifs et notamment le chargement de la fameuse charrette qui allait précéder le troupeau, le surlendemain.

L'éleveur présenta Armand… Vigouroux, comme « un garçon de la plaine qui était venu chercher un peu de fraîcheur sur le plateau » et qui était sûrement de meilleure composition que tous les Saint-Chélois[1] qui hantaient, au même moment, les étages des maisons parisiennes pour y vendre de l'eau, en reniant la parole donnée.

1. *Habitants de Saint-Chély-d'Aubrac.*

Après cette mise au point qui calma sa colère intérieure contre ceux qui avaient dénoncé leurs engagements, Pierre Anglade se lança dans le rituel des présentations :

— En premier lieu, Armand, tu as le cantalès. C'est Louis Delcros. Il est des Enfrux. Ça ne te dira rien, mais c'est bon de le savoir.

— Pourquoi ? Le fait d'être des Enfrux change quelque chose à notre relation ? s'amusa le jeune Méridional.

— Non, mais ça te fait connaître la région, s'amusa le patron. C'est lui qui commande. C'est le chef du buron. Ensuite, il y a Gilbert Fournier, des Cambrassats. Il sera le premier pastre, et toi le second. C'est vous qui vous occuperez de la traite des vaches. Si tu dois obéir au premier, il serait bon que tu t'entendes bien avec le second. Travailler en accord est toujours bon pour les hommes, comme pour les bêtes.

— Je vais essayer, sourit l'exilé.

Au prononcé de chacun des noms, chaque homme s'avançait, touchait la main d'Armand ou lui faisait un signe de l'index faiblement recourbé porté vers et détaché rapidement de son front.

— Ensuite, le vedelièr, c'est Émile Chardaire, mais tout le monde l'appelle Milou. Il vient de Saint-Chély. Il s'occupera des veaux. C'est ce poste qui me manquait, avec toi, expliqua Pierre à Armand. Je l'ai embauché juste hier. J'espère que tu feras l'affaire, mon garçon.

— J'ai déjà fait l'estive. Je pense que vous serez content de moi, répondit Milou.

— Oh, moi, tu sais, je m'en moque. C'est surtout à Louis qu'il faudra convenir.

Désignant un gamin dans la chevelure ébouriffée duquel il passa sa main, Pierre termina les présentations :

— Et voilà le plus jeune, le rol, c'est Sylvain Delcros. Il s'occupe des vaches, mais il est également au service des adultes.

— Il a une parenté avec le cantalès ? interrogea Armand qui avait remarqué l'homonymie.

— Oui, c'est mon fils, expliqua Louis. Il a treize ans et c'est son premier séjour dans la montagne.

— Voilà l'équipe constituée. J'en suis soulagé. Je vous laisse faire connaissance et clôturer les derniers préparatifs. Tu connais les lieux, Louis. À toi de donner les instructions à ton groupe.

Le cantalès était un homme au regard sombre, l'air bourru et à l'attitude peu accommodante. Il ne s'engagea pas dans de longs propos, mais alla directement au fond du sujet matériel :

— Le dernier chargement est le plus important parce que, si on oublie quelque chose, on devra s'en passer pendant tout notre séjour.

Se tournant vers Armand, il lui demanda :

— Normalement, tu as dû faire les premiers voyages avec le patron pour monter le foin et les ustensiles pour faire le fromage.

Le Méridional lui répondit en hochant la tête affirmativement.

— Il ne nous reste que tout ce qui nous concerne : les paillasses, les couvertures, les malles, la viande grasse, les pommes de terre, le sel blanc pour saler les fourmes et le rouge pour le bétail, sans oublier les pièces de tissu pour plier la tome, celles pour filtrer le lait, la marmite en fonte pour faire notre tambouille...

— Elle est déjà là-haut, coupa Armand. Je l'ai montée avec M. Anglade.

— D'accord ! Est-ce que la vaisselle et les bols ont également fait partie du voyage précédent ?

— Oui, affirma l'exilé.

— Alors c'est bon. Nous allons mettre tout ça sur le char.

Les cinq hommes s'affairèrent à tout rassembler et à installer le chargement qu'ils arrimèrent le plus solidement possible. Dès que ce fut fait, le cantalès donna rendez-vous au 25 mai de très bon matin pour préparer le troupeau avant la transhumance. Il se tourna vers Armand.

— Quant à toi, on te retrouvera au masuc, puisque tu partiras avant nous. M. Anglade t'a bien expliqué ce que tu dois faire ?

— Oui. En premier lieu, allumer la cheminée pour montrer que le buron est ouvert et donner un peu de chaleur à l'intérieur. Il est resté fermé depuis l'automne dernier. Ensuite, mettre les deux bœufs dans le pâturage pour qu'ils mangent et reprennent des forces avant leur redescente. Et enfin décharger tout ce qu'on a mis en tas depuis tout à l'heure.

— S'il y a des choses trop imposantes, attends-nous pour les décharger. Ce n'est pas le moment de se faire un tour de reins. Il faut être en pleine forme pour travailler.

— Oui, cantalès.

— Tu peux m'appeler Louis, ça serait plus sympathique puisque nous devons travailler ensemble jusqu'au mois d'octobre.

À cette réaction, Armand pressentit que sous cette carapace austère il y avait un homme beaucoup plus avenant, affable et bienveillant. C'était ce qu'il lui fallait pour prendre ce nouveau cap qu'il s'était fixé en quittant la plaine.

Le dernier jour fut celui des ultimes inspections. Le nouveau pastre alla plusieurs fois vérifier qu'ils n'avaient rien oublié, que rien ne manquait.

Armand se ressassait les mots du cantalès : « Le dernier chargement est le plus important parce que, si on oublie quelque chose, on devra s'en passer pendant tout notre séjour. » Il ne voulait surtout pas être celui qui serait à l'origine d'une éventuelle négligence.

Au moment où il allait se coucher, il passa une dernière fois près de la charrette rangée dans la remise. Il en souleva la bâche de protection des éventuelles intempéries. Il resta étonné.

— Qu'est-ce que c'est que ça ?

Alors qu'il avait du mal à masquer sa surprise, en fronçant les sourcils, face à ce qu'il voyait, son attention fut attirée, de l'autre côté de la cour, par le bruit de la porte de la maison de la famille Anglade qui s'ouvrait. Spontanément, il se retourna. Ce qu'il vit le fit se précipiter dans la pénombre de la remise.

Dans le halo de lumière qui s'échappait de l'intérieur de l'habitation, il vit un gendarme en sortir. Précédant Pierre Anglade, il se retourna pour lui faire face et lui tapota l'épaule comme pour affirmer sa compassion. Armand étant trop loin, il ne put comprendre ce que les deux hommes se disaient.

Ne sachant pas ce que le militaire faisait là, le jeune homme se faufila en rasant les murs de l'étable pour éviter d'être aperçu. Au lieu de se coucher sur sa paillasse, il se blottit au pied de la mangeoire, entre deux vaches, épiant le moindre bruit inhabituel.

La proximité d'une porte lui donnait la possibilité de s'enfuir de l'étable et de gagner rapidement la campagne si la situation venait à virer en sa défaveur. Retenant sa respiration, c'est dans cette position qu'il perçut les claquements des sabots d'un cheval s'estomper, puis le silence revenir. Il en déduisit que le visiteur du soir était parti.

Soulagé, Armand sombra dans le sommeil en se demandant bien ce que la maréchaussée avait à faire en ce lieu si retiré à une heure si tardive.

Interrogatifs également étaient les regards des deux animaux qui entouraient son repos, étonnés de cette présence peu coutumière à leurs côtés. À cette heure-ci, ils étaient beaucoup plus habitués à entendre les ébats d'un couple d'amoureux sur la couche de l'amant que d'avoir celui-ci couché à leurs pieds.

De là à imaginer que le jeune homme les aimait à un tel point qu'il voulait se rapprocher d'eux, il n'y avait qu'un pas qu'aucune des vaches ne voulut franchir avant de s'endormir !

XV

La surprise

Dimanche 25 mai 1890.

En ouvrant les yeux, Armand s'étonna de se retrouver couché au pied de deux vaches et non sur sa paillasse. Rapidement, son esprit s'éclaira. Il se rappela que la veille il avait vérifié, pour l'ultime fois, le chargement et se souvint de sa surprise de voir que celui-ci avait été chamboulé. Plusieurs choses avaient été déplacées, n'étaient plus à la place initiale que lui et ses compagnons leur avaient attribuée.

Cette situation était pour le moins étrange et étonnante. Soucieux de ne rien oublier, il allait inspecter chaque élément au moment où il avait vu le gendarme sortir de la maison de son patron. Aucun nouvel élément alarmant ne s'étant passé durant la nuit, il resta un peu sur sa faim concernant cette visite inattendue.

Tout à ses pensées, il privilégia l'inspection qu'il avait interrompue lors de la soirée précédente. Il alla jeter un dernier coup d'œil à la cargaison et constata que, si étrange que ça puisse paraître, rien ne manquait malgré ce bouleversement.

Il pensa que Pierre Anglade avait dû venir examiner lui-même ce fameux dernier chargement où l'on ne devait rien oublier, par pur automatisme.

Le silence entourait encore l'exploitation agricole. Le dernier croissant de lune encore très lumineux descendant vers l'horizon donnait une magnifique teinte argentée aux objets scintillants placés sur la trajectoire de ses rayons. Elle lui rappela celle qui l'avait accompagné lors de son retour fatal du conseil de révision et de sa mauvaise rencontre là-bas, dans la plaine où vivaient les siens.

Désirant éloigner de son imagination cette vie qu'il voulait non pas oublier, mais mettre quelque peu entre parenthèses, le temps nécessaire à ce que la vérité éclate dans cette histoire de meurtre qui le minait depuis plusieurs semaines, il pensa qu'il allait être vraiment mieux sur le plateau de l'Aubrac. Plus que quelques heures et il aurait tout le loisir de voir arriver, de loin, les éventuelles visites qui pouvaient lui être fâcheuses, comme celle d'un... gendarme !

La visite impromptue de la veille lui prouva qu'il n'était pas obligatoirement en sécurité à la ferme. Il s'inquiéta. Et si la mission du militaire, la veille, était de demander à Pierre Anglade s'il n'avait pas vu un certain Ligourel ? Il pensa qu'il était tranquille puisqu'il se faisait appeler Vigouroux. Rien ne pouvait le trahir.

Ses interrogations se portèrent sur les personnes qu'il avait croisées. En premier lieu, les prêtres. Comme le lui avait conseillé celui de Marchastel, il était resté discret sur les raisons de sa présence dans cette partie nord de l'Aveyron lorsqu'il avait discuté avec le curé de Saint-Chély qui l'avait accompagné jusqu'à Bonnefon. Il avait évité de rentrer dans des détails qui pouvaient le compromettre.

Ensuite venaient les montanhièrs. Le peu qu'ils avaient échangé ne pouvait pas l'exposer. Ils ne savaient rien de lui, comme il ne savait pas grand-chose d'eux, d'ailleurs. C'est à partir de maintenant qu'il devait se méfier de ses confidences dans leurs discussions.

Si le gendarme était venu pour lui, ce ne pouvait pas être de ces personnes que venait le danger. Mais alors de quel côté chercher ?

Ses yeux s'éclairèrent lorsqu'il songea à la manière dont les habitants de Marchastel, à la sortie de la messe, avaient accueilli ce qu'il crut comprendre être les explications que l'officiant local leur fournissait concernant sa présence dans ce village perdu, assez loin des grandes voies de circulation.

Les gestes de certains étaient animés. Ils regardaient de temps en temps la fenêtre du presbytère dans lequel il était hébergé. L'un d'eux avait même voulu quitter l'attroupement pour se diriger vers lui. Le prêtre l'avait attrapé vigoureusement par le bras pour le raisonner. Il se rappela le regard qu'il avait lancé dans sa direction et qui n'avait rien de sympathique. Or à cet instant tout le monde savait qu'il était le petit-neveu d'Alphonse Ligourel, enterré la veille, et que donc il portait son nom.

Pour se rafraîchir la figure et les... idées, Armand alla jusqu'à l'abreuvoir. Torse nu au-dessus de l'élément liquide, il s'éclaboussa le visage d'une eau revigorante qui lui ôta les ultimes relents de sommeil et ces dernières pensées qui l'obsédaient.

Le coq commençait à s'égosiller et les poules, réveillées par ses cocoricos, entreprenaient une nouvelle journée. Pour les volatiles, rien n'allait vraiment changer, sinon qu'ils ne verraient plus les bovins au cœur de la ferme pendant pas mal de temps.

Depuis qu'il était arrivé au service de la famille Anglade, il attendait cette journée avec beaucoup d'impatience. En ce dernier dimanche de mai, il allait partir en transhumance et arriver au terme de cette expédition que ses parents avaient décidée pour lui. Il allait séjourner sur ce plateau d'Aubrac « où l'on voit arriver de loin les importuns et les dangers », comme le lui avait affirmé son père avant son départ. La vue de ce gendarme, au cœur de l'élevage où il travaillait, confirma qu'ils étaient loin d'avoir tort.

En revenant vers l'étable, il sentit que les bestiaux étaient également excités à l'idée de monter vers l'estive. Leur respiration n'était pas la même. Les bruits apaisants habituels des vaches qui bougeaient sur leur litière avaient une tout autre dimension. Elles étaient plus nerveuses qu'à l'accoutumée. Toutes les nuits qu'il avait passées à leur côté lui avaient appris à les connaître, à cerner leur manière d'être. Il constata que le troupeau n'était pas dans son état normal, en ce début de matinée. L'appel des prairies leur faisait tourner la tête.

Celle du chien de la ferme était également totalement tourneboulée, bien qu'il ne fasse pas partie du voyage. Il était déchaîné.

Il n'arrêtait pas de tourner, en grognant, autour du char qu'Armand allait atteler. Après s'être séché, il revint sur ses pas, s'approcha de lui pour le caresser et le calmer, mais rien n'y fit. Il pensa que c'était peut-être par jalousie. Il le laissa faire. Il ne devait pas perdre de temps et se devait de préparer son équipage rapidement pour quitter la ferme avant que les autres montanhièrs n'arrivent pour rassembler toutes les bêtes, leur mettre les sonnailles qui allaient agrémenter de leur mélodie la marche, avant de former le troupeau dont ils allaient avoir la responsabilité jusqu'à l'automne.

Les deux bœufs formant l'équipage qui allait tracter la charrette étaient très paisibles, eux ! Lorsque Armand vint les chercher, ils se laissèrent manipuler tranquillement. Après avoir posé le coussinet en paille tressée sur chacune des têtes des animaux et serré les jointures, Armand positionna le joug. Aidant leur conducteur, ou parce qu'il était peut-être mal placé et leur faisait mal, les deux bêtes bougèrent jusqu'au moment où la barre de bois se cala de la meilleure des manières. Le jeune homme fixa alors les sangles en cuir sur le joug pour qu'il soit immobilisé et solidaire des bêtes de trait.

Dès qu'il eut terminé, il se mit face aux bœufs et les fit reculer vers la remise où se trouvait le char. Aidé de son aiguillon pour les guider, il les fit progresser de chaque côté du timon, solidaire de la voiture. Lorsque cette pièce cylindrique vint traverser le joug dans le trou qui lui était destiné, entre les deux têtes, Armand introduisit la clavette assurant la dernière liaison entre les animaux et leur chargement.

Pour vérifier que tout était en ordre, l'homme monta sur son banc de chauffeur, desserra le frein et fit avancer l'attelage de quelques mètres. Dans un bruit de gravillons écrasés par le cerclage ferré des roues, le char avança. Il sortit de son abri et s'immobilisa face à l'abreuvoir. Ainsi les bœufs pourraient patienter en se désaltérant, s'ils le désiraient.

Un bol à la main, buvant de la soupe, Pierre Anglade assistait à la scène depuis le perron de la porte de la maison d'habitation.

— Viens manger quelque chose avant de partir. La journée va être longue, ordonna-t-il à son deuxième pastre.

Armand s'exécuta et vint s'asseoir à la grande table de la salle commune où son patron l'avait précédé. À la lueur d'une lampe à pétrole, il constata que l'éleveur faisait une drôle de tête. Il semblait contrarié, soucieux. Quant à la maîtresse de maison, elle s'affairait à tailler des bandelettes de tissu noir dans une grande pièce d'étoffe.

— Mon pauvre Armand, il va y avoir quelques changements de dernière minute. J'ai appris une bien mauvaise nouvelle, hier soir.

Ses récentes réflexions revinrent en tête du jeune homme. Il dut blêmir en entendant ces quelques mots et ça ne passa pas inaperçu auprès de son entourage.

— Ça ne va pas ? lui demanda Pierre.

— Non, tout va bien, bafouilla l'exilé, au comble d'un trouble qu'il avait du mal à dissimuler.

Son esprit s'enfonça une nouvelle fois dans le doute du but de la visite de la veille. Qu'avait annoncé le gendarme à Pierre ? Quel était le motif de sa visite ? Et surtout, est-ce que cette visite le concernait, lui, le fuyard de la garrigue ?

Les diverses interrogations qui étaient venues polluer le début de cette journée refaisaient surface. Il n'arrivait pas à faire un tri dans celles qui lui semblaient les plus plausibles. Armand sentit quelques gouttes de sueur perler sur son front. Il les essuya d'un geste vif et rapide.

— Tu ne te sens pas bien ? poursuivit le patron.

— Non, ça va ! Ce doit être l'excitation de commencer une nouvelle vie que je ne connais pas.

Sans même attendre la fin de la réponse de l'exilé, Pierre poursuivit :

— Hier soir, j'ai appris une bien mauvaise nouvelle.

— Ah ! ne put s'empêcher de réagir Armand.

— Elle remet en cause l'ordonnancement de cette journée.

Le jeune homme ne savait que dire. Pour cacher le trouble qui l'avait envahi, il plongea son visage dans le grand bol de soupe que lui avait servi l'épouse de Pierre, avant de continuer ses travaux de couture. Il n'osait pas regarder son patron et attendait la suite des événements avec beaucoup d'anxiété. L'émotion qui émanait de son second pastre ne laissait pas l'éleveur indifférent.

— Tu es vraiment sûr que tu vas bien ? Je ne t'ai jamais vu aussi nerveux depuis que tu es ici.

— Je vous promets que ce n'est rien. Même les vaches sont anxieuses, ce matin, alors pourquoi pas moi ? essaya de plaisanter le jeune homme.

— Il vaut mieux parce que ce n'est pas le moment de tomber malade, le jour où tu vas monter en estive. Il ne manquerait plus que tu m'abandonnes, toi aussi !

Ces dernières paroles le rassurèrent. Si Pierre lui parlait ainsi, c'est que le changement en question n'était pas pour lui et que, de ce fait, la visite du militaire ne le concernait pas. Un air de soulagement envahit tout le corps d'Armand. Il retrouva quelques couleurs.

— À la bonne heure, je préfère te voir ces couleurs plutôt que cette tête d'enterrement que tu faisais à l'instant.

En revanche, le visage de l'éleveur était toujours aussi fermé, lui.

— Hier soir, un gendarme est venu m'apprendre le décès de mon frère. Tu l'as peut-être vu.

— Non ! J'étais trop occupé à préparer le chargement, sous la remise, s'empressa de répondre Armand.

Ayant posé son bol sur la table, il se leva et tendit sa main à Pierre, toujours assis.

— C'est un malheur. Je vous présente toutes mes condoléances.

Le patron rendit le salut en affichant un léger sourire de circonstance. De son autre main, il tapota celle de son employé.

— Je te remercie beaucoup, ces paroles montrent tes valeurs. Je te jure que j'y suis très sensible.

Si la sincérité d'Armand était réelle en les adressant à Pierre, elles le libéraient de toutes les angoisses qui avaient été les siennes depuis la visite du gendarme. Il n'était donc pas le sujet de la conversation qu'il n'avait pas pu entendre entre son patron et le militaire.

— Comme le veut la tradition, quand la famille est en deuil, son troupeau monte sans aucun ornement et arbore encore moins les sonnailles. Par contre, nous nouerons un ruban noir à une corne de chacune de nos bêtes.

À cet instant précis, Armand comprit pour quelles raisons la maîtresse de maison s'affairait autour de sa pièce de tissu noire.

— Tu vas en prendre deux pour ton attelage.

— Pouvez-vous m'en donner une troisième ?

— Pourquoi ?

— Pour mettre au revers de mon col. Si la famille qui m'emploie est en deuil, je le suis également.

Pierre allait répondre, mais les mots restèrent coincés au fond de sa gorge. Pour montrer sa gratitude, il se leva à son tour, donna une accolade à son employé et, les yeux humides, put enfin s'exprimer :

— Merci. Je reconnais là l'homme généreux et d'honneur que tu es.

* *
*

Les premières faibles lueurs du jour commençaient à éclairer l'horizon lorsque l'attelage de bœufs quitta la ferme sous le regard bienveillant de Pierre Anglade et les jappements toujours aussi inexpliqués du chien.

— Mais vas-tu te taire, bon Dieu ! lui lança l'éleveur, en le menaçant avec sa main.

Il était un peu moins de 4 heures[1].

— Bonne route et à tout à l'heure. Tu feras tout ce que je t'ai dit avant que nous arrivions. Tu devrais arriver quatre ou cinq heures avant nous, si tout va bien, mais ménage bien tes bœufs. Nous partirons vers 8 ou 9 heures.

— Pas de problème. Tout est bien noté dans ma tête. À tout à l'heure, répondit Armand en adressant un signe de la main à son patron.

---

1. *À la fin du XIXe siècle, bien avant tous les changements d'heure qui ont bouleversé nos vies quotidiennes depuis la Seconde Guerre mondiale, les hommes vivaient à l'heure du soleil, c'est-à-dire avec deux heures en moins l'été, et une heure l'hiver de décalage par rapport à notre heure actuelle. À titre d'exemple, le 25 mai 2020, le soleil s'est levé à 3 h 57, à l'heure solaire, et couché à 19 h 39.*

L'obscurité s'estompa progressivement vers l'est. Le ciel se déshabilla de la couverture noire sous laquelle il avait chaudement passé la nuit pour s'envelopper d'un pâle châle bleuté afin de se protéger de la rosée matinale.

Une larme de feu se glissa au sommet des monts vers lesquels se dirigeait le nouveau pastre, comme si un volcan se réveillait après des millions d'années de sommeil sur cette terre qui avait été bouleversée pendant des millénaires par des éruptions explosives. En quelques secondes, la goutte devint tache, puis cercle. Le soleil apparut dans sa totalité. Le ciel s'enflamma. Pour bien affirmer sa victoire sur les ténèbres, le globe de l'astre diurne lança ses rayons. Ils partaient dans tous les sens. Ils caressèrent les nuages, en traversèrent certains. La palette des gris qui les colorait variait au fur et à mesure de sa progression vers ce qui serait, dans quelques heures, son zénith.

Un spectacle d'ombres chinoises, fait de volutes entremêlées de cumulus, de stratus ou autres cirrus, émerveillait les yeux du conducteur. S'il avait déjà assisté à un lever de soleil, celui-ci lui paraissait encore plus beau que tout ce qu'il avait vécu. Après les angoisses de la nuit et de ce début de matinée peu réjouissant, avec le décès qui endeuillait la famille Anglade, il lui semblait qu'il renaissait, que cette nouvelle vie allait être plus belle que la précédente et qu'elle valait vraiment le coup d'être vécue.

Le paysage devenait éblouissant sous la lumière solaire. Les variations de vert, allant du plus clair au plus sombre, donnaient du volume aux rares arbres qui allaient à la conquête des collines environnantes, du relief aux haies tenant compagnie aux chemins, mais également un peu de majesté aux différentes mousses qui recouvraient les murs de pierre protecteurs d'une nature malmenée à la mauvaise saison.

Aucun souffle ne venait contrarier ce magnifique tableau, dans le silence et la quiétude d'une matinée printanière, comme sait les offrir la nature à qui sait recevoir son message, sinon celui des bœufs qui avaient pris leur allure de croisière sous le regard bienveillant d'un Armand serein, comme il ne l'avait pas été depuis bien longtemps.

Le calme de la campagne, la lumière flamboyante du ciel, le bruit cristallin des ruisseaux abondamment alimentés et le rythme de l'attelage occasionnaient au jeune homme une sensation de bonheur qui n'était altérée que par l'absence de Cécile.

Les amants s'étaient dit un au revoir très complice lors de la dernière visite que la jeune fille avait accordée à son amoureux dans l'atmosphère tiède de l'étable et l'odeur fade de la paillasse sur laquelle le jeune homme rêvait à sa dulcinée, à ses rondeurs juvéniles et à la douceur de sa peau dès qu'elle le quittait.

Si Pierre Anglade avait accédé au désir tenace que sa fille avait exprimé avec beaucoup de fougue, quelques jours plus tôt, de suivre la transhumance, Armand aurait été le plus heureux des hommes. Il s'était fait à l'idée qu'il ne pourrait pas la revoir avant l'automne, au moment où il redescendrait à Bonnefon, et où les arbres auraient pris une teinte plus triste, à quelques semaines de l'hiver.

Alors qu'il était égaré dans ses pensées, Armand entendit un bruit dans son dos. Il sursauta, saisit l'aiguillon qui lui servait à guider ses bœufs et se retourna vivement.

Il resta ébahi.

XVI

La transhumance

ARMAND AVAIT DU MAL à comprendre. La toile de protection qui avait été jetée sur le chargement qu'il convoyait, pour le mettre à l'abri d'éventuelles intempéries, bougeait. Il comprit rapidement que ce n'était pas le fruit du hasard ou la conjonction de différents courants d'air qui étaient à l'origine de ces mouvements inopinés, vu que le temps était très calme.

N'écoutant que son courage, il délaissa les rênes des bœufs qui n'avaient pas besoin de ses ordres pour poursuivre leur route tracée par des années de piétinement et qu'ils connaissaient parfaitement bien. Il saisit un coin de la bâche, sans pour cela lâcher son aiguillon, au cas où il devrait s'en servir pour se défendre. Il tira d'un geste brusque. La toile virevolta un court instant avant de s'étaler sur l'accotement du sentier qu'ils suivaient.

Là, au milieu des paillasses, des malles, de la viande grasse, des pommes de terre et des autres victuailles nécessaires à la survie des montanhièrs pendant toute la durée de l'estive, il y avait un bouquet de fleurs, ou plutôt une fleur unique qui respirait la jeunesse, la fraîcheur d'un âge insouciant, et surtout celui de la désobéissance.

— Je t'avais dit que j'avais du caractère.

Armand n'en croyait pas ses yeux. Au moment où il pensait à Cécile, elle se trouvait là, face à lui, en chair et en os.

— Mais que fais-tu là ? s'extasia-t-il.

— J'ai voulu être avec toi. C'est tout !

— Mais ton père n'était pas d'accord, balbutia Armand.

— Et alors ?

— Et alors ? Tu lui désobéis et ce n'est pas bien pour une fille de bonne famille de ne pas écouter son père.

— Je m'en moque. J'ai envie de vivre ma vie comme je l'entends. Ce n'est pas mon père qui va me dicter ce que je dois faire.

— Pourtant, c'est grâce à lui que tu as une vie assez tranquille, non ?

— Évidemment. Mais suivre la transhumance n'est quand même pas une chose extraordinaire !

— Il te l'a expliqué. Ce n'est pas la place pour une fille.

— Bon, on ne va pas parler de mon père toute la journée.

— Bien sûr que non, mais tu me mets dans une situation assez compliquée. Que va-t-il dire quand il va te voir, seule, à mes côtés ?

— Apparemment, tu n'as pas l'air content de me voir, réagit Cécile dans le but d'interrompre une discussion qui risquait de mettre en péril les arguments qu'elle avait préparés pour expliquer sa présence.

— Mais arrête de dire des bêtises. Je suis le plus heureux des hommes de t'avoir à mes côtés, en cette journée qui marque le début d'une nouvelle vie pour moi.

— Ah ! se contenta de répondre Cécile. Et quelle nouvelle vie ?

— Celle de buronnier, se rattrapa Armand qui sentit qu'il risquait de s'aventurer vers des confidences peu conformes à sa volonté de passer inaperçu.

— Mais encore ? s'étonna la jeune fille avec insistance.

— Je suis éloigné de ma terre natale. Je suis venu ici pour vivre autre chose et cette journée est la première d'une nouvelle existence. Tu peux comprendre ça ?

— Parfaitement. Je ne m'attendais pas à un tel accueil.

— C'est la surprise, Cécile… c'est la surprise ! Ta présence ici est une preuve d'amour que je ne pourrai jamais oublier.

Armand tendit la main à son amoureuse pour qu'elle le rejoigne sur le banc du conducteur. Elle s'y hissa avec dextérité. Alors qu'elle s'installait à ses côtés, il vérifia que l'attelage allait dans la bonne direction. Placides, les bœufs poursuivaient leur chemin, sans s'intéresser à ce qui se passait derrière leurs postérieurs

En quelques secondes, le jeune homme comprit pour quelles raisons le chargement avait été bouleversé.

— Je suppose que c'est toi qui es venue changer la position de notre cargaison.

— Évidemment. Comment voulais-tu que je puisse m'introduire entre ces caisses et autres paillasses, comme vous les aviez installées, sans les déplacer ? Je suis mince, mais pas à ce point !

— Et quand as-tu fait ça ?

— On s'en moque. L'essentiel, c'est que je sois ici, avec toi, argumenta Cécile en approchant ses lèvres de celles d'Armand.

Le baiser qui suivit fut à la hauteur de l'affection que les deux tourtereaux affichaient l'un pour l'autre.

Le couple était ballotté par les craquements du bois et les mouvements du char, qui poursuivait sa route vers le plateau de l'Aubrac en toute sérénité. Rien ne pouvait troubler cette progression.

Cécile, assise à côté de son amant, posa sa tête sur son épaule et savoura l'instant dont elle avait rêvé depuis qu'elle avait proposé à son père de suivre la transhumance. Dans sa tête, le temps s'était arrêté. Elle humait les odeurs qui exhalaient de cette terre. Jamais dans sa jeune vie de femme elle n'avait éprouvé autant de bonheur.

Il avait fallu la présence de cet homme, dont elle ne connaissait rien, et encore moins l'existence quelques semaines auparavant. Elle ne pouvait oublier ce regard échangé près de la fontaine du hameau. Elle avait pris conscience que la vie n'était pas faite de jours sans lendemain et d'une routine exaspérante, comme l'avait sûrement vécue sa mère qu'elle voyait attentionnée, mais surtout aux ordres d'un mari qu'elle n'avait peut-être pas choisi, comme ça se faisait toujours, pour que les familles conservent leurs terres, au lieu de les offrir à des personnes qui ne faisaient pas partie de leur condition.

« Ce doit être ça l'amour », pensa-t-elle, en incrustant un peu plus profondément sa tête sur le corps d'Armand.

Celui-ci éprouva le bonheur de sentir celle qu'il aimait encore plus présente qu'habituellement. Les nuits passées dans l'étable étaient différentes de ce qu'il ressentait, à cet instant précis. Un sentiment de totale liberté avait envahi son corps.

Elles avaient été charnelles, ces soirées, à la limite de ce que la morale des humains réprouvait, alors que là, les sentiments étaient profonds, magnifiques, beaucoup plus forts.

Armand pensa que l'amour comprenait deux facettes bien distinctes. Celle physique, dont les vaches avaient été les témoins, sur la paillasse de l'exilé, dans des moments d'intenses rapports et d'exaltation, et celle, beaucoup plus spirituelle, de l'échange de regards, de paroles choisies ou de frôlements épidermiques entre deux confidences.

Lequel était le plus important ?

Le jeune homme ne s'aventura pas à chercher une réponse à cette interrogation tant il voulait vivre avec fougue l'instant qui se présentait à lui et qui était totalement fortuit. C'est sûrement l'imprévision des choses qui font qu'elles sont beaucoup plus intenses, fortes, pétillantes et intensives.

La situation permettait au couple de se montrer au grand jour, sans aucun observateur, sinon les bœufs qui n'avaient d'yeux que pour leur route, sans se soucier de ce qui se passait dans leur dos, pour le plus grand plaisir de ceux qui étaient les acteurs de cette scène improvisée, mais ô combien agréable.

L'attelage était parti depuis au moins deux heures lorsque Armand profita d'un méplat du chemin et la présence d'herbe grasse pour faire une halte.

Comme le lui avait conseillé Pierre, il devait ménager les animaux pour qu'ils puissent arriver au terme de leur voyage sans encombre afin de pouvoir supporter le trajet du retour. Même si celui-ci se faisait à vide, il n'en demeurait pas moins éprouvant.

Cécile descendit la première du banc sur lequel elle vivait un moment d'extase, près de celui qu'elle aimait avec beaucoup d'enthousiasme. Elle regarda le paysage qui s'étendait, sans fin, vers des espaces infinis en tournant le dos à son amoureux.

Armand s'approcha, passa ses bras autour de sa taille, l'enlaça et la serra fortement en déposant délicatement des baisers dans son cou. Il avait du mal à cacher ses sentiments. Il lui avait dit bien souvent qu'il l'aimait, mais c'était toujours dans l'obscurité, à des instants qu'ils volaient à l'éternité de leur passion. Cécile exhalait un parfum qui couvrait ceux qui les entouraient et dont l'exilé n'avait que faire. Il sentait la chaleur de ce corps qu'il avait si souvent touché, caressé, possédé, comme s'il lui était inconnu, comme si c'était la première fois. Lui, assez exubérant habituellement, ne savait que dire.

— Je suis chanceux, balbutia-t-il au bout de quelques secondes. Il y a si longtemps que je n'ai pas été aussi heureux.

La jeune fille tourna vers lui un visage rayonnant où perlait une larme qu'il s'empressa d'essuyer avec un doigt délicat. Ce geste l'apaisa. Elle esquissa un sourire avant de poser sa tête sur la poitrine d'Armand, comme pour se rassurer de la réalité de ses émois.

Les deux tourtereaux se serrèrent sans réfléchir aux conséquences qu'allait créer leur situation. Ils s'aimaient, un point c'est tout !

Pourtant, Armand se demandait comment il allait bien pouvoir sortir favorablement du contexte que lui imposait celle qui l'aimait, suite à ce qui pouvait s'apparenter à une fugue, en tout cas à une désobéissance à l'autorité paternelle. Il prit conscience, sans le faire paraître, qu'il avait le reste du voyage, avant l'arrivée du troupeau à l'estive, pour trouver une solution à cette escapade féminine qu'il ne reniait pas, mais qui risquait de les compromettre aux yeux de Pierre Anglade.

Alors qu'ils remontaient à leur place, sur la charrette, Cécile fronça les sourcils.

— Qu'est-ce que c'est que ces rubans noirs aux cornes des bœufs ? demanda-t-elle.

Se tournant vers Armand, elle toucha également celui qu'il avait accroché au revers de son col et qu'elle n'avait pas encore remarqué, tant elle était envoûtée par la présence d'Armand à ses côtés.

— Et toi, pourquoi portes-tu ça ?

— Parce que ta famille est en deuil. Tu n'as pas remarqué que les bœufs n'ont pas de sonnailles.

En écarquillant les yeux, la jeune fille montra sa surprise.

— Quel deuil ?

— Celui que m'a annoncé ton père ce matin, avant mon départ.

— Et qui est-ce qui est mort, dans la famille ?

— Ton oncle, le frère de ton père. Tu ne le sais pas ? demanda Armand en agitant les rênes pour faire avancer les bœufs.

À la vue de l'étonnement qu'avait occasionné cette dernière phrase, l'exilé pensa qu'il avait fait une bourde et que son père ne voulait peut-être pas lui en parler. En tout cas, pas si tôt.

— Non. Et depuis quand le sait-il ?

— D'après ce que j'ai compris, c'est un gendarme qui est venu le lui annoncer dans la soirée d'hier. Peut-être que tu étais déjà couchée !

— Dès que j'ai terminé les rangements avec ma mère, je suis allée effectivement me coucher. J'étais énervée par la rigueur de mon père envers moi et je ne voulais pas passer la soirée avec lui la veille de la transhumance. J'ai entendu frapper à la porte et parler, mais je me suis endormie rapidement pour ne pas rater ton départ, conclut Cécile en se serrant, une nouvelle fois, sur la poitrine de son amant.

— Et qui est cet oncle pour que ce soit la maréchaussée qui se déplace pour annoncer sa mort ? Il doit avoir beaucoup d'importance ! C'est étrange, non ?

— Il s'appelle Paul. Il est plus jeune que mon père, mais on n'en parle jamais à la maison, comme de la famille d'ailleurs, à croire qu'il est proscrit.

— Tu es sûre que c'est bien de lui qu'il s'agit ?

— Mon père n'a que lui depuis la mort de mes grands-parents que je n'ai pas connus et qui ont disparu avant ma naissance.

Si tu me dis que c'est son frère, il n'y a aucun doute que ce soit l'oncle Paul.

Les bœufs avaient repris leur allure cadencée sans se soucier de la conversation qui animait les humains qu'ils transportaient.

Cécile et Armand se turent. Ils voulaient savourer cet instant en toute discrétion, sans qu'aucun autre bruit ne vienne troubler la paix qu'ils espéraient éternelle, autour de leur amour.

* *
*

Le jour était levé depuis bien longtemps lorsque les montanhièrs terminèrent d'attacher aux cornes des bêtes les symboles de la tristesse que la famille Anglade affichait en cette journée de la Saint-Urbain marquant la montée vers les estives.

Huit coups sonnèrent au clocher de l'église du hameau de Bonnefon lorsque les premiers cris fusèrent dans la cour de la ferme pour inviter le troupeau à débuter sa transhumance.

Les animaux, toujours aussi excités par l'appel de la montagne, ne se firent pas prier. Les premiers partirent sans qu'on leur eût désigné une quelconque direction vers celle que de génération en génération leurs géniteurs leur avaient indiquée.

Lorsque le troupeau termina de s'engager sur le chemin de terre s'élevant rapidement vers les sommets, les hommes virent deux vaches assez vieilles se hâter sur l'accotement. Elles dépassèrent les plus jeunes pour prendre la tête de la colonne et leur montrer la direction à suivre.

Il était étonnant, mais également émouvant de voir cette sorte de passation de pouvoir entre les lignées anciennes et nouvelles. Aucune autre bête ne s'y opposa. Elles laissèrent faire ce qui leur paraissait naturel dans une société animale que l'on avait du mal à imaginer avec une hiérarchie.

C'est au petit trot que débuta la marche, de manière désordonnée et plutôt bruyante. Quelques dévergondées s'échappèrent brièvement de part et d'autre du chemin avant de revenir dans le flot plus raisonnable qui rythmait, même sans les sonnailles, la progression du troupeau.

À l'arrière, chaussés de sabots débordant de foin et habillés d'amples vêtements – pantalon, chemise, gilet et veste courte – que recouvrait la traditionnelle biaude, le cantalès, Louis Delcros, le premier pastre, Gilbert Fournier, le vedelièr, Milou Chardaire, et le rol, Sylvain Delcros, entouraient celui que familièrement on appelait le *coarro*[1], le patron, Pierre Anglade. Ils étaient coiffés de leur immuable chapeau à large bord. Chacun s'appuyait sur un solide bâton noueux que certains avaient fabriqué de toutes pièces dans une branche d'arbre qu'ils avaient trouvée assez rectiligne pour aider leurs efforts de marche.

Les cinq hommes arboraient un sourire de circonstance, malgré le caractère taciturne qui les définissait et dont la réticence n'avait d'égale que les modérations de leur tempérament. Eux aussi étaient heureux de participer à cette journée de montée aux estives avec le même enthousiasme que leur bétail.

La cadence devint rapidement soutenue, les vaches ayant hâte de rejoindre les pâturages que certaines ne connaissaient pas encore et que d'autres, les ayant en mémoire, attendaient de revoir depuis une longue année. Les meuglements se faisaient plus pressants, prouvant cette impatience que les jeunes veaux, ayant du mal à suivre leur mère, ne comprenaient pas obligatoirement. Le souvenir de l'hébergement dans les étables et de l'alimentation dominée par du fourrage, tout au long de l'hiver, était bien loin. Il contrastait face à l'espérance de retrouver un espace de liberté fait de nature, d'eau et d'herbe fraîche dans les prairies.

Ce déplacement fédérait les hommes et les animaux. Il fêtait en quelque sorte l'arrivée du printemps et la nouvelle saison que tous attendaient depuis de longs mois.

— Armand doit être arrivé, ou alors il ne doit pas être bien loin du masuc, affirma Pierre à ses compagnons de marche.

— Il a l'air bien ce garçon ! s'autorisa Louis.

1. Coarro *se prononce « couarrou », en appuyant sur le « a ».*

— Il l'est, je te le confirme.
— Mais comment avez-vous connu cet homme ?
— C'est le curé de Saint-Chély qui me l'a recommandé et je dois avouer qu'il a bien fait. J'étais dans l'ennui pour compléter l'équipe et il m'a trouvé ce que je qualifierais de perle rare. Et ça ne court pas les rues, à notre époque. Je suis sûr que vous allez bien vous entendre.
— Je l'espère, conclut le cantalès en faisant la moue.
— Tu n'as pas l'air bien emballé.
— Non, mais je n'aime pas faire équipe avec des gens dont je ne connais rien, et surtout, comme lui, recrutés au dernier moment.
— Pourtant, il y a aussi Milou que j'ai embauché après Armand. Là, ça ne semble pas te poser de problème.
— Ce n'est pas pareil, il est d'ici, alors que votre… protégé, lança Louis après une hésitation, il n'est pas de notre région.
— Et alors ?
— Je me méfie toujours des étrangers.
— Mais il ne l'est pas totalement. Ses ancêtres sont de Marchastel.
— Ah !
— Il a donc du sang de l'Aubrac dans les veines.
— Et il vous a dit pour quelles raisons il est revenu au pays ?
— Tes questions commencent à m'ennuyer, s'irrita Pierre. Tu auras tout le temps de le lui demander, le soir, sous les étoiles.
Le troupeau poursuivait sa progression. Il traversa un hameau. Alors que les hommes arrivaient en son centre, ils virent sortir d'une des habitations un vieillard écrasant les parois de quatre gobelets avec les doigts de sa main gauche tout en agitant une bouteille de vin avec la droite.
— Alors les drôles, vous boirez bien un coup ! Ça me rappellera ma jeunesse. À mon âge, je ne peux plus vous suivre, alors je me mets de l'autre côté du décor pour en profiter.
— Tu ne vas pas boire, toi aussi ? entendirent-ils du fond de la pièce d'où avait émergé le patriarche.

— Laissez faire, c'est ma bourgeoise, balbutia l'ancien. Je l'ai toujours sur le dos et la solitude des burons, où je passais la belle saison au calme, loin d'elle, me manque un peu.

— Qu'est-ce que tu dis ? demanda-t-elle.

— Rien, je les encourage à poursuivre leur montée.

— Les encouragements sont pour eux, pas pour toi !

Les yeux emplis de pensées attendrissantes, le vieux se tourna vers Pierre. Il lui tendit un verre.

— Ne vous faites pas prier. Ça me fait plaisir de vous offrir ce coup de rouge. L'offre est sincère. Vous savez, la vie est brève et il faut savoir profiter des choses simples et belles qui l'accompagnent, même si elles sont fatigantes.

Les six hommes, attendris, trinquèrent ensemble à la jouissance de vivre un instant privilégié.

Les bêtes avaient pris un petit peu d'avance lorsque les montanhièrs reprirent leur route après avoir remercié très chaleureusement leur hôte pour cette invitation inattendue. Alors qu'ils s'éloignaient, ils entendirent, amusés, les reproches que faisait sa femme à ce brave homme.

Les dernières gouttes de rosée s'éparpillaient sur les fraises sauvages qui peuplaient les fossés. Les odeurs n'étaient plus celles du fond de la vallée. Elles annonçaient la grande respiration de l'Aubrac, celle qui soufflait sur les grands espaces au-dessus de tous ces ruisseaux dévalant des flancs des collines. Leur eau était fraîche, vivifiante et tonique.

Les grands espaces de ce territoire étaient le fruit du contraste des eaux glacières jaillissant de ses entrailles que l'hiver avait emmagasinées après la fonte des neiges, des landes saupoudrées de pierres volcaniques ou jonchées de granit, propices à l'imagination de légendes ou de mystères, d'un soleil écrasant tout, au plus fort de l'été, et d'un vent dominateur que rien n'arrêtait, pas même les burons qui faisaient le dos rond face à ses caprices. En un mot, une terre où la liberté était le maître mot, une façon de vivre, loin de toutes les contraintes de la vie dite civilisée !

Les seules marques de la présence des hommes étaient ces éternels murets de pierre longeant les sentes que les gentianes venaient honorer des couleurs de leurs fleurs trompettes, comme les appelait la grand-mère de Pierre.

Au passage de cette concentration animale, les gens sortaient de chez eux pour admirer le spectacle qui leur était offert et qu'ils n'auraient manqué pour rien au monde.

Lorsque arriva la mi-journée, le village d'Aubrac était dépassé. Comme il était de coutume, c'est dans la ferme d'un ami d'enfance de Pierre Anglade, Antonin, que la halte méridienne fut la bienvenue.

Les bêtes purent se reposer dans un pré mis à leur disposition, sous l'œil attentif du fils de la maison, pendant que les hommes se retrouvaient autour d'une bonne table copieusement garnie. Charcuteries, omelettes, fromages et autres victuailles, sortis pour cette grande occasion, accompagnèrent le repas qu'était venu agrémenter, de la musique de sa *cabrette*, un voisin. Le vin aidant, c'est autour de quelques couplets de chansons traditionnelles que les libations prirent fin, à regret.

Après les remerciements d'usage, il fallut aux suiveurs du troupeau beaucoup plus de courage qu'ils en avaient eu besoin le matin, à jeun. Il était plaisant de voir ce cortège, dont la tête allait bon train, suivi par une arrière-garde dont l'usage de la canne était vraiment indispensable pour ne pas tâter du fond des fossés, la tête encore pleine de refrains.

Si la matinée avait été très ensoleillée, au fur et à mesure que le troupeau prenait de l'altitude, le ciel se couvrit. Un brouillard, dont l'épaisseur se mesurait à la possibilité que l'on avait d'apercevoir la tête de la colonne, avait fait son apparition. À espaces réguliers, elle disparaissait et revenait tranquilliser les montanhièrs.

Le paysage avait changé. Le peu de végétation habitée par quelques oiseaux ou autres gibiers, qui accompagnaient le troupeau jusqu'à cet instant, avait laissé sa place à la solitude du grand plateau qui servirait de décor à cette parenthèse estivale.

C'est sous ce ciel bas qu'apparut la croix des Trois-Évêques et le terminus de leur voyage.

Au lieu de montrer une fatigue bien compréhensible, les deux vaches doyennes, toujours en tête de leurs semblables, augmentèrent la cadence, imitées par leurs congénères. Elles apercevaient, au loin, la fumée qui s'échappait de la cheminée du masuc qui leur servirait de point de ralliement durant les mois qu'allait durer cette estive avant leur redescente vers leur étable.

Regardant entre deux postérieurs bovins, Pierre fronça les sourcils.

— Tiens, c'est drôle, il me semble voir deux personnes à l'entrée du buron, dit-il au cantalès. J'espère qu'Armand n'a pas eu de problèmes.

Louis se pencha à son tour pour regarder dans la même direction que son patron, évitant les balancements des bedaines et des queues des vaches retardataires. Il écarquilla les yeux et fit la grimace.

— Non, je ne vois rien !

— Pourtant, je ne suis pas fou !

— Peut-être, mais maintenant il n'y en a qu'une. Ce doit être le grand air qui vous joue des tours, éclata de rire le chef des montanhièrs, avant de prendre son premier pastre à témoin.

Celui-ci confirma ce que Louis venait de dire :

— Moi aussi, je ne vois qu'une seule personne, pas deux. Ce doit être un mirage.

— J'ai bien vu deux silhouettes, poursuivit l'éleveur. Je mettrais ma main à couper qu'il y avait une seconde personne aux côtés d'Armand.

— Attendons quelques instants et vous pourrez le lui demander directement. Dans quelques minutes, nous serons avec lui, suggéra Milou, le vedelièr.

XVII

L'installation

— LES VOILÀ !

Le cri qu'avait poussé Cécile avait fait sortir précipitamment Armand du buron.

— Elles arrivent ! poursuivit la jeune fille en désignant de son index le chemin d'où les premières bêtes émergeaient.

Depuis leur arrivée, ils avaient entendu des sonnailles retentir dans toute la montagne. Les troupeaux arrivaient, les uns après les autres. Les cloches sonnaient de toutes parts, mais Armand savait que celles qu'il attendait se présenteraient sans aucun bruit, vu le deuil de la famille Anglade.

Lorsqu'ils avaient atteint le terme de leur voyage, le jeune homme s'était affairé à effectuer, en priorité, les travaux que lui avait commandés son patron, lors de leurs voyages précédant la transhumance.

Il avait allumé un feu dans la grande cheminée avec le bois qu'il avait trouvé dans le grenier et que les montanhièrs de la saison précédente, comme c'était la coutume, y avaient entassé en prévision de la suivante.

L'exilé avait apprécié cette façon de conserver un fil conducteur entre les personnes qui se succédaient, au fil des ans, dans ces lieux authentiques où l'on pensait à son prochain. Cette manière de faire lui confirma que ce pays était, avant tout, celui du respect des autres.

La rudesse d'un climat donnait des ailes à ceux qui y vivaient. Ils avaient à cœur de ne pas écraser les autres, mais de vivre en communion avec la nature sans pour cela oublier les convenances les plus élémentaires qu'ils se devaient de respecter entre eux.

Les buronniers ne passaient pas simplement la saison dans ces constructions rudimentaires, ils avaient la délicatesse de préparer la suite, d'anticiper sur ce que leurs successeurs allaient trouver, après leur départ, même quelques mois plus tard.

Le second pastre avait également dételé les bœufs. Il les avait parqués dans un enclos, vestige de la saison précédente et qui avait résisté aux dommages de l'hiver, afin qu'ils puissent manger un peu et se reposer de ce voyage aller avant de prendre le chemin du retour, dans quelques heures.

Ensuite, il s'était attelé au déchargement de la charrette. Cécile l'avait aidé du mieux qu'elle le pouvait, avec ses petites forces, en pensant que si tout ce que son compagnon avait à faire l'était plus rapidement, ils auraient le temps de profiter d'eux-mêmes, avant leur séparation qu'elle avait du mal à accepter tant son amour était immense. Elle s'était habituée à leurs soirées improvisées, dans la chaleur animale de l'étable où elle s'abandonnait dans ses bras sans aucune retenue.

Dès que tout fut terminé, les amants se retrouvèrent devant le feu de bois qui avait accordé à la grande salle une douillette chaleur.

— Ils ne seront pas là avant quelques heures, avait expliqué Armand, un tantinet espiègle, avec quelques idées en tête.

Cécile approuva avec un large sourire. Elle saisit la main du jeune homme et la guida sous son corsage, sur sa jeune poitrine. L'invitation fut suivie d'une union amoureuse qui, pour la première fois, n'eut aucun observateur, comme ils s'y étaient habitués dans l'étable de la ferme.

Au moment où Cécile avait averti son amoureux de la présence des premières bêtes du troupeau transhumant, ce dernier s'était précipité sur elle. Il l'avait poussée vers la charrette.

— Ne reste pas là, on pourrait te voir. Vu qu'ils arrivent, il faut faire ce que nous avons décidé !

* *
*

C'était la première fois qu'Armand voyait arriver de face le troupeau qu'il connaissait depuis plusieurs semaines. Il avait le loisir de pouvoir le regarder chaque jour. Pourtant il découvrait, outre la robe fauve que les vaches arboraient, des yeux que l'on pouvait croire maquillés pour la circonstance. Leurs cornes en forme de lyre donnaient à leur tête une élégance fortuite. Quant au mufle noir, entouré de blanc, il offrait un relief inopiné qu'il jugea particulièrement esthétique.

« Cette race aubrac est vraiment magnifique », ne put-il s'empêcher de penser en la regardant investir les pâturages.

Sur le chemin, il était de rigueur que les bêtes se déplacent les unes derrière les autres, mais dès qu'elles attinrent l'entrée de l'estive, elles partirent dans tous les sens. Les deux plus vieilles vaches qui avaient mené la marche, depuis leur départ de Bonnefon, ne purent contenir la vivacité de celles qui les suivaient. Un véritable désordre marqua l'arrivée sur le plateau.

Le taureau, jusqu'alors posé, se défoula en entrant dans le pré avec beaucoup d'enthousiasme. Les veaux qui n'avaient pu se coller à leur mère à la fin de ce trajet les retrouvèrent avec force amabilité sur leurs mamelles qu'ils s'empressèrent de saisir pour téter.

Le bétail était épuisé. Après s'être remises de leurs émotions et les pattes lourdes, certaines bêtes se couchèrent près de leur progéniture.

La transhumance se terminait sous un petit crachin qui fit rentrer rapidement les hommes au coin de la cheminée, afin de se sécher.

— Je vois que tu as tout préparé, dit Pierre à Armand, en passant rapidement sa main sur sa cape humide pour en faire tomber le surplus d'eau.

— J'ai fait le feu, comme vous me l'aviez dit, et j'ai débarqué les affaires qui étaient sur la charrette avant que le temps ne tourne.

— Tout seul ? questionna le patron.

— Bien sûr que oui, s'étonna Armand.

— Tu en es sûr ?

— Qui voulez-vous qui soit avec moi ?

— Je ne sais pas, mais en montant j'ai cru apercevoir une seconde personne avec toi.

— Et qui voulez-vous que ce soit ? Je suis parti seul. Je n'ai rencontré personne et je suis arrivé seul, mentit Armand.

— Je ne sais pas ! Il m'a semblé que...

— Je vous l'avais dit, coupa le cantalès.

— Bon ! On ne va pas passer la journée là-dessus, se fâcha Pierre. J'ai cru voir quelque chose et il s'avère que j'ai rêvé. Soit ! Au moment du départ, j'avais mis un panier dans ton chargement. Où est-il ?

— Là, confirma Armand en le déposant sur la table.

— Alors vide-le et mangeons.

Soulevant le torchon qui le couvrait, le jeune homme en sortit de la charcutaille, du vin et du pain.

Au bout de quelques minutes, l'atmosphère n'était plus à savoir si Armand était seul au masuc, mais à la convivialité d'un groupe d'hommes heureux d'avoir accompli, encore cette année, cette migration vers les hauts plateaux, comme la réalisaient, depuis des siècles, leurs prédécesseurs.

Le temps s'était mis au gris lorsque Pierre Anglade décida de prendre la route du retour. Quelques nuages plus obscurs lui donnaient un contraste inquiétant, prémices d'éventuelles averses, comme il en arrivait souvent, à ces altitudes.

Armand l'aida à atteler les bœufs au char qu'il avait recouvert de la bâche qui avait servi à protéger le chargement à l'aller, pendant que ses collègues préparaient leur paillasse.

— Laissez la toile sur le chariot toute la nuit, afin qu'elle sèche bien, avant de la remiser, conseilla le pastre à son patron. Il fait quand même humide.

— Évidemment. Je ne vais pas la ranger dégoulinante d'eau. Je ne suis pas stupide, lui répondit-il. Tu me prends pour qui ?

Au moment où Pierre donna l'ordre à son attelage de partir, il lança un dernier salut de la main à son employé.

À l'arrière de la charrette, émergeant subrepticement de dessous la grande toile, une autre main, beaucoup plus fine, féminine celle-là, adressa également un au revoir à Armand, sans que personne ne la vît, chacun étant accaparé à l'installation du buron.

Le jeune homme resta ainsi quelques minutes, à regarder partir clandestinement son amour, jusqu'au moment où le convoi disparut dans les volutes d'un crachin qui semblait s'installer durablement pour le reste de l'après-midi. Un frisson parcourut son corps.

« Il ne manquerait plus que je prenne froid, maintenant », pensa-t-il en se frottant vigoureusement les épaules avant de regagner l'intérieur du buron.

Dans le silence retrouvé de la salle basse, le bruit du crépitement des braises du feu de cheminée attira l'attention d'Armand. Il les ranima en soufflant dans le *buffadou*, long tube de bois percé sur toute sa longueur et dont le trou permettait de diriger l'air sur un point précis du foyer.

Excitées par l'afflux d'air, les flammes se mirent à danser avant que l'effondrement de la plus grosse bûche, dans une myriade d'étincelles, ne l'enveloppât d'une fumée plus compacte. Avec l'ajout d'un autre bout de bois, celle-ci s'estompa progressivement, laissant la place à cette sorte de clapotement qui signale que la flambée est bien repartie.

* *
*

Le buron de la famille Anglade était une maison trapue, épaisse, sans aucune fioriture, construite pour résister aux intempéries qui ne manquaient pas d'altérer, à la mauvaise saison, les bâtiments édifiés sur le plateau de l'Aubrac. Il avait été construit, comme tous les autres, au pied d'un mamelon. Un petit bosquet d'arbres y était attenant. Son toit était en lauzes, pierres plates dont le poids important donnait une stabilité particulièrement équilibrée à toute la structure.

Au sud, il y avait la porte d'entrée ainsi que deux fenêtres qui permettaient au jour de s'introduire dans ce lieu très fermé. Du côté des vents dominants, comme la bise, le buron était enterré pour que les éléments climatiques n'aient aucune prise sur lui aux moments les plus extrêmes. À cet endroit, la terre et le toit étaient d'un seul tenant.

Deux niveaux du bâtiment marquaient la séparation entre le travail et le repos. Au rez-de-chaussée, il y avait l'atelier proprement dit pour la fabrication du fromage qui s'ouvrait, dans sa continuité, sur la cave enterrée où serait entreposé le résultat du travail quotidien des buronniers. Une seule petite ouverture du côté de la bise lui permettait une aération naturelle pour le séchage des fromages.

Au-dessus de la partie que l'on pouvait qualifier de professionnelle, il y avait le grenier où on entreposait le foin. C'était là qu'en toute promiscuité les hommes allaient dormir et partager leurs rêves ou leurs... cauchemars.

Dans la salle basse, il n'y avait aucun confort, aucun meuble. Une simple table, dont les pieds étaient plantés directement dans la terre battue, était entourée de tabourets qui faisaient office de sièges pour les cinq personnes qui formaient l'équipe. Pas un de plus ! On aurait presque pu graver le nom de chacun sur les plateaux afin que, par inadvertance, certains ne prennent celui de son voisin.

La seule entorse à ce manque de bien-être était un petit dressoir dans lequel ils allaient installer leur vaisselle. Le reste de l'espace subsistant dans la pièce était occupé par les ustensiles qui allaient servir aux montanhièrs pour faire leur travail.

Aucune étable ne venait compléter ces infrastructures. Les animaux étaient en permanence à l'extérieur, aux quatre vents ou sous la pluie qui ne manquait pas d'arroser les herbages sur lesquels ils batifolaient, après chaque averse.

Le paradis bestial avait, à leurs yeux, une représentation, une image. Les bêtes le découvraient ou redécouvraient chaque été, sur ces hauteurs rouergates, avec beaucoup de bonheur. Les vaches n'auraient laissé leur place pour rien au monde. Alors une averse soudaine sur leur dos, une forte chaleur au détour de leur museau ou une bourrasque sur leur échine, rien ne pouvait leur faire oublier qu'elles avaient la chance d'être là et que, quelque part, c'était une sorte de privilège... animalier !

Lorsqu'ils eurent terminé l'installation de leurs couchages, les hommes se retrouvèrent devant le feu qu'Armand avait entretenu du mieux qu'il avait pu. C'était peut-être en souvenir de ce moment amoureux intense qu'il avait vécu avec Cécile, dans l'attente de l'arrivée des vaches en cet après-midi qu'il n'avait pas envie d'oublier. En tout cas, c'était plus sûrement pour évacuer l'humidité qui s'était accumulée en ces lieux depuis que la porte avait été close par les prédécesseurs de cette nouvelle équipe.

Assis autour de la table, Louis leur servit le reliquat de vin qu'ils avaient partagé avec Pierre avant son départ, puis il prit la parole :

— Je lève mon verre à notre groupe. Nous voilà installés et prêts pour cette nouvelle saison. Elle avait assez mal débuté puisque, avec le patron, on a eu du mal à former notre équipe. Deux hommes nous ont lâchés au dernier moment. Heureusement que Pierre Anglade a pu trouver les deux nouvelles recrues que sont Armand et Milou. J'espère que nous pourrons travailler dans de bonnes conditions. Je rappelle qu'ici c'est moi qui porte toutes les responsabilités. Je tiens à ce qu'on me respecte. En fin d'estive, c'est moi qui négocierai avec le patron pour la vente de notre travail. À ce sujet, hormis lors de la mise à la cave du fromage, je ne veux y voir personne. Je suis le seul à pouvoir y accéder n'importe quand pour vérifier qu'il n'y a aucun problème de conservation. C'est compris ?

Les quatre interlocuteurs répondirent affirmativement d'un coup de tête avant de savourer le dernier verre d'alcool qu'ils pourraient consommer avant des semaines.

Dès qu'il serait bu, leur quotidien serait rythmé par du lait, de la soupe, du beurre et du fromage avec une petite entrave à ce régime le dimanche où pommes de terre et lard viendraient l'agrémenter. Ces deux denrées avaient fait partie du fameux dernier chargement qu'avait effectué Armand, en compagnie de Cécile. Cette agréable pensée passa dans sa tête comme celle du bonheur avec tout ce qu'il représentait à son cœur.

— Pour aujourd'hui, nous allons laisser les veaux téter leur mère tout leur saoul. Ils le méritent bien après cette balade qui en a fatigué certains. J'en ai vu qui avaient du mal à suivre, sur la dernière montée. Par contre toi, le vedelièr, désigna d'un index autoritaire le cantalès, tu vas aller chercher de l'eau à la source. Tu la feras chauffer pour qu'on puisse nettoyer la *gèrla*, les selles et les moules. Prévois-en également pour qu'on puisse préparer la soupe.

Milou termina son gobelet d'un trait en insistant sur la fin pour en savourer jusqu'à la dernière goutte. Il se leva et alla chercher un petit joug auquel étaient pendus deux seaux. Il le plaça sur ses épaules avant de sortir.

— Les pastres, le rol et moi, nous allons commencer à planter le parc qui nous servira à isoler les veaux de leur mère pour les trier. Allez ! On n'est pas là pour rigoler. Tout le monde au boulot !

À la manière dont Louis avait terminé son intervention, Armand avait compris que tout avait été dit et qu'il n'y avait plus rien à ajouter.

Ce qui l'avait le plus étonné avait été la manière dont il avait appelé sa progéniture. Il n'avait pas dit « mon fils » ou « Sylvain », mais le rol ! Comme quoi, à partir de cet instant il n'était plus son père, mais son supérieur jusqu'à la fin de l'estive. Cette manière de parler démontra à Armand que le gamin n'aurait aucun passe-droit, prouvant la droiture des jugements et des actions du chef de l'équipe.

Dans la tête de Louis, chacun avait une place qu'il se devait d'honorer. Quant à lui, le cantalès, il se ferait un devoir de les faire respecter. Cette simple constatation illustra en un seul mot, à l'exilé originaire de la plaine, les valeurs orales de cette hiérarchie qui existait au sein des burons, sur ce plateau de l'Aubrac.

Elles étaient bien loin de tout gouvernement qui s'attachait à faire des lois écrites dont bien souvent ils n'avaient que faire et qu'ils s'empressaient de contourner dès lors qu'elles ne convenaient pas à leurs propres intérêts.

Les coutumes, les traditions et, surtout, la parole donnée étaient plus fortes que tout, dans ce pays si rude. Armand en prit acte.

Dès cet instant, tout était en place pour que la première saison buronnière d'Armand, *alias* Armand Vigouroux, débutât de la meilleure des façons.

Il était serein, se sentait en sécurité, entouré de personnes qui ne connaissaient pas les raisons de son exil et encore moins l'histoire de sa famille, loin de toute recherche policière et, en plus… il était amoureux.

Que demander d'autre ?

Sa nouvelle vie valait le coup d'exister, elle était belle et se présentait bien.

C'est en tout cas ce que le fils de Gustave Ligourel croyait…

XVIII

L'apprentissage

Le lendemain de l'arrivée, le soleil n'avait pas encore envoyé ses premiers éclats lorsque Louis réveilla tout le monde :

— Allez, levez-vous. Une longue journée nous attend.

Dans l'obscurité, chacun récupéra ses vêtements et s'habilla avant de descendre dans la salle commune pour manger un morceau.

Les travaux entamés la veille pour monter le parc devaient se poursuivre sans perdre de temps.

Lorsqu'il sortit du buron, le cantalès arracha une touffe d'herbe et la lança en l'air. Il voulait voir d'où venait le vent pour décider de l'orientation qu'il allait donner à cette construction indispensable pour la bonne marche de la besogne journalière. Ce geste fit rire Armand. Il n'était pas habitué à ce genre de choses, mais il apprécia l'inventivité de cette action.

Afin de former cet enclos, il existait deux sortes de claies, les *ramées* et les *nues*. Les premières protégeaient des bourrasques et les secondes empêchaient les veaux de vadrouiller n'importe où.

Pour les fabriquer, chaque buronnier de l'année précédente avait coupé, durant le mois d'août, des rameaux de hêtre, de noisetier, d'aulne ou d'alisier, d'une longueur d'environ deux mètres cinquante. Chacun les avait tordues, entrelacées, comme tressées, de façon que les feuilles qui allaient sécher puissent rester le plus longtemps possible et donner une certaine opacité de protection à l'ensemble. Elles avaient passé l'hiver, empilées sous de grosses pierres, pour éviter qu'elles ne se déforment trop et qu'elles deviennent beaucoup plus rigides et utilisables lors de la saison suivante.

C'étaient ces cloisons végétales que les montanhièrs devaient installer en priorité. Elles étaient un élément clé de la réussite de la saison et devaient être déplacées périodiquement.

L'enclos en question avait une forme de croissant, la partie externe placée le dos au vent. Il était formé de trois espaces. Au centre, celui dans lequel entreraient tous les veaux avant la traite, sans aucune exception, et, de chaque côté, un espace pour rassembler ceux qui avaient tété.

Entre deux claies nues, un montant mobile permettait un accès à chaque compartiment.

— Aujourd'hui, le vent est calme. Ça sera plus facile, expliqua Gilbert, le premier pastre, à Armand.

Face à l'étonnement de celui-ci, il lui apprit que ces grands panneaux végétalisés présentaient une grande prise aux intempéries et qu'il était difficile de les tenir droits dans ces cas-là. Leur poids, qui avoisinait les quatre-vingts kilogrammes, n'était pas pour faciliter ce travail et il pouvait augmenter par temps de pluie.

— Je vais te paraître idiot, s'excusa Armand, mais il est vrai que je découvre vos méthodes de travail que je ne connais pas. Je risque de te poser des questions qui te paraîtront complètement absurdes.

— Il n'y a jamais de questions absurdes. Ce sont les réponses qui le sont si on ne peut les formuler correctement. Il faut que tu saches que si tu es volontaire, notre collaboration devrait bien se passer. Par contre, si tu es un tire-au-flanc, nous aurons des difficultés de communication, si tu vois ce que je veux dire...

Voyant l'embarras de son interlocuteur, il s'empressa d'ajouter en lui tapotant cordialement l'épaule :

— Ne te fais pas de bile. Je t'observe depuis que nous sommes ensemble. Mes premières conclusions te sont plutôt favorables. Il ne tient qu'à toi que ça dure.

Alors que Gilbert saisissait une nouvelle claie, il invita le petit nouveau à l'aider :

— Attrape celle-là avec moi. Je ne sais pas si celui qui l'a construite l'a fait exprès pour nous emmerder, mais, bon Dieu, elle pèse un âne mort.

Les deux hommes s'en saisirent et vinrent la placer contre celle que le rol maintenait dans une position qu'il avait du mal à garder. Ce fut un soulagement lorsqu'il les vit arriver.

— C'est physique, s'amusa Armand.

— Et encore, ce n'est pas tout parce qu'il va falloir déplacer le parc tous les deux ou trois jours.

— Ah, quand même ! se stupéfia l'étranger, en pleine action. Et pourquoi ? Je pensais que c'était fait définitivement.

Saisissant une nouvelle claie, ce fut Milou, le vedelièr, qui lui répondit entre deux reprises de respiration :

— Parce que le vent tourne et que le but de cet espace est de protéger, avant tout de protéger ! Ensuite, ça permet aux veaux d'être toujours sur un endroit propre. Durant tout le temps où ils y sont parqués, ils le fertilisent avec leurs excréments. Comme disent certains : *acquó engraissa las pèças*. Tu as compris ?

— Oui, ça veut dire que cela engraisse le terrain, traduisit Armand.

— Bien. Tu me sembles moins étranger que je ne le pensais, puisque tu sais déchiffrer notre langue. Allez, encore un petit effort et on a fini la partie arrière.

— Arrêtez de parler. On se croirait au lavoir de Saint-Chély. Économisez vos forces. Vous allez en avoir besoin, s'emporta Louis, qui était habitué à beaucoup plus de silence, dans ces montagnes.

Il fallut une bonne partie de ce début de matinée pour mettre en place la trentaine de claies, quinze ramées et quinze nues, qui formaient l'enclos des veaux.

Cet assemblage terminé, les veaux y furent réunis et la première traite put commencer.

Si tous les travaux d'installation avaient été effectués en commun, Armand comprit rapidement que chacun des buronniers avait vraiment une fonction spécifique lorsqu'il vit Milou se précipiter sur un veau occupé à téter sa mère. Il le saisit et arriva à le maîtriser. Un vrai rodéo s'était engagé entre la bête et l'homme.

Cette scène rappela au Méridional les fêtes votives qui animaient, chaque été, le village de Macassargues. Des gardians devaient ramener les taureaux vers les prés et les jeunes faisaient tout pour en faire échapper au moins un. Ils se précipitaient sur l'encolure, comme venait de le faire Milou, et ils le faisaient tomber au sol.

L'opération effectuée, le vedelièr sortit de sa poche un lien en crin. En un geste expert, il avait attaché le veau à la patte antérieure gauche de sa mère, la tête tournée vers le pis. Ainsi la mère pouvait lécher sa progéniture comme elle le désirait en se laissant faire.

— Tu peux y aller, maintenant, annonça Gilbert à Armand.

Désirant anticiper un nouvel étonnement de son collègue, le premier pastre lui expliqua :

— Les vaches de race aubrac sont très égoïstes. Elles ne donnent leur lait qu'au contact de leur veau. Si celui-ci est éloigné, elles le retiennent. C'est donc le seul moyen que nos ancêtres ont trouvé pour faire une traite normale.

— C'est assez ingénieux. Mais il faut que Milou fasse ça à chaque veau ?

— Oui. Et il y en a une centaine.

— À chaque fois, il fait pareil ?

— Encore une fois, oui. Quand la vache sent que son veau a saisi ses mamelles, elle se libère et le laisse faire. Oui, mais voilà, il va s'emparer de ce qui nous intéresse, le lait. On le laisse un court instant pour...

— ... amorcer la pompe ! s'amusa Milou qui allait attraper une deuxième bête, sous le regard réjoui d'Armand.

Gilbert poursuivit ses explications :

— Donc lorsque le vedelièr estime qu'il en a assez bu, il s'en empare, le sépare du pis et l'attache à sa mère, comme tu viens de le voir à l'instant.

— Et la vache ne réplique pas ?

— Avant de faire cette opération, Milou lui a donné une poignée de sel rouge, qu'elles adorent. Ça la distrait le temps de l'opération.

— Oui, mais si tous les veaux tètent en même temps.

— Voilà pourquoi on a construit le parc et qu'on y a rassemblé tous les veaux. C'est pour maîtriser leur arrivée et que tout s'échelonne. Milou en a fait sortir trois à la fois et les gère, avant que nous arrivions.

Armand constata le résultat de ce geste très épique.

En position tête-bêche, la vache, liée à son rejeton, ne pouvait pas se douter que celui-ci ne se nourrissait pas et que c'était un homme qui la trayait. Ce leurre allait être doublé par la position qu'allait prendre le trayeur, la tête bien calée dans le flanc de l'animal. Ce dernier croirait toujours que son veau était contre lui et il libérerait d'autant plus facilement son lait.

C'est de cette manière, grâce aux explications de Gilbert, qu'Armand allait procéder lorsque celui-ci lui lança :

— Allez, c'est à toi. Je te laisse traire la première.

Armand, équipé de son tabouret à pied unique attaché à sa ceinture, s'approcha de la première pensionnaire. À espaces réguliers, les jets de liquide chaud qu'il extrayait d'une main experte – et qu'approuva Gilbert en tordant ses lèvres pour montrer sa satisfaction – se projetèrent dans le seau en châtaignier cerclé de fer.

Les litres ainsi récoltés iraient compléter la gèrla, grand récipient recouvert d'un linge filtrant le lait. Lorsqu'elle serait pleine, deux hommes la transporteraient jusqu'au masuc, suspendue à une barre que chacun poserait sur une épaule.

— Et quand j'ai fini, je fais quoi ? demanda Armand, toujours collé contre le ventre de la vache, ayant constaté que la source de lait se tarissait.

— Tu dénoues le lien de crin et tu laisses le veau terminer le travail. Après, ce sera au tour du rol de le conduire dans la partie du parc réservée à ceux qui ont tété. Il va lui donner du sel, à lui aussi, et également du foin. Comme ça, le piège est complet. La vache voit partir son veau, comme elle l'avait vu arriver, en toute liberté. Il n'y a que le veau qui sait qu'il n'a rien bu, conclut dans un rire Gilbert.

— Et moi ! pouffa Armand.
— Comment, et moi ?
— Moi aussi, je le sais qu'il n'a rien bu, expliqua Armand en s'approchant d'une nouvelle vache entravée à son veau, calmement.
— Ne t'en fais pas, il a la mémoire courte. Il ne t'en voudra pas. Demain, il n'y pensera plus, s'amusa à son tour Louis, occupé à vider son seau dans la gèrla.
Une hilarité collective vint mettre un terme à cette discussion, chacun vaquant à ses occupations avec des gestes mécaniques, qui revenaient pour les anciens et dont faisaient apprentissage les novices.

Dès que la gèrla fut pleine, elle fut équipée de son couvercle. Le cantalès proposa à Armand de faire le premier voyage au masuc avec lui, pendant que Gilbert ramassait les différents ustensiles qui avaient servi.
— Tu es prêt ? questionna Louis. Attention, c'est très lourd. Ça peut atteindre cent cinquante kilos. Soixante-quinze pour toi et autant pour moi.
— Je suis prêt, acquiesça le second pastre.
Les autres hommes aidèrent les porteurs à hisser la charge à hauteur de leurs épaules.
Posée en premier sur celles d'Armand, qui avait pris la place du suiveur, contrairement à Louis qui était à l'avant, la barre était déjà lourde. Lorsque les aides soulevèrent l'ensemble pour la poser sur celles du cantalès, l'exilé montra une petite faiblesse.
— Ça tient toujours ? demanda Louis à son camarade, ayant senti sa défaillance.
— Oui. Tout va bien, lança Armand en se redressant, pour raidir ses muscles.
— Alors on y va. Tu règles ton pas sur le mien. Il faut éviter que la gèrla balance trop parce que dans ce cas elle peut basculer, nous échapper et réduire à néant tout le travail de la matinée.
— J'ai bien compris. On peut y aller.
Tel un couple en totale communion, les deux hommes commencèrent leur marche synchronisée vers leur lieu de vie. Ne voyant

pas trop où il mettait les pieds et n'écoutant que les conseils de coordination qui venaient de lui être faits, Armand commença à suer. La peur de mal faire et d'être à l'origine d'une catastrophe le hantait. Si le cantalès voyait le chemin qu'ils empruntaient, lui n'avait d'yeux que pour le récipient qui pendait au bout des sangles accrochées à la fameuse barre qui entaillait la peau de son épaule, à chacun de ses pas.

Ne pas lâcher ! Ne pas se plaindre ! Ne pas tomber ! Ne pas faire de bêtise ! Tels étaient les maîtres mots auxquels il pensa tout au long de cette excursion originale qu'il allait devoir parcourir au moins deux fois par jour, pendant plus de quatre mois. Le métier rentrait en lui, dans sa chair, au sens propre comme au figuré.

Le chemin caillouteux était parsemé de pièges. Il essayait de les éviter avec toujours le même regard inquiet sur ce monstre de récipient qu'il ne pouvait contrôler, comme il ne pouvait contrôler la marche que lui imposait son patron. Même si elle était régulière et bien cadencée, il aurait suffi qu'une simple petite pierre, sur laquelle il aurait mis son pied malencontreusement, ne glisse pour le déstabiliser et le fasse s'étaler de tout son long, envoyant ce chargement si précieux dans les profondeurs des pertes en attirant les foudres du cantalès.

Le front du jeune homme était en nage. Il lui languissait d'arriver, de poser au sol ce qui commençait à devenir un cauchemar, l'enfer. Il se voyait mal demander que l'on fasse une pause. Il avait fallu que les autres collègues les aident à mettre cette charge sur leur épaule. S'ils la posaient, ils ne pourraient plus la reprendre.

— C'est toujours bon ? demanda Louis.

Ne voulant pas montrer son angoisse, Armand prit son courage à deux mains et répondit positivement.

Il fallait coûte que coûte qu'il arrive sans encombre à destination. Son honneur était en jeu, sans parler de la considération que lui accorderaient les autres buronniers s'il démontrait qu'il était vraiment des leurs, de la même race de montagnards qu'eux, comme l'étaient ses ancêtres qui reposaient dans le petit cimetière de Marchastel et qui avaient été rejoints par son grand-oncle Alphonse quelques jours plus tôt alors qu'il arrivait, lui, l'exilé de la plaine languedocienne.

Cette pensée redonna du courage au Méridional. Il savait que la tranquillité qu'il était venu rechercher sur ces hautes terres était à ce prix. Et ce prix il était en train de le payer, dans la sueur, l'angoisse et la peur de mal faire.

Ne pas être un déshonneur pour ses proches, même s'ils ne le voyaient pas souffrir, était sa priorité. Ses pensées allèrent également vers Cécile. Que penserait-elle s'il échouait dans cette entreprise ? L'aimerait-elle moins ou comprendrait-elle sa souffrance ?

Toutes ces interrogations lui donnèrent la force de poursuivre sa route, derrière les pas de Louis.

« Et puis, pensa Armand, il faut bien que je montre au cantalès que je suis capable de faire ce que lui peut faire, malgré son âge. »

C'est cette dernière raison qui lui donna toute la vigueur de poursuivre son chemin, de maintenir sa cadence, comme quoi un peu d'arrogance, d'insolence peut mener les hommes au bout du monde, bien au-delà des capacités qu'ils ignoraient avant d'entreprendre un exploit.

Quelques mètres, une petite descente vers le masuc et… la pierre tant redoutée !

Alors que Louis ralentissait le rythme, à l'approche de la porte d'entrée du buron, il plongea sa main dans la poche de son pantalon pour saisir la clé permettant de déverrouiller la serrure interdisant son accès, sans en avertir son suiveur.

Armand se trouva déstabilisé. Il fit un écart et mit le pied sur l'obstacle inattendu, appréhendé durant tout le parcours, qui bouscula toute sa stature. La barre le reliant à la gèrla s'ébranla, renvoyant son mouvement vers le grand récipient qui se mit à vaciller.

— Qu'est-ce qui se passe ? hurla le cantalès avant de sentir le chargement s'affaisser dans son dos.

XIX

Histoire de fromages

Le « ouf » que lança Armand rassura Louis.

Comme il ne sentait plus le poids de la charge qui était posée sur son épaule et qu'il avait toujours les sabots au sec, il comprit que la gèrla ne s'était pas renversée. Il se retourna vivement tout en immobilisant fermement la barre de bois de ses deux mains afin qu'elle reste stable.

Lorsqu'il aperçut le visage pâle de son second pastre, il comprit que la catastrophe qu'il avait imaginée un court instant avait été évitée de justesse.

— J'ai glissé, lança Armand.

— Je vois bien que tu as glissé, mais il faut éviter justement de… glisser ! s'irrita Louis en grossissant ses yeux qui lançaient des reproches. Sinon le travail que nous avons effectué sera anéanti.

Tout penaud, Armand resta figé, face à celui qui était son supérieur depuis peu.

— Sur la pierre plate, là ! On pose la gèrla sur la pierre plate et on réfléchit après.

L'affolement laissa place à la maîtrise du geste. Les deux hommes s'affaissèrent en même temps jusqu'au moment où le fond du grand récipient toucha la fameuse pierre plate.

À l'instant qui aurait pu être fatidique à la récolte de la traite matinale, le récipient s'était balancé dangereusement, mais n'avait pas basculé. Le lourd couvercle, seul, avait été éjecté, preuve concrète de l'imminence d'un malheur. Il gisait piteusement sur la terre battue parsemée de quelques pierres à l'origine de la grande frayeur qu'Armand venait de vivre. Dans le mouvement inattendu, seules quelques éclaboussures de liquide s'étaient échappées. Elles étaient venues souiller les vêtements de l'exilé qui s'épousseta dès qu'il eut la liberté de ses gestes, trop heureux du chanceux épilogue de cette histoire.

Sans aucun commentaire, Louis ouvrit la porte, entra et poussa les tabourets qui allaient les gêner sur leur passage menant à la cheminée. Dès qu'il estima que le parcours était dégagé, il revint sur ses pas.

— On soulève et on fait attention de ne pas s'embroncher sur un quelconque obstacle ! expliqua-t-il à Armand, avec le même regard irrité qu'il avait présenté au moment de l'accident évité.

— Oui, assura celui-ci, toujours confus de ce qui aurait pu arriver par sa faute.

Reprenant à bras-le-corps la barre, le cantalès et le pastre soulagèrent la gèrla de quelques centimètres au-dessus du sol pour la déplacer vers l'intérieur, tout doucement, à pas comptés, sans l'exposer à une oscillation trop brutale, avant de la poser à l'endroit où le lait allait être travaillé pour fabriquer le fromage.

Un « C'est bon ! » très directif marqua la fin du transport, le soulagement du chef du buron et l'arrivée des autres membres de l'équipe, les bêtes n'ayant plus besoin de leur présence.

Chacun s'empressa de prendre le bol qui lui était destiné. Armand se demanda ce qui allait se passer. Ne voulant pas être en reste, il fit de même pour se donner bonne contenance. De grande capacité, les récipients faisaient partie du contrat entre les propriétaires et les vachers. Se saisissant d'une louche, Louis les remplit les uns après les autres avec le lait tout juste issu de la traite, encore tiède, comme le voulait la coutume.

C'est dans un silence religieux que les montanhièrs dégustèrent le fruit du travail des vaches. Une tartine de crème vint agrémenter cette collation, première d'une longue série de ce qui allait être, en quelque sorte, une des deux dégustations lactées quotidiennes.

Dès qu'il eut terminé, le cantalès prépara le lait de la gèrla en y mélangeant deux cuillerées de présure qu'il avait préalablement délayée dans un peu d'eau. Ainsi le lait allait tourner plus rapidement que la normale pour obtenir le caillé nécessaire à sa transformation en une pâte plus compacte.

Armand fut de nouveau surpris lorsqu'il vit Louis effectuer un signe de croix avec la louche, à la surface du liquide, avant de le couvrir avec le couvercle que l'exilé était allé rincer à la source, après l'avoir ramassé tout poussiéreux. Louis s'en émut :

— Je te vois étonné.

— Oui.

— Pourquoi ?

— Parce qu'on ne fait jamais ça chez moi !

— Eh bien ici, on le fait ! C'est pour mettre la formation du caillé sous la protection de Dieu, s'agaça Louis, ennuyé de devoir s'expliquer à chacun de ses mouvements. S'il peut nous aider, de là-haut, s'horripila-t-il en désignant le plafond avec la louche, c'est de bonne grâce que nous acceptons les siennes.

— Mais c'est très... religieux !

— Peut-être, mais si ça ne fait pas de bien, ça ne fait pas de mal non plus.

Durant les deux heures que nécessita l'aboutissement du caillage, les hommes vaquèrent à diverses occupations pour la bonne marche du buron, comme le lavage des seaux ou des toiles de filtration, sans oublier le tri des veaux, dont certains étaient quelque peu récalcitrants. Le voyage, les changements de lieu et surtout la séparation quasiment permanente d'avec leur mère pouvaient expliquer ce comportement turbulent.

Le vedelièr ranima le feu devant lequel la gèrla reposait depuis que le cantalès et le second pastre l'avaient déposée afin que son contenu reste tiède le plus longtemps possible durant toute la transformation du lait en caillé.

— Je te sens encore étonné, lança Louis à Armand, en se saisissant de l'*atraçador*, cet outil en bois de hêtre formé d'un axe dont une extrémité comportait une partie circulaire percée, avec lequel il dessina, une nouvelle fois, un signe de croix.

— Oh, plus rien ne m'étonne maintenant et encore moins tous ces signes de croix auxquels il faudra que je m'habitue...

— ... et qu'il faudra que tu fasses si par hasard tu es appelé à me remplacer, même si c'est moi qui m'occupe en priorité de cette transformation du lait qui est l'action la plus importante que nous ayons à faire ici. Si elle est ratée, ça peut aboutir à une véritable tragédie.

— Il n'y a aucun problème. Je suis respectueux des traditions et de ce que l'on m'enseigne, répliqua Armand.

— Et il vaut mieux pour toi, sinon je te renvoie dans la plaine en moins de temps que tu n'as mis pour monter ici, acquiesça d'un signe de tête et d'un léger sourire le cantalès.

Remarquant la figure une nouvelle fois interrogative du second pastre, Louis le fixa.

— Qu'est-ce qu'il y a encore ?

— Je n'ai jamais vu autant de lait en une seule fois, pour fabriquer du fromage. Chez moi, nous avions peu de litres de lait de chèvre, comparativement, pour fabriquer seulement quelques pélardons. Ici, c'est démesuré, observa Armand, admiratif.

Le cantalès, d'un mouvement très lent, mais précis, fractionna le caillé. Le petit-lait s'échappa de la masse lactée. Il remonta en surface pendant le quart d'heure que dura l'opération.

Durant toute cette action, l'homme le retira avec une grande coupe en bois munie d'une poignée placée au centre de la partie convexe. Il posait la partie externe à plat, sur la surface du caillé. Par une simple petite pression verticale, il l'enfonçait. Le récipient entrait légèrement dans le liquide et recueillait le fameux petit-lait que l'on réservait dans un récipient indépendant.

Louis était expert en la matière. Son expérience faisait le bonheur du regard du Méridional qui apprenait la précision du geste. L'attention, pour ne pas dire l'amour, que le cantalès manifestait pour cette tâche suait par tous les pores de sa peau. La manière d'opérer était ancestrale. Elle lui venait de son apprentissage auprès d'autres cantalès plus anciens qui l'avaient apprise de la part d'autres montanhièrs encore plus séculaires.

Durant de longues années, après avoir effectué la fonction de rol, comme l'exécutait aujourd'hui son fils Sylvain, il avait gravi tous les échelons de cette hiérarchie campagnarde orale qui faisait la fierté de tous sur ce plateau, loin du monde et de ses convenances, quelquefois peu scrupuleuses.

Sur ces hautes terres, balayées par des vents tempétueux, l'honneur avait beaucoup d'importance. Il pouvait se faire ou se défaire au hasard de situations plus ou moins malheureuses, volontaires ou indélibérées. La parole donnée avait un sens. Il fallait voir de quelle manière les maquignons se tapaient dans la main pour conclure un marché lors de transactions pour la vente de bêtes à l'occasion des grandes foires. Et malheur à celui qui ne respecterait pas ce simple comportement, cette action élémentaire de respect !

Certains en avaient fait les frais, jusqu'à être obligés de quitter le pays pour se faire oublier ou, tout simplement, pour fuir la colère de ceux qu'ils avaient floués, voire escroqués. Il se racontait, lors des veillées hivernales, au coin de la cheminée, que quelques crimes, non élucidés par les gendarmes, étaient le fruit de ces manquements à toutes ces valeurs.

Louis était de ceux qui perpétuaient les coutumes, transmettaient les pratiques et communiquaient les usages et ses connaissances à ceux qu'il sentait aptes à les recevoir afin qu'ils les acheminent à leur tour vers la génération suivante. Est-ce qu'il pensait à tout ça à cet instant précis où il cassait le caillé, sous les yeux de cet étranger venu de la plaine qu'il connaissait à peine et qui lui avait été imposé par Pierre Anglade, à la suite de la défection des deux membres initiaux de l'équipe ? Dieu seul pouvait le savoir, si tant est qu'il fût présent dans l'esprit de toutes ses ouailles !

En tout cas, le cantalès ne ménageait pas ses explications au fur et à mesure des questions que lui posait Armand, même si elles lui semblaient un peu rébarbatives pour son caractère si bourru. La transmission était à ce prix !

— Passe-moi cette planche, demanda Louis à Armand.

Le jeune homme la saisit et la lui tendit. Le cantalès la fixa sur l'axe de l'atraçador qu'il manipulait depuis le début de son travail. Commença alors un mouvement circulaire au cœur de la gèrla pour saisir le caillé que Louis déposait sur une table basse inclinée comportant des rebords pour éviter qu'il ne tombe à terre et sur laquelle il avait demandé à son second pastre de déplier au préalable un grand linge de chanvre.

La forme de la planche que maniait Louis depuis quelques instants permettait de passer au plus près des parois de la gèrla et de récupérer le maximum de cette pâte qui allait se transformer en fromage.

Lorsque le grand récipient fut vide, Louis ramena les quatre coins du tissu vers le centre pour envelopper la totalité de ce qui allait devenir de la fourme. Pour en extraire le reste de petit-lait encore présent, il fallait la presser au maximum. Le cantalès n'hésita pas à monter sur la table et à faire pression de tout son poids. En quelques secondes, un liquide légèrement transparent s'en échappa, coula le long d'une rigole creusée dans le bois de la table pour tomber dans le seau qui avait recueilli le petit-lait.

Armand regardait faire son patron. Ses mouvements étaient calculés, évalués et jaugés afin qu'ils soient les plus efficaces possible. Malgré toute l'énergie que déployait Louis, il restait encore du petit-lait à évacuer. Le presseur descendit alors de son perchoir. Il ouvrit le tissu, se saisit de son couteau et coupa d'un geste franc le caillé avant de le réenvelopper dans le linge. Une nouvelle fois, il remonta sur la table pour effectuer une nouvelle pression avec son genou.

— Viens m'aider, lança-t-il à Armand.

À cet instant, le jeune homme comprit à quoi allait bien pouvoir servir la grosse pierre plate qui reposait dans un coin de la grande salle. Elle l'avait intrigué depuis qu'il était entré pour la première fois dans le buron.

Les deux hommes se saisirent de ce bout de rocher et le placèrent directement sur le caillé. Au fur et à mesure des diverses pressions, un pain de tome fraîche s'était formé et il allait reposer à l'air libre durant une grosse journée, ou deux, le temps de faire d'autres pains qui, assemblés entre eux, composeraient une fourme.

Armand aida Louis à transporter ce produit issu de la première traite du matin jusque dans la cave avant de s'occuper du nettoyage des différents instruments que les deux hommes avaient utilisés.

Durant tout le temps qu'avait duré cette opération, les autres buronniers avaient préparé les conditions de la traite du soir.

Le premier pastre, Gilbert Fournier, avait laissé sa place volontairement à Armand afin que celui-ci pût s'habituer plus rapidement à des fonctions qui étaient nouvelles pour lui. Il pensait qu'une séance de travaux pratiques était beaucoup plus profitable qu'une session de théorie. Il avait remarqué que le Méridional avait une capacité énorme de compréhension et d'adaptation. Il songea qu'il ferait un coéquipier d'une grande valeur.

* *
*

Quelques jours plus tard, dès que le cantalès jugea qu'il y avait assez de pains de tome fraîche pour fabriquer une fourme, il redemanda à Armand de l'accompagner afin de poursuivre la tâche que les buronniers devaient effectuer et surtout de parfaire sa formation.

Avec une massue en bois dont le côté utilisé était hérissé de pointes taillées directement dans la masse, Louis émietta cet amas compact qui avait été liquide plusieurs jours auparavant. Il mélangea toutes ces brisures avant de les étaler sur une table pour procéder au salage. La quantité qu'il devait utiliser était fonction de la météorologie et de la saison. Il fallait que le futur fromage soit assez salé pour qu'il se conserve au mieux et ne pas avoir de surprises. C'est à la poignée que Louis jaugea cette opération. Avec dextérité et méthode, il le ventilait soigneusement.

Précédemment, il avait demandé à Armand de broyer dans un mortier le gros sel qu'ils avaient monté au masuc au moment de la transhumance. Lorsque le sel ainsi écrasé fut bien réparti, un pétrissage fut nécessaire.

— Ça oxygène la matière, expliqua Louis qui n'attendait plus les questions d'Armand pour y répondre. Ensuite, on va la laisser reposer pour une nouvelle oxygénation. C'est comme ça qu'on m'a appris et je n'ai jamais eu de problèmes jusqu'à aujourd'hui. Attrape-moi le moule, ordonna-t-il à son aide.

Armand se saisit d'un récipient circulaire en bois qui fut rempli jusqu'au bord du caillé égoutté et salé. Une ultime pression avec de grosses pierres parachevait l'évacuation du petit-lait qui pouvait rester encore dans la future tome.

Louis, aidé du pastre, plaça cette première tome d'une quarantaine de kilogrammes complètement travaillée dans la cave pour que la maturation puisse débuter.

— C'est ici que va commencer le long travail de la nature, que je vais aider, tout de même, en surveillant l'humidité du lieu, l'affinage, en retournant chaque fromage tous les jours et en les brossant.

— Et comment allez-vous faire pour conserver une humidité constante ?

— Tu vois la petite fenêtre, au fond, eh bien c'est avec elle que je vais travailler, suivant le vent. Si c'est la bise, le vent du nord, qui se lève, je l'ouvrirai. Par contre, si c'est l'autan, ce vent chaud qui vient de chez toi, du Midi, je la fermerai.

— Sinon, qu'est-ce qui va se passer ?

— Les fourmes risquent de gonfler, si on les a mal pressées. Il est même arrivé qu'elles éclatent.

— À ce point ?

— Oui. Tu dois savoir qu'une fourme génère presque autant de chaleur qu'un mouton.

— Je comprends mieux. Avec les pélardons de ma mère et de ma grand-mère, c'est moins compliqué. Je ne pense pas qu'on ait eu des explosions de pélardons, à la ferme, éclata de rire Armand.

— Oh, tu peux rire, mais si ça nous arrive, je ne te dis pas la perte et la colère de Pierre Anglade.

Regardant l'exiguïté de la salle voûtée, Armand fit la moue.

— Qu'est-ce qui te tracasse, encore ?

— Je calcule qu'au train où nous allons, il n'y aura pas assez de place pour tout empiler durant toute la saison.

— Tout ce que nous fabriquons actuellement pourra être vendu dès le mois de juillet. Il y a des marchands de fromage qui viennent prospecter directement ici. On leur vend alors la production la plus ancienne et ça nous permet de faire un peu de place. Pour que ta curiosité soit complètement assouvie, il faut que tu saches que les fromages que nous fabriquons maintenant, au printemps, ont tendance à moins bien se conserver que ceux faits en automne.

— Et pourquoi ?

— Parce que le lait est plus riche en fin de saison.

La formation d'Armand touchait à sa fin. Il avait bien compris tout ce qu'on attendait de lui. Il ne lui manquait plus que l'expérience qu'il amoncelait, couche après couche, jour après jour, au contact direct des bêtes et des autres buronniers, pour devenir un bon pastre.

Au fur et à mesure, même s'il n'oubliait pas les raisons qui l'avaient poussé à s'exiler sur le plateau de l'Aubrac, le jeune homme appréciait cette nouvelle vie faite de découvertes, dont l'amour pour la belle Cécile pour laquelle il avait ses meilleures pensées, mais également pour ce métier dont il n'avait aucune idée de l'existence, ne serait-ce qu'un mois plus tôt.

Une autre personne qui avait du mal à cacher sa satisfaction était Louis Delcros, le cantalès.

Les réticences du début avaient laissé la place à un contentement. L'équipe était bien formée. Chacun avait un rôle à jouer qu'il prenait avec sérieux et rigueur. L'entente était parfaite pour son plus grand plaisir.

La saison se présentait de la meilleure des façons.

« Cet été 1890 démarre bien, pensa-t-il lors du repas du soir de la production de la première tome, en se coupant une nouvelle tranche de pain avec son couteau Laguiole. Pourvu que ça dure ! »

XX

C'est la fête !

Lundi 23 juin 1890.
Veille de la Saint-Jean.

LE SOLEIL MAGNIFIAIT SA LUMIÈRE en cette veille de la fête de la Saint-Jean. Il semblait encore plus éclatant que d'habitude. À croire qu'il avait décidé de se surpasser pour fêter ce solstice d'été.

Les gestes étaient devenus automatiques au masuc. Un mois était passé depuis l'arrivée des buronniers à l'estive. Chacun avait bien assimilé sa fonction au sein de l'équipe et ce qu'on attendait de lui, surtout Sylvain, le rol, et Armand, le second pastre, véritables novices en la matière.

S'ils parlaient très peu entre eux, sauf pour houspiller vertement une bête qui n'écoutait pas assez rapidement, quelquefois un seul regard suffisait pour qu'ils se comprennent et accomplissent l'action espérée.

Lorsque la traite du matin fut terminée et que le cantalès s'activait autour du caillage du lait récolté, Milou, le vedelièr, fit signe à Armand de le suivre.

— Viens avec moi. Nous allons dans le bois pour chercher l'arbre.

— Et pour quoi faire ? questionna le second pastre en essuyant sur son tablier ses mains ruisselantes du rinçage des matériels qui avaient servi à la traite.

— Pour faire la fête !

— Ah !

Sans rien ajouter, le Méridional suivit son collègue, chacun ayant une cognée sur l'épaule.

Quelques minutes plus tard, les deux hommes se retrouvaient sous les frondaisons du petit bosquet voisin du buron où s'élevaient plusieurs variétés d'arbres. Il avait la particularité bien appréciable de faire de l'ombre sur la partie du bâtiment où étaient entreposées les fourmes. Ça évitait ainsi aux hommes de devoir arroser abondamment le toit de lauzes aux heures les plus chaudes de l'été, comme étaient obligés de le faire certains de leurs congénères, dans les masucs voisins, qui n'avaient pas la chance d'avoir une mitoyenneté aussi précieuse.

C'est vers un hêtre particulièrement droit que Milou et Armand se dirigèrent. Sa hauteur de cinq à six mètres correspondait au choix du vedelièr.

Le bruit en alternance des deux haches manipulées avec dextérité et efficacité par les deux montanhièrs les conduisit rapidement à venir à bout de la résistance pacifique que l'arbre ne pouvait manifester face à autant de détermination humaine. Le tronc fut abattu, ébranché et totalement écorcé. Seul un rameau verdoyant fut laissé à son extrémité sommitale.

Contrairement à son habitude de début de saison, Armand ne posa pas de questions. Ce qu'il venait de faire lui rappelait une tradition que l'on pratiquait dans son village. Dans la nuit du 30 avril au 1er mai, la jeunesse allait couper un arbre dans un lieu qu'elle tenait secret. Elle le transportait à dos d'homme jusque sur la place centrale de Macassargues. Là, il était érigé, orné à son faîte d'un bouquet de fleurs ou, pour les années les plus patriotiques, d'un drapeau tricolore.

Cette coutume était, bien évidemment, le prétexte d'une soirée bien arrosée autour de ce symbole du retour de la fécondité marquée par l'arrivée du printemps et l'éveil de la nature. Les générations les plus âgées attendaient la jeunesse pour lui offrir à boire.

Lorsque le village se réveillait, au petit matin, ses habitants découvraient l'arbre de mai dressé au centre de la communauté villageoise. Cet emblème restait ainsi, bien planté, jusqu'à la fête de la Saint-Jean. À cette occasion, il était débité pour alimenter le feu que ne manquaient pas d'allumer les joyeux drilles pour reculer le plus tard possible la tombée de la nuit et ainsi offrir à cette journée, la plus longue de l'année, encore plus de panache et de lumière.

Milou devant et Armand derrière, l'arbre ainsi prêt à être mis en valeur fut porté sur l'épaule laissée libre, l'autre étant chargée de la hache, et déposé près du buron.

— On ne le hisse pas ? demanda Armand.

— Non. C'est ce soir que nous le ferons, quand la journée sera terminée.

Le soir venu, Louis s'occupa de tourner et de brosser les fromages, dans la cave ; le premier pastre, Gilbert, alla donner à manger aux cochons qui avaient fait partie de la montée à l'estive et qui commençaient à engraisser, dans leur enclos ; Milou se rendit à la source pour en rapporter un seau d'eau fraîche ; Armand prépara la marmite pour y cuire un repas plus copieux qu'à l'accoutumée qui se composerait de quelques pommes de terre agrémentées de tome fraîche, véritable festin, et Sylvain termina de rabattre les veaux vers leur enclos après qu'ils eurent tété le peu de lait que les buronniers avaient laissé dans les mamelles de leurs mères.

Dès que ces travaux furent terminés, tous les hommes se retrouvèrent autour du tronc d'arbre. Ils le hissèrent sur leurs épaules et se dirigèrent au sommet de l'élévation de terrain la plus haute. Là, un trou avait déjà été creusé et c'est avec aisance qu'ils y firent glisser l'arbre. Ils le calèrent avec des pierres et des éclats de bois que Milou avait préalablement remisés à cet endroit.

À cet instant, Louis poussa un cri de joie, comme le faisaient les danseurs de bourrée pour bien marquer le rythme. Sorte de cri de ralliement entre les hommes, Gilbert, à son tour, poussa le sien suivi par Milou et Sylvain. Armand restant muet, tous se tournèrent vers lui. Ne pouvant se défiler, l'exilé prit son courage à deux mains et s'exprima du mieux qu'il le put.

— Te voilà des nôtres, lui lança Louis en l'attirant vers lui, son bras passé par-dessus son épaule.

C'était la première fois que le cantalès lui manifestait une marque de sympathie aussi... intime. Armand apprécia ce geste. Il le reçut comme une récompense pour le travail d'adaptation qu'il avait fourni et à tous ses efforts pour être des leurs, depuis que le curé de Saint-Chély l'avait déposé chez la famille Anglade pour s'y cacher de la recherche des gendarmes de Macassargues.

À cet instant, la montagne d'Aubrac s'embrasa.

De loin en loin, proche de chaque buron, les cinq hommes virent des arbres comme le leur se dresser. Des cris fusèrent dans tous les coins de l'Aubrac. Comme une traînée de poudre ardente, l'esprit de la fête se propageait sur tout le plateau.

Armand se frotta vivement les avant-bras. Il avait la chair de poule. L'instant lui parut solennel. L'émotion l'avait envahi. Il y avait bien longtemps qu'il n'avait pas vécu un moment d'affectivité aussi intense.

L'amour que tous ces hommes portaient à leur pays était beau à voir et à entendre. Rien ne pouvait les arrêter, à cet instant précis, de montrer leur attachement à leur terroir, si ingrat soit-il. Cette terre d'Aubrac existait, elle était la leur, ils y vivaient bien et cette soirée leur permettait d'en exprimer tout ce que leur pudeur habituelle ne pouvait pas laisser transparaître.

Le Méridional se sentit happé par une atmosphère qu'il n'imaginait pas. Elle était faite de bienveillance, d'humanisme, mais également d'incitation à la transmission de la mémoire, aux souvenirs et, pourquoi pas, à l'exhortation de ne pas se laisser imposer quoi que ce soit par quelques diktats centralisateurs parisiens occupés à vouloir anéantir une culture plus que millénaire.

Les cris s'estompèrent progressivement. Dans le silence, on entendit monter une mélodie qu'Armand reconnut. À cet instant, il comprit que même si son père avait quitté cette terre pour descendre dans la plaine, il y avait des attaches que personne ne pourrait dissoudre.

— C'est le *Se canta*, dit le cantalès, avec beaucoup de force, mais teinté d'attendrissement.

Alors s'éleva au-dessus de cette lande le chant occitan que la tradition attribue à Gaston Fébus, comte de Foix. Progressivement, tous les buronniers que comptait la montagne le reprirent en chœur, *crescendo*, avec beaucoup de fougue. La clarté de la diction montrait bien l'attachement de chacun à un texte qu'ils aimaient, voire vénéraient.

Le premier couplet présentait le décor de la mélodie :

« *Al fons de la prada,*	« Au fond de la prairie,
I a un pibol traucat,	Il y a un peuplier creux,
Lo cocut i canta,	Le coucou y chante,
Benlèu i a nisat. »	Il y a peut-être niché. »

Ensuite venait le refrain démontrant que si tous ne connaissaient pas la totalité des paroles de la chanson, cette reprise était universelle et célébrée par tous :

« *Se canta, que cante,*	« S'il chante, qu'il chante,
Canta pas per ieu,	Il ne chante pas pour moi,
Canta per ma mia,	Il chante pour ma mie,
Qu'es al luènh de ieu. »	Qui est loin de moi. »

Le deuxième couplet amorça une baisse de l'intensité, malgré la teneur du texte très… amoureuse et quelque peu négative :

« *Aquelas mountanhas,*	« Ces montagnes,
Que tan naltas son,	Sont si hautes,
M'empachan de veire,	M'empêchent de voir,
Mas amors ont son. »	Où sont mes amours. »

Le refrain marqua, une nouvelle fois, la hausse du nombre de choristes, suivi d'un troisième couplet plus interrogateur :

« Abaissatz-vos, montanhas,	« Baissez-vous, montagnes,
Planas, auçatz-vos,	Plaines, levez-vous,
Per que pòsque veire,	Pour que je puisse voir,
Mas amors ont son. »	Où sont mes amours. »

Après la reprise du refrain, le couplet final s'attachait à se tourner vers un avenir plein d'espoir et optimiste à souhait :

« Aquelas montanhas,	« Ces montagnes,
Tant s'abaissaràn,	S'abaisseront tant,
Que mas amoretas,	Que mes amourettes,
Se raprocharàn. »	Se rapprocheront. »

Au fur et à mesure que les strophes s'égrenaient, les voix augmentaient de volume donnant à ce concert improvisé une dimension qui dépassait toutes les espérances de ses instigateurs.

Armand était sous le charme. Il connaissait les paroles de cet hymne au Languedoc, mais n'avait jamais prêté autant d'attention à ses mots. L'amour qu'il portait pour Cécile s'inscrivait bien dans cette histoire écrite au sein des Pyrénées par un seigneur médiéval en mal d'amour. Lui aussi voulait chanter pour sa mie et que les montagnes rouergates s'abaissent pour qu'il puisse l'apercevoir, même de loin. Il espéra que tous ces reliefs s'aplaniraient et qu'il la verrait apparaître au détour d'un chemin afin que ses *amoretas se raprocharàn*.

Lorsque le silence revint et que le jour se mit à décliner, c'est à un nouveau spectacle que tous assistèrent. De colline en montagnon, des feux illuminèrent les différents horizons qui marquaient la jonction entre la terre et le ciel tout autour de ce panorama, aux quatre points cardinaux. Certains burons avaient préparé des feux de la Saint-Jean afin de poursuivre la soirée de manière festive.

Lorsque les derniers montrèrent de la faiblesse, Louis invita les montanhièrs à regagner le buron pour leur repas.

C'est autour de la grande table que tous se retrouvèrent.

— Demain, nous devons accueillir la famille Anglade, expliqua le cantalès.

— Pourquoi ? Il y a un problème ? s'étonna Armand.

— Non, mais la fête de la Saint-Jean est le prétexte pour les familles des propriétaires de monter au masuc pour poursuivre cette fête qui était assez intime, ce soir. Il faudra faire un peu de ménage. Les hommes n'ont jamais remplacé une femme pour tenir une maison comme il faut. Or, même si nous sommes cinq, il y a du laisser-aller et beaucoup de travail.

Tous acquiescèrent d'un hochement de tête avec un petit sourire en coin.

— Mais pour ça, il faut un petit peu de remontant.

Louis se leva, alla jusque dans son lieu de prédilection qu'était la cave où s'entassaient les fromages. Il revint avec deux bouteilles de vin.

— Je les ai cachées lorsque nous sommes arrivés. Ce soir est un bon prétexte pour en faire sauter les bouchons. Qu'en pensez-vous ?

Pour toute réponse, il vit, avant même d'avoir introduit le tire-bouchon dans le liège obstruant les goulots, trois gobelets se positionner aux abords de la bouteille. Seul le rol, Sylvain, s'était abstenu de faire ce mouvement.

— Toi aussi, tu peux en boire, dit le père à son fils. Je suis fier de toi et de ton travail.

L'adolescent plaça alors son verre près de ceux des hommes, pendant que Milou lui tapotait le dos en lui adressant un clin d'œil complice.

L'ambiance était à la fête et les buronniers veillèrent un peu plus tard ce soir-là.

* *
*

La nuit d'Armand fut agitée.

Lorsque Louis avait annoncé que la famille Anglade allait monter jusqu'à eux, il imagina que Cécile ferait partie du voyage. Les rêves prirent le dessus et c'est avec joie qu'il se réveilla le premier, devançant le cantalès qui avait l'habitude d'être celui qui mettait le premier pied hors du lit.

— Tu es bien matinal, fit remarquer Louis en arrivant près du bassin qui servait aux hommes à se rafraîchir, au lever.

Dans la fraîcheur matinale, les deux hommes s'aspergèrent le visage d'eau pour éliminer les réminiscences de la nuit.

— C'est habituel que les propriétaires montent ainsi ? questionna Armand.

— Oui. Ils profitent de ce prétexte de la Saint-Jean pour voir comment se passe le travail. Il y a un mois que nous sommes là et il est bon pour eux de vérifier la qualité des fromages, le nombre d'unités que nous avons produites et surtout si l'ambiance est bonne. Cette année, M. Anglade était soucieux suite à la défection de deux buronniers de l'équipe. En plus, le décès qui a affecté sa famille la veille de notre départ l'a mis en situation de vulnérabilité.

— À ce point ?

— Oui ! Malgré sa stature qui semble le rendre invulnérable, il est très sensible à ce genre de choses. Pour lui, ça peut être le signe d'une saison ratée ou, en tout cas, à problèmes.

— Pour l'instant, ça se passe assez bien, non ?

— Pourvu que ça dure. Il nous reste plus de cent jours à passer ici. C'est beaucoup plus long que ce que nous avons vécu jusqu'à aujourd'hui, poursuivit Louis en s'essuyant le torse et le dessous des bras avec un linge sec.

Les deux hommes reprirent leur toilette, rejoints par les autres membres de l'équipe qui venaient de se réveiller.

— Bon ! Il faut nous mettre au travail pour que nous ayons terminé avant l'arrivée des patrons.

XXI

La nouvelle

LA JARDINIÈRE DE LA FAMILLE Anglade se présenta devant le buron au moment où le soleil était à son apogée quotidienne. Quelques nuages l'occultaient de temps en temps, poussés par un petit vent du sud qui avait ordonné à Louis de fermer la petite fenêtre de la cave afin de protéger l'affinage des fromages des tiédeurs extérieures qui pouvaient lui être fatales.

L'atmosphère était douce, propice à une journée agréable autour d'une bonne table, comme le voulait la tradition.

Tout habillés de noir, deuil oblige, Pierre Anglade et son épouse, Pascaline, descendirent du véhicule. Dès qu'ils furent sur le sol, ils saisirent plusieurs paniers en osier dans lesquels ils avaient entreposé des victuailles qu'ils tendirent aux hommes venus les accueillir. Seul Milou manquait à l'appel. Depuis une demi-heure, il avait disparu sans aucune explication. Gilbert, Armand et Sylvain prirent les provisions qu'on leur tendait et les mirent à l'abri de la chaleur, sur la grande table de la salle commune du masuc.

Resté seul à l'extérieur, le propriétaire se posta, les mains posées sur ses hanches, face au cantalès.

— Comment allez-vous ? lança-t-il.

— Pas trop mal ! On n'a pas à se plaindre. Il y a pire !

— Oh, tu sais, il y a toujours pire. Et je sais de quoi nous parlons, poursuivit Pierre en se tournant vers son épouse dont le visage était marqué par la peine et les larmes qui avaient dû mouiller ses rides encore récemment. Elle semblait avoir vieilli prématurément, en seulement un mois.

« La mort de son beau-frère l'a sacrément affectée », s'autorisa à penser Louis en songeant à la disparition du frère de Pierre Anglade, Paul, annoncée la veille de la transhumance et qui avait endeuillé la montée en estive du troupeau.

Sa réflexion se poursuivit. Il avait du mal à s'accorder qu'elle soit aussi attachée à une personne que la famille ne côtoyait plus depuis longtemps et que l'on n'avait plus revue au pays depuis des années.

« Il y a toujours des histoires internes à chaque fratrie qu'on a du mal à cerner et qui, au fond, ne nous regardent pas ! » songea le cantalès.

— Montre-moi un peu ta production, proposa Pierre à Louis.

Se retournant vers son épouse, il lui recommanda de s'asseoir sur la pierre plate qui avait servi à éviter la catastrophe de la perte de la traite du matin, le premier jour de l'estive, lorsque Armand avait chuté alors qu'il transportait la gèrla avec Louis. Obéissante, la femme ramena instinctivement sur le côté les volants de sa robe avec sa main, avant de prendre place à l'endroit que son mari lui avait indiqué.

Armand était quelque peu déçu. Lorsque le cantalès avait annoncé, la veille, que la famille Anglade venait passer la journée de la Saint-Jean dans les pâturages, le mot « famille » lui avait fait imaginer qu'elle serait complète, couple et enfants. Son sommeil avait été parsemé de rêveries qui étaient allées dans ce sens-là. La nuit lui avait été douce, pleine de désirs pour une fille à laquelle il avait offert toute son âme dès qu'il l'avait aperçue, et ses plus secrets sentiments.

Bien évidemment, si elle avait été du voyage, il n'aurait pas pensé pouvoir passer quelques instants à ses côtés, vu le mystère de leur liaison, mais sa seule présence lui aurait été particulièrement agréable. Or, lorsqu'il avait aperçu la jardinière, la première chose qu'il avait constatée était l'absence de Cécile. Seul le couple des propriétaires était monté sur le plateau.

Un instant, totalement insouciant, comme le sont tous les amoureux, il avait imaginé qu'elle s'était cachée à l'arrière de la voiture et qu'elle allait en surgir, comme il avait eu la surprise de la voir jaillir le jour de la transhumance.

Armand songea à cet instant volé qu'ils avaient passé, un mois plus tôt, devant la cheminée du buron. Les caresses qu'ils s'étaient offertes mutuellement, les baisers qu'ils avaient échangés s'affichaient dans son esprit comme les plus belles choses de son existence. Il revoyait chacune des images de ces instants éblouissants que sa mémoire avait archivées pour son plus grand bonheur.

Le souvenir de l'odeur qui émanait du corps de sa bien-aimée lui titilla les narines, comme si elle était bien présente, là, à ses côtés, à la place des autres montanhièrs sentant à plein nez la vache et les veaux, occupés à vider les paniers et heureux de voir que le repas allait être vraiment un festin, vu ce que les patrons avaient acheminé jusque dans ce coin retiré de l'Aubrac où ils vivaient en autarcie, sans aucune nouvelle de personne.

Ces présents allaient des pâtés bien garnis aux bouteilles de vin, de la charcuterie aux *fouaces*[1] que la maîtresse de maison avait confectionnées spécialement à leur intention.

Le cœur d'Armand s'emballa.

« Et si c'était Cécile qui avait fait ces desserts, pensa-t-il. Peut-être qu'elle a malaxé la pâte, badigeonné de jaune d'œuf la surface pour qu'elle prenne cette teinte cuivrée et disposé le sucre après la cuisson. »

Il ne put retenir sa fougue et se prit à caresser, comme s'il était seul, la couronne sur laquelle il appuyait légèrement son doigt pour en sentir la souplesse, tester la légèreté. Il en exhalait une bonne

1. *La fouace est un gâteau très ancien. Sa recette respecte au plus près la tradition aveyronnaise, donnant une pâte compacte mais souple et au bon goût de fleur d'oranger (voir « Sources bibliographiques » en fin d'ouvrage).*

odeur d'eau de fleur d'oranger. Il en retira quelques grains de sucre pour les porter à sa bouche afin d'entrer en communion avec l'amour de sa vie qui était resté à la ferme, à Bonnefon.

Son geste ne passa pas inaperçu.

— Si tu continues comme ça, il ne va rien nous rester, ironisa Gilbert. Il te faudra attendre la fin du repas pour la déguster.

— Oui, mais c'est superbement bon, répondit Armand pour se donner une bonne contenance.

— D'accord avec toi, mais c'est bon pour tout le monde.

Ce fut Milou qui interrompit cette conversation :

— Regardez ce que je viens de prendre.

Dans le seau qui servait habituellement à recueillir le petit-lait, nageaient, ou plutôt essayaient de survivre, plusieurs truites.

— Et où as-tu attrapé ça ? lui demanda Gilbert.

— Dans le ruisseau.

— Je l'entends bien. Elles ne volent pas encore les truites. Comment as-tu fait ?

— En prévision de notre repas, il y a quelques jours, j'avais dévié un des ruisseaux qui traversent les prés. J'avais remarqué qu'ils étaient poissonneux. Dans le cul-de-sac que j'avais créé, plusieurs truites se sont trouvées piégées. Elles n'ont pas pu s'échapper et je n'ai eu qu'à me servir.

— Voilà qui va encore augmenter la qualité de notre dîner, approuva le premier pastre. Et pourquoi ne l'as-tu pas fait plus tôt ? Ça aurait amélioré notre quotidien, depuis le 25 mai.

— Parce qu'il y a les gardes-pêche ou les gendarmes qui nous surveillent.

— On n'en a pas beaucoup aperçu, tergiversa Armand que les mots ayant un rapport avec l'ordre et plus spécialement la maréchaussée faisaient frémir.

— Oh, vous savez, ils sont très filous. Ils sont toujours là où on ne les attend pas. Leurs amendes sont beaucoup plus amères que celles qui tombent des arbres, en automne, expliqua Milou.

Tous éclatèrent de rire face à cette allusion alliant la botanique à la justice.

Au même instant, Pierre Anglade et Louis Delcros traversèrent la pièce pour se rendre dans la cave.

Revenu à l'extérieur, proche de Mme Anglade, Armand ne savait que dire. L'abattement dans lequel se trouvait cette personne habituellement plus énergique le troublait, le déconcertait, lui faisait vraiment de la peine.

À son tour, il se posa des questions, comme l'avait fait quelques minutes plus tôt Louis, sur la relation qu'il pouvait bien y avoir entre elle et son beau-frère pour qu'elle se laissât aller ainsi à tant de mélancolie depuis son décès.

« Il y a quelque chose qui ne va pas », pensa Armand.

L'attitude de Pierre Anglade était beaucoup plus calme. Il semblait moins affecté par la perte de son frère. À moins que ce ne soient ses occupations qui lui permettent de mieux évacuer une éventuelle affliction. Il était bien connu que certaines personnes arrivaient à se soulager d'une lourde perte, d'un grand malheur, en se précipitant, la tête la première, dans leur travail. Le temps que le propriétaire allait passer à discuter avec le cantalès, dans la cave, sur les perspectives d'une belle saison, le cours des fromages, les projets d'avenir ou la bonne marche de l'équipe des buronniers, lui permettrait d'évacuer sûrement sa nervosité.

Quant à Pascaline Anglade, qu'il voyait toujours aussi immobile, Armand pensa que la présence de Cécile à ses côtés, à cet instant précis, lui aurait été d'un secours très précieux et peut-être permis de passer une meilleure journée. Elle devrait supporter les présences masculines qui n'allaient pas discuter chiffons ou avoir de conversations portées vers des thèmes féminins qui auraient pu la détendre, lui redonner goût à la vie.

Il se rappela que la jeune fille n'avait exprimé aucune véritable peine lorsqu'il lui avait annoncé la venue du gendarme et l'information qu'il avait transmise à son père sur la mort de son oncle, la veille de la transhumance. Cécile lui avait expliqué qu'il s'appelait Paul, qu'il était plus jeune que son père, que personne n'en parlait à la maison, « à croire qu'il est proscrit ». Alors pour quelles raisons pouvait-on se mettre dans un état pareil pour une personne dont on avait gommé l'existence volontairement depuis des années ? La question resta en suspens dans la tête d'Armand.

— Vous désirez boire un peu d'eau, madame ? demanda-t-il, s'inquiétant de voir la femme du propriétaire restée seule sur le pas de la porte du masuc, toujours aussi triste.

— S'il vous plaît ! répondit-elle, le regard posé sur l'horizon, sans aucune vision de quoi que ce soit.

Le jeune homme revint dans le buron. Il en ressortit, un gobelet dans une main et, dans l'autre, un broc dont les parois extérieures étaient recouvertes de gouttelettes d'eau témoignant de la différence de température entre le liquide frais et celle, plus élevée, de l'air ambiant extérieur. Il tendit le verre à Pascaline. Quand elle l'eut bien en main, il le remplit et resta là, figé, à attendre qu'elle réagisse.

Au bout de quelques instants, remarquant qu'elle n'avait pas porté le récipient à sa bouche et bu une seule goutte, il essaya de l'encourager :

— Il faut que vous buviez, madame, ça vous fera du bien. Surtout qu'il fait chaud, aujourd'hui !

La pauvre femme leva vers le Méridional un regard éploré. Ses yeux baignaient dans des larmes qui avaient du mal à s'en échapper. Elles noyaient la beauté habituelle de son regard, dont Cécile avait hérité.

— Je ne pense pas que quelque chose puisse vraiment me faire du bien, après ce qui nous est arrivé, balbutia-t-elle.

— Mais il ne faut pas se désespérer, il y a toujours des aubes magnifiques après des crépuscules cruels.

— Si vous le dites, répondit-elle en acceptant de boire une gorgée d'eau.

À l'intérieur du masuc, les buronniers commençaient à vider les truites pendant que Milou essayait de redonner vie à un feu qui ne voulait pas, mais alors pas du tout se rallumer. Au bout de plusieurs tentatives, il décida d'évacuer les cendres accumulées depuis quelques jours et de repartir sur un foyer complètement vide. Bien lui en prit puisqu'au premier essai le bois s'embrasa et une flamme s'en dégagea.

Ayant préparé les poissons, et lorsque la braise fut renouvelée, c'est sur une grille qu'il les plaça avant de les faire cuire. Une odeur de grillade avait envahi tout le buron lorsque le cantalès et le propriétaire sortirent de la cave.

— Je pense que nous sommes sur la bonne voie, affirma le second en passant sous le linteau de la porte basse.

— Oui. J'ai une très bonne équipe. Je pense également que nous allons effectuer une saison excellente. Par contre, comme je vous l'ai dit à l'instant, il faudra prévoir une vente fin juillet, sinon je n'aurai pas assez de place dans la cave pour stocker toutes les fourmes. Comme vous avez pu le constater, elle est déjà bien pleine.

— Ne te fais pas de souci, je t'enverrai quelqu'un dans un mois.

— Ainsi l'estive se poursuivra mieux qu'elle n'a commencé, avec le décès de votre frère.

— Si ce n'était que ça ! répliqua Pierre.

Face à l'étonnement de son cantalès, le patron s'expliqua :

— C'est vrai que vous ne pouvez pas savoir. Vous êtes loin de tout, sans connaître les nouvelles du village.

— Savoir quoi ? s'inquiéta Louis.

— Le malheur qui nous a touchés.

— Et lequel ?

— Nous avons enterré Cécile, il y a une semaine !

Si le silence se fit dans le masuc, chacun arrêtant ses occupations en découvrant cette nouvelle que tous avaient du mal à croire, on entendit un bruit de poterie brisée à l'extérieur.

Armand avait lâché le broc d'eau. Il était venu se briser sur le perron du buron.

XXII

Le solstice d'été

ARMAND SE PENCHA VERS LE SOL pour ramasser les morceaux brisés de la cruche qu'il avait lâchée en entendant la terrible nouvelle de la mort de Cécile.

Il s'était réfugié dans cette position pour cacher la stupeur qui s'était affichée sur son visage et qu'il ne pouvait dissimuler après l'annonce que venait de faire Pierre Anglade aux buronniers. Sa brutalité l'avait profondément affecté, meurtri. Il avait senti son cœur s'emballer, battre dans sa poitrine comme il ne l'avait jamais éprouvé.

Le jeune homme avait du mal à croire ce qu'il venait d'entendre. Il comprenait maintenant pour quelles raisons l'épouse du propriétaire était aussi affligée et que son attitude n'avait rien à voir avec le décès de son beau-frère, annoncé un mois plus tôt.

Ayant réuni les éléments de terre cuite du broc détérioré, il les lança rageusement dans le pré jouxtant le masuc, vers lequel il se tourna pour éviter que les autres personnes ne puissent apercevoir sa figure dont il sentait les joues humides, couvertes de larmes. Cette attitude ne passa pourtant pas inaperçue.

— Que t'arrive-t-il ? demanda le cantalès.

— Rien. J'enrage d'avoir cassé notre vaisselle, trouva-t-il comme excuse, avant de passer sa main sur son visage tout en reniflant.

Ne pouvant continuer à se dérober aux autres, il leur afficha sa tristesse en tournant vers Pierre Anglade une face larmoyante.

— Et puis je l'aime bien, votre fille. Depuis que je suis arrivé à Bonnefon, je me suis habitué à sa présence, comme à la vôtre, et je suis affecté par sa mort.

C'est au présent qu'il s'adressa à son patron. Il ne pouvait faire son deuil et parler de celle qu'il aimait au passé. Il lui faudrait du temps pour accepter cette nouvelle fatalité que la vie lui infligeait.

— Tu es un brave garçon, lui répondit sobrement Pierre en l'attrapant par les épaules qu'il serra vigoureusement. Si Cécile avait vécu et que vous vous étiez fréquentés, j'aurais aimé t'avoir comme gendre.

La seconde partie de la phrase frappa Armand. Se pouvait-il qu'il sache quelque chose ? Rapidement pourtant, il fut convaincu du contraire puisqu'il avait précisé « et que vous vous étiez fréquentés ».

« Pourquoi aurait-il donné ce détail s'il avait su quelque chose ? » raisonna le Méridional.

Ce qui aurait dû être une fête tourna au chagrin.

La fête de la Saint-Jean de l'année 1890 était marquée du sceau du malheur, des mauvaises nouvelles, pour la famille Anglade.

Au moment où le broc qu'avait lâché Armand s'était brisé sur la pierre servant de perron au masuc, tout le monde s'était retourné vers lui pour voir ce qui se passait. Seule Pascaline Anglade n'avait pas bougé, prostrée dans le malheur que tout le monde comprenait, maintenant, après les dernières paroles prononcées par son époux.

La question qui brûlait les lèvres de l'exilé fut prononcée par Louis :

— Et que s'est-il passé ?

— On ne sait pas trop. Lors de la journée de la transhumance, quand je suis rentré avec l'attelage qu'avait conduit Armand à l'aller, ma femme m'a dit que Cécile avait disparu. Elle s'était aperçue de son absence juste après le départ des troupeaux. Au début, elle ne s'est pas trop inquiétée. La veille, nous avions eu des mots, car elle voulait monter à l'estive, avec les hommes. Je le lui ai refusé.

Donc Pascaline ne s'est pas trop fait de souci. Elle a pensé qu'elle faisait la tête, quelque part, et qu'elle réapparaîtrait avant la fin de la matinée. À midi, elle n'était toujours pas là. Elle est allée voir dans sa chambre et a trouvé le lit défait et rien d'autre. Elle a pensé avertir les gendarmes, mais a préféré attendre mon retour, de peur de lancer des recherches pour une chose anodine, digne du comportement d'une adolescente. Au retour des pâturages, j'ai attrapé une de ces averses qui m'a mouillé jusqu'à la moelle des os. Même les bœufs avaient du mal à avancer, tant il pleuvait. Quand je suis arrivé à la ferme, j'ai dételé les bêtes pour qu'elles soient libres de leurs mouvements et se mettent à l'abri. J'ai laissé la charrette sous les intempéries, pensant la remiser le lendemain. Je suis allé me mettre rapidement au sec.

Armand écoutait toutes les paroles sortant de la bouche de son patron. Il attendait de savoir les raisons qu'il allait invoquer pour expliquer cette disparition dont il connaissait les détails, lui. Il savait que Cécile s'était mise sous la bâche couvrant le chariot, qu'elle était peu vêtue et qu'elle avait dû être mouillée, trempée elle aussi, comme son père, mais sans pouvoir sortir pour éventuellement chercher un coin sec.

Il revoyait sa petite main émerger de la toile pour lui faire un signe qu'il n'imaginait pas un seul instant être celui d'un adieu. Il l'imagina grelottante dans l'humidité ambiante et devant attendre que son père dételle les bœufs et s'éloigne, avant de pouvoir sortir à l'air libre.

— Pascaline me frictionnait le dos tout en m'expliquant que Cécile n'était pas apparue de toute la journée, lorsque la porte s'est ouverte. J'ai vu entrer ma fille, trempée comme une soupe. Ma femme m'a abandonné. Elle s'est précipitée sur elle. Pascaline lui a demandé où elle était allée. Elle lui a répondu que c'étaient ses affaires. Je me suis mis en pétard contre elle. De quel droit se permettait-elle de parler ainsi à sa mère ? Pour la première fois de ma vie, j'ai levé la main au-dessus de son visage, mais je n'ai pas pu la frapper. Comme je lui posais, à mon tour, la même question, elle m'a répondu qu'elle voulait montrer qu'elle pouvait s'absenter de la ferme toute une journée, sans que ça gêne quelqu'un, comme si elle était montée vers les estives, comme le faisaient les hommes depuis la nuit des temps. J'étais vraiment en colère. Je lui ai dit d'aller dans sa chambre et qu'elle n'en reviendrait que lorsqu'elle aurait compris que, sous mon toit, c'était moi le patron, et pas elle.

Le silence qui régnait dans la salle commune du buron et sur le pas de la porte montrait le respect que tous manifestaient à Pierre Anglade et sa famille. Cette annonce avait bouleversé les buronniers. Personne ne voulait couper Pierre dans ses explications.

Armand avait envie de crier sa douleur. Il se retint, se mordant les lèvres pour ne pas manifester toute la tristesse qui l'avait envahi de peur que son secret, leur secret, à Cécile et à lui, ne soit dévoilé, même s'il avait pu faire diversion en jetant les restes de la cruche dans l'herbe.

Pierre poursuivit ses explications :

— Le lendemain de son escapade, Cécile s'est mise à avoir de la fièvre. On a appelé le docteur qui a dit qu'elle avait pris froid, mais qu'il ne fallait pas qu'on s'inquiète, qu'avec des tisanes et quelques cataplasmes ça passerait. Sauf que ce n'est pas passé. Elle s'est mise à tousser. La fièvre n'est pas retombée, bien au contraire. Elle avait des douleurs au thorax et du mal à respirer. Les jours passaient et aucune amélioration ne se voyait. On la veillait toutes les nuits. On se relayait, Pascaline et moi. Puis Cécile s'est mise à haleter, à râler et, il y a une semaine, elle s'est éteinte, comme une fleur qui disparaît après avoir émerveillé tout un bouquet, toute une maisonnée.

Tout en parlant, Pierre avait rejoint sa femme. Elle pleurait à l'évocation du décès de sa fille. Il la prit dans ses bras pour la consoler. Les explications qu'il venait de donner à ses employés leur avaient remémoré des moments très difficiles à supporter.

— Je ne saurai jamais où elle est allée lorsqu'elle a disparu toute la journée, mais je suis sûr que si j'avais accepté qu'elle suive la transhumance elle serait encore là aujourd'hui, bien vivante. C'est de ma faute !

— Il ne faut pas vous sentir coupable, lui lança Armand, au comble de l'abattement. La vie est injuste, mais elle est ainsi !

Ces simples mots lui permirent, en quelque sorte, de s'associer une nouvelle fois à la douleur qui touchait ce couple, au deuil qui l'accablait et qui était également le sien. Il se devait de faire bonne figure. Il ne pouvait rien dire sans se dévoiler. Et ça, il ne le voulait pas, par respect pour Cécile.

S'il disait qu'il avait été son amant, Dieu sait comment son entourage allait réagir. D'une fleur qui disparaît après avoir émerveillé tout un bouquet, elle allait passer pour une traînée et lui pour un moins-que-rien et peut-être pour un débaucheur.

Une nouvelle fois, l'exilé se trouvait au centre d'une histoire qu'il avait du mal à maîtriser, mais qu'il se devait de gérer au mieux. En quelques semaines, sa vie était devenue tributaire d'une boîte de Pandore qui contenait toutes les misères humaines et qu'un imbécile avait dû ouvrir à son insu pour lui faire du mal.

Il avait été le témoin d'un ensevelissement sauvage qui l'avait conduit à devoir s'expatrier pour ne pas être arrêté, alors qu'il était innocent. Lorsqu'il était arrivé au terme de son voyage, celui qui était censé l'accueillir à Marchastel, son grand-oncle Alphonse, venait de mourir. Il fut pris en charge par un prêtre qui lui expliqua qu'il devait changer de nom s'il ne voulait pas s'attirer les foudres des populations locales. Enfin, au moment où il croyait que la tranquillité allait être sienne, qu'il allait pouvoir poser son bâton de pèlerin dans ce pays qu'il apprenait à aimer, celle qui était à l'origine de cette sérénité retrouvée disparaissait tragiquement.

Tout autant de désagréments et de malheurs qui commençaient à peser sur sa vie et qu'il devait, surtout, ne pas divulguer sous peine de s'en créer d'autres, beaucoup d'autres.

Si Armand revenait dans la plaine, on allait l'arrêter ; il n'avait aucun parent dans le pays de ses ancêtres paternels, sur le plateau de l'Aubrac, auprès de qui il pourrait se sentir en sécurité et pourquoi pas se confier ; il ne connaissait même pas les raisons qui l'empêchaient de se faire appeler Ligourel et, enfin, il n'avait plus la possibilité de poser sa tête sur une épaule complice dont il ne devait, là aussi, ne pas divulguer la liaison.

Des secrets s'acculaient sur sa tête comme autant de nuages sombres avant un gros orage. S'il se devait d'en conserver certains, d'autres n'étaient connus que par certaines personnes de son entourage. C'est là que des clés lui manquaient pour mieux comprendre les malheurs qui l'entouraient, et surtout leurs origines. Toutes ces interrogations lui donnèrent mal à la tête.

— Ce n'est pas parce que nous sommes dans le malheur qu'il faut modifier les traditions. Mon épouse et moi-même avons tenu à venir vous voir, car c'est la coutume et que, sans celle-ci, il n'y a pas de transmission, expliqua Pierre avant que ne débute le repas. J'ai discuté avec Louis et je ne peux qu'être fier du travail que vous avez accompli. Les fourmes sont superbes. On sent qu'il y a toute votre expérience. J'en suis d'autant plus satisfait que le recrutement avait été un peu... comment dirais-je ? un peu... hasardeux, vu l'inexpérience de certains montanhièrs. Or, contre toute attente, vous formez une superbe équipe et les moins compétents ont fait preuve de beaucoup d'adaptation et... d'adaptation rapide.

En prononçant ces derniers mots, le patron avait lancé un regard à Armand.

Milou venait de retirer du feu les truites qui semblaient appétissantes.

— Vous n'êtes pour rien dans nos malheurs. Il faut que la Saint-Jean se fasse. La vie doit continuer, vaille que vaille.

Chacun prit place, dans un silence religieux, autour du plateau de bois de la grande table sur laquelle se déroulait la vie quotidienne de cette communauté uniquement masculine. Chacun y alla de son appétit. Si le rol, le vedelièr, le premier pastre et le cantalès montrèrent un bon coup de fourchette, il n'en fut pas de même pour Armand et la famille Anglade. L'absence de Cécile leur avait noué l'estomac à un point tel que ça faisait vraiment beaucoup de peine à voir.

Le repas terminé, tous se retrouvèrent devant la porte du buron. Le même vent chaud, qui avait obligé Louis à fermer la fenêtre de la cave pour protéger les fromages, faisait bouger les branches des quelques arbres voisinant la grande bâtisse. Pierre remarqua l'arbre de la Saint-Jean.

— Vous l'avez donc planté encore, cette année.

— Pour sûr, et nous avons même chanté, hier soir !

— Vous avez raison.

Tous assis sur diverses pierres, la conversation s'installa. Pierre alluma sa pipe et conversa une nouvelle fois avec le cantalès pour régler certaines affaires qui ne regardaient pas les autres employés.

Seule et toujours aussi silencieuse, comme elle l'était depuis qu'ils étaient arrivés, Pascaline bougeait légèrement les lèvres. Il sembla à Armand qu'elle récitait des prières qu'il imagina adressées au salut de l'âme de sa fille. Seul manquait un chapelet pour compléter cette scène faite de nostalgie et de souvenirs.

Alors que le temps passait inexorablement, Louis fit remarquer aux membres de l'équipe que, malgré la fête, les vaches continuaient à brouter, à ruminer et à produire du lait. Il allait falloir s'occuper d'elles avant que la nuit tombe.

Comprenant le message qui leur était adressé, Milou et Sylvain se levèrent pour gagner les abords du parc où attendaient les veaux, le premier pour les préparer à aller téter leur mère et le second afin de rassembler les vaches en vue de la traite.

Quelques instants après leur départ, on entendit le second siffler. Il avait pris l'habitude de les appeler ainsi. Une manière de s'exprimer pour chaque bête.

— Il n'est pas mal, ton fils, fit remarquer Pierre Anglade.

— Comme son père ! s'amusa Louis en éclatant de rire.

— C'est vrai qu'il est allé à bonne école, avec toi.

— Je ne sais pas s'il est allé à bonne école, mais il obéit et sait ce qu'il doit faire.

Le système marchait très bien, apparemment, puisque certaines bêtes se dirigèrent vers le rol, calmement, alors que d'autres, non sollicitées, ne bronchaient pas et poursuivaient leur dégustation d'herbe tendre en toute passivité.

De son côté, Milou était entré dans le parc. Des veaux marquaient leur impatience de retrouver les mamelles maternelles en s'extériorisant bruyamment. Dès qu'ils virent le buronnier, ils s'en approchèrent en lui assenant des coups de tête virulents.

Pierre et Louis regardaient les deux hommes s'activer. De son côté, Armand se mit à débarrasser la table, aidé par Gilbert.

— Bon, il va falloir que nous vous abandonnions, expliqua le propriétaire. Je vous remercie pour votre accueil.

Les deux pastres entreposèrent à l'arrière de la jardinière les paniers vides qui avaient servi à acheminer les victuailles qu'ils avaient consommées durant ce repas marquant la fête. Ils saluèrent le couple avant de revenir dans la bâtisse pour préparer le matériel qui allait leur servir pour la traite.

— Ce n'est pas parce que c'est le jour le plus long de l'année qu'il faut flâner et je suppose que vous allez avoir du travail, dès notre départ, non ? dit Pierre.

— C'est sûr. Les bêtes n'ont pas de jours fériés ! Elles se moquent pas mal de saint Jean, Pierre, Paul ou Jacques. Il faut les traire, répondit Louis.

— Bon, comme convenu, je t'envoie quelqu'un pour t'acheter les fromages afin de faire de la place dans ta cave. Je te laisse traiter avec lui directement les prix des fourmes. Je te fais confiance. De toute façon, si tu te fais avoir, tu te pénalises toi-même puisque le prix qu'il t'en donnera sera le même pour toi que pour moi.

Louis prit la main de Pascaline et l'aida à se hisser sur la banquette du véhicule, aux côtés de son mari. En guise de remerciement, elle adressa un très léger sourire au cantalès. Celui-ci le lui rendit en lui déclarant un « Bon retour et bon courage » qui parurent lui faire plaisir.

Pierre Anglade tira sur les rênes du cheval pour le faire pivoter face au chemin vers lequel ils allaient s'engager pour rejoindre la vallée et le hameau de Bonnefon.

Au moment où il allait faire claquer les guides de cuir sur la croupe de l'animal pour lui donner l'ordre d'avancer, on entendit des cris venant du centre de la prairie.

Louis reconnut la voix de Milou qui appelait à l'aide.

Armand et Gilbert sortirent du buron en courant, peu habitués à autant de grabuge.

Tous se tournèrent vers le parc à veaux et virent le vedelièr agiter les bras en faisant signe de venir le rejoindre.

XXIII

La blessure

ENTENDANT L'APPEL que leur adressait leur collègue, les buronniers se précipitèrent vers le parc, délaissant la famille Anglade sur le départ.

Voyant que ses cris avaient été entendus, Milou se pencha au-dessus d'une forme que tous comprirent être celle du rol.

— Que s'est-il passé ? hurla Louis en découvrant la scène de son fils, allongé à même le sol, avant même d'avoir atteint le but de sa course.

— C'est Sylvain ! expliqua le vedelièr.

— Oui, mais encore, poursuivit le cantalès entre deux reprises de sa respiration. Qu'est-ce qu'il fout par terre ?

— Les veaux sont agités aujourd'hui. Je ne sais pas pourquoi. Quand j'ai ouvert la porte de l'enclos, quatre se sont précipités vers les mères que Sylvain avait appelées.

— Et alors ? Il le fait tous les jours, s'énerva le père du rol, en arrivant près de son fils.

— Comme il leur tournait le dos, il ne les a pas vus arriver et ils l'ont bousculé. Il est tombé à terre, le bras sur cette grosse pierre.

Tout en expliquant le motif de ce spectacle, Milou montrait la cause en désignant le rocher sur lequel l'adolescent avait chuté.

— Je m'occupe de lui. Pendant ce temps, ramenez les veaux dans le parc, vous ne voyez pas qu'ils sont en train de nous bouffer le bénéfice.

En effet, les veaux avaient rejoint leurs mères. Ils se délectaient de leur lait, trop heureux que les hommes ne les en privent pas, comme ils le faisaient habituellement, en le remplaçant par une ration de foin.

Très méthodique dans son travail, c'était la première chose que le cantalès avait remarquée en arrivant sur les lieux de l'accident. Pour lui, cette gestion de l'accident n'était pas prioritaire, surtout en présence du propriétaire qui les observait gérer la situation depuis sa jardinière. Il fallait intervenir rapidement, sinon plusieurs litres de lait allaient leur passer sous le nez, au moment de la traite du soir.

Gilbert, Armand et Milou se hâtèrent de séparer les veaux des mamelles maternelles pour les ramener derrière l'alignement de barrières qu'ils avaient quittées précipitamment en renversant Sylvain.

Le meuglement des bêtes mécontentes couvrit les premières paroles que Louis adressa à son fils. Sylvain se tenait l'épaule gauche. Le rictus qu'affichait son visage prouvait, si besoin était, qu'il souffrait.

— Laisse-moi regarder ça, lui ordonna son père.

Le rol lâcha la prise qui semblait le soulager. Une grimace vint obscurcir son regard quand Louis, à son tour, posa sa main sur la partie blessée. Constatant qu'il n'y avait pas de sang, il déclara, en guise de réconfort :

— Il n'y a pas de fracture ouverte. C'est déjà bien. Tu peux bouger ton épaule ?

Essayant d'amorcer un mouvement, Sylvain l'arrêta net, tant la douleur était intense.

— Non ! J'ai trop mal.

— Il a dû se faire une luxation...

Louis sursauta en entendant la voix de Pierre Anglade qui l'avait rejoint.

Trop occupé à ausculter son fils, le père ne l'avait pas vu, et encore moins entendu arriver.

— C'est ce que je pense également !

Le cantalès se leva violemment en bougonnant. Se tournant à l'opposé du regard de son patron, il se passa les mains sur les cheveux comme pour les lisser vers le bas.

— Et merde ! Il ne nous manquait plus que ça.

De rage, il frappa du talon plusieurs fois le sol avant de retrouver un calme très précaire vu l'état de nervosité que lui procurait cette situation. Pierre s'en aperçut. Il l'attrapa par les épaules pour le maîtriser. Il se mit face à lui.

— Calme-toi. C'est la faute à pas de chance, mais dans ton malheur tu en as un peu, de chance, tout de même.

— Ah, vous trouvez ?

— Oui, parce que je suis là et que j'ai ma carriole.

— Et ça change quoi ?

— Que je peux amener ton fils à Nasbinals, chez Pierrounet[1], le rebouteux.

Entendant ces mots, une lueur d'espoir raviva les yeux de Louis.

— C'est vrai ?

— En peu de temps, je peux le déposer, il le *rhabille* et il revient. Si tout va bien, il peut même être de retour avant la nuit.

— Vous feriez ça ?

— Bien sûr que oui.

— Alors là, je ne sais que vous dire !

— Tout simplement... rien ! Par contre, il faut que quelqu'un accompagne le gosse, parce que je peux le déposer, mais je ne vais pas attendre. Tu sais qu'il y a un monde fou qui a recours à Pierrounet et je ne sais pas combien de temps va prendre la consultation.

— C'est déjà beaucoup de nous aider.

1. *Pierre Brioude (1832-1907), dit Pierrounet, célèbre rebouteux de Nasbinals. On estime que, de 1880 à sa mort, trente à trente-cinq patients venaient le consulter tous les jours dans sa maison ou sur les bords des routes, là où il travaillait... (voir « Sources bibliographiques » en fin d'ouvrage).*

— Qui vas-tu désigner pour être son compagnon de route ?

— Je vais envoyer Armand, n'hésita pas un seul instant le cantalès. Nous pourrons, à trois, rentrer la traite de ce soir et cailler le lait, en mettant les bouchées doubles. Au moins, elle sera sauvée. Après, on avisera dès leur retour.

— Tu penses que tu peux y arriver ?

— Oui, sans problème. C'est ponctuel. Ce n'est pas comme si vous me disiez qu'il fallait terminer l'estive ainsi, à trois.

— Je serais bien resté avec vous, si j'avais été seul, mais je dois ramener Pascaline.

— C'est bien ainsi et c'est déjà un sacré coup de main que vous nous donnez en conduisant Sylvain chez le rhabilleur.

Tout en discutant, Louis avait jeté un coup d'œil sur le rapatriement des veaux dans leur enclos. Il put observer avec un grand soulagement que tout était rentré dans l'ordre, que les hommes valides avaient assumé. Cette constatation le conforta dans le choix qu'il avait fait, en urgence, juste avant la montée des troupeaux dans les pâturages.

Les trois membres de l'équipe qui l'avaient assuré revenaient vers le blessé.

— Alors, Sylvain, ça va ? demanda Gilbert.

— J'ai mal. Ça me lance tout le temps.

Se tournant vers le cantalès, le premier pastre lui proposa :

— En ramenant les bêtes, j'ai pensé à quelque chose.

— Et quoi ?

— D'amener votre fils chez...

— ... Pierrounet, coupa Louis.

— Ah, vous y avez pensé également ?

— Non, c'est Pierre Anglade qui me l'a proposé, lui répondit-il en désignant le propriétaire de la main. Et il s'est proposé de le conduire avec sa jardinière, mais accompagné par l'un de vous, pour qu'il ne soit pas seul pour le retour. J'ai désigné Armand ! Quant à nous, il faudra donner le maximum de nous-mêmes.

Milou et Gilbert approuvèrent d'un mouvement affirmatif de la tête. Armand, de son côté, proposa au cantalès qu'il accompagne lui-même son fils. Celui-ci refusa catégoriquement, argumentant qu'il était le chef, ici, au buron, et qu'un chef n'abandonnait jamais son équipe.

Insistant, l'exilé se vit opposer un nouveau refus très déterminé qui lui parut non négociable et surtout agaça Louis en lui rendant son visage fermé, comme il l'était lorsqu'il était contrarié.

— Tu peux marcher ? demanda Louis à Sylvain.

— Oui, répondit l'adolescent en essayant de se lever.

Voyant ses difficultés, les autres montanhièrs le soulagèrent. Soutenant toujours son bras endolori, le rol se redressa et se dirigea vers le véhicule du propriétaire où Pascaline n'avait pas bougé.

Armand et Milou évacuèrent les paniers vides qui étaient entreposés dans l'espace arrière servant au transport des marchandises et des outils en temps normal en les poussant sous le banc du meneur de l'attelage. Sylvain s'y installa, le dos appuyé contre les ridelles ajourées, le bras blessé loin de tout obstacle afin de ne pas le heurter durant la durée du voyage. Armand s'assit à l'arrière, au bord du plateau, les jambes pendant dans le vide, la main accrochée à un des montants de bois du véhicule pour prendre le moins de place et en laisser un maximum à la victime.

Pierre Anglade avait rejoint son poste aux côtés de son épouse dont la figure était toujours aussi soucieuse que triste. Quand il eut constaté que tout son monde était bien installé, il ordonna au cheval de démarrer en claquant les rênes sur son postérieur. La jardinière s'engagea sur le chemin de terre quittant le buron. Elle allait parcourir les quelque sept kilomètres qui la conduiraient jusqu'à la maison du rebouteux auprès duquel Pierre désirait trouver l'espoir de remettre le rol en meilleure forme qu'il n'était à ce moment précis.

Les cahots de la route incommodaient Sylvain. Il essayait de ne pas trop bouger, mais à chaque mouvement brusque du véhicule il était bousculé, il se crispait, les contractions de sa mâchoire trahissaient l'appréhension qu'il avait de réveiller le mal qui couvait dans son bras.

Toujours aussi curieux, Armand profita du voyage pour se renseigner auprès de Pierre sur la personnalité qu'ils allaient rencontrer.

— C'est un sacré personnage que notre Pierrounet. Enfin, je dis « notre », mais il y a bien longtemps qu'il n'appartient plus aux gens de l'Aubrac puisqu'on vient de partout pour le voir. Les gens se déplacent de tout le Massif central. Il paraît qu'il y en a même qui viennent de Montpellier, Béziers, Castres, Toulouse, Bordeaux, Marseille et même de Paris ou du nord de la France pour bénéficier de ses pouvoirs. Je suis sûr que dans la plaine, chez toi, on le connaît.

— Je ne sais pas. En tout cas, je n'en ai jamais entendu parler, à Macassargues.

— Où ça ? s'étonna Pierre en ne pouvant masquer sa surprise d'entendre ce nom.

— Dans mon village, Macassargues ! Vous connaissez ? ne put s'empêcher de dire Armand en se tournant vers l'avant du véhicule pour mieux observer la réaction de son patron.

— Euh... non ! répondit évasivement celui-ci.

Le trouble évident qu'avait provoqué la diction du nom du village natal d'Armand le frappa.

— Je... connais, euh... peut-être un nom qui... s'en rapproche, bafouilla Pierre, ayant beaucoup de mal à dissimuler un certain embarras.

Fronçant les sourcils, Armand reprit sa position initiale, en inverse de la marche de l'attelage.

Un long silence s'installa durant lequel on n'entendit que le bruit des roues écrasant la terre du chemin, avant que le Méridional ne reprît ses questions.

— C'est son vrai nom, Pierrounet ?

— Bien sûr que non. C'est un surnom. En vérité, il s'appelle Pierre Brioude.

— Et quel âge a-t-il ?

— Il ne va pas tarder à atteindre ses soixante ans, hein Pascaline ? prit-il son épouse à témoin.

Celle-ci approuva bêtement, sans réfléchir à la question qu'on venait de lui poser. Armand pensa qu'elle ne l'avait pas comprise ni même entendue.

— Il a un don ?

— Non. Il se l'est fabriqué, à force d'intuition, de bon sens et de pratique quotidienne. Il est fils de paysan. Il est né à Nasbinals. Il a commencé à monter en estive alors qu'il avait tout juste une dizaine d'années. Il était un peu plus jeune que toi, lança-t-il à Sylvain qui écoutait la conversation pour tenter d'oublier son mal. Il surveillait les troupeaux, aidait aux vêlages, fabriquait le fromage. C'est ainsi qu'il a gravi les échelons. Il est devenu rapidement cantalès. C'est dans sa fonction de vedelièr qu'il a le plus appris. Il n'est pas rare que les bêtes se blessent. Or il a observé leur anatomie et il s'est essayé à les remettre sur pattes.

— Et ça a marché ?

— Évidemment, puisque nous allons le voir... éclata d'un rire contenu Pierre. Il est devenu très précieux parce qu'avant lui, quand un veau se blessait, il n'était pas rare qu'on soit obligé de l'abattre et qu'on perde de l'argent.

— Je comprends mieux.

— Il était encore adolescent quand on l'a placé dans une ferme, à Saint-Laurent-de-Muret. C'est un village qui est à côté de Marchastel...

À l'évocation du nom de la commune de ses ancêtres, Armand tressaillit.

— C'est alors qu'il s'est essayé sur les autres animaux, comme les poulains, les vaches et même les bœufs.

— Et les hommes, ça lui est venu quand ?

— Au fil du temps, il a essayé sur des blessés de son entourage, dans les fermes voisines de Saint-Laurent. Une fois encore, ça a marché. Il s'est mis à réduire des entorses humaines, voire des fractures. Est-ce que tu comprends un peu mieux mon idée d'amener Sylvain chez cet homme assez surprenant ? D'autant que j'ai déjà eu affaire à lui. Il a soulagé les personnes que j'avais conduites à son domicile.

— Et comment s'est-il retrouvé à Nasbinals ? poursuivit un Armand complètement sous le charme de ce que lui racontait Pierre Anglade.

— Parce qu'il a abandonné son métier de paysan, à Saint-Laurent. Il ne lui donnait pas assez de temps libre pour soulager les gens qui se pressaient à son domicile. Il est devenu cantonnier et a été muté à Nasbinals, comme agent voyer de la route de Marvejols, il y a une dizaine d'années.

— C'est fou qu'on vienne de loin pour le voir.

— Ce qui est le plus fou c'est que si les gens ne le trouvaient pas chez lui ils allaient le voir sur son lieu de travail. Il les manipulait sur le bord des routes, dans les champs ou dans des salles d'auberge ou de café pour les cas les plus délicats.

— Mais il doit être très riche !

— Pas du tout ! Il ne fait pas payer ses consultations, si je peux appeler ainsi les visites de ses malades. Il laisse à chacun le choix de la rémunération. Certains lui offrent de l'argent, mais d'autres lui laissent un poulet, une bouteille de vin, un lapin. Il est désintéressé. C'est ça qui est extraordinaire dans ce personnage. Par contre, sa notoriété fait qu'aujourd'hui il y a un service de voitures à cheval qui a été mis en place entre la station de chemin de fer d'Aumont[1], desservie par la Compagnie du Midi, et le village de Nasbinals. Et comme il n'est pas bête, ce sont des membres de sa famille qui tiennent certains lieux de villégiature de patients. Trois hôtels ont été construits depuis que sa renommée a dépassé les limites de l'Aubrac.

— Il a raison, non ?

— Ce n'est pas moi qui vais le critiquer puisque nous allons le rencontrer pour qu'il nous aide.

Cette histoire déroutait totalement Armand. Il était stupéfié par ce que lui expliquait son patron.

— Il a tout de même engrangé assez d'argent pour acheter un remplaçant lors du tirage au sort de son conseil de révision.

---

1. *Aumont-Aubrac à partir de 1937, et rattachée à cinq autres communes pour former celle de Peyre-en-Aubrac, le 1er janvier 2017.*

Cette allusion fit une nouvelle fois frémir le Méridional. C'est à la suite du tirage au sort le concernant et de la perte de son numéro dans la forêt de Combe-Noire que tous ses ennuis avaient commencé. Silencieux, il attendit la suite des explications que donnait son patron avec force détails :

— Il se dit dans le pays qu'il a tiré un mauvais numéro. Obligé de faire ses sept années sous les drapeaux, il a profité de l'argent que lui avaient rapporté ses dons de rhabilleur pour proposer à son frère de partir à sa place en lui offrant une confortable indemnité qu'il a payée rubis sur l'ongle.

— Et c'est ce qui est arrivé ?

— Oui ! Il est resté au pays et son frère est parti à sa place.

— Cette pratique est étonnante, non ?

— Elle était habituelle il y a encore peu de temps. Si certains ont respecté leurs engagements, d'autres ont bafoué leur parole.

— Ah ! s'étonna Armand.

— C'est comme partout. Il y a les gens honnêtes et les autres.

— Vous en avez connu beaucoup de malhonnêtes ?

— Plus que tu ne crois ! Mais quand on n'est pas concerné, on a tendance à s'en moquer. Par contre, quand on est touché dans sa chair, on a un peu de rancune...

La dernière phrase resta en suspens avant que Pierre ne poursuive, lentement, en détachant chaque syllabe de la suivante :

— Il y en a un, en particulier, à qui je ferais bien la peau, si ma route croisait la sienne, conclut assez évasivement Pierre Anglade.

— Et qui est-ce ?

— C'est une trop longue histoire pour que je te la retrace. En plus, je risque de m'énerver en te la racontant !

Armand n'insista pas.

La poussière que soulevait le cheval se déposait sur les habits des occupants de la jardinière. Ceux de deuil que portait le couple Anglade avaient pris une couleur grisâtre qui accentuait leur malheur, la fatalité de leur existence doublement éprouvée depuis peu.

Après une grosse demi-heure de voyage, l'entrée du village de Nasbinals se présenta. L'exilé retrouva les mêmes paysages et les décors qu'il avait pu découvrir le jour où le curé de Marchastel l'avait invité et conduit vers l'auberge d'un village qu'il ne connaissait pas et où il avait retrouvé les prêtres des différents diocèses de cet Aubrac aussi mystérieux qu'il était beau.

— Voilà la maison de Pierrounet, annonça Pierre Anglade, en désignant la partie centrale d'un alignement de maisons, dans une rue en pente.

Elle abritait le couple qu'il formait avec son épouse, Marie-Rose, née Meissonnier. Cette construction simple correspondait à ce qu'Armand avait imaginé à l'évocation de la vie calme de cet homme au service des autres que Pierre n'avait cessé de valoriser dans toutes ses descriptions.

L'attelage se rangea sur le bord de la route. Pierre en descendit. Il s'associa à Armand pour aider Sylvain à retrouver le plancher des vaches.

Avant même que le Méridional ait eu le temps de remercier son patron, celui-ci avait disparu. Il était allé trouver la femme du rebouteux en pénétrant par une petite porte qui donnait accès à la cuisine de la maison et par laquelle tous les estropiés entraient, ou sortaient après leur consultation.

— Vous pourrez y aller quand ce sera votre tour, expliqua Pierre à son retour. J'ai offert ce qu'il fallait pour que vous n'ayez rien à donner.

Alors qu'Armand allait protester, le patron lui fit signe catégoriquement de se taire.

— N'aie aucune crainte, je fais ça parce que je trouve normal de vous aider, mais également parce que c'est mon intérêt. Je ne suis pas dupe. Si votre équipe n'est pas complète, vous allez avoir des difficultés pour travailler, et je perdrai de l'argent... comme vous !

Côte à côte, le second pastre et le rol regardèrent s'éloigner la jardinière qui les avait conduits auprès du rhabilleur avant de se rapprocher du lieu d'attente. Une dizaine de personnes y patientaient.

Les deux hommes allèrent s'asseoir sur une grosse pierre marquant le début de la pente qui permettait d'accéder à la remise de la maison voisine de celle du rebouteux. Armand avait remarqué que le ton avec lequel Pierre s'était adressé à lui, lors de leurs derniers échanges, était plus dur, plus rude, moins hospitalier qu'habituellement.

Le jeune homme mit cette attitude sur le compte du malheur qui accablait sa famille depuis quelques semaines et, peut-être, de la contrariété d'avoir été obligé de modifier le chemin de son retour vers Bonnefon, pour déposer ses employés à Nasbinals, chez Pierrounet.

XXIV

Pierrounet

Sylvain avait trouvé une position qui lui permettait de mieux supporter les lancinantes douleurs parcourant l'ensemble de son bras.

— Ça va ? lui demanda Armand.

— Oui. J'arrive à supporter le mal. Qu'est-ce qu'il va me faire, Pierrounet ?

— Je ne sais pas, mais c'est quand même pour ton bien. Tu le connais, toi, le rebouteux ?

— J'en ai entendu parler dans ma famille, mais je n'y suis jamais allé. C'est bête cette chute.

— Toutes les chutes sont bêtes, tu sais ! Ce qui serait encore plus bête, c'est que tu ne puisses pas t'en remettre.

— Tu resteras avec moi, hein ? s'inquiéta l'adolescent.

— Mais bien sûr. Ce rhabilleur ne va pas toucher à notre rol comme il a envie, sans qu'on le surveille, plaisanta Armand pour tenter de détendre l'atmosphère.

Sylvain amorça un sourire rapidement noyé dans la grimace qui lui succéda, marquant ainsi le supplice qu'il endurait.

— Tu es gentil !

— Non, je suis solidaire ! Et puis le Pierrounet, il a été rol avant toi. Il sait ce que c'est. Je suis sûr qu'il va bien s'occuper de toi et te remettre en état de marche en quelques secondes.

Un rituel s'était installé depuis l'arrivée d'Armand et de Sylvain. Les personnes qui les précédaient étaient appelées depuis la fenêtre d'une pièce que le pastre identifia comme étant le cabinet de consultation de la célébrité nasbinalaise. Elles pénétraient par la porte de la cuisine et en ressortaient quelques instants plus tard. La durée de l'examen dépendait de la gravité de la lésion. Si certains patients pouvaient accéder au saint lieu par leurs propres moyens, d'autres avaient besoin de s'appuyer sur l'épaule d'un familier, d'un aide, pour se déplacer.

Dans le silence de cette rue tranquille, les personnes attendant leur tour percevaient quelques cris de douleur étouffés, ce qui ne donnait pas obligatoirement confiance. À chacun d'eux, Sylvain lançait un regard quelque peu anxieux à son aîné. Pourtant, lorsque le consultant qui les avait poussés revenait à l'air libre, quelques minutes plus tard, les témoins le dévisageaient. Ils ne pouvaient alors que constater que l'irritation engendrée par la souffrance avait laissé place à de l'apaisement.

Il fallut au moins deux bonnes heures pour que vienne le tour des montanhièrs. Durant toute cette période, d'autres arrivants s'étaient installés et patientaient.

La fenêtre de la pièce tant convoitée venait de s'ouvrir. La silhouette massive de Pierrounet apparut :

— Au suivant !

Armand aida Sylvain à se relever. Tous deux se dirigèrent vers la porte d'accès à la délivrance de la douleur. Ils croisèrent un homme qui en sortait, se massant le coude. Vu la bonne humeur qu'il dégageait, les deux buronniers pensèrent que tout s'était bien passé pour lui. Ils traversèrent la cuisine. L'épouse Brioude leur indiqua une porte qui était restée entrebâillée depuis la sortie du patient précédent.

— Entrez dans le salon, leur proposa-t-elle.

Le rhabilleur appelait ainsi la pièce qu'il utilisait pour ses manipulations.

Armand laissa Sylvain le précéder. L'adolescent poussa l'huis et se trouva face à un colosse.

Le rebouteux impressionnait dans sa tenue noire formée d'un pantalon de toile et d'un gilet également sombre avec des manches. Bien qu'il soit de taille moyenne, sa carrure était charpentée, massive. Ses épaules étaient carrées. Il en émanait une force et une robustesse qui étaient celles des travailleurs dignes de ce nom, doués d'une grande force physique. Il affichait magnifiquement les cinquante-huit ans qu'il allait fêter en cette fin d'année 1890.

Si son visage allongé exhibait une barbe noire qui l'assombrissait et que tous connaissaient sur le plateau, car elle était devenue légendaire au fur et à mesure que grandissait sa popularité, et qui pouvait repousser les âmes les plus délicates, par contre la finesse de son regard mettait rapidement en confiance. Deux yeux d'un admirable bleu pétillant l'adoucissaient. Malgré son âge, il avait conservé un charme certain, une jeunesse à toute épreuve. Quant à sa diction, elle était calme, posée, très accueillante. Il transparaissait une sorte de modestie, voire de timidité, qui n'allait pas de pair avec son envergure.

— Asseyez-vous sur cette chaise, jeune homme, proposa-t-il à Sylvain, plus qu'il n'ordonna.

On sentait immédiatement que l'homme était né pour servir les autres, mais qu'il n'avait pas l'intention d'en tirer une gloriole, si petite soit-elle. Il semblait vouloir passer inaperçu dans un monde qui le portait aux nues.

— Expliquez-moi ce qui vous est arrivé, dit-il à l'adolescent en s'asseyant lui-même sur un siège, face à lui.

Sylvain détailla l'arrivée des veaux, sa chute sur une pierre et la douleur qui avait suivi dans son épaule.

— Vous êtes en estive ?

— Oui.

— C'est quelqu'un de votre famille ? demanda-t-il à Armand.

— Non. C'est notre rol.

À ce mot, Pierrounet eut un petit sourire qui accentua la fraîcheur de son visage. Il approcha ses mains de l'articulation douloureuse.

À cet instant, les deux hommes découvrirent les mains massives et les deux énormes pouces du rhabilleur. Ils comprirent instantanément qu'il pouvait être doué d'une force remarquable, avec des attributs pareils.

— J'ai été rol, moi aussi, tu sais ! Mais c'était il y a bien longtemps... C'était avant le second Empire et on ne pensait pas qu'un jour nous aurions cette Troisième République.

Effleurant la peau du jeune homme, il sentit son tressaillement.

— Il a peur, *péchaïre*, constata-t-il en retirant ses doigts.

Sa voix était d'une quiétude incroyable. Il parlait sobrement, sans hausser le ton, sans accrocher les mots, sans aucune hésitation qui pût être considérée comme une marque de faiblesse et donc d'hésitation. Ça aurait pu mettre son patient mal à l'aise. Or c'est ce qu'il ne désirait pas !

— Il s'est luxé l'épaule, expliqua-t-il en se tournant vers le Méridional. C'est normal que tu aies mal, mon garçon, poursuivit-il en revenant vers l'adolescent. Je vais te faire passer ça, péchaïre. Dans quelques instants, tu iras beaucoup mieux. Je te le jure.

Cette façon de s'exprimer avait mis Sylvain en confiance. Armand, qui l'avait aidé à venir jusqu'à Nasbinals, voyait que son visage se détendait.

— Et tu veux poursuivre dans cette voie des buronniers ?

— Oui, approuva Sylvain. Mon père est cantalès. Je voudrais, un jour, pouvoir l'être, moi aussi.

— Voilà une belle perspective de vie. J'ai gravi tous les échelons de cette magnifique profession, avant de devenir cantonnier.

Le rebouteux se leva, se dirigea vers la porte, l'ouvrit et appela une personne dont les deux hommes ne comprirent pas le prénom. Quelques secondes plus tard apparut une jeune fille dont ils devinèrent immédiatement qu'elle était de la famille de Pierrounet, tant certains traits leur étaient communs.

— J'ai besoin de toi, lui expliqua-t-il. Il s'est luxé l'épaule, péchaïre.

Armand était amusé par le nombre de fois que le rebouteux répétait ce mot, péchaïre. C'était sûrement pour s'attirer les bonnes grâces de son malade en multipliant ses plaintes. Il constata qu'avec Sylvain ça avait l'air de marcher

— Je vais vous demander de nous aider, ordonna-t-il à Armand. Mettez-vous à l'arrière de la chaise de votre rol.

Une nouvelle fois, le fait de prononcer ce mot ravissait Pierrounet.

— Vous allez le maintenir fermement contre le dossier pour qu'il ne bouge pas pendant que je vais agir.

Se tournant vers Sylvain, il lui demanda s'il allait bien.

— Oui, lâcha celui-ci, peu convaincu, vu le tour que prenaient les opérations et les déplacements des témoins de la scène.

— Tu es courageux. Tu vas voir. C'est rapide et ça ne fait pas du tout mal.

L'adolescent pensa qu'il avait dû dire la même chose à tous ceux qui étaient passés avant lui. Malgré ça, il avait entendu quelques cris de douleur, lors de son attente, dans la rue. Il pensa qu'il se devait d'être plus courageux que les autres en essayant de contenir toute réaction verbale. Ainsi, il pourrait ressortir la tête très haute.

Pendant qu'Armand s'apprêtait à ceinturer son collègue buronnier, la jeune fille avait attrapé une serviette qu'elle passa délicatement autour du poignet du bras endolori afin d'éviter tout mouvement involontaire et, surtout, pour donner beaucoup plus de force à son père afin de remettre l'os dans la cavité qu'il n'aurait jamais dû quitter.

— Et tu penses arriver cantalès à quel âge ?

Pierrounet parlait beaucoup. Il meublait le temps. Armand comprit qu'il y avait une part de ses paroles qui devait tranquilliser la personne et une autre la distraire de l'action qu'il allait devoir effectuer.

Continuant à converser, il poussa avec sa jambe, vers l'arrière, le siège sur lequel il s'était assis pour faire face à son patient. Il posa un genou au sol et saisit le bras meurtri qu'il déposa sur son épaule droite de manière tellement délicate que Sylvain se laissa manipuler sans réagir et sans marquer aucun effet de souffrance.

À ce moment intervint le jeu du pouce de sa main droite, laissée libre de tout mouvement. Avec celui-ci, il alla reconnaître la position de la tête de l'humérus quelque peu vagabonde depuis que Sylvain avait chuté.

Alors que le rol allait répondre à la dernière question du rhabilleur, celui-ci se concentra sur le geste qu'il devait faire et regarda, tour à tour, ses deux assistants pour leur signifier, d'un regard significatif, que l'instant fatidique était imminent et qu'ils se devaient de bien tenir le gosse à cet instant précis.

Le pouce se mit en action. On entendit un craquement osseux. La tête de l'os du bras de Sylvain avait repris sa position initiale. Armand et la jeune fille ne relâchaient pas leur pression. Ils attendirent que Pierrounet leur fît signe de rendre la liberté à leur prisonnier. Sylvain tremblait, les trois opérateurs suaient.

Le rhabilleur se releva et posa ses mains sur celles du rol.

— Tu n'as pas répondu à ma question. Quand penses-tu pouvoir devenir cantalès ?

L'adolescent avait les yeux mi-clos. Il reprenait sa respiration qu'il avait essayé de contrôler durant toute la manipulation pour ne pas crier. Il était pâle. Il sentait son cœur battre à une rapidité inouïe. Il cognait brutalement contre sa poitrine.

— Le plus tôt possible, répondit-il, comme pour évacuer une contrainte.

— Reste un peu assis, lui conseilla Pierrounet. Tes jambes ne vont pas te porter. En tout cas, il est courageux cet enfant, péchaïre.

Armand pensa avec humour qu'il y avait bien longtemps qu'il n'avait pas employé ce terme.

— Tu te sens bien ? s'enquit-il auprès de son compagnon de travail.

Pour toute réponse, Sylvain hocha la tête positivement. Il avait les yeux humides, mais on pouvait y lire une grande fierté de ne pas avoir manifesté sa souffrance au moment fatidique.

Pierrounet avait opéré son geste d'extension suivi de la contre-extension qu'il avait apprise sur le bétail qu'il gardait quand il était adolescent, pour le bien de ce jeune homme.

— Te voilà guéri. Je pense que tu arriveras vite à gravir les divers échelons de cette hiérarchie buronnière avec une bravoure comme celle que tu viens de démontrer. Tu peux te lever, maintenant. Nous en avons terminé.

La jeune fille avait plié le linge qui lui avait servi à ceinturer Sylvain. Elle le posa sur un meuble voisin. Elle quitta la pièce.

Les joues du blessé se parèrent de rose lorsque Armand se décida à l'aider à se remettre sur ses jambes.

— Allez dans la cuisine et ne sortez que lorsque le petit se sentira vraiment bien, qu'il aura retrouvé ses forces. Ma femme va vous servir un peu de bouillon. Si ça ne lui fait pas de bien, ça ne lui fera pas de mal non plus ! Je suis désolé de vous abandonner, mais j'ai encore beaucoup à faire avant la tombée de la nuit. En cette période, comme ce sont les jours les plus longs de l'année, il y a beaucoup plus de monde que d'habitude.

Sylvain et Armand obéirent. Ils se présentèrent devant Mme Brioude qui leur avait préparé un grand bol de soupe bien chaude qu'elle avait déposé sur le plateau de la table avant même que Pierrounet n'ait terminé de parler.

Les deux hommes prirent les récipients à pleines mains et savourèrent le succulent potage. Depuis un bon mois, ils n'avaient pas mangé autre chose que des produits laitiers, hormis en ce jour de la Saint-Jean où le repas de midi avait été plus copieux qu'à l'accoutumée.

Alors qu'ils étaient toujours attablés, ils virent passer l'estropié suivant. Sylvain ne put réprimer un léger contentement d'être déjà passé entre les mains du rebouteux. Pour lui, tout était terminé. Sa luxation n'était plus qu'un lointain souvenir. Il pouvait se servir de son bras comme avant, même si quelques douleurs minimes, par rapport à ce qu'il avait enduré, le titillaient toujours un peu.

Avant que Pierrounet n'ait refermé la porte sur les malheurs de son nouveau client, il revint sur ses pas. Il s'adressa à Sylvain :

— J'ai oublié de te dire qu'il faut que tu fasses attention à ton bras pendant quelques jours. Ne fais pas l'imbécile. Tu es fragile. Si tu veux un jour devenir un très bon cantalès, il faut que dès maintenant tu mettes toutes les chances physiques de ton côté, sinon tu vas à ta perte.

— Oui, répondit Sylvain en extrayant son visage du grand bol de soupe.

— J'ai confiance en toi. Je suis sûr que tu seras un magnifique buronnier. Persévère dans cette voie. Elle est belle et valorisante cette vocation, quand on sait l'adopter, mais surtout la respecter.

La fermeture de la porte du salon mit un terme à cette visite imprévue, mais ô combien enrichissante.

Armand fut marqué par la célérité de l'action de ce personnage, mais surtout par la douceur qui émanait de ce physique que certains auraient pu qualifier d'ingrat. Ce qu'il venait de découvrir dépassait tout ce qu'il pouvait penser. Il en était certain maintenant, la beauté ne pouvait être qu'intérieure, comme celle de Cécile à qui il pensait en permanence. Le physique n'était qu'une apparence de la personnalité. Il pouvait induire en erreur, bien souvent.

S'il s'était présenté à Nasbinals comme ça, à l'improviste, et avait croisé la route de Pierrounet, il aurait sûrement été troublé par son aspect, alors qu'il n'en était rien. Cet homme était exceptionnel, tant dans sa démarche humaine pour les autres que dans celle de faire passer sa passion pour ce métier qu'il avait abandonné pour s'occuper de ses semblables.

Ce fut Marie-Rose qui détacha de ses pensées le second pastre de Pierre Anglade :

— Votre propriétaire m'a laissé une obole particulièrement élevée pour remercier mon mari des soins qu'il a apportés à ce jeune homme. Il est bien évident qu'il n'était pas obligé. Je n'ai pas eu le temps de le remercier. J'étais occupé quand il est parti. Pourrez-vous le faire à ma place ?

— Bien sûr, approuva Armand en reposant son bol vide. Merci pour tout.

Il avait remarqué qu'une corbeille était posée légèrement en retrait du passage des visiteurs. Il comprit que c'était dans celle-ci qu'était déposée leur contribution. Il mit la main dans la poche de son pantalon. Il en sortit quelques pièces qui en tapissaient le fond.

Voyant le geste du Méridional, l'épouse de Pierrounet lui réitéra ce qu'elle venait de lui dire concernant le don de Pierre Anglade.

N'écoutant que sa volonté de remercier ce couple dont la modestie et la gentillesse transpiraient de tous les pores de leur peau, Armand déposa ce qu'il avait trouvé au fond de sa poche.

— Madame, ce n'est pas pour remercier votre époux de son travail que je fais ça. Si M. Anglade a voulu conserver les intérêts de son troupeau et, au passage, les nôtres, en voulant faire soigner notre rol, c'est surtout pour marquer ma reconnaissance personnelle pour votre accueil si chaleureux, et la saveur de cette soupe, que je dépose ces quelques piécettes qui ne représentent pas du tout la valeur de ma reconnaissance. Je n'ai malheureusement que ça à vous offrir.

Marie-Rose était émue par ce geste peu habituel. Elle ne put que balbutier un simple « merci » qui était si sincère qu'il valait toutes les gratitudes du monde.

Au moment où les deux hommes se retiraient, on entendit un cri de douleur derrière la porte du salon de Pierrounet. Sylvain bomba le torse. Il n'avait pas crié, lui, au moment de se faire remettre l'os en place. C'est avec une certaine superbe qu'il passa devant les malades attendant de se faire manipuler, à l'extérieur de la maison du rhabilleur.

Armand et Sylvain remontèrent la rue du Coustadou où habitait Pierrounet pour rejoindre la sortie du village. Il fallait bien prendre le chemin du retour. Ils avaient pas mal de marche à travers les bois et les pâturages des autres burons avant de rejoindre le leur.

Louis, Gilbert et Milou avaient dû mettre les bouchées doubles pour effectuer le travail que les cinq personnes de l'équipe complète effectuaient quotidiennement.

Atteignant le haut de la côte, un cavalier particulièrement pressé, venant de la route de Marchastel, manqua les renverser. Il pivota légèrement sur sa selle pour leur adresser un geste d'excuse de la main, sans s'arrêter ni même prendre le temps de les dévisager.

Une nouvelle nuée de poussière vint recouvrir leurs vêtements déjà ternis lors de leur voyage d'arrivée, en jardinière, à Nasbinals. Au cœur de la concentration poudreuse soulevée par le cheval, Armand resta étonné. Il lui sembla découvrir dans les traits du cavalier ceux d'un profil qui ne lui était pas inconnu.

XXV

L'indiscrétion

EN UNE JOURNÉE SEULEMENT, la sérénité qu'Armand avait eu du mal à reconquérir depuis un mois, au sein des pâturages de l'Aubrac, se trouvait compromise par une suite d'événements plus ou moins douloureux et étonnants. Cette pensée avait envahi son esprit alors qu'aux côtés de Sylvain il avait pris le chemin du retour. La journée avait pourtant bien commencé. Le temps était superbe et l'arrivée des propriétaires devait marquer un moment de fête, de joies partagées en cette journée fêtant la Saint-Jean.

Au lieu de ça, il avait appris le décès prématuré de celle qu'il aimait sans pouvoir avoir la possibilité de partager cette douleur avec aucune personne de son entourage. Au contraire, il lui avait fallu ravaler les larmes qui n'avaient pas manqué de surgir au coin de ses yeux au moment où il avait découvert la terrible nouvelle. Il y avait eu ensuite cet accident que le rol avait qualifié de « bête » avant d'entrer pour se faire manipuler par Pierrounet. Cet événement avait eu une issue beaucoup plus sympathique puisqu'ils étaient là, tous les deux, en pleine forme, sur le chemin du retour vers leur buron.

À cet instant, perdu dans ses pensées, Armand donna une légère tape amicale sur l'épaule valide de Sylvain. Celui-ci ne comprit pas les raisons pour lesquelles il recevait cette marque d'affection, mais lui sourit en signe de remerciement.

— C'est bon. Sur celle-là, tu peux frapper ! accepta l'adolescent en faisant remarquer à son compagnon de voyage qu'il ne fallait pas lui toucher, pour le moment, celle qui avait été manipulée, quelque peu sensible encore ! Je n'ai pas crié, mais ça a été douloureux. Je comprends mieux maintenant pour quelles raisons il fallait deux personnes pour me tenir. Je crois que si j'avais été libre, j'aurais réagi.

Armand resta silencieux. Il réitéra sa marque d'amitié en lui adressant une nouvelle tape, agrémentée d'un regard plein de bienveillance, comme celui qu'il aurait aimé recevoir de la part des autres buronniers lorsqu'il avait appris la disparition de Cécile. Mais le secret qui entourait leur amour ne l'avait pas permis.

L'exilé repartit dans ses méditations en songeant à la réaction quelque peu hostile que Pierre Anglade avait eue à son égard lorsqu'il avait fait allusion à son village d'origine, Macassargues. Enfin, ce cavalier qui venait de les frôler le ramenait quelques semaines en arrière et sur les motifs qui l'avaient poussé à s'expatrier dans ces montagnes. Un court instant, il lui avait semblé reconnaître son grand-père, Jules Cassagnole.

Cette dernière constatation était sûrement la plus énigmatique.

Si Armand voulait bien admettre que son patron ait pu faire un amalgame entre le nom de son village natal et un autre lieu – après tout, Macassargues et Marchastel, par exemple, avaient des sonorités quelque peu voisines, même s'ils étaient totalement différents, et surtout prononcés dans un véhicule craquant de toutes ses planches et dont les roues faisaient un bruit d'enfer –, il n'en était pas de même pour la présence éventuelle de son aïeul en ce lieu si éloigné de la plaine languedocienne.

— Tu parais soucieux, fit remarquer Sylvain en voyant le visage préoccupé du pastre. J'espère que ce n'est pas moi qui suis à l'origine de ce qui te chagrine.

Sortant brusquement de ses pensées, Armand bafouilla :

— Euh... non !

— Pourtant, tu sembles songeur, comme si tu n'étais pas là.
— C'est-à-dire ?
— Tu as l'air vraiment soucieux ! Il ne faut pas t'en faire pour moi. Comme l'a dit le rebouteux, dans quelques jours il n'y paraîtra rien de mon accident.
Armand se raccrocha à cette dernière partie de phrase pour se sortir d'une situation qui pouvait être embarrassante pour lui.
— Effectivement, je me fais un peu de souci pour ton état de santé, mentit-il. On va devoir t'aider pendant quelques jours avant que tu ne puisses retrouver toutes tes capacités pour t'occuper des vaches et des veaux pleinement. Mais ça va aller !

Dès la sortie de Nasbinals, les deux voyageurs quittèrent le chemin principal menant à Aubrac pour prendre un sentier beaucoup plus étroit sur leur droite. Ils le suivirent sur un peu plus de deux kilomètres avant d'atteindre le ruisseau des Chambouliès. Son débit n'étant pas bien gros en cette saison, ils le franchirent sans encombre.
Un corps de ferme se présentait face à eux, mais les aboiements de plusieurs chiens leur firent dévier leur route pour éviter de rentrer avec des fonds de pantalon entamés par leurs crocs.
Armand était toujours autant émerveillé par les étendues de terre qui, à perte de vue, venaient s'accorder avec la voûte céleste, le long d'un horizon fait de courbes douces, moutonnantes. Ce mariage, haut en couleur, était une alliance entre le vert du sol parsemé de langues d'herbages jaunâtres et le bleu du ciel que venaient éclabousser de blanc des nuages fuyants, peu menaçants.
Seuls quelques murs de pierre, empilés à la hâte par des hommes beaucoup plus occupés à leurs troupeaux de bestiaux qu'à faire de l'architecture, venaient entrecouper de gris tacheté de brun cette mer de pâturages. Le silence n'était brisé que par quelques meuglements épars prouvant que cette sorte de désert apparent était peuplé d'une vie débordante de vitalité.
De temps en temps, la sente s'enfonçait sous un petit bosquet d'arbres dont la position groupée prouvait que les hivers devaient

être rudes en ces lieux et qu'il fallait savoir s'unir pour affronter les assauts de la bise venant du nord, ou les bourrasques de neige, quand celles-ci recouvraient de son linceul immaculé, fait de froidure et de silence, cette partie du Massif central. En cette saison, le paysage était tout autre, beaucoup plus hospitalier, et l'ambiance chaleureuse. Les frondaisons abondantes étaient un appel à la fraîcheur sous ce soleil d'un début d'été qui promettait d'être chaud.

Armand et Sylvain firent une halte dans le dernier bois qu'ils rencontrèrent pour que le blessé puisse reprendre quelques forces, avant d'attaquer l'ultime montée qui les mènerait à destination. Sur les deux derniers kilomètres, ils allaient devoir affronter un dénivelé de près de cent cinquante mètres.

— Cette nature est vraiment belle !

— Oui, mais ingrate, tout de même, répondit Sylvain.

— Tu sembles ne pas trop l'aimer.

C'était la première fois que les deux buronniers se trouvaient ainsi, face à face, à échanger. Habituellement, les seuls moments où ils pouvaient se rencontrer étaient les repas pris en commun, mais ils se déroulaient bien souvent en silence. Les seuls sujets de conversation tournaient autour de l'estive, de l'état sanitaire des bêtes, si elles n'avaient attrapé aucune maladie et si les fromages se développaient de la meilleure des façons dans la cave où ils étaient entreposés.

— Ce n'est pas que je ne l'aime pas. Je n'ai pas le choix. Je suis bien obligé de faire ce que mon père me dit.

— Effectivement, tu dois obéir à ton père, mais tu dois bien savoir si tu veux prendre sa suite, plus tard. Beaucoup de gens du village sont partis en ville pour fuir cette vie.

— Je sais ! Mais c'est très dur, ici.

— Tu sais, c'est dur partout. Derrière tous les avantages d'un métier, d'un pays, il y a toujours des inconvénients qui sont quelquefois beaucoup plus contraignants. Tu crois que ceux qui sont partis à Paris sont obligatoirement plus heureux que toi, ici ?

— Je ne sais pas, mais ils gagnent bien leur vie.

— Mais si c'est pour vivre comme des esclaves, ce n'est peut-être pas mieux. Qu'en penses-tu ?

Sylvain, assis sur un rocher, se frottait légèrement l'épaule que le rhabilleur lui avait remise en place. Il baissa les yeux et resta ainsi de longues minutes, mélancolique. Il sembla à Armand qu'il réfléchissait, qu'il voulait lui dire quelque chose, mais que c'était très difficile à extraire, en tout cas très délicat à formuler.

Prenant son courage à deux mains, Sylvain releva la tête. Il fixa son aîné.

— Pourquoi es-tu venu vivre ici ?

Si Armand s'attendait à une question, ce n'était sûrement pas à celle-ci. Il pensa que cette journée était vraiment funeste pour lui. Que devait-il répondre ?

— Je pense que dans la plaine il fait meilleur en hiver et les travaux y sont moins rudes, poursuivit le rol.

— Détrompe-toi, nous avons aussi nos problèmes. Les désagréments arrivent toujours après des moments de joie. La vie est ainsi faite.

— Tu ne réponds pas à ma question, fit remarquer l'adolescent.

— Que veux-tu que je te dise ? J'ai pensé que je pouvais revenir sur le plateau que mes ancêtres avaient quitté, il y a des années, pour voir ce qu'ils avaient vécu.

— Et alors ?

— Alors c'est autre chose. Je découvre tous les jours des manières de faire différentes à celles de chez moi. Les pis d'une chèvre sont différents de ceux des vaches. Si pour la seconde on a les mains pleines, pour la première c'est plus délicat, si tu vois ce que je veux dire.

L'adolescent éclata de rire.

— C'est sûr que ce n'est pas pareil.

— Quant à la quantité de lait, chez moi on n'a pas besoin d'une gèrla et de deux porteurs musclés pour la rentrer. Un seau suffit largement.

— Oui, tu as raison, mais tu ne réponds toujours pas à ma question.

— Mais que veux-tu que je te dise ? s'agaça Armand en réitérant sa question. Je te trouve bien curieux. À un instant donné, j'ai pris une décision. Je la respecte et, quand j'en aurai marre d'être ici, je repartirai.

— Ce n'est pas ce que dit mon père !

L'exilé resta stupéfait par ce qu'il venait d'entendre. Pour garder bonne contenance, il se leva, fourra ses mains dans les poches de son pantalon avant de se positionner face à ce paysage pour lequel il avait de l'affection. Il resta ainsi muet durant de longues minutes.

Un léger vent dans les branchages vint donner à ce moment un peu particulier une dimension étrange. Il accompagnait la réflexion d'Armand comme pour l'apaiser à l'instant où il avait besoin de toutes ses capacités pour éviter de faire le faux pas qui se présentait à lui. Il était bien différent de celui qu'il avait effectué le jour où il avait convoyé sa première gèrla avec le cantalès vers le buron et qui avait failli tourner à la catastrophe. Cette ambiance faite de bruits paisibles, même rassurants, était en opposition avec les mots qu'il venait d'entendre et qui, s'ils n'étaient pas agressifs, le mettaient dans un embarras qu'il allait avoir beaucoup de mal à masquer, face à un adolescent tout juste sorti de l'enfance.

Que disait-on dans son dos qui intrigua Sylvain à un point tel qu'il se sente obligé de poser une question aussi personnelle ? Pour quelles raisons est-ce que ça le tracassait tant ? Enfin, que devait-il répondre ? Est-ce qu'il était contraint de raconter n'importe quoi pour noyer les véritables raisons de sa présence sur le plateau de l'Aubrac dans les abîmes des non-dits ou tenter d'expliquer ce qui ne pouvait pas l'être ou, en tout cas, était très difficilement avouable sans se perdre ?

Voilà que son passé le rattrapait pour la troisième fois ce jour-là, si on prenait en compte la réaction de Pierre Anglade à l'évocation du village natal d'Armand. Il avait fui sa famille, son pays, parce qu'on ne le croyait pas, que les gendarmes n'attendaient qu'une seule chose, c'est qu'il se dévoile pour pouvoir l'arrêter afin qu'il soit jugé pour une faute qu'il n'avait pas commise. Il avait même été obligé de changer de patronyme pour vivre libre, et voilà que maintenant on lui demandait de s'expliquer. Il sentait la froideur métallique des mâchoires d'un piège se refermer sur son existence.

Armand se retourna vivement. Il garda les mains dans ses poches pour conserver la meilleure assurance possible avant de lancer la riposte qu'il pensa la plus simple et, à ses yeux, préférable face à l'affirmation du rol :

— Et que dit ton père ?

La manière dont le Méridional avait proféré cette question parut mettre Sylvain mal à l'aise. Le ton avait été brutal et il ne semblait pas s'attendre à cette réaction. Il s'était imaginé qu'Armand allait lui répondre aussi simplement qu'il l'avait questionné. Or il sentit, à la manière dont son aîné s'était adressé à lui, que ce qu'il attendait était beaucoup plus compliqué à exprimer qu'il ne l'avait imaginé. Il comprit que dans la vie les circonstances peuvent devenir ingérables si on n'a pas pris le temps de la réflexion. Lorsque la boîte de Pandore est ouverte, il faut assumer totalement ce qui va en sortir.

— Je pense que je ne peux pas répondre à ta dernière question tant que tu n'as pas éclairé ma lanterne. Que t'a dit ton père ?

En un quart de seconde, la situation avait été inversée entre les deux hommes. Sylvain avait lancé, innocemment ou pas, ce qu'Armand avait pris comme une attaque, et voilà que maintenant il devait s'expliquer. Le nouveau rapport de force permit à l'exilé de reprendre confiance en lui, mais surtout de gagner du temps pour réfléchir à la manière dont il pouvait se sortir de ce mauvais pas.

— Ben… il dit que… si tu es venu ici, c'est parce que tu as… quelque chose à cacher.

— Ah ! Et qu'est-ce que j'ai à cacher, d'après toi ?

— Je ne sais pas. C'est justement ce que je te demande. Enfin… si tu veux… me le dire… bien sûr ! bredouilla le rol qui commençait à songer qu'il avait fait une bêtise en se mêlant d'une chose qui ne le regardait pas.

Armand pensa que, s'il éludait la question, son interlocuteur ne pourrait que constater que son père avait raison.

— Et pour quelles raisons est-ce que ton père pense ça ?

— Je ne sais pas, moi !

— Si. Mais tu ne veux pas me le dire !

Voyant qu'Armand commençait à s'énerver, Sylvain voulut mettre un terme à cette discussion qui ne manquerait pas de dégénérer en conflit. Il essaya de la détourner :

— Écoute, si tu veux, on va poursuivre notre chemin. Je n'aurais jamais dû te poser cette question, je l'avoue. Je suis désolé !

— Non, mon garçon. C'est trop facile. On ne va pas en rester là. Je suis sûr que tu me caches quelque chose et que tu en sais beaucoup plus que tu ne veux l'affirmer.

Armand dominait de sa stature d'adulte le corps maigrichon de l'adolescent, toujours assis. Un instant, pris dans le feu de l'action, il manqua l'attraper par les épaules pour le secouer et l'obliger à répondre. Le voyant se frotter celle qu'on lui avait remise en place, il se ravisa.

Apeuré, Sylvain leva les yeux pour bien regarder le pastre en face.

— Est-ce que tu sais que tu parles, la nuit ?

XXVI

Allusions

ARMAND AVAIT BLÊMI lorsqu'il avait entendu Sylvain lui dire qu'il parlait en dormant. Son début de colère était retombé aussi vite qu'il avait débuté. Il avait exigé une réponse aux soupçons du cantalès avec force insistance. Il ne pouvait plus se plaindre, il l'avait !

Oui, mais voilà, celle-ci provoquait obligatoirement une nouvelle interrogation très importante pour la suite de l'existence de l'exilé :

« Qu'est-ce que j'ai bien pu dire dans mon sommeil qui puisse faire penser à Louis que j'ai des choses à cacher ? » pensa Armand.

Le silence qui s'était installé entre les deux hommes ne faisait qu'amplifier la gêne qu'ils éprouvaient l'un et l'autre.

Un lièvre arrivant sous les ombrages où les buronniers avaient improvisé leur halte s'immobilisa. Surpris de trouver des humains dans cet endroit si retiré, il s'arrêta net, se positionna sur ses pattes arrière, dévisagea les intrus avant de détaler sans réfléchir un seul instant si sa destination était la bonne. Au même moment, juste au-dessus du couvert forestier, un milan royal au plumage châtain-roux, dont la tête rayée blanchâtre émergeait de l'ensemble de son corps en avant de ses ailes déployées, effectuait des cercles concentriques, le bec fin recourbé, prêt à lacérer la première proie qui tomberait sous ses griffes. C'était peut-être la présence de ce rapace qui avait poussé le lièvre à venir se cacher sous les arbres avant de poursuivre sa course. Sa survie était à ce prix.

Sylvain ne pouvait que prendre conscience qu'il était à l'origine d'une situation embarrassante dont il allait avoir beaucoup de mal à se défaire, sans de nouvelles explications. Quant à Armand, la nouvelle question tournait dans sa tête, logiquement. Elle risquait d'amplifier l'embarras de son partenaire, mais il savait qu'il ne pourrait pas s'abstenir de la lui poser. Il inspira profondément et se lança :

— Et qu'est-ce que j'ai raconté, en dormant ?

S'il avait été assez facile au rol de répondre à la première demande, malgré son trouble, celle qui venait de surgir, même si elle était attendue, ne manquerait pas de susciter des développements beaucoup plus pénibles à exprimer.

« Voilà ! La question la plus gênante est posée », pensa le rol.

— Alors, tu réponds ? haussa le ton Armand. Nous n'allons pas passer la soirée là-dessus. Tu sais pertinemment que tu y répondras, tôt ou tard. Alors faisons simple et on pourra poursuivre notre chemin. On nous attend au masuc. Il y a du boulot !

Après avoir annoncé à Armand qu'il avait des discours nocturnes, Sylvain avait baissé les yeux pour ne pas rencontrer le regard de son aîné qu'il sentait particulièrement irrité. Pensant que de toute façon il serait obligé de parler, il se décida à s'expliquer. La tête toujours penchée, il débuta ses éclaircissements :

— Il y a quelques jours, alors que nous étions couchés, je n'arrivais pas à dormir. Les bêtes étaient énervées. Peut-être que c'était parce que la lune était pleine. Je ne sais pas ! En tout cas, elles avaient été difficiles à gérer et je ne savais pas pourquoi. Mon père m'avait engueulé parce que je n'avais pas été assez rapide pour ramener les vaches vers leurs veaux. Milou avait eu du mal à tenir le rythme par ma faute. Je ne sais pas si tu te rappelles, questionna-t-il en levant son regard vers Armand.

— Oui, c'est vrai, mais je ne vois pas le rapport avec moi.

— Comme je ne dormais pas, j'écoutais le silence du plateau. À un moment, je t'ai entendu te tourner et te retourner sur ta paillasse. Tu semblais bien énervé.

— Et les autres ?

— Oh, ils ronflaient, tous les trois. J'étais sûr qu'ils dormaient bien. Puis tu as prononcé le prénom de la fille du patron.

— Cécile ? demanda Armand.

— Oui ! Tu l'appelais très clairement. Il n'y avait aucun doute.

— Et qu'est-ce que je disais sur Cécile ?

— Rien de plus ! Tu prononçais son prénom. C'est tout. J'ai eu l'impression que ça te calmait de le répéter. Tu t'es arrêté de parler en bafouillant, tu t'es tourné et le silence est revenu. À l'extérieur, les veaux ont bougé dans leur parc. J'ai entendu meugler deux ou trois vaches. J'ai pensé qu'un renard devait tourner et les ennuyer.

— Et alors, c'est simplement le fait d'avoir prononcé le prénom de la fille Anglade qui te permet de dire que j'ai quelque chose à cacher ? Et comment ton père l'a-t-il su ? C'est toi qui es allé le lui répéter ?

— Tes paroles ne se sont pas arrêtées là, poursuivit l'adolescent. Au bout de quelques instants, tu t'es remis à bouger, à t'agiter. Mon père s'est réveillé. Il a demandé à haute voix : « Qu'est-ce qui se passe ? » Je lui ai répondu que tu devais faire un cauchemar. Gilbert et Milou ne se sont pas réveillés.

— Comment le sais-tu ?

— Parce que les ronflements ont redoublé. C'est alors que tu t'es remis à parler. Là, tu faisais allusion à ton… nom de famille, expliqua le rol en baissant d'un ton, comme s'il ne voulait pas qu'on entende ces derniers mots.

Armand avait dû pâlir. Sylvain s'en aperçut. Il s'en émut :

— Tu vas bien ?

— Oui. Ne te tracasse pas pour moi. Et qu'as-tu entendu ? Ou plutôt qu'avez-vous entendu, puisque je suppose que ton père était avec toi ?

— Oui, nous étions tous les deux.

— Et qu'est-ce que j'ai dit ?

— Tu reparlais à Cécile. Tu lui disais que le nom de Vigouroux n'était pas le tien. Qu'on t'avait obligé à le prendre pour te cacher.

Qu'il faudrait bien qu'un jour tu reprennes ton vrai nom, ou quelque chose comme ça.

Le Méridional était bien embarrassé.

— Et ton père ? balbutia-t-il.

— Quoi, mon père ?

— Il était toujours éveillé ?

— Oui. Il a tout entendu, comme moi !

Armand était vraiment troublé. Comment pouvait-il se sortir de ce qui devenait un piège ? Il essaya de se ressaisir en revenant sur l'interprétation que Louis avait faite de cette révélation.

— Et ton père en a donc déduit que j'avais un secret.

— Oui, mais pas sur le moment. Seulement le lendemain. Alors que nous étions seuls, il m'a demandé si j'avais bien entendu comme lui. Comme c'était la nuit et qu'il s'était réveillé en sursaut, il doutait de tes paroles.

— Et tu les lui as confirmées, ces paroles ?

— Bien sûr, puisque c'était bien ça que tu avais dit. Depuis, ça me travaille. Voilà pourquoi j'ai profité que nous étions ici, seuls, pour te demander, tout à l'heure : « Pourquoi es-tu venu vivre ici ? »

— Par contre, tu me confirmes bien que Milou et Gilbert n'ont pas pu m'entendre ? se préoccupa Armand sans prêter attention à ce que Sylvain venait de dire.

— Vu le bruit qu'ils faisaient, il n'y a aucun doute. Ils étaient endormis, et bien endormis. Je peux te le confirmer.

— Donc il n'y a que toi et ton père à être au courant ?

— Ben oui ! À moins que mon père n'en ait parlé à M. Anglade, ce matin, quand ils étaient dans la cave à fromage, quand ils ont discuté de la bonne marche du buron, comme ça se fait habituellement.

Armand commençait à se tranquilliser avant que le rol ne partage avec lui cette hypothèse. Si Louis avait raconté cette histoire au propriétaire, ça pouvait expliquer son attitude envers lui, durant le voyage aller vers Nasbinals pour conduire l'adolescent blessé à Pierrounet.

Beaucoup de choses se heurtaient dans sa tête. Il ne songeait plus à trouver une échappatoire aux interrogations de Sylvain, mais se préoccupait de ce qui allait advenir de sa vie, après cette révélation bien involontaire qui pouvait avoir des conséquences désastreuses sur son avenir.

— Tu penses que tu as bien compris ce que j'ai dit ? sollicita-t-il Sylvain. Tu es bien sûr de ne pas te tromper.

— Il n'y a aucun doute, malgré le bruit des ronfleurs j'ai bien entendu ça. Mon père aussi. J'en suis sûr.

Profitant du trouble de son interlocuteur, l'adolescent revint à la charge :

— Pourquoi as-tu changé de nom ?

— J'ai dû faire un cauchemar. Ça arrive quelquefois. Je ne savais pas ce que je disais, essaya d'expliquer l'exilé. Tu as bien dit que j'étais agité ?

— Oui. Tu n'arrêtais pas de te tourner.

— Pour moi, j'avais trop de choses en tête. Il y a des moments où on ne sait plus ce qu'on fait.

— De là à renier son nom ?

— Oh, tu sais, il peut y avoir pire. Il y a des gens qui se lèvent la nuit, qui font des choses et, le matin, ne s'en souviennent plus. On m'a raconté de ces histoires qui font froid dans le dos. Je dois faire partie de ces gens-là.

— Mais tu ne t'es pas levé. Tu es bien resté couché et endormi, mais tu causais, tu causais et on comprenait bien ce que tu disais.

— Eh bien, il faut l'oublier. Je n'étais pas dans mon état normal, voilà tout ! Je t'ai dit que j'étais revenu sur le plateau que mes ancêtres avaient quitté, il y a des années, pour voir ce qu'ils avaient vécu.

Sylvain ne fut pas convaincu par ces explications, mais celles-ci permettaient de mettre un terme à cette discussion pour le moins éprouvante pour lui.

— Bon, ce n'est pas tout ! Il faut reprendre notre route, sinon on n'arrivera pas avant la nuit, décréta Armand. Ton bras va bien ?

Passant une énième fois sa main sur l'épaule endolorie, Sylvain fit un signe affirmatif de la tête, avant de se lever.

* *
*

— Ah, vous voilà enfin !

La porte du buron venait de s'ouvrir, laissant apparaître dans son embrasure la silhouette du rol qu'Armand avait laissé passer en premier.

Le parcours des quelques kilomètres les séparant du bosquet d'arbres dans lequel les voyageurs avaient fait halte et le site du pâturage avait été rapide. Aucun des deux n'avait discuté. Ils avaient forcé le pas en silence. Ils avaient vu descendre le soleil à l'horizon en avançant, côte à côte, l'air décidé afin d'atteindre leur but avant la nuit noire. C'est dans une semi-pénombre et sous les rayons des premiers éclats de la lune qu'ils étaient parvenus à leur destination.

— Alors, il a pu te réparer, Pierrounet ? demanda Louis en se levant de la table où les buronniers étaient occupés à partager leur repas du soir.

Le cantalès se dirigea vers son fils. Comme avait manqué le faire Armand quelques heures plus tôt, il s'avança vers Sylvain pour le saisir par les épaules. L'adolescent recula afin d'esquiver le geste qui aurait pu lui déclencher une forte douleur.

— C'est remis en place, mais c'est encore douloureux, expliqua le fils à son père.

Le chef du buron esquissa un léger sourire pour cacher l'embarras que provoquait son geste imprudent.

— Il est rhabillé, mais il faut qu'il fasse attention pendant quelques jours afin de se rétablir complètement. C'est ce que lui a conseillé le rebouteux, expliqua Armand.

Suite aux indiscrétions que lui avait révélées Sylvain, le second pastre avait une vision toute nouvelle du cantalès. S'il lui était apparu comme bourru au départ, ensuite sympathique et conciliant, voilà qu'il se révélait mystérieux à son égard.

— C'est parfait ! avoua Louis.

Les deux autres montanhièrs se levèrent à leur tour pour accueillir le miraculé.

— Heureux de te revoir. Ce soir, les vaches ont eu du mal à répondre à mes appels, s'amusa Milou. Elles se sont bien habituées à ta voix, tu sais. Elles ne reconnaissaient pas la mienne.

— Allez, viens t'asseoir, lui proposa Gilbert.

Les cinq hommes se retrouvèrent autour du grand plateau de bois. Le repas reprit.

— Il est étonnant cet homme ! dit Armand en s'adressant à Louis.

— Pour sûr ! Et courageux avec ça.

L'exilé fronça les sourcils.

— Vous parlez de qui, quand vous dites qu'il est courageux ?

— De Pierrounet, bien évidemment. Vu le monde qu'il reçoit chaque jour… À qui voulais-tu que je fasse allusion ?

— À Sylvain, bien sûr !

La méprise fit éclater tout le monde de rire avant qu'Armand ne poursuive.

— C'est qu'il a été sacrément courageux. Il n'a pas crié au moment où on lui remettait l'os en place, contrairement à d'autres patients qu'on entendait gémir depuis l'extérieur, quand on attendait notre tour.

— Ce n'est pas un homme, Sylvain. C'est un enfant ! objecta le père.

— Je peux vous assurer que non. Il a gagné de superbes galons, aujourd'hui. Ce n'est pas la vaillance qui lui a manqué. Même Pierrounet le lui a dit.

— Il a encore beaucoup à apprendre, s'autorisa Louis.

— Oui, acquiesça le rol. Mais Pierrounet m'a assuré que je devais persévérer dans cette voie et qu'il était sûr de ma réussite.

La moue que fit le cantalès en entendant ces mots prouva qu'il n'avait pas la même vision des choses.

— À chacun son travail. À lui de soulager les hommes et à moi de connaître la valeur des gens qui travaillent ici, réagit-il.

— Et d'après vous, est-ce que notre équipe est fiable ? Nous ne nous connaissons pas, après tout, ou en tout cas depuis si peu de temps. Normalement, un chef doit savoir si ses coéquipiers sont à la hauteur de leur tâche et être informé de leur... provenance, pour mieux les cerner.

Armand avait volontairement marqué un temps d'arrêt avant le mot « provenance ». Sylvain ne disait rien. Il avait compris que l'allusion sur cette origine était la suite de leur conversation de l'après-midi et que son compagnon de route voulait tester son père. Il se sentit pâlir.

— Que veux-tu dire par là ? interrogea Louis avant d'approcher un bout de fromage de sa bouche, à l'aide de la pointe de son couteau.

— Rien de spécial, sinon qu'un chef digne de ce nom se doit de savoir si ses subalternes ne lui cachent rien de déplaisant, non ?

Louis arrêta son geste avant même que ses lèvres n'aient touché la nourriture. Il reposa le couteau sur le bord de son assiette, avant de lancer un regard vers son fils qui baissa les yeux.

— Ce que je veux dire, c'est qu'un rebouteux, si renommé soit-il, n'a pas à se mêler des affaires de famille d'un cantalès et encore moins de donner des conseils à son fils.

— Il ne s'en mêle pas. Il a été cantalès lui aussi et il a de l'expérience. Donc il peut donner ces fameux conseils. Par contre pour quelles raisons veux-tu que je me renseigne sur le passé des membres de mon équipe ? Dans la mesure où ils font du bon boulot, je m'en moque. Ma réponse te convient ? s'agita Louis en essuyant son couteau pour reprendre une certaine contenance.

— Elle me convient. Ne prenez pas mal mes paroles. Elles n'avaient aucune agressivité, vous pouvez me croire. Ce n'était que pour faire un parallèle entre les conseils de Pierrounet à Sylvain et les qualités que doit posséder un chef de buron pour mener à bien sa mission. Il a peut-être jugé qu'il était digne de vous succéder, un jour.

— Eh bien, il faudra qu'il attende encore quelque temps. Je ne suis pas encore sur le départ.

Si l'adolescent n'était pas du tout convaincu de la sincérité d'Armand, Milou et Gilbert échangèrent un regard étonné. Ils avaient du mal à comprendre quelle mouche avait bien pu piquer leur collègue pour qu'il pose des questions si brutales et incompréhensibles.

Dans un désir de calmer le jeu, le vedelièr se mêla de la conversation :

— Pour une sacrée journée, ça a été une sacrée journée ! La visite des propriétaires, l'annonce du malheureux décès de leur fille, l'accident du rol et le surplus de travail pour la traite du soir.

— Effectivement, quelle journée ! approuva Armand. Tout s'est bien passé, ce soir ?

— Il a fallu s'activer, mais on a réussi. Le lait a été tiré, les veaux sont parqués et le fromage est dans la cave. On peut aller se coucher tranquilles, énuméra Louis en se resservant un autre bout de fromage.

* *
*

Alors que tous les buronniers étaient allés se coucher, en cette soirée de la Saint-Jean marquant la fin d'une journée particulièrement éprouvante pour lui, Armand resta seul à l'extérieur pour méditer les dernières péripéties qui avaient marqué sa vie.

Il désira également ce moment de solitude pour laisser évader son esprit vers les cieux où une nouvelle étoile avait fait son apparition depuis quelques jours, celle de l'âme de Cécile. Comme il n'avait pas la possibilité de faire son deuil aux yeux de tous, il avait décidé que ce serait dans le calme de ces soirées estivales qu'il lui rendrait hommage, à sa manière, solitaire, isolé, avec tout le respect que lui avait inspiré cet amour trop bref, mais si intense.

La lune, qui s'était levée à la fin de la randonnée le ramenant de Nasbinals accompagné de Sylvain, était éblouissante de blancheur. Sa rondeur marquait son apogée avant qu'elle ne reparte vers un nouveau cycle.

Pour mieux profiter de cet instant de communion associant le tangible et l'imaginaire, il s'allongea sur l'herbe. La tiédeur du soir, après la chaleur du jour, et ce contact avec la terre lui furent plaisants.

La quiétude qui l'entourait était propice à cette sorte de méditation dont les hommes ont besoin, quelquefois, pour se ressourcer. S'il y avait une personne qui en avait un grand besoin, c'était bien lui qui avait accumulé en vingt-quatre heures autant de contrariétés que tout autre en plusieurs mois, voire années.

Perdu dans ses pensées et alors que le sommeil les attaquait vivement, il remarqua que les vaches, qui s'étaient rapprochées du parc où leurs veaux dormaient, avaient l'air agacées. Elles semblaient réagir à une présence intempestive. Au même moment, il entendit des craquements de branches brisées venant du petit bois proche du buron.

On lui avait raconté qu'il pouvait y avoir des rôdeurs prêts à dérober du matériel ou des bêtes. La faveur de la luminosité lunaire pouvait faciliter ces maraudages.

N'écoutant que sa volonté de démasquer ce genre d'individus, Armand se leva et s'avança, courbé, vers l'endroit qu'il estimait être à la source du bruit en essayant de maîtriser ses mouvements pour ne pas se faire remarquer à son tour. Protégé par la végétation rampante du sous-bois, il poursuivit sa progression. Plusieurs autres sons prouvèrent qu'il y avait bien une présence animale ou humaine dans cette direction.

Lorsqu'il pensa être assez proche, il leva la tête et resta interdit.

XXVII

Le coupable

La tête dressée au-dessus de la végétation qui l'entourait, Armand pensa être revenu quelques semaines en arrière. Devant ses yeux hagards, sous la même lune illuminant la scène, il voyait l'ombre d'un cheval et d'un cavalier.

« Se pourrait-il que l'histoire bafouille à un point tel qu'on puisse vivre une seconde fois la même chose ? » s'interrogea l'exilé.

Surpris, il baissa la tête pour effacer de son esprit ce tableau qui l'angoissait. Il voulait que tout se remette à zéro avant de vérifier qu'il n'était pas en train de rêver. Doucement, il revint à sa position initiale, les yeux fermés. Quand il les rouvrit, il ne put que constater qu'il n'avait pas rêvé et qu'il y avait là, dans son champ de vision, bien présent, un homme et sa monture.

Alors que l'animal broutait quelque herbe rare sous ces frondaisons, l'homme desserra les sangles qui retenaient la selle sur son dos. Il déposa celle-ci au sol. Ouvrant un sac, il en sortit ce que le pastre imagina être une couverture. Il l'étala sur la terre. Il allait s'y coucher lorsqu'un léger coup de vent fit bouger les branches de l'arbre le surplombant. Durant tout le temps où elles avaient été déplacées, la lune en profita pour illuminer le visage de l'inconnu qui lui faisait face.

Armand resta stupéfait. Il se leva prestement avant de s'écrier :

— Je n'avais donc pas rêvé !

L'étranger, surpris, mit sa main au côté. Il allait saisir une arme lorsque son interlocuteur le rassura :

— C'est moi, Armand. N'aie pas peur... grand-père !

Les premières émotions passées, les deux hommes s'étreignirent et, immanquablement, les questions fusèrent.

— Qu'est-ce que tu fais là ? questionna Armand.

— D'après toi ?

— Je suppose que tu me cherchais...

— Comment as-tu deviné ? s'amusa l'aïeul. Pourtant, tu n'as pas l'air d'être surpris de me voir.

— Un peu, si ! Seulement, j'ai cru t'avoir aperçu cet après-midi.

Le jeune homme expliqua à Jules Cassagnole la blessure de Sylvain, la visite chez le rebouteux, le départ de Nasbinals et la rencontre inattendue avec un cavalier qui avait manqué les renverser.

— Ah, c'était toi ? réagit le grand-père. J'avoue que j'ai traversé le village avec tellement d'empressement que je n'ai pas trop fait attention aux personnes que je croisais. J'avais hâte d'arriver pour te retrouver. Tu le sais, plus on est proche du but et plus on est impatient.

Armand écoutait cette voix qu'il n'avait plus entendue depuis trop de temps à son goût et qui lui avait tant manqué. Entre deux intonations, il prenait les mains du père de sa mère. Il arrivait tout juste à croire que c'était bien lui qui lui faisait face, alors il vérifiait physiquement pour confirmer que ce n'était pas une hallucination due à son imagination.

Tout en discutant, les deux hommes s'étaient assis aux côtés de la monture qui restait impassible à cette scène émouvante des retrouvailles de deux générations, trop occupée à chercher d'autres végétaux qu'elle ingurgitait avec beaucoup de gourmandise.

— Et pourquoi es-tu venu me retrouver ? s'étonna Armand. Il y a du nouveau au pays ?

— Pour ça, oui ! Comme tu le dis si bien, je peux te confirmer qu'il y a du nouveau au pays.

— Alors raconte-moi tout ça. J'ai hâte de savoir.

Jules se rapprocha d'un arbre contre le tronc duquel il s'appuya. Ce geste fit penser à l'exilé que les explications risquaient d'être longues. Il n'en fut pas meurtri. Il languissait de connaître les événements qui avaient suivi son départ de Macassargues. À son tour, il se déplaça et se cala confortablement dans l'attente des éclaircissements tant souhaités.

— Je suis prêt. Vas-y !

— Comme tu le sais, quand tu es parti de la maison, nous étions surveillés par un gendarme en permanence.

— Je me rappelle. Il est même venu demander à boire.

— Tu t'en souviens ?

— Évidemment. J'ai surtout aimé la manière dont tu l'as expédié sur les roses en lui demandant s'il ne voulait pas manger et dormir avec vous avant de lui dire d'aller boire au puits.

— C'est ça ! Eh bien, ils sont restés plusieurs jours. Ils nous surveillaient tout le temps. Quand on faisait la traite, ils venaient à l'étable. Ils ont souvent fouillé le tas de paille.

— S'ils avaient su que je m'y étais caché, ça les aurait ennuyés.

— Ça, c'est sûr !

— Mais je te coupe. C'est la joie de te revoir. Continue. Je ne dis plus rien.

— Un jour, le chef est venu nous voir. Il nous a expliqué que ta disparition était un aveu et que, si tu avais fui, c'est que tu n'avais pas la conscience tranquille. Ensuite, il nous a dit que si tu revenais au mas on devait te dénoncer, sinon nous serions tes complices et on serait responsables devant la justice autant que toi.

— Mais vous n'y êtes pour rien. Pourquoi sont-ils venus vous ennuyer ? Je suis seul fautif de tout ça.

— Oh ! Il n'y a pas que la maréchaussée qui est venue nous emmerder. Le marquis s'y est mis aussi. Tu connais sa manière de se conduire avec ses soi-disant sujets.

— Oui ! Et alors ?

— Alors il nous a menacés d'expulsion, puisque nous sommes sur ses terres et que nous sommes ses métayers.

— Mais c'est injuste !

— Il nous a dit qu'il n'était pas question qu'il laisse des gens malhonnêtes dans son village. Je te jure que c'est vrai. Il dit qu'il possède le village. Il est complètement fou, cet homme ! Le problème, c'est que nous sommes effectivement chez lui et qu'il fait ce qu'il veut de nous. Il a insisté. Il a dit que nous étions la famille d'un assassin et que ça, il ne pouvait pas le laisser passer.

— Mais ce n'est pas vrai, s'insurgea Armand qui étouffait sa colère pour éviter qu'on n'entende leur conversation sur ce plateau où le silence était le meilleur des conducteurs de bruits inhabituels.

— Lui, il le voit ainsi !

— Vous n'avez rien à y voir. Je suis le coupable, même si je suis innocent.

— C'est un peu contradictoire ce que tu dis.

— Tu as très bien compris, grand-père. Je te dis que je suis innocent de ce crime, mais je suis le seul coupable, responsable de vos ennuis. Alors qu'ils vous laissent tranquilles. Vous n'y êtes pour rien, répéta Armand pour mieux faire passer ses pensées. C'est à moi de me débrouiller, pas à vous de me sortir des ennuis.

— Nous, on le sait, d'autant que le vrai coupable s'est dénoncé.

— Quoi ? s'exclama Armand, époustouflé. Et qui est-ce ?

— Laisse-moi poursuivre. Ne t'emporte pas. La suite est assez difficile à dire, alors ne me coupe plus, s'il te plaît.

— Vas-y ! Mais tu comprendras que je ne peux que me réjouir d'une telle nouvelle. Mes ennuis sont terminés. Nous allons pouvoir reprendre notre vie normale, celle d'avant, quand nous étions heureux.

Jules comprenait la joie de son petit-fils. Elle était bien concevable. Il se tut, laissant déborder son enthousiasme avant de poursuivre ses explications :

— Je comprends ton euphorie, mais, s'il te plaît, laisse-moi continuer. C'est assez douloureux à expliquer.

Pour toute approbation, l'exilé mit ses deux mains en avant, paumes orientées vers son aïeul, avant de croiser ses bras, dans l'attente de la suite du récit.

— Après toutes ces interventions qui n'avaient qu'un objet, celui de nous déstabiliser pour qu'on te trahisse, je t'assure que l'ambiance était plutôt morose à la maison.

Armand s'apprêtait à dire qu'il pouvait le comprendre. Avant d'avoir pu ouvrir la bouche, il réitéra son geste avec ses mains en direction de son grand-père.

Faisant croire qu'il n'avait rien vu, celui-ci reprit :

— Les jours sont passés. Les femmes n'avaient pas le même entrain, ta sœur était triste. Quant à ton père, je le trouvais assez soucieux depuis ton départ. Il oubliait ce que je lui disais de faire. Ça m'a mis souvent en colère, mais je pouvais quand même comprendre, malgré les rapports assez conflictuels que nous avons, que l'absence de son fils lui pesait. Puis, un matin, il s'est levé et il est allé au village alors que rien n'était prévu ce jour-là. J'ai commencé la journée tout seul, le maudissant de ne pas m'aider. Les heures ont passé. Exaspéré, je suis allé demander à ta mère et à ta grand-mère s'il leur avait dit quelque chose avant de partir. Ta mère m'a indiqué qu'il s'était levé, qu'il s'était habillé, qu'il l'avait embrassée avant de traverser la salle commune et d'annoncer qu'il allait au bourg.

Le visage d'Armand commençait à se fermer. Son grand-père venait de lui dire que le coupable était sous les verrous et il lui détaillait maintenant le départ précipité et surtout inattendu de son père. Se pouvait-il qu'il y ait un lien entre ces deux informations ? Il ne pouvait y croire.

— Ne me dis pas que... suffoqua Armand qui ne pouvait plus tenir sa langue.

— Eh bien, si ! approuva Jules qui constatait que son petit-fils commençait à comprendre la difficulté qui était la sienne pour lui fournir ces éclaircissements. En milieu d'après-midi, on a vu arriver le gradé de la gendarmerie. Il nous a expliqué que ton père s'était constitué prisonnier pour le meurtre de l'inconnu de la forêt de Combe-Noire.

— Ce n'est pas possible ! Je l'aurais reconnu.

— Peut-être pas.

— Et puis il n'était pas seul. Je l'ai bien dit aux gendarmes, ça. Alors pour quelles raisons est-ce qu'il s'est dénoncé tout seul ?

— Tu nous as toujours dit que tu n'avais pas pu voir leurs visages.

— Oui, mais quand même ! J'aurais reconnu mon père.

— Ce n'est pas sûr. Quand on a peur, on perd facilement ses moyens. Ensuite, tu avais fait la fête pour ton conseil de révision. Là aussi, ça a pu diminuer tes capacités d'observation.

— Mais je n'étais pas saoul !

— Je n'ai jamais dit ça, mais le peu d'alcool que tu as bu alors que tu n'y es pas habitué, la pénombre, ta position dans les feuillages, les contre-jours et la peur, je te dis la peur, répéta-t-il, t'auront rendu moins attentif à certains détails. En plus, rien ne te prédestinait à être le coupable idéal, alors pourquoi essayer de chercher des broutilles ?

— Tu as raison, mais tout de même, mon père… je l'aurais reconnu, répéta Armand, déstabilisé.

— Ne te mine pas le moral.

— Et l'autre personne ?

— J'y viens. Dès que nous avons appris la nouvelle, ta mère et moi sommes allés à la gendarmerie pour le voir. Il nous a expliqué que c'était bien lui qui avait tué le mort retrouvé dans la forêt de Combe-Noire. Il nous a dit que l'après-midi de cette journée funeste, il travaillait en compagnie de Claude, le métayer du mas de Haute-Magaille, dans les champs. Alors qu'ils étaient occupés, chacun de son côté, il a vu un homme s'approcher de Claude pour lui demander quelque chose. Ensuite, il a vu Claude lui indiquer sa direction. L'homme en question est venu le voir. Ils se sont disputés, le ton est vite monté et ils se sont battus. Quand Claude s'en est aperçu, il est arrivé en catastrophe. Il a réussi à les séparer. Il s'est interposé entre eux. Il s'est tourné vers l'étranger pour lui demander des comptes. C'est à cet instant que ton père a surgi dans le dos de Claude pour décocher un coup de poing dans la figure de son adversaire. Celui-ci a perdu l'équilibre et il est tombé face contre terre sur la fourche que ton père avait lâchée avant la bagarre.

Comme les pics étaient en l'air, il s'est littéralement empalé dessus. Il est mort sur le coup. Claude et ton père n'ont pu que constater ce décès. Quand ils ont repris leurs esprits, ils ont porté le corps en bordure du champ pour éviter d'attirer l'attention d'éventuels passants.

— Et alors, c'est un accident. Ils auraient dû aller trouver les gendarmes et leur expliquer.

— Eh bien non. Ils ont eu peur. Ils ont décidé de cacher le corps avec des branchages et de revenir à la nuit tombée pour l'enterrer dans la forêt toute proche. Comme ça, ils n'auraient pas à s'expliquer et on ne trouverait pas la dépouille ou, si quelqu'un venait à la mettre au jour, ils ne pourraient pas être inquiétés, avec tous les rôdeurs qui passent à cet endroit. Sauf...

— ... qu'ils ne pouvaient pas penser que je passerais au même endroit, à cet instant précis... coupa Armand.

— ... et que tu perdrais ton numéro de conscrit qui te mettrait dans la position du premier suspect.

— Mais alors je comprends mieux pour quelles raisons je l'ai trouvé si bizarre, les derniers temps où j'étais à la maison.

— Il était le seul à connaître la vérité. Il savait que s'il se dénonçait, tout allait s'arranger pour toi, mais il a mis du temps à parvenir à cette éventualité. Comme je l'ai toujours dit, sa lâcheté lui collait au corps. Ton départ lui a permis d'avoir un certain répit. Il s'est mis à réfléchir, mais quand il a vu que la gendarmerie ne lâcherait pas si facilement sa proie, c'est-à-dire toi, et que le marquis nous menaçait, il a bien compris que cette histoire ne s'arrêterait pas à ta seule présomption de culpabilité, mais que ça allait rejaillir sur toute notre famille. Voilà pourquoi il est allé se dénoncer. Claude est allé témoigner que c'était bien un accident et que ce n'était pas volontaire.

— Donc tout va bien. Je suis innocenté et la justice ne pourra que constater les faits puisqu'il n'y a pas d'autres témoins.

— Ce n'est pas aussi facile que tu peux le penser.

— Pourquoi ? La parole de mon père vaut autant que celle d'une accusation, même d'un procureur de la République, non ?

— Encore faut-il qu'il puisse s'expliquer.
— Et qu'est-ce qui peut l'en empêcher ?
— Tout simplement sa disparition.
— Quoi ? Il s'est évadé ?
— Non... il a mis fin à ses jours !

L'effondrement des arbres surplombant cette scène sur ses acteurs n'aurait pas été plus dévastateur que ce que l'aïeul venait d'annoncer à Armand. Il resta bouche bée. Il ne pouvait plus parler. C'est son grand-père qui reprit la parole :

— Deux jours après notre visite à Gustave, les gendarmes sont venus. Ils ont demandé à parler à ta mère. Ils se sont isolés sous le hangar. Quand on l'a entendue hurler, nous avons compris qu'il venait d'y avoir un malheur. Ta grand-mère s'est occupée de ta sœur Marthe et je me suis précipité au-devant des militaires. L'un d'eux tenait ta mère qui était comme folle. Elle pleurait comme je ne l'ai jamais vue pleurer. L'autre gendarme m'a pris à part. Il m'a alors expliqué qu'on avait retrouvé ton père gisant dans une mare de sang, dans sa cellule, la veille de son transfert à la prison départementale. Il avait cassé le verre qui lui avait servi à boire, la veille, pour son repas. Avec un des morceaux, il s'était ouvert les veines pendant la nuit. Suite à ses aveux et au témoignage de Claude, ils ont classé l'affaire et nous ont rendu le corps. On l'a enterré deux jours plus tard. Il y avait bien longtemps qu'on n'avait pas vu autant de monde à l'église. Les villageois sont venus en masse pour nous aider à supporter ce moment pénible et nous faire comprendre que tous acceptaient la version de l'accident. Ça a été un peu de réconfort pour nous tous.

L'exilé était abasourdi par ce qu'il venait d'entendre. Il avait du mal à le croire. La seule parole qui lui vint à la bouche fut de s'enquérir de la santé de sa mère et de sa sœur.

— Elles vont bien, le tranquillisa Jules. Il faut laisser le temps au temps. Ta mère a perdu son fils, obligé de s'exiler, et voilà qu'elle se retrouve veuve, maintenant. Quant à Marthe, elle a beaucoup de mal également à accepter. Ta grand-mère les entoure de tout son amour, ce qui les réconforte beaucoup.

La lune poursuivait sa course nocturne. Les ombres avaient varié au fur et à mesure de son déplacement. Le silence s'installa encore une fois sur cette terre d'Aubrac faite de mystères et de labeur. On n'entendait que le bruit sourd du bétail bougeant dans les pâturages et celui du cheval qui s'ébrouait pour faire fuir les insectes qui venaient l'ennuyer.

Armand restait pétrifié. Un nouveau deuil venait marquer cette fête de la Saint-Jean si éprouvante pour lui. Il trouva le courage de reprendre sa respiration pour questionner Jules :

— Et la victime, on sait qui c'est ?

— Il n'est pas du pays.

— Mais pourquoi venait-il chercher des histoires à mon père au point d'en arriver à se battre ?

— C'est une énigme.

— Tu me dis que c'est un étranger à Macassargues, mais connaît-on son nom au moins ?

— Oui, il s'appelle Paul Anglade.

XXVIII

Confession

Suite au cri que poussa Armand en entendant le nom du frère de Pierre Anglade prononcé par son grand-père comme étant la victime qu'il avait vu ensevelir dans la forêt de Combe-Noire, la porte du masuc de la partie réservée au logement des montanhièrs s'ouvrit. Jules et son petit-fils en virent sortir le cantalès enfilant un vêtement à la hâte.

— Qu'est-ce qui se passe ? lança-t-il en direction du bois. Qui est là ?

— C'est moi, Armand.

— Et qu'est-ce que tu fous là au lieu de dormir ? Il est tard. On a du boulot, demain !

— Je sais, mais je n'arrive pas à trouver le sommeil.

— Cherche-le un peu mieux et tu le trouveras, ironisa Louis.

— Je vais essayer.

— Il vaut mieux, car il faut que tu prennes des forces. On a bossé doublement ce soir. Il ne faut pas que ça devienne une habitude de se la couler douce.

Louis bougeait la tête comme s'il cherchait à discerner quelque chose, dans l'obscurité.

— Il y a quelqu'un avec toi ?

— Non. Recouchez-vous ! Il ne faut pas réveiller les autres.

— Tu n'es pas en danger au moins ? s'inquiéta le cantalès.

— Non ! Bien au contraire. Je vous expliquerai demain.

— Tu as raison. Il faudra qu'on ait une explication, tous les deux, et le plus tôt si possible.

— Allez au lit sans vous faire de souci, reprit Armand.

Répondant favorablement à l'invitation de son second pastre, le chef du buron rentra en pestant contre lui.

— Quand je pense que je croyais que tout allait se passer de la meilleure des façons. Je n'en suis plus sûr maintenant. Ce garçon a vraiment quelque chose de pas clair, mais alors de pas clair du tout, maugréa-t-il en refermant la porte.

Jules et Armand retrouvèrent leur tête-à-tête.

La première surprise passée, Armand reprit ses questions :

— Et comment m'as-tu retrouvé ?

— Je savais que tu étais parti pour Marchastel. Je m'y suis donc rendu en espérant que tu y étais bien arrivé. On m'a expliqué que l'oncle de ton père était décédé depuis peu. Je dois t'avouer que je me suis retrouvé dans l'embarras. Je ne savais plus où aller. J'avais perdu ta trace. Alors que je passais devant l'église, j'ai rencontré le curé de la paroisse. J'ai été soulagé quand il m'a dit qu'il t'avait hébergé et conduit auprès d'un de ses collègues pour te trouver du travail. Je me suis rendu à Saint-Chély cet après-midi. On m'a renvoyé auprès de Pierre Anglade qui m'a dit que tu étais dans ce buron.

— Et tu lui as demandé qui ? s'inquiéta l'exilé.

— Armand... Vigouroux, puisque le curé de Marchastel m'a dit que tu étais connu sous ce nom et non pas sous celui de Ligourel.

L'exilé fut ému d'entendre son nom. Il y avait bien longtemps qu'on ne le lui avait plus attribué.

— Et ça ne t'a pas étonné ?

— Un peu, beaucoup même ! avoua Jules. En voyant la tête que je faisais, il m'a affirmé que tu m'expliquerais et que, si je ne respectais pas cette formalité, j'allais vers de gros ennuis, ce sont ses mots. J'ai respecté son conseil...

— … et te voilà ! Merci d'être venu, grand-père, même si ce n'est pas pour m'apporter que de bonnes nouvelles.

Armand était effondré par tout ce qu'il venait d'entendre. Il s'arrêta de parler. Il voulait prendre un peu de recul avant de poser la question suivante. Il ne savait pas si son grand-père avait fait un rapprochement entre Paul et Pierre Anglade.

— Et il n'y a rien qui t'ennuie dans toute cette histoire ?

— Si, bien sûr.

— Et quoi ?

— Que la victime de ton père ait le même patronyme que ton patron. C'est étonnant, non ? À moins que ce ne soit une coïncidence ?

— Il n'y a aucun hasard à ça. Paul est bien le frère de Pierre.

— Comment le sais-tu ? Le nom Anglade est très répandu, par ici.

— Je t'affirme qu'ils sont frères. La veille de la transhumance, Pierre a appris la mort de Paul par un gendarme. C'est pour ça que nous avons accompagné des bêtes sans sonnailles ni ornements de fête, parce que la famille du propriétaire était en deuil. En plus de ça, lorsque j'ai accompagné notre rol…

— … ton quoi ?

— Le rol. C'est le nom qu'on donne au gamin qui s'occupe des vaches. Ici, c'est le fils de notre cantalès…

Face au nouveau regard interrogateur de Jules, l'exilé se sentit obligé d'expliquer, en quelques mots, les différents grades de cette hiérarchie buronnière des estives de l'Aubrac.

— Donc, lorsque j'ai accompagné notre rol à Nasbinals, reprit-il, j'ai parlé de notre village et surtout j'ai prononcé le nom de Macassargues dans la jardinière que conduisait Pierre Anglade. J'ai bien vu que ça l'a contrarié. Il doit donc savoir que son frère est mort chez nous.

— Peut-être que c'est le gendarme qui le lui a dit en lui annonçant la mort de Paul.

— Ça se peut !

— Crois-tu qu'il lui a dit le nom de celui qui l'avait tué ?

— ... non ! coupa Armand.

— Quoi, non ?

— Mon père n'a pas tué Paul. On ne peut pas dire ça ! s'énerva le jeune homme.

— Tu as raison. On dira plutôt qu'il est à l'origine de sa mort.

— Je préfère, oui, conclut l'exilé brutalement. Ce n'était pas volontaire, et j'y tiens. Tant que je ne sais pas pourquoi et que je ne connais pas les raisons de ce geste de folie, je ne peux pas me persuader que mon père a tué Paul.

Face à autant de détermination, l'aïeul ne put que s'incliner.

— Il y a beaucoup trop de mystères dans cette affaire. C'est à nous de trouver le sentier qui nous mènera vers la vérité.

— Mais comment ?

— J'ai ma petite idée. Demain matin, je vais m'expliquer avec le chef du buron. Il veut que je fasse la lumière sur ma présence ici, eh bien il l'aura dès l'aube. Nous irons chercher les renseignements où ils sont cachés. Fais-moi confiance ! Je sais où les trouver.

* *
*

Comme d'habitude, Louis et Armand se retrouvèrent au petit matin, après cette nuit agitée, au-dessus du bac contenant l'eau de leur toilette.

— Alors, tu as bien dormi ? lui lança le cantalès, sans même le regarder.

— Peu, mais bien ! Il faut que nous parlions.

— C'est la moindre des choses. Je n'aime pas trop les allusions et les cachotteries. Elles sont source de malentendus et les malentendus sont à l'origine de querelles que je voudrais éviter. Je n'ai jamais eu de problèmes avec mes buronniers. Je ne veux pas que ça commence.

— Je vous assure que ce n'est pas avec moi que vous en aurez.

— C'est toi qui le dis.

— Je suis un homme de parole.

— Mais aussi un cachottier.

— Je sais que vous m'avez entendu parler, une nuit.

— Oui, et ce que tu disais était particulièrement étonnant pour que je sois en droit de te demander cette explication que tu m'as promise cette nuit quand je me suis réveillé en t'entendant gueuler.

Voyant qu'il n'avait pas le choix, l'exilé se lança :

— Je ne m'appelle pas Vigouroux !

— Ça, je l'avais bien compris puisque tu l'as affirmé plusieurs fois dans ton sommeil. Alors quel est ton vrai nom ?

— Je ne peux pas vous le dire.

— Si c'est seulement ça que tu veux me dire, tu comprendras que j'en attendais plus.

Armand sentit qu'il fallait lui donner quelques informations complémentaires pour qu'il se calme.

— J'ai été obligé de fuir mon village parce que je suis accusé d'une chose que je n'ai pas commise. Vous pouvez entendre ça ?

— Pourquoi pas ? Mais ça ne m'avance pas dans ma compréhension. Et pourquoi es-tu venu te cacher sur l'Aubrac ?

— Parce que ma famille est originaire d'ici et que je pensais pouvoir retrouver un de mes parents, mais je n'ai pas pu le trouver, mentit Armand.

— Et qui est ce parent ? Je peux peut-être t'aider à retrouver sa trace.

— Vous comprendrez que je ne peux pas vous révéler son nom, sans vous révéler le mien.

— C'est bien mystérieux tout ce que tu me dis.

— Parce que c'est mystérieux pour moi aussi.

— Et qui était cette personne avec qui tu parlais, au clair de lune, cette nuit ? poursuivit Louis en regardant vers le bosquet d'arbres. Parce qu'il ne faut pas me prendre pour un idiot, il y avait bien une autre personne avec toi.

— C'était mon grand-père !

— Ah... Et je suppose que tu ne peux pas me dire son nom ?

— Oh, si ! Il s'appelle Jules Cassagnole.

— Il n'est pas d'ici.

— Non. C'est le père de ma mère.

— Tu es vraiment compliqué, toi, s'impatienta le cantalès. Je vais en parler au propriétaire.

— Pas pour l'instant, s'il vous plaît, implora le Méridional en joignant ses mains pour le supplier. Je vous demande seulement une faveur. Laissez-moi quarante-huit heures pour trouver les solutions aux questions que je me pose. Je suis très près du but.

— Et si passé ce délai tu n'es pas revenu, qu'est-ce que je fais ?

— Je serai ici, je vous le jure !

— Oh, ne jure pas.

Armand réfléchit à la réponse qui pourrait le mettre en confiance pour le laisser partir et lui accorder cette faveur.

— Je vous laisse toutes mes affaires pour vous tranquilliser et si, passé ce temps, je ne suis pas revenu, alors avertissez... les gendarmes.

À la prononciation de ce mot, Louis eut un frémissement. Il n'aimait pas beaucoup avoir affaire à eux.

— Laisse-moi quelques minutes de réflexion, laissa-t-il tomber en s'essuyant le visage toujours humide avec un linge, tout en entrant dans le buron.

Armand resta là de longues minutes qui lui parurent être une éternité. En attendant la réponse de son chef, il regarda vers le bois. Il vit la silhouette du cheval aux côtés duquel se tenait son grand-père. Ils devaient se retrouver en début de matinée et décider ce qu'ils allaient bien pouvoir faire.

Louis s'était habillé avant de ressortir pour donner la réponse à son pastre.

— D'accord pour quarante-huit heures. On va se débrouiller. Par contre, je veux que tu reviennes coucher ici ce soir avant de repartir demain matin.

— Et pourquoi ? Je ne vois pas la différence.

— Parce que si je t'accorde ce que tu me demandes, que tu aies dans l'idée de te moquer de moi et de t'enfuir, en quarante-huit heures tu peux mettre un paquet de kilomètres entre toi et moi.

Alors qu'en vingt-quatre heures, tu iras moins loin. Donc, si tu n'es pas ici au coucher ce soir, je préviens les gendarmes.

Voyant la détermination du cantalès, Armand n'avait pas le choix. Il accepta. Alors qu'il s'éloignait, Louis le rappela :

— Et dis à ton grand-père de dormir dans le buron, ce soir. Les nuits peuvent être fraîches sur le plateau. En plus, je ne voudrais pas qu'on me reproche de ne pas avoir accordé l'hospitalité à un étranger. Qu'il y en ait un ou deux sous ce toit ne me dérange pas.

Pour tout remerciement, l'exilé lui adressa un geste de la main en activant son pas pour rejoindre son aïeul.

* *
*

— Alors, qu'as-tu décidé ? demanda Jules à Armand dès qu'ils furent réunis.

— D'aller chercher la clé de l'énigme où elle est née.

— C'est-à-dire ?

— À Marchastel, chez le curé.

— Et pourquoi lui ?

— Parce que quand je suis arrivé ici, c'est lui qui a été le premier à me donner des informations. Au compte-gouttes, je te l'accorde, mais surtout, c'est lui qui m'a dit qu'il ne fallait pas que je porte mon nom. Il va bien falloir qu'il m'explique pour quelle raison il m'a obligé à mentir pour ma survie, lui, un homme d'Église !

Jules monta le premier sur le cheval, imité par son petit-fils. Durant le déplacement, ce dernier expliqua le contrat oral qu'il avait accepté de son chef et lui transmit l'invitation de coucher à l'intérieur du buron.

— Ce doit être un brave homme pour qu'il se préoccupe ainsi d'un étranger comme moi.

— Brave, je pense qu'il l'est. Il cache cette bonté derrière une façade très rigide.

— C'est sûrement la rudesse de ce pays qui l'a rendu comme ça !

— Peut-être, conclut Armand qui commençait à connaître le caractère des gens de l'Aubrac.

* *
*

Armand se souvint de sa première arrivée à Marchastel, du chemin qui conduisait au hameau où s'élevait l'église contiguë au cimetière et du presbytère où il avait passé sa première nuit au pays de ses ancêtres, le jour de l'enterrement de son grand-oncle, Alphonse.

Arrivé sur le terre-plein où s'ouvrait la porte d'accès au logement du curé, le cheval s'arrêta. Les deux hommes mirent pied à terre. Jules attacha les rênes à un anneau scellé dans le mur en granit. À une des fenêtres, ils virent le rideau bouger. Quelques instants plus tard, le prêtre apparut sur le perron de sa demeure.

— Je vous attendais, annonça-t-il avant même de saluer les nouveaux arrivants. Entrez, je vous prie !

Jules et Armand répondirent à l'invitation de s'asseoir autour de la table en chêne. Avant même qu'ils aient eu le temps d'ouvrir la bouche, le prêtre coupa court à toute interrogation.

— Je suppose que vous êtes venus me voir pour avoir des éclaircissements sur ce que je vous ai imposé en ne mentionnant pas le patronyme Ligourel dans vos propos, n'est-ce pas ?

— Oui, émit laconiquement le jeune homme. Je voudrais que vous me disiez les raisons qui vous ont poussé à me donner ce conseil quand vous m'avez laissé partir avec le curé de Saint-Chély, après notre repas à Aubrac. Je n'ai pas pu vous poser la question ce jour-là. Je voudrais que vous m'expliquiez.

— La raison en est très simple. Dans notre pays, il est synonyme de lâcheté.

Jules et Armand se regardèrent en écarquillant les yeux.

— Et pourquoi ?

— Parce qu'il est associé à une personne qui n'a pas respecté sa parole et qui s'est enfuie, plutôt que de la respecter.

— Je ne comprends pas très bien, mon père, s'étonna l'exilé. On ne fait pas supporter à toute une famille les bêtises d'un seul.

— Sauf si la bêtise a eu des conséquences très graves. Quand vous êtes venu ici, jeune homme, vous m'avez bien dit que vous étiez le petit-neveu d'Alphonse que j'ai porté en terre le jour de votre arrivée.

— Oui, accorda Armand.

— Et donc le fils de Gustave ?

— Oui ! J'ai même remarqué que quand j'ai prononcé ce prénom, vous avez marqué un temps d'arrêt.

— Excusez du peu, mais il y avait bien longtemps qu'on ne l'avait pas prononcé ici.

— Et ça a fait sacrément réagir quand vous l'avez dit à vos paroissiens !

— Si peu...

— Comment, si peu ? Lorsque le dimanche, après la messe, vous leur avez parlé sur le parvis de l'église alors que j'étais ici même, j'ai aperçu leur réaction depuis cette fenêtre, indiqua du doigt Armand.

— Vous m'avez espionné ?

— Non, je regardais simplement à l'extérieur et j'ai remarqué que vous sembliez leur parler de moi. Comme ils m'avaient dévisagé durant tout l'office, j'ai bien compris qu'ils vous demandaient qui j'étais.

— C'est peut-être normal, non ? Dans un village si petit, on remarque immédiatement les gens qui ne sont pas d'ici. Et ça fait jaser.

— Il n'y a rien de plus normal, mon père. Vous avez raison. Par contre, ce qui l'est beaucoup moins, c'est leur réaction. Certains montraient une agressivité flagrante en regardant vers le presbytère où je vous attendais. Il y en a même un qui s'est détaché du groupe et que vous avez rattrapé vivement.

Le prêtre ne savait que dire. Il comprit qu'il allait devoir aller au-delà des explications qu'il avait pensé pouvoir leur fournir.

Armand reprit :

— Je ne suis pas dupe. Quand ils vous ont quitté, avant que vous ne veniez me rejoindre, j'ai bien remarqué que leurs visages étaient fermés, qu'ils avaient l'air sombres. En tout cas, plus sévères que quand ils étaient arrivés.

— Vous avez raison, avoua le prêtre. C'est votre présence et ce que je leur ai dit qui les a rendus menaçants.

— Et que leur avez-vous dit ?

— Que vous étiez le petit-neveu d'Alphonse...

— ... et cette seule information les a mis dans un état pareil ? coupa l'exilé.

— Non. Mais quand je leur ai dit que vous étiez, donc, le fils de Gustave, c'est là qu'ils ont commencé à montrer une certaine nervosité.

— Et pourquoi ?

— Parce que celui qui a donné sa mauvaise réputation à votre famille et maudit le nom de Ligourel, c'est Gustave.

— Quoi ?

— Oui, c'est votre père !

Armand resta bouche bée en entendant cette révélation. À ses côtés, il y avait bien longtemps que Jules avait compris.

XXIX

Révélations

— Mais pourquoi ?

La question essentielle pour une bonne compréhension de la lâcheté et de la fuite de son père vers le bas pays venait d'être posée par Armand au prêtre de Marchastel.

— Vous m'en demandez beaucoup, mon fils. Je connais quelques bribes de cette affaire, mais je ne connais pas tout.

— Alors donnez-les-moi, ces quelques fractions de vérité, afin que nous puissions, mon grand-père et moi, questionner des personnes qui sauront nous l'expliquer.

— Ce que je sais vient d'Alphonse. Il m'a dit beaucoup de choses sur ses rapports avec son neveu, votre père, mais pas tout. Avant tout, est-ce que vous voulez partager mon modeste repas ?

L'horloge du clocher de l'église égrenait les douze coups de la mi-journée. Jules et Armand se regardèrent. Après avoir échangé un œil complice, ils acceptèrent.

Quelques minutes plus tard, les trois hommes mangeaient les victuailles que le curé avait sorties de son garde-manger. Entre deux bouchées, il dévoila une partie de ce que les Méridionaux étaient venus chercher.

— J'ai souvent parlé avec Alphonse. Je crois vous l'avoir dit. C'était un homme fermé et à la physionomie sévère. Il était profondément religieux et me faisait confiance. Il était également généreux, mais sa générosité l'a un peu déçu.

— Et qui l'a déçu ?

— Votre père.

— À ce point ?

— Oui.

— Laisse parler M. le curé, intervint Jules.

— Je comprends que vous soyez impatient, mais je ne pourrai pas vous apprendre grand-chose, sinon tout ce que chacun sait.

— Dites-nous au moins ce que les gens savent et que nous ne connaissons pas. Ce sera déjà pas mal, proposa Armand, en saisissant une tranche de pain que le prêtre venait de couper.

— Alphonse était l'oncle de Gustave. Il était célibataire et frère de Guillaume, votre grand-père. Toute la famille vivait dans la même maison ici, à Rieutort. C'est un hameau de notre paroisse de Marchastel. Or, lors de l'été 1854, une épidémie de choléra a fait son apparition dans nos campagnes. Il était apparu un an plus tôt dans le Nord et avait envahi progressivement nos régions méridionales et l'arrière-pays montagneux. En tout, elle a fait près de cent cinquante mille victimes en France. Les parents de Gustave n'y ont pas échappé. Ils sont morts à quelques jours d'intervalle, en septembre 1854. Gustave s'est retrouvé orphelin. Votre père avait à peine neuf ans. Alphonse n'a pas voulu abandonner son neveu. Ils sont restés ainsi à travailler comme des fous. Lorsque Gustave a eu une quinzaine d'années, il a commencé à traîner dans les bals. Alphonse, qui lui avait consacré une partie de sa vie, voyait ça d'un mauvais œil, mais consentait, d'autant que, s'il lui faisait des remarques, Gustave lui répliquait qu'il n'était pas son père et n'avait pas d'ordres à lui donner.

Armand restait étonné d'entendre ces critiques sur son père. Il en avait une tout autre vision. Il laissa parler le curé.

— Gustave fréquentait des jeunes des villages de l'Aubrac, de Nasbinals, de Saint-Chély. Ils écumaient toutes les fêtes dès que les beaux jours arrivaient. Gustave s'est mis à délaisser son travail au grand dam d'Alphonse, mais celui-ci trouvait toujours des circonstances atténuantes à la conduite de son neveu. Un jour, Alphonse s'est fâché et Gustave a fait une fugue. Quelques jours plus tard, il est revenu, tout penaud, et Alphonse lui a pardonné. Lorsqu'il a eu vingt ans, Gustave a été convoqué pour le conseil de révision.

À cette évocation, Armand sentit un frisson lui parcourir l'échine.

— Je ne sais pas ce qui s'est passé, car Alphonse ne voulait surtout pas en parler. Ce que je sais, c'est que, quelques mois plus tard, Gustave a disparu et qu'Alphonse a reçu la visite des gendarmes, mais également celle des membres d'une famille lui réclamant de l'argent.

— Et c'est simplement pour ça que mon nom a été damné ? C'est un peu léger, vous ne trouvez pas ? remarqua Armand, médusé, en prenant son grand-père à témoin.

— Je ne peux rien vous dire de plus.

— Pourquoi ?

— Parce que je ne peux rien vous dire de plus, répéta le curé.

— Mon père a donc fait quelque chose qui l'a obligé à s'expatrier loin de son pays natal. Ce devait être grave...

— Je ne vous dirai pas autre chose que ce que je viens de vous dire.

— Pas même le nom de la famille qui est venue demander de l'argent à mon grand-oncle ?

— Tout le monde la connaît sur le plateau.

— Et elle s'appelle ?

— Anglade ! C'est la famille Anglade. Elle habite Saint-Chély, ou plutôt Bonnefon. C'est un lieu-dit de...

Avant qu'il n'ait eu le temps de finir sa phrase, Armand coupa la parole au prêtre :

— Oui, je connais, souffla l'exilé qui ne s'étonnait plus de ce qu'il découvrait en si peu de temps.

Devant l'étonnement de l'ecclésiastique, il ajouta :

— C'est chez eux que m'a conduit votre collègue de Saint-Chély. J'y suis buronnier.

— Alors là, il y a de drôles de coïncidences dans la vie ! Si vous les connaissez, je pense que c'est vers eux que vous devriez vous orienter pour trouver le pourquoi de vos ennuis.

Jules et Armand quittèrent le presbytère de Marchastel après force remerciements. Malgré toutes les insistances, le curé n'avait pas voulu leur donner d'autres explications nécessaires à toute compréhension de cette histoire pour le moins étonnante. Ils avaient toutefois apprécié la manière dont il les avait orientés vers la famille Anglade.

Les deux hommes ne voulaient surtout pas perdre une seconde dans ce marathon pour connaître la vérité en moins de quarante-huit heures, voire vingt-quatre heures si on prenait en compte l'obligation de se présenter au buron le soir même, imposée par le cantalès.

Le jeune homme était une nouvelle fois anéanti par ce qu'il venait de découvrir. Son nom de famille avait été rayé des discussions du plateau de l'Aubrac par la faute de son père et celui-ci avait eu maille à partir avec la famille de son patron.

— Mais pourquoi ? demanda-t-il à son grand-père alors qu'ils avaient repris place sur leur monture.

— Je ne peux pas répondre à ta question, déplora l'aïeul. J'ai une image de mon gendre assez étonnante, maintenant, bien que j'aie toujours perçu sa lâcheté. À mes yeux, ce n'est pas une nouveauté, mais je ne sais pas jusqu'où celle-ci pouvait aller. En tout cas, ici, elle a dû être considérable quand on voit le résultat.

* *
*

C'était la première fois qu'Armand revenait à Bonnefon depuis le décès de Cécile. La fontaine près de laquelle il l'avait aperçue pour la première fois lui sembla terne, sans aucune importance.

Il regarda avec un œil distrait la chapelle Saint-Antoine, dont lui avait parlé le curé de Saint-Chély, cette sépulture construite comme un mausolée par un père à la mémoire de sa fille trop tôt décédée. Il se demanda si Cécile n'en méritait pas un aussi magnifique.

Alors que les deux hommes descendaient de cheval, une grosse voix ne masquant pas son hostilité interpella Armand :

— Qu'est-ce que tu fais là ? La Saint-Jean, c'était hier. Aujourd'hui, on travaille !

— C'est vous que je suis venu voir.

— De la part du cantalès ? Il y a un problème au buron ?

— Non. De la part du curé de Marchastel !

Voyant Jules, il le dévisagea.

— Ce n'est pas vous qui êtes venu me voir hier pour me demander si je n'avais pas embauché votre petit-fils, Armand Vigouroux ?

— Oui, c'est moi, lui répondit l'aïeul. Je reviens aujourd'hui avec lui pour vous poser quelques questions, si vous n'y voyez pas d'inconvénient.

— Je vois surtout qu'il y en a un qui devrait être au travail et qu'il se promène...

Armand pensa qu'il lui fallait frapper très fort pour mettre un terme à ces reproches sur sa présence à Bonnefon, qui risquaient de s'éterniser et ne mèneraient à rien et ne feraient pas du tout avancer leurs recherches.

— Je viens pour vous parler de Gustave Ligourel.

À ces mots, les deux Méridionaux virent le visage de Pierre Anglade blêmir.

— C'est un nom qui est banni, ici ! hurla-t-il. On ne le dit plus dans notre famille et sous mon toit.

— Je le sais, poursuivit Armand. Mais nous voudrions en savoir un peu plus sur les raisons qui ont poussé les gens d'Aubrac à éliminer de leur mémoire cet homme.

— Et ça vous apportera quoi ?

— De la compréhension, essaya d'esquiver le jeune homme qui ne voulait pas dire, pour l'instant, qu'il était le fils de Gustave, ayant peur que cette divulgation ne bloque complètement leur interlocuteur et qu'il ne veuille plus leur parler.

— Il nous a fait du mal, à nous aussi, mentit Jules.

— C'est votre problème, pas le nôtre. Et d'ailleurs, où est-il ?

— Nous en parlerons plus tard.

— Parce que vous savez où il est ?

— Dans la plaine, coupa court Armand.

— Et vous avez fait tout ce voyage pour simplement savoir ce qu'il avait fait sur ce plateau. Je ne vous cache pas mon incompréhension.

En un éclair, le visage de l'Aveyronnais s'illumina.

— Mais au fait, vous êtes de quel village ?

Armand, qui se rappelait la réaction de son patron lorsqu'il avait prononcé le nom de son village, ne se déroba pas :

— Je vous l'ai dit lorsque nous allions à Nasbinals et j'ai remarqué que ça a eu tendance à vous déplaire. Pourquoi ?

— Alors répète-le-moi !

— Nous sommes de Macassargues, dans la plaine languedocienne.

— C'est bien ce que j'avais entendu. Je n'avais pas rêvé.

— Vous connaissez ?

— Depuis un mois, oui !

— Et pourquoi depuis un mois ?

— Parce que c'est là que mon frère Paul est mort quelques jours avant la transhumance.

— Oui. Nous le savons, interrompit l'aïeul.

— Et comment le savez-vous ?

— Parce que c'est Gustave Ligourel qui l'a… enfin qui est à l'origine de sa mort, bafouilla Jules en regardant son petit-fils.

Le silence qui s'installa marqua l'embarras de tous les protagonistes de cette discussion.

— Qui vous a dit que votre frère était mort à Macassargues ? reprit Armand.

— Le gendarme qui est venu m'annoncer son décès. Par contre, il ne s'est pas étendu sur ses causes. Vous me l'apprenez !

— Vous comprendrez pour quelle raison nous sommes là, mon grand-père et moi, maintenant. Il est impliqué dans cette affaire et nous voulons savoir ce qui s'est passé ici, il y a une vingtaine d'années, pour mieux nous faire un avis sur le personnage en question, essaya d'expliquer Armand.

— Et pour ça tu es venu te perdre dans un pays que tu ne connaissais pas. C'est étonnant, d'autant que tu es un cachottier.

— Pourquoi ?

— Parce qu'il paraît que tu ne t'appelles pas Vigouroux !

L'exilé comprit en entendant cette dernière phrase que Louis avait raconté au propriétaire ses discussions nocturnes. Comment pouvait-il éviter de lui avouer la vérité immédiatement ?

Pierre regardait son employé droit dans les yeux, sans baisser son regard, pour mieux l'impressionner.

— Tu vois. Je sais des choses pas très claires sur toi. Ça t'étonne, non ? questionna Pierre d'un air victorieux. Il serait bon que tu répondes à ces questions : comment t'appelles-tu et qu'est-ce que tu es venu faire ici ?

Armand ravala sa salive. Il se sentit piégé.

— Alors, tu réponds à mes questions ? s'impatienta Pierre.

— Je vous jure que je vais vous le dire, mais avant expliquez-nous ce qu'a fait Gustave Ligourel pour être banni de son pays natal ? répéta Armand.

Voyant qu'il ne pourrait rien tirer de son interlocuteur qui était plus têtu que lui, Pierre leur fit signe de le suivre et entra dans la salle commune de la ferme.

Toujours aussi triste, Pascaline Anglade s'occupait sans entrain avec un travail de couture, près de la cheminée dont le feu n'avait pas été approvisionné depuis quelque temps.

Le maître de maison attrapa une bouteille de vin dans la souillarde et trois verres sur le buffet. Il les posa sur la table en indiquant à chacun des hommes une place.

Quand tous furent assis, il servit avant de trinquer et de reprendre la parole :

— Il y a un peu plus d'une vingtaine d'années, mon frère Paul *se faisait* avec d'autres garçons de son âge, dont ce salopard de Gustave Ligourel.

Voulant savoir la suite, Armand ne releva pas.

— Ils étaient de toutes les fêtes, de Nasbinals à Saint-Urcize et de Marchastel à Saint-Chély. Ils étaient indissociables. On ne pouvait pas en voir un sans voir les autres. Mes parents ne voyaient pas ça d'un bon œil, mais il fallait bien que jeunesse se passe.

Jusque-là, Pierre confirmait ce que le curé de Marchastel leur avait dit. Jules et Armand étaient pendus à ses lèvres.

— À cette époque, ma famille avait de grosses difficultés financières avec la ferme que nous exploitions. Il y avait eu plusieurs années où les récoltes avaient été mauvaises et une maladie avait décimé une partie de notre troupeau de vaches. Les finances étaient au plus bas. On ne savait pas comment s'en sortir. Or voilà qu'arrive le conseil de révision pour Paul et toute cette équipe, puisqu'ils avaient le même âge, et surtout pour cette autre pourriture... ne put s'empêcher de dire le fermier. Ils sont convoqués. À cette époque, il y avait un tirage au sort.

— Comme aujourd'hui, coupa Armand.

— Oui, mais le résultat n'est plus le même. À cette époque, le tirage en question déterminait ceux qui partaient ou ne partaient pas au service militaire qui durait six années.

— Et... ? ne put s'empêcher de demander Jules.

— ... Gustave Ligourel a tiré un mauvais numéro... reprit Pierre.

— ... alors que votre frère en a tiré...

— ... un bon !

— Donc Gustave allait partir et Paul rester.

— C'est ça, vous avez compris.

— Et alors, où est le problème ? s'épata Armand.

— Ce n'est pas fini. Le lendemain du tirage, Gustave s'est confié à Paul. Il lui a expliqué que sa vie avait déjà été rude. Ses parents étaient morts quand il était jeune. Il vivait seul avec son oncle et son départ de la ferme risquait de mettre à mal leur travail. Comme il avait quelques économies, il allait les consacrer à acheter un remplaçant, comme le prévoyait la loi.

— Jusque-là, il n'y a rien d'extraordinaire.

— C'est vrai. Sauf qu'en rentrant à la ferme Paul a pensé qu'il pourrait remplacer Gustave et qu'ainsi l'argent récolté permettrait à ses parents de remonter la pente. Rien ne le retenait au pays et en découvrir de nouveaux l'attirait.

— Donc, si je vous suis bien, Paul a remplacé Gustave pour partir au service national.

— Oui, mais avant il a fallu aller chez le notaire pour officialiser la chose. Mon frère et Gustave y sont allés pour faire les papiers d'usage. Gustave a payé le tiers de la somme convenue, comme ça se faisait, et il a été décidé qu'au bout d'un an les deux autres tiers seraient payés à leur tour.

— Tout allait bien ! admit Jules.

Sans prêter attention à ce qui venait d'être dit, Pierre but le fond de vin qui se trouvait dans son verre et resservit une nouvelle tournée.

— Paul est parti à l'armée. La somme qu'il avait touchée, il l'a donnée à mes parents pour qu'ils puissent voir venir. Ceux-ci ont pu sortir la tête de l'eau et, en prévision du paiement du reliquat d'argent, ont fait un crédit qu'ils pensaient pouvoir rembourser un an après, sauf que...

— ... le reliquat n'a jamais été payé ! prit conscience Jules qui commençait à comprendre le fin mot de cette histoire.

— Si ce n'était que ça !

— C'est déjà grave, se troubla Armand en dodelinant de la tête.

— Oui, mais la suite est beaucoup moins glorieuse pour Gustave. Donc, à la date convenue, mes parents sont allés chez le notaire pour retrier la somme qui revenait à Paul, et à eux, par sa volonté. Or l'officier ministériel leur a dit que rien n'avait été déposé. Ils sont alors montés à Rieutort pour voir Gustave. Et là, stupeur ! Son oncle leur a expliqué qu'il était introuvable depuis la veille et qu'il ne savait pas où il pouvait bien être. Ils lui ont expliqué leur problème. Alphonse est tombé des nues quand il a appris que son neveu avait tiré un mauvais numéro, un an plus tôt. Il leur a affirmé, la main sur le cœur que, quand il était rentré du conseil de révision, il lui avait dit que tout allait bien, qu'il avait été chanceux et qu'il ne partirait pas. Alors que mes parents lui expliquaient qu'il avait payé Paul pour qu'il parte à sa place, l'oncle de Gustave s'est étonné, puis il s'est souvenu qu'un jour, en rentrant des champs, ils avaient trouvé la ferme sens dessus dessous et qu'on leur avait volé toutes leurs économies.

— Qui s'élevaient à combien ? demanda Jules.
— À huit cents francs ! Ça correspondait à la première traite.
— Il manquait donc mille six cents francs ?
— C'est ça.
— Et alors, que s'est-il passé ?
— Les gendarmes sont venus voir Alphonse, parce que la famille de la personne remplacée était responsable de la présence dans le corps d'armée du remplaçant. Or Alphonse était sa seule famille ! Face à cette situation, Paul avait fait valoir à ses supérieurs qu'ils n'avaient qu'à le renvoyer chez lui et qu'ils mettent à sa place le mauvais payeur, ce à quoi on lui avait répondu que, tant qu'ils ne l'avaient pas, il devait rester sous les drapeaux.
— La situation devenait compliquée. Si je vous suis bien, commenta le grand-père, face à un Armand complètement démoralisé, Gustave était parti sans laisser d'adresse, Alphonse ne pouvait pas payer, vos parents avaient des dettes qu'ils ne pouvaient pas honorer et Paul était coincé dans l'armée.
— C'est ça ! Vous commencez à comprendre les raisons qui nous poussent à haïr ce nom de Ligourel ?
— C'est compréhensible.
— Mais cette histoire ne s'est pas arrêtée là. Alphonse était insolvable. Les créanciers se sont présentés à notre ferme, mon père n'a pas pu les dédommager et il s'est pendu dans la grange. C'est ma mère qui a découvert le corps. Elle en est devenue folle. Elle est morte de chagrin quelques mois plus tard en me laissant seul, sans le sou. J'ai trouvé du travail dans des fermes. Je me suis marié et nous avons réuni toutes nos économies, avec Pascaline, pour monter cette ferme qu'on comptait transmettre à Cécile et à celui qui l'aurait épousée. Mais, là aussi, le destin nous a marqués au fer rouge, avec sa disparition.

Une larme avait perlé au coin de l'œil de Pierre. Tous entendirent sa femme renifler avant de se moucher.
— Et Paul ? murmura Armand.
— Ah, oui ! Paul ! balbutia le fermier en reniflant à son tour. Voyant qu'il ne pouvait rien faire et qu'il était pris dans un piège,

il a déserté, il a été repris, jugé et incarcéré. Comme il était en rébellion permanente lors de sa détention, il n'est sorti qu'il y a deux ans environ, débordant complètement de haine. Je pense qu'il a dû essayer de retrouver celui qui était à la source de tous les ennuis de notre famille et de la mort de nos parents. Vous comprenez maintenant pour quelle raison le nom de Ligourel est maudit sur l'Aubrac. Cette histoire a fait le tour de toutes les veillées du plateau. Tout un chacun s'est mis de notre côté en maudissant Gustave. Tous se sont juré que s'il revenait il allait payer. Sur l'Aubrac, on ne fait aucune concession avec l'honneur. Le moindre faux pas souille toute une famille sur plusieurs générations.

— Et Alphonse ? Personne ne l'a ennuyé ?

— Non, au contraire. Tout le monde a bien compris qu'il était victime de son neveu, lui aussi, et que sa bonté à la mort des parents de Gustave n'avait pas porté ses fruits. Au contraire, tout le monde l'a respecté.

Armand se sentait gêné. Il s'était engagé à dire son vrai nom à la fin des explications de Pierre. Ce moment arrivait à grands pas et il ne savait pas de quelle manière cette confession allait être accueillie après tout ce qu'il venait d'entendre, et d'apprendre, sur son père.

La question tant redoutée tomba :

— Alors, quel est ton vrai nom ? demanda Pierre en prenant son verre pour boire une gorgée de vin, sans regarder personne.

Après une dernière hésitation, l'exilé se lança :

— Je m'appelle Armand… Armand Ligourel ! Je suis le fils de Gustave.

XXX

La colère

Jules se demanda comment le verre avait pu rester entier entre les mains de Pierre lorsque celui-ci l'avait reposé aussi violemment sur le plateau de la table au moment où Armand lui avait confié sa véritable identité.

— Quoi ?

Pierre se leva tellement précipitamment qu'il en renversa sa chaise. Elle vint échouer aux pieds de Pascaline. La réaction était tellement explosive que la pauvre femme sursauta et en échappa son ouvrage.

— Et tu me dis ça ! Comme ça ! hurla Pierre. Moi qui t'ai accueilli, qui t'ai logé, qui t'ai nourri, donné un travail et même dit que… j'aurais aimé que tu sois mon gendre. Mais c'est honteux !

Armand attendit que la première stupeur ayant entraîné cette colère s'estompât pour intervenir.

— Et je vous ai déçu ?

— Non, mais je ne peux pas penser un seul instant que j'ai donné autant au fils d'un homme qui est à l'origine de tant de malheurs dans ma famille.

— Oui, mais moi je n'y suis pour rien.

— Peut-être, mais tu t'appelles Ligourel et les Ligourel ne sont pas les bienvenus sous mon toit.

Alors qu'Armand essayait de le calmer, Pierre se mit face à lui, les deux poings posés sur la table.

— Tu es quand même conscient que mes parents sont morts par la faute de ton père et qu'il a mis fin aux jours de mon frère que j'ai attendu pendant des années. Je suppose que tu n'en as rien à faire de tout ça.

— Je ne peux pas supporter les bêtises de tous mes ancêtres, essaya de protester le jeune homme.

Pascaline s'était baissée pour ramasser ce qu'elle venait d'échapper sous l'effet de la surprise. Elle en profita pour remettre le siège de son mari sur ses pieds et le replaça derrière lui.

— Et moi, j'ai bien dû supporter les malheurs que ton père a infligés volontairement à mes parents, parce que c'était vo-lon-tai-re-ment, martela Pierre en frappant du poing sur la table, pour mieux faire rentrer dans la tête de son interlocuteur le mot dont il sépara toutes les syllabes. Ça laisse des traces, tu ne penses pas ? C'est très difficilement supportable. Et tu veux que je pardonne ?

— Qui demande de pardonner ? intervint Jules.

La question déstabilisa le propriétaire qui ne s'attendait pas à ce genre d'interrogation. Il quitta le regard d'Armand pour celui de l'aïeul.

— Vous savez, monsieur Anglade, profita celui-ci, chez moi on dit que « *Lou mourtié sènt toujou à l'aiet*[1] », pour expliquer qu'on ne peut pas tout effacer de ses origines. Je vous rejoins totalement sur votre jugement, mais mon petit-fils ne peut pas être tenu responsable des erreurs blâmables de mon gendre et, vu ce que je viens d'entendre, son attitude est franchement condamnable.

— Condamnable, c'est exactement le mot que je cherchais. Il devra rendre compte devant la justice, parce que je ne vais pas le laisser en paix, tant que je serai vivant.

— C'est trop tard ! lâcha Jules

— Pourquoi ? Je suppose que vous allez me dire qu'il y a prescription, depuis le temps. Qu'il faut oublier le passé. Eh bien non,

1. *Le mortier sent toujours l'ail.*

malgré ça, je ne m'arrêterai pas à ces considérations. Je hanterai ses nuits jusqu'à ce qu'il en meure.

— C'est déjà fait !

— Comment ça, c'est déjà fait ?

— Vous ne pourrez plus le poursuivre en justice.

— Alors là, vous ne me connaissez pas. J'irai jusqu'au bout. Je saurai lui faire mordre la poussière. Il verra qu'un Anglade ne lâche pas prise aussi rapidement.

— Mais vous ne pourrez pas.

— Pourquoi ?

— Parce que Gustave est mort !

Cette annonce calma brutalement la hargne de Pierre. Il ne s'attendait pas à ça. Il ne sut que répondre. De surprise, il se laissa tomber sur sa chaise, de tout son poids.

— Et comment est-il mort ?

— Il s'est ouvert les veines, dans sa cellule, après s'être rendu aux autorités, en avouant qu'il était responsable de la mort de votre frère.

Face à l'incompréhension du fermier, Jules se lança dans les explications qu'il avait données, la veille, à Armand. Ainsi, Pierre apprit les ennuis qui étaient tombés sur la tête d'Armand le soir du conseil de révision, les fausses accusations qui s'étaient ensuivies, sa fuite face à la justice, son arrivée sur l'Aubrac alors que se nouait le drame de Macassargues consécutivement au décès de Paul.

Quand il eut terminé, Pierre avait retrouvé un visage moins sanguin, moins rougi par la colère et ses désirs de vengeance. Il semblait chercher ses mots. Il venait de comprendre tout ce qui s'était passé et ne savait quelle réaction exprimer. Il pensa qu'Armand ne pouvait être tenu responsable des agissements de son père et que l'accusation ignoble dont il avait été la victime, à la place de Gustave, était déjà une blessure. En plus, il l'avait vu travailler et, pour lui, cet homme était honnête, très sérieux dans tout ce qu'il faisait.

Mais comment, après avoir exprimé tant de dégoût, pouvait-il se rattraper et sortir la tête haute de cette situation ? Ce fut Pascaline qui lui en donna l'occasion. Elle avait tout suivi. Elle leva la tête vers les trois hommes occupés à discuter.

— Ne penses-tu pas qu'il faut savoir laisser au passé ce qui lui appartient ?

Sa voix triste détonnait au milieu de toutes les paroles qui venaient d'être prononcées avec plus ou moins de férocité et de tonalité.

— Tout le monde a souffert de ces histoires anciennes et le protagoniste de tout ça n'est plus là pour se défendre...

— Se défendre de quoi ? ne put s'empêcher de demander Pierre avec le reste de vivacité qu'il avait encore dans le corps.

— Il doit bien y avoir une explication aux agissements de Gustave Ligourel.

Armand remarqua qu'un frisson avait traversé, une nouvelle fois, le corps de son patron à l'évocation de ce nom.

— La seule explication, c'est qu'il était d'une lâcheté infâme, poursuivit Pierre. Que c'était un dégonflé et qu'il n'a pas hésité à mettre d'autres personnes dans l'embarras pour arriver à ses fins.

— Tous les acteurs sont morts, continua Pascaline. C'est devant Dieu qu'ils vont devoir s'expliquer maintenant. La justice des hommes ne pourra pas se prononcer, alors ne te venge pas sur le fils de celui qui a fait tant de mal à ta famille. Il n'y est pour rien ! À moins que tu ne veuilles le rendre responsable de tous les maux de la terre. Et pourquoi pas de la mort de Cécile, tant que tu y es ?

Cette allusion embarrassa Armand. L'éternelle question revint à son esprit : se pouvait-il qu'elle sache quelque chose sur la relation qui unissait les deux amants ? La suite lui prouva que non.

— Que vient faire notre fille au milieu de cette conversation ? questionna Pierre.

— Je veux dire qu'on peut toujours trouver quelque chose à reprocher à quelqu'un.

— Mais ce n'est pas pareil.

— Si, c'est pareil ! Nous sommes affligés par la perte de notre fille et personne n'en est responsable, sinon la fatalité. Alors imagine l'état dans lequel est Armand en ce moment. Tu veux lui faire porter la responsabilité de faits qui ne concernent que son père et ses ancêtres.

Armand se demanda où elle voulait en venir et ce que venaient faire ses ascendants dans cette discussion qui ne concernait que son père. Il laissa parler la femme de son patron.

— Il vient tout juste de prendre connaissance de ces faits. Il vient te demander des explications et toi tu le rabroues. En plus il vient d'apprendre que son père est mort, et de manière violente. Que te faut-il de plus ? Ce n'est pas bien, Pierre, ce n'est pas bien !

L'émotion avait marqué l'intervention de Pascaline. L'allusion à Cécile avait semblé porter ses fruits. Tout s'était apaisé. Pierre n'était plus le même. Armand en profita pour reprendre l'initiative :

— Je suis venu vous voir, car je voulais comprendre ce qui s'était passé ici, avant ma naissance. Je voulais connaître les raisons de tout ce qui se passe chez moi, depuis quelques semaines. Entendre les causes qui ont poussé le prêtre de Marchastel à me conseiller de changer de nom, car il était difficile à porter, sans que je sache pourquoi. Maintenant, je connais la vérité. Elle n'est pas très belle à entendre, mais je suis obligé de l'accepter.

Jules avait sorti sa montre à gousset de la poche de son gilet.

— Il faudrait qu'on pense à rentrer, Armand, dit-il à son petit-fils. N'oublie pas que nous devons revenir au buron avant la nuit.

— Et pour quelles raisons ? s'inquiéta Pierre.

— Parce que le cantalès a une confiance très limitée envers moi depuis qu'il sait que Vigouroux n'est pas mon vrai nom. J'ai dû m'engager à lui promettre que je serais de retour pour coucher, ce soir, au masuc.

— Et si tu n'y es pas ?

— Il va avertir les gendarmes.

— Alors effectivement il vaut mieux que vous vous mettiez en route. Par contre, pour que vous alliez plus vite, je vais vous prêter un second cheval. Le vôtre aura moins de charges à porter. Ça le soulagera, précisa Pierre en regardant Jules.

Alors que le jeune homme allait remercier son patron, ce dernier lui indiqua la sortie :

— Tu connais la maison, je te laisse seller ta monture. Pour tout ce qui concerne ton père, nous aurons l'occasion d'en reparler à tête reposée. Laisse-moi le temps d'accepter tout ce que vous êtes venus m'expliquer, avec ton grand-père.

— Je comprends très bien, balbutia Armand avant de s'éclipser vers l'écurie.

Quelques minutes plus tard, les deux Méridionaux étaient prêts à partir vers les pâturages en espérant qu'ils arriveraient à temps à destination. Alors qu'ils s'engageaient sur le chemin menant à la montagne, Armand fit demi-tour. Il revint vers la porte d'entrée de la ferme où Pierre Anglade était resté afin de les voir partir.

— Une dernière question, s'il vous plaît.

— Pose-la ! Je verrai si je peux y répondre.

— Comment est-ce que votre frère a fait pour retrouver mon père, après autant de temps, puisque même Alphonse ne savait pas où il était parti ?

— Je ne le sais pas. La seule chose que je peux te dire, c'est qu'à son retour, à sa sortie de prison, il est revenu ici, un beau matin de printemps. Il m'a expliqué qu'il ne faisait que passer, qu'il allait consacrer tout le reste de sa vie à chercher, que sa vengeance serait terrible et qu'il ferait tout ce qui était en son pouvoir pour retrouver Gustave.

— C'était il y a longtemps ?

— Deux ans, pas plus, comme je te l'ai dit tout à l'heure.

— Et où est-il parti quand il vous a quitté ?

— Je crois bien qu'il m'a dit qu'il allait commencer sa quête à l'endroit où avaient débuté nos ennuis, plus de vingt ans plus tôt.

— C'est-à-dire ?

— Je pense que ce doit être à la ferme où habitait ton père, à Rieutort. À l'endroit où on l'avait vu pour la dernière fois.

— Vous pensez qu'il est allé voir mon grand-oncle Alphonse ?

— Je ne peux pas te l'affirmer, mais il y a de grandes chances.

— Et vous ne l'avez pas revu, depuis ?

— Qui, Alphonse ?

— Non, Paul, votre frère.

— Je lui ai proposé de prendre un cheval, mais il a refusé. Il a pris son baluchon et s'est engagé dans la direction que vous empruntez ce soir. Je ne sais rien d'autre et je n'en ai plus entendu parler jusqu'à la visite du gendarme m'annonçant son décès, dans ton pays.

— Merci. Je vous revaudrai ça, conclut Armand en faisant pivoter sa monture pour rejoindre son grand-père qui s'impatientait en regardant l'heure qui passait.

— Avant de me valoir quelque chose, poursuis ton estive avec les autres montanhièrs. Nous reparlerons de tout ça au plus tard en octobre.

C'est au galop que Jules et son petit-fils rallièrent le buron. Le soleil descendait progressivement vers la ligne d'horizon. Il était tout de même encore assez haut dans le ciel lorsqu'ils furent en vue de leur destination.

Armand fut soulagé de voir quatre silhouettes s'agiter au milieu des vaches et des veaux. Louis était toujours présent et n'était donc pas parti avertir la maréchaussée de l'absence de son second pastre.

Dès qu'ils atteignirent la maison de granit, ils comprirent que les buronniers avaient pris du retard sur leur travail. Le handicap de Sylvain et l'absence d'Armand les avaient retardés dans leur besogne. Sans même réfléchir, l'exilé attacha son cheval, prit un seau et se précipita pour aider à la traite.

Louis le vit arriver.

— Je vous avais dit que je serais ici avant la nuit. Me voilà !

Le cantalès apprécia d'un geste affirmatif de la tête.

— Vous avez pris un peu de retard par ma faute. On va essayer de rattraper tout ça.

Quelle ne fut pas la surprise des buronniers de voir également arriver Jules, les bras de chemise retroussés, tenant également un seau à la main.

— Je pense qu'une paire de bras supplémentaire ne sera pas refusée, lança-t-il aux deux pastres et à leur chef.

Alors que Louis allait parler, il l'interrompit :

— Je crois que vous m'avez proposé le gîte et le couvert, ce matin, non ?

— Oui, approuva le cantalès.

— Eh bien, je vais payer mon loyer à ma manière.

Alors qu'Armand et son grand-père étaient occupés à traire, Jules lui fit remarquer qu'il le trouvait un peu soucieux.

— À quoi penses-tu ?

— À tout ce que j'ai appris aujourd'hui.

— C'est vrai que ça fait beaucoup de choses en si peu de temps. Et tant de choses pas très belles, mais alors pas belles du tout...

— Je n'imaginais pas que mon père ait pu faire autant de mal.

— On ne connaît jamais assez les gens.

— Par contre il me manque une inconnue que j'aimerais bien découvrir.

— Et laquelle ?

— La manière dont s'est pris Paul pour retrouver mon père, à Macassargues. Pierre Anglade m'a donné quelques explications, mais je n'ai pas de faits concrets pour aller plus loin.

— Je pense que tu seras obligé d'en rester là. Tu n'auras jamais cette réponse. Il y a toujours une part de mystère dans toutes les affaires compliquées et celle-ci est pour le moins complexe.

— C'est vrai que tous les témoins ont disparu. Paul est mort, Pierre ne sait pas grand-chose, le curé de Marchastel ne me dira plus rien et Alphonse repose au cimetière. Il ne me reste aucune piste pour cueillir la vérité.

Ayant terminé de remplir son seau, Jules alla jusqu'à la gèrla pour le vider. Alors qu'il terminait son geste, il sursauta.

— Mais il me reste une possibilité ! Pourquoi n'y ai-je pas pensé plus tôt ?

Armand venait de crier sa trouvaille. Gilbert, Milou, Louis et Sylvain ne comprirent pas ce qui se passait et ce qui expliquait ce hurlement que l'on pouvait apparenter à celui d'une victoire.

Au moment où Jules lui demandait ce qui était à l'origine de cette joie, son petit-fils lui répondit succinctement, sans plus d'explications :

— Il nous reste vingt-quatre heures, n'est-ce pas ?

— Oui !

— Eh bien, nous mettrons à profit la journée de demain pour mettre un terme à toute cette histoire. Je sais où aller chercher sa conclusion.

XXXI

La boîte en fer

L'AIDE QU'IL AVAIT PROPOSÉE au cantalès la veille, Jules la renouvela le lendemain matin. Ainsi la collecte de lait fut plus rapide et les deux Méridionaux purent poursuivre leur quête de renseignements.

Ils s'engagèrent auprès de Louis à revenir avant le début du travail du soir, afin d'essayer de ne pénaliser personne. Il ne leur restait qu'une seule journée pour arriver à leurs fins.

Le grand-père ne savait rien des projets de son petit-fils. Ce dernier ne s'étant pas étendu sur ses perspectives, il le suivit sans broncher en lui faisant totalement confiance.

Alors qu'ils empruntaient la route de Nasbinals, l'aïeul pensa qu'ils revenaient vers Marchastel. Il s'en confia auprès d'Armand :

— J'ai l'impression que nous revenons sur nos pas, non ?

— Tu as compris.

— Mais nous y sommes allés hier. Je ne pense pas que le curé ait eu une apparition cette nuit ou que le bon Dieu lui ait donné une mission pour nous expliquer ce qu'il ne connaît pas.

— Qui te dit que nous allons voir le curé ?

— Je ne pense pas que tu connaisses d'autres personnes, dans ce village. À moins que tu ne veuilles rencontrer des personnes qui te sont hostiles.

— Nul n'est besoin de connaître du monde pour aller à la pêche aux informations. Le curé, c'est le bouchon qui flotte à la surface de l'eau. On a l'impression, vu de la berge, qu'il n'y a que lui. Pourtant, le fil continue en profondeur jusqu'à l'hameçon. Or c'est là qu'on attrape les poissons, et quelquefois de gros, voire de très gros poissons !

Le ton énigmatique du jeune homme n'étonna pas son grand-père. Il le connaissait assez bien pour savoir qu'Armand était de ces gens qui donnent leurs renseignements au compte-gouttes. Sachant qu'il ne pourrait plus rien obtenir, il se tut.

Comme il le pressentait, Jules vit arriver le village des ancêtres de son gendre. Passant devant l'église, il jeta un coup d'œil vers le presbytère. Aucun rideau n'avait bougé. Il pensa que le prêtre était absent.

Laissant le lieu de culte sur leur gauche, les cavaliers traversèrent une petite place où s'élevait une belle croix en pierre comme on en trouvait sur l'ensemble du plateau, preuve de la foi que les gens du cru avaient en leurs superstitions et en leur foi en l'Éternel. Sur son arrière trônait un métier à ferrer : un *ferradou*, comme on l'appelait en ces contrées. Il était utilisé pour ferrer les bœufs ou les chevaux afin de les équiper de bonnes assises pour les travaux agricoles.

Plusieurs maisons en granit coiffées de toit de lauzes étaient dominées, à l'est, par un piton rocheux qui les écrasait de sa masse imposante. Les portes des étables étaient ouvertes. On entendait quelques bêtes manifester leur désapprobation de rester enfermées par un si beau temps.

Sur la gauche, un chemin poussiéreux permettait de sortir de ce groupement de bâtiments. Les voyageurs s'y engagèrent.

— Tu sais où tu vas, au moins ?

— Je l'espère, approuva Armand en se retournant vers son grand-père pour lui adresser un large sourire. Fais-moi confiance !

— De toute façon, je pense ne pas avoir le choix, non ?

— Tu as tout compris.

Quelques arbres s'alignaient le long de la piste. Certains solitaires, d'autres concentrés en bosquets. Les murets empêchant que la neige n'envahisse la route au plus fort des bourrasques des vents d'hiver s'étalaient à perte de vue.

Après quelques virages un peu serrés, ce fut une grande ligne droite qui se présenta. Le paysage était toujours aussi plat. On devinait quelques maisons à l'horizon. C'était vers elles que se dirigeait Armand, suivi par son grand-père qui ne voyait toujours pas où il voulait en venir.

Dès qu'ils furent entrés dans cette nouvelle localité, l'exilé ralentit le pas de sa monture. Ayant aperçu une femme donnant à manger à sa basse-cour, dans la cour d'une ferme, il se dirigea vers elle.

— Bonjour. Vous pouvez me dire où se trouve la maison d'Alphonse Ligourel, s'il vous plaît ?

Avec force gestes, la personne lui indiqua une grosse habitation légèrement en hauteur, sur un petit mamelon. Elle dominait toutes les autres.

— Si vous comptez rencontrer Alphonse, il n'est pas là.

— Je sais, il est mort il y a un peu plus d'un mois. Je veux simplement savoir où est la maison qu'il habitait. C'est tout. Merci beaucoup.

Tirant sur une des brides, Armand fit pivoter son cheval vers la direction indiquée et se plaça aux côtés de Jules à qui il s'adressa :

— Bienvenue à Rieutort, le pays de mes ancêtres paternels. C'est ici qu'est né mon père.

— Et qu'est-ce que nous sommes venus faire ici ?

— Trouver une personne qui a bien connu Alphonse et qui doit toujours vivre sous son toit. Du moins je l'espère.

En même temps qu'il prononçait ces mots, le doute s'installa dans l'esprit du jeune homme.

« Se pourrait-il que la servante qui vivait avec mon grand-oncle soit partie ? » pensa-t-il.

Il l'avait aperçue le jour de l'enterrement. Le prêtre lui avait expliqué qu'elle vivait avec lui et aurait été un peu plus qu'une servante. Il avait même précisé : « Quant à être très proche, c'est le moins que l'on puisse dire. Ils formaient une sorte de couple dont les intentions ne me regardent pas. »

Il se souvenait de cette phrase avec saveur. Elle lui avait plu, car elle lui avait été dite avec une certaine pudeur. La chasteté de l'homme d'Église la lui avait dictée, l'homme physique savait de quoi il parlait et l'homme médisant devait rester dans l'ombre. En revanche, Armand avait bien compris ces simples paroles. Elles lui donnaient de l'espoir. Cette personne pourrait peut-être apporter la pièce du puzzle qui lui manquait.

Armand s'arrêta devant la façade principale de la ferme. Il descendit de son cheval et en donna les rênes à Jules. Il s'avança vers la porte qui semblait être l'entrée principale et frappa sur un des quatre carreaux. N'ayant entendu aucune réponse, il réitéra son geste avec un peu plus d'ardeur, mais n'obtint pas de réaction.

Désirant vérifier qu'aucune personne n'était présente, il approcha son visage d'une vitre, plaça ses deux mains de chaque côté de sa figure pour masquer les reflets et regarda à l'intérieur.

La grande salle commune était vide de toute présence humaine. Comme dans toutes les fermes du plateau, une grande table et des bancs occupaient la partie centrale, une grande cheminée était accolée à un mur devant laquelle étaient placés deux fauteuils en paille, alors qu'un grand bahut, surmonté d'étagères sur lesquelles était empilée de la vaisselle, occupait celui qui lui faisait face.

Sur un troisième mur s'alignaient plusieurs lits-clos. Entre deux d'entre eux, une pendule animait le décor. Son balancier égrenant le temps prouvait que la maison était bien habitée, du moins depuis qu'une personne avait remonté les poids il y avait moins d'une semaine.

Armand se rassura. Une personne vivait bien entre ces murs, en espérant que ce soit la même qu'il eût croisée au cimetière, lors des obsèques d'Alphonse.

Se reculant, il détailla l'aspect général de la bâtisse. Il en fit le tour pour constater qu'il n'y avait vraiment personne à ses abords. Étant revenu à son point de départ, il écarta les bras pour montrer son dépit à son grand-père.

— Apparemment, il n'y a pas âme qui vive. Mais par contre elle est habitée.

— On n'a pas tout perdu, alors ! admit Jules. Et maintenant, que faisons-nous ?

— On va attendre.

Désignant un muret, Armand proposa à son aïeul de s'y installer en espérant qu'il y ait du mouvement. Leur patience ne fut pas vaine. Il y avait une petite demi-heure qu'ils faisaient le pied de grue lorsqu'ils virent arriver une femme qu'Armand reconnut comme étant celle des obsèques d'Alphonse.

Habillée de noir sous un grand châle également sombre, les manches retroussées, elle portait une coiffe de dentelle blanche retenant sa chevelure dont quelques mèches s'échappaient. Elle poussait une brouette dans laquelle était entreposé un grand baquet en bois débordant de linge. Sur celui-ci étaient posés un battoir et un gros cube de savon de Marseille. Elle revenait de faire sa lessive au lavoir communal. Arrivant près de la maison, elle devait gravir une petite côte gravillonnée avant d'atteindre le terre-plein où s'ouvrait ce que le jeune homme avait identifié lors de son inspection comme la porte de la remise, sur l'arrière de la construction.

La voyant forcer, Armand pensa qu'un peu d'aide pourrait être une bonne entrée en matière. Sans même parler de ses intentions à Jules, il se leva et se précipita vers la femme.

— Laissez-moi faire, je vais vous assister !

Surprise, la femme reposa sa brouette.

— Qui êtes-vous ?

— N'ayez pas peur. Je veux juste faire preuve de galanterie. Quand je vois une personne en difficulté, je n'aime pas me dérober ! se réjouit l'exilé.

De stupeur face à cette apparition quelque peu étonnante en ces lieux si retirés, elle lâcha les bras du brancard qu'elle laissa prendre à cet étranger. Armand s'arc-bouta, fit pivoter la charge sur la roue et gravit le raidillon avant de se diriger vers la porte.

La lavandière le suivit.

— Je vous remercie, mais à qui ai-je affaire ?

— À quelqu'un qui vient vous rencontrer.

La femme cligna des yeux légèrement.

— J'ai l'impression que je vous ai déjà vu. Pourtant, il ne passe pas grand monde ici. J'ai beau chercher, je n'arrive pas à trouver. Ma mémoire fout le camp. Ce doit être la vieillesse.

— Non, n'ayez crainte. Au contraire, elle est bien bonne. Nous nous sommes effectivement croisés, il y a un bon mois.

Amplifiant son regard interrogateur, elle ajouta une moue qui lui donna un aspect encore plus sévère avant que son visage ne s'éclairât.

— À l'enterrement d'Alphonse ! C'est ça ! C'est à l'enterrement d'Alphonse que je vous ai vu !

— Vous voyez que vous avez une bonne mémoire !

— D'accord, mais ça ne répond pas à ma première question... se surprit-elle en reprenant son apparence suspicieuse.

— Est-il possible d'en parler à l'intérieur, s'il vous plaît ?

— Je ne laisse jamais entrer des étrangers chez moi.

— Mais je ne suis pas un étranger.

— Je ne vous connais pas ! Ce n'est pas parce que vous étiez aux obsèques d'Alphonse que vous faites partie de la famille.

— Eh bien, si ! Je suis sûr que vous connaissez mon père.

— Ah ? s'ébahit la femme en écarquillant les yeux.

— Ou du moins son prénom !

Face à l'étonnement de la femme, il alla plus loin dans sa démonstration :

— Il est né dans cette maison, sous ce toit, il y a plus de quarante ans.

— Alors vous êtes le...

— ... le fils de Gustave... Gustave Ligourel. Le... petit-neveu d'Alphonse, hésita le jeune homme en regardant la réaction de son interlocutrice.

Contre toute attente, alors qu'il pensait récolter une fin de non-recevoir, ce fut le contraire qui se produisit. Le visage de la femme s'illumina. Elle ouvrit la porte en silence. Elle allait reprendre les bras de sa brouette quand l'exilé l'arrêta dans son geste.

— Vous permettez. Je trouve que ce serait un beau symbole que je pénètre pour la première fois dans la maison de mes ancêtres en travaillant, non ? sourit Armand.

— Comme vous voulez, répondit-elle en s'essuyant les mains dans un des plis de son grand tablier.

L'instant parut solennel aux deux personnes, chacune en ayant une interprétation différente. Si le buronnier y voyait un retour aux sources avec un désir d'explications, pour la femme c'était le passé qui refaisait surface après des années de non-dits, d'obscurantisme.

Ayant déchargé la brouette de son fardeau, Armand suivit la compagne de son grand-oncle jusque dans la salle dont il avait aperçu l'ameublement en épiant au travers des vitrages de la porte d'entrée.

Avant d'accepter la proposition de s'asseoir, il expliqua à son hôtesse qu'il était accompagné de son grand-père maternel et qu'il désirait qu'il puisse les rejoindre. Elle accepta. Il sortit et fit signe à Jules de les rejoindre.

Quelques minutes plus tard, les trois personnes étaient attablées, chacune ayant une foule de questions à poser aux autres. La première qui vint à l'esprit d'Armand concernait l'attitude de la femme. Il était étonné qu'elle n'ait pas eu une réaction hostile alors qu'avec tout ce qu'il savait, maintenant, sur son père, elle ne pouvait avoir que du dégoût pour Gustave qui avait pourri la vie de celui avec qui elle vivait, voire plus, Alphonse.

Au lieu de ça, lorsqu'elle avait entendu prononcer ce prénom, elle avait réagi positivement, sans aucune agressivité. Il se demanda même si elle avait bien entendu, à moins que la simple prononciation de ce prénom ne l'ait soulagée. Il pensa qu'il valait mieux attendre pour la questionner sur ce sujet.

— Et quel est votre prénom ?

— C'est vrai que je ne me suis pas présenté. Je m'en excuse. Je m'appelle Armand Ligourel et voici mon grand-père, Jules Cassagnole. Et vous ?

— Je suis Jeanne.

— Jeanne ?

— Ce sera Jeanne... C'est tout, imposa-t-elle.

Il y avait chez elle plusieurs personnalités qui s'entrechoquaient. Au premier abord, elle était assez rustre. Ensuite, il avait semblé à Armand que, si l'on faisait craquer un peu le vernis superficiel, on pouvait apercevoir de la tendresse, qui s'évaporait rapidement dès que l'on essayait de mieux la cerner.

— J'ai l'impression que vous n'êtes pas étonnée de me voir, constata Armand.

— Avec Alphonse, nous avons souvent parlé de vous. Il aimait bien votre père.

Le jeune homme regarda son grand-père avec étonnement.

— Malgré ce que celui-ci lui avait fait au moment de son conseil de révision ?

— Et qu'est-ce qu'il lui avait fait ?

— Son départ précipité en le laissant totalement démuni, et surtout seul face à tous les ennuis qu'il avait créés.

— Je ne comprends pas ce que vous me racontez.

— On nous a expliqué qu'il avait acheté un remplaçant parce qu'il avait tiré un mauvais numéro...

— C'est vrai ! accorda Jeanne.

— Ensuite, qu'il s'était engagé à payer les deux tiers de la somme, un an après le départ de ce remplaçant...

— C'est encore vrai !

— Puis qu'il n'avait pas payé volontairement la somme aux parents de ce remplaçant...

— Toujours vrai !

— Et qu'il s'était enfui en abandonnant son oncle dans les ennuis...

— Là, c'est faux !

— Comment, c'est faux ?

— Ça ne s'est pas passé de cette manière. Il est bien parti, mais avec l'accord d'Alphonse. Je dirais même que c'est Alphonse qui lui a donné l'idée de disparaître.

— Mais alors on nous a dit des bêtises !

— Et qui c'est ce « on » ?

— Tout d'abord, le curé de Marchastel, et ensuite Pierre Anglade, de Bonnefon.

— C'est normal.

— Et pourquoi ?

— Parce qu'ils vous ont donné la version que les gens croient. Je me demande d'ailleurs s'ils connaissent la vérité sur cette histoire.

— Alors là, si je pouvais imaginer ça ! dit Armand en se levant et en s'approchant de la fenêtre pour regarder vers l'extérieur afin de masquer la stupéfaction qui marquait son visage.

Face à la vue que tous les membres de sa famille avaient pu regarder durant des siècles, il poursuivit :

— Je suis venu ici pour comprendre de quelle manière est-ce que Paul Anglade avait retrouvé la trace de mon père, et voilà que vous remettez en cause tout ce que j'ai appris et eu beaucoup de mal à assimiler, depuis hier.

— Mais je peux vous expliquer comment Paul a eu votre adresse.

— Alors racontez-le-moi, proposa l'exilé en revenant s'asseoir.

— Cet hiver, ce devait être à la mi-février, un soir, on a entendu frapper à la porte. Nous étions au coin du feu, avec Alphonse. C'était Paul qui venait nous voir. Il avait l'air assez content. Il a présenté un papier à Alphonse et lui a dit qu'il avait enfin trouvé où son neveu se cachait.

— Et qu'est-ce que c'était que ce papier ?

— Un projet de mariage.

— De qui ?

— De votre père avec votre fille, je suppose, poursuivit la femme, en se tournant vers Jules.

— Et comment l'avait-il eu ? demanda l'aïeul.

— Oh, très simplement, à la mairie. Je m'explique : lorsque Paul est revenu au pays, il est venu s'installer ici, à Marchastel, apparemment pour être au plus près d'Alphonse et découvrir où était parti Gustave. Un jour, il l'a croisé et il lui a dit : « Je prendrai tout mon temps, mais je saurai où ce salaud est caché ! »

— Et... ? s'impatienta Armand.

— Il s'est fait élire au conseil municipal lors des élections de 1888. Ça n'a rien à voir avec notre histoire, mais il y a des circonstances qui sont pour le moins étranges. En tant qu'élu, il avait accès aux archives et à l'état civil de Marchastel. Or, quelques jours avant sa visite, le papier qu'il mettait sous les yeux d'Alphonse avait glissé d'un des registres.

— Et qui l'y avait mis ?

— Votre grand-oncle, plus de vingt ans plus tôt.

— Pourquoi et comment ?

— Comme vous devez le savoir, lorsqu'une personne se marie, le maire de la commune où doit avoir lieu la cérémonie est obligé d'en informer ses collègues des communes de naissance des deux futurs époux s'ils sont nés dans une commune extérieure au mariage. On appelle ça une publication de mariage. Le maire qui la reçoit doit l'afficher en mairie et l'inscrire sur le registre qui est réservé à ces actes.

— Pour quoi faire ?

— Pour informer qu'une personne du village va se marier bien loin de celui de sa naissance et pour que les habitants puissent réagir. Si ceux-ci voient une objection à ce mariage ou savent des choses qui peuvent mettre à mal cette union, ils doivent le signaler au maire qui contacte alors les autorités.

— Bon, et alors ?

— Tout simplement, lorsque votre père s'est marié, le maire de votre commune a envoyé le fameux courrier en question et, comme à cette époque Alphonse était adjoint au maire de Marchastel, c'est lui qui l'a reçu. Comme il ne voulait surtout pas qu'on sache où votre père était allé, il n'a pas effectué les formalités prévues et il a glissé la lettre en question, ne voulant tout de même pas détruire cet acte officiel, entre la couverture du registre et le papier qui le protégeait. Il a pensé que le temps passerait et que si quelqu'un la découvrait, il serait trop tard pour assouvir une vengeance.

— Et ça n'est pas arrivé !

— Non, puisque la protection du registre s'est détériorée plus rapidement que prévu et que le papier est tombé entre les mains de la seule personne qui ne devait surtout pas le posséder, Paul Anglade. Il est donc venu dire à Alphonse, triomphant, qu'il allait pouvoir lui demander des comptes en allant le voir sur place.

— Et pour quelles raisons Alphonse n'a-t-il pas écrit à mon père pour l'avertir ?

— Il l'a fait immédiatement, comprenant qu'il allait y avoir du grabuge. Gustave n'a pas reçu cette lettre ?

— Non. Je ne pense pas, avoua Armand en regardant son grand-père qui approuva d'un signe de tête.

— Alors il faut que vous l'avertissiez pour qu'il s'attende au pire, s'il n'est pas trop tard !

— Il est effectivement trop tard. Paul a été tué et mon père s'est suicidé.

Jeanne prit sa tête entre ses mains et posa ses coudes sur la table.

— Mon Dieu ! Mais alors la vengeance est encore plus terrible qu'on aurait pu l'imaginer entre les familles Anglade et Ligourel.

— Quelle vengeance ?

Pour toute réponse, la femme se leva. Quelques minutes plus tard, elle revint avec une boîte en fer-blanc qu'elle tendit à Armand.

— Vous aurez toutes les réponses à vos interrogations là-dedans.

XXXII

La vengeance

Lorsqu'il avait reçu la boîte en fer-blanc des mains de Jeanne, Armand avait senti qu'il avait hérité d'un objet essentiel. Ce petit parallélépipède de métal devait contenir bien des secrets.

La servante d'Alphonse avait précisé qu'elle se tenait à la disposition du petit-neveu de son compagnon s'il désirait avoir de nouvelles explications, mais qu'il ne tenait qu'à lui de dépouiller les papiers qu'elle contenait et de comprendre les tenants et les aboutissants d'une histoire vieille de près d'un siècle.

En revanche, elle voulait qu'il allât ouvrir le couvercle de cette boîte aux secrets ailleurs que sous le toit qu'elle occupait. Quand Armand lui demanda pour quelles raisons, elle lui expliqua que ce serait la meilleure des manières de ne pas être influencé par les lieux et qu'il fallait qu'il ait l'esprit très serein avant de prendre connaissance de ce qu'abritait ce contenant. Autrement dit, elle voulait être étrangère à cette révélation.

Devant tant de détermination, il prit congé. Mais il lui demanda s'il lui serait possible de revenir s'il avait besoin d'éventuelles clarifications. Ayant reçu une réponse favorable à sa requête, il lui affirma qu'ils ne tarderaient pas à se revoir.

L'horloge égrena les douze coups de la mi-journée et les deux hommes partirent.

* *
*

Face à l'église de Marchastel se trouvait une auberge. C'est là que Jules et son petit-fils firent escale pour le repas de midi et que le jeune homme décida de découvrir, entre deux plats, le contenu de la boîte mystérieuse. Il ne pouvait pas y avoir plus impartial que ce lieu pour compulser ses secrets de famille.

Dans un ancien corps de ferme, une salle avait été aménagée sous les poutres centenaires autour de l'authentique cheminée devant laquelle il devait être agréable de se rassembler lorsque le vent glacial apportait ses frimas, au plus fort de l'hiver. Les pierres de granit soutenant une magnifique charpente dégageaient une robustesse qui inspirait le respect, la considération.

Une odeur de cuisine particulièrement appétissante ne pouvait qu'attirer le chaland. Armand remarqua qu'il y avait une tarte aux fruits rouges que n'aurait pas délaissée le curé de Nasbinals, comme il avait pu le constater le jour où il avait partagé le repas avec les ecclésiastiques du plateau de l'Aubrac, à son arrivée dans ce pays.

— Est-ce que vous avez de la gentiane ? demanda Armand à l'aubergiste.

— Bien évidemment, et de la meilleure ! lui répondit-il.

— Ne dites pas ça. La meilleure, c'est comme toutes les nouveautés, c'est celle qu'on boit pour la première fois. Les suivantes sont toujours une comparaison avec celle-ci. Elles peuvent paraître moins bonnes.

— Ou excellentes !

— Si vous le dites, répéta Armand.

— Et où avez-vous bu la première ? s'intéressa le tenancier.

— En face, chez M. le curé.

— Alors là, je ne peux pas rivaliser. La sienne est bénie, pas la mienne.

— Ça ne fait rien, donnez-m'en un godet. Je verrai si certaines voies du Seigneur sont si impénétrables qu'il n'y paraît.

— Et pour monsieur, ce sera ? interrogea le tavernier en regardant Jules.

— Je ne sais pas ce que c'est que la gentiane, mais je veux bien me laisser tenter. Si votre prêtre en possède et en propose à ses ouailles, c'est que ce n'est pas un péché, alors damnons-nous !

— C'est parti pour deux gentianes, accepta l'aubergiste en se dirigeant vers un grand vaisselier qui lui servait de buvette. Il en ouvrit la porte basse et en tira une bouteille contenant le même liquide tirant sur le jaune qu'Armand avait pu découvrir un bon mois plus tôt.

— Alors, qu'y a-t-il dans cette boîte de si important ? interrogea Jules.

Précautionneusement, Armand en souleva le couvercle qui ne résista pas longtemps, preuve qu'il avait été refermé depuis peu de temps.

Jules quitta sa place initiale et vint s'installer aux côtés de son petit-fils, pour mieux observer les trésors qui se présentaient à eux, mais surtout pour mieux recevoir la clarté de la fenêtre qui leur faisait face.

À l'intérieur, un amoncellement de vieux papiers jaunis suscitait l'intérêt. Le jeune homme le saisit. Il dénoua le ruban qui les entourait et étala les différentes pièces sur la table au milieu des couverts et des assiettes qu'il poussa d'un revers de la main.

— Holà, c'est vieux ça, fit remarquer l'aubergiste en déposant les deux verres de gentiane sur la table avant de mettre sous son bras le plateau circulaire qui lui avait permis de les transporter. Il ne faudrait pas les tacher.

— On va essayer, badina Armand. On va les lire avant de boire.

Le premier document était le fameux acte de publication de mariage qui était à l'origine de toute cette affaire. Armand en commença la lecture :

— « L'an mil huit cent soixante-huit et le quinze janvier, à midi, nous, adjoint au maire de la commune de Macassargues, canton de... »

— Passe-moi les détails administratifs, proposa Jules. Va directement à ce qui nous intéresse.

Armand poursuivit la lecture dans sa tête jusqu'au moment où il pensa que ça devenait intéressant :

— « ... qu'il y a promesse de mariage entre Gustave Ligourel, agriculteur, âgé de vingt-trois ans, domicilié à Macassargues et natif de Marchastel, département de la Lozère, fils majeur de feu... » Ça veut dire quoi « feu » ?

— Qu'à la date de l'acte, la personne qui suit est décédée.

— Ah ! comprit Armand. C'est vrai que mes grands-parents étaient morts du choléra, reconnut-il avant de poursuivre : « ... fils majeur de feu Guillaume Ligourel et de feu Lucile... »

Le jeune homme s'arrêta net, leva les yeux vers son grand-père. Il avait l'air pétrifié. Jules lui prit la feuille des mains, rechercha la partie que son petit-fils était occupé à lui lire avant de s'interrompre et continua :

— « ... fils majeur de feu Guillaume Ligourel et de feu Lucile... Anglade. »

Les deux hommes se regardèrent. L'aïeul posa la feuille sur la table.

— Si je m'attendais à celle-là !

Après un long moment de calme à regarder par la fenêtre, Armand reprit ses esprits.

— Ma grand-mère paternelle est donc une Anglade !

— D'après cet acte, il n'y a aucun doute.

— Il y a donc un lien entre nos deux familles. Je comprends mieux l'allusion de Jeanne quand elle nous a parlé de vengeance avant de me donner la boîte. Mais alors quelle est cette vengeance si terrible qui a pu opposer nos deux familles à un moment donné et d'où provient-elle ?

— Regarde la suite. On trouvera peut-être quelque chose, une explication.

Armand déplia le papier suivant. C'était une copie d'un acte de mariage datant du milieu du XIXe siècle concernant Guillaume Ligourel et Lucile Anglade. Ils s'étaient mariés à Saint-Chély. On pouvait y lire que la mariée habitait au hameau de Bonnefon « chez ses père et mère ». Il n'y avait donc aucun doute, c'était bien de la famille de Pierre et de Paul Anglade qu'il s'agissait.

Vers la fin de l'acte, juste avant la citation des témoins, une phrase avait été soulignée de manière assez vive, puisque le trait de crayon s'était incrusté profondément dans la feuille de papier. Le jeune homme s'y intéressa :

— « ... il a été déclaré qu'il a été signé un contrat de mariage entre les époux par-devant maître... »

— Ça se faisait beaucoup à l'époque. C'est une marque de différence de position sociale. Une des deux familles avait beaucoup plus de biens que l'autre. À moins que ce ne soit parce qu'un des partis n'était pas favorable à cette union.

— Et comment peut-on le savoir ?

— En regardant les autres papiers que tu as sous tes doigts. Il y a peut-être le fameux contrat.

Armand ouvrit les dernières feuilles qu'il n'avait pas encore consultées. Son regard s'illumina.

— Je crois que le voilà. Il y a la marque d'un notaire.

Le jeune homme le tendit à son grand-père.

— En général, on détaille les biens que chacun apporte.

— Pourquoi ?

— Parce que, en cas de rupture du mariage, on ne partage pas uniformément tous les biens, seuls ceux qui ont été acquis en commun le sont. Par contre, chacun repart avec ce qu'il a apporté au début de la vie commune. Sur cet acte, il y a effectivement une liste de biens, de meubles ou de linge et...

Jules marqua un temps d'arrêt avant de continuer :

— « ... le versement d'une dot de mille six cents francs par la famille de la mariée. » Il est bien évident que la famille Anglade était mieux installée, socialement, pour donner une somme pareille, qui n'est pas une bagatelle.

— J'ai souvent entendu parler de dot, mais je ne sais pas trop à quoi ça sert.

— Ça permettait surtout de donner la possibilité au parti le plus riche de donner les moyens à celui qui l'était beaucoup moins de subvenir aux besoins du premier. C'était une manière de donner un coup de pouce pour démarrer dans la vie commune. Tu comprends ?

Le « oui » succinct qui répondit à cette question montra à Jules qu'Armand était occupé à autre chose. Il avait pris un nouveau papier et le tendit à son grand-père.

— Que penses-tu de ça ?

Jules le saisit. Il en prit connaissance, dans sa tête. Arrivé à la fin, il releva :

— Je pense que tu as trouvé le motif de ce contrat et de ce mariage qui ne semble pas voulu par la famille Anglade. En tout cas, qui fut forcé.

Sur l'acte, on pouvait s'apercevoir que le père d'Armand, Gustave Ligourel, était né le 20 mai 1845, alors que le mariage avait été célébré le 13 février de la même année. Seulement trois mois séparaient ces deux dates.

— Lorsque Guillaume Ligourel a épousé Lucile Anglade, celle-ci était enceinte de six mois, constata Jules avant de questionner son petit-fils : Il n'y a rien qui te chiffonne sur l'acte notarié ?

— Non !

— La somme de mille six cents francs est entourée avec la même hargne d'un coup de crayon à papier. Celui qui l'a fait a voulu attirer l'attention d'un éventuel lecteur. Or cette somme ne te dit rien ?

— Non ! réitéra Armand qui commençait à perdre pied face à toutes ces théories.

— Eh bien, c'est le même montant que ton père a escroqué à Paul Anglade lorsqu'il s'est enfui.

Toujours assis côte à côte, les deux hommes sursautèrent en entendant quelqu'un qu'ils n'avaient pas entendu arriver parler dans leur dos.

— Effectivement, c'est la même somme qui apparaît dans deux histoires qui se sont passées à vingt ans d'intervalle.

Jules et Armand se retournèrent d'un même mouvement. Le curé de Marchastel était là, droit comme un piquet, les bras croisés.

Le prêtre fit le tour de la table et vint s'asseoir face à eux.

— Je pense que vous avez découvert la source de cette malheureuse histoire qui a failli vous coûter votre liberté, mon garçon, et, malheureusement, opposer deux innocents.

— Que faites-vous là, mon père ? demanda Armand.

— L'avantage, quand on vit dans un coin si reculé, c'est qu'il ne se passe pas grand-chose contrairement à un lieu de grand passage. On voit tout, on entend tout. Alors, lorsque deux cavaliers traversent la place de Marchastel, ça se remarque. Je vous ai vus passer tout à l'heure en direction de Rieutort. J'ai bien compris que, depuis votre visite d'hier, vous étiez allés rencontrer Pierre Anglade et que les seuls témoignages qui vous manquaient étaient ceux de Jeanne, la compagne d'Alphonse. Donc c'était normal que vous soyez revenus. J'étais sûr que vous reviendriez, puisque c'est ici que démarre ce qui pourrait être un étonnant sujet de roman, comme pourrait l'écrire un bon auteur.

— Mais alors vous ne nous avez pas tout dit ?

— Ce que j'étais en droit de vous dire, je vous l'ai expliqué !

— Mais le reste ?

— Alphonse me l'a appris dans le secret du confessionnal. Or je ne peux divulguer ce qui m'est confié dans ces moments-là.

— Alors vous nous avez menti !

— Par omission, mon fils, seulement par omission, ce qui est beaucoup moins grave que par intention.

— Alors pourquoi êtes-vous, en apparence en tout cas, décidé à nous parler maintenant ? s'informa Jules.

— Parce que je ne divulgue pas ce que m'a dit Alphonse dans ces moments confidentiels. Je ne fais que confirmer ce que vous avez découvert.

— Je pense que vous jouez un peu sur les mots, mon père, poursuivit l'aïeul en tortillant sa bouche.

— Oui, mais devant Dieu, la manière de présenter les choses à une très grande importance. Je vous propose de vous laisser me raconter ce que vous avez compris. Si je n'interviens pas, c'est que vous êtes sur la bonne voie...

— Et si on dit des bêtises ? demanda Armand.

— Vous verrez ! Par contre, avant que vous ne débutiez, je vais commander une gentiane, moi aussi, si vous n'y voyez pas d'inconvénient ?

Le prêtre leva la main en direction de l'aubergiste. Sans parler, il lui fit un signe qu'il comprit immédiatement. Quelques secondes plus tard, un troisième verre d'apéritif vint meubler la table. Le plaçant devant ses yeux, il en détailla la couleur avant d'y tremper ses lèvres.

— Est-ce que ça vous convient ? s'amusa Armand, un sourire en coin.

— Tout à fait. Nous pouvons y aller. Je suis prêt et tout ouïe !

Le petit-fils préféra que ce soit Jules qui détaillât leurs trouvailles, pensant qu'il était beaucoup plus expérimenté que lui. Le grand-père se racla la gorge et commença :

— D'après ce que nous avons trouvé dans cette boîte, ce que vous, Pierre Anglade et Jeanne nous avez expliqué, voilà ce que j'ai compris. Le frère d'Alphonse Ligourel, c'est-à-dire Guillaume, avait mis une fille enceinte. Cette fille, c'était Lucile Anglade. Les tourtereaux ont décidé de se marier. Amoureux ou forcés, ça, nous ne le saurons jamais.

— Amoureux ! approuva le prêtre sans regarder son interlocuteur, occupé à mirer son verre de gentiane.

— Les parents des deux partis se sont retrouvés pour finaliser l'union, sauf que, si j'ai bien suivi, il y avait une différence de niveau social et que la famille Anglade a demandé que soit fait un contrat de mariage dans lequel elle s'engageait à donner une dot à sa fille. Dans cette dot, outre les dons matériels, il y avait une somme de mille six cents francs de prévue.

— Jusque-là, je n'ai rien à ajouter, émit le curé en dégustant une nouvelle gorgée de gentiane, sous le regard amusé d'Armand qui connaissait le plaisir que l'ecclésiastique prenait à savourer ce breuvage.

— Le couple Guillaume-Lucile s'est donc installé sous le toit ancestral de la famille Ligourel, à Rieutort, où habitait également Alphonse. Les contacts entre les deux familles devaient être compliqués pour ne pas dire inexistants.

— Inexistants, acquiesça le curé.

— Là, j'avoue que je vais dans le flou. Je pense que les parents de Lucile n'ont jamais honoré leur dette envers leur gendre et qu'ils ont gardé meubles, linge et... argent.

— Quelle perspicacité ! convint le prêtre sans regarder le conteur et en faisant miroiter une nouvelle fois son verre devant ses yeux.

— Là, c'est la première phase de l'histoire qui est le déclencheur de la vengeance, n'est-ce pas ?

D'un signe affirmatif de la tête, le curé approuva.

Jules se gratta la tête avant de poursuivre :

— Si je me réfère à ce que nous a dit Jeanne...

— Et que vous a-t-elle dit ?

— Quand nous lui avons affirmé que Gustave était parti sans laisser d'adresse à Alphonse, elle nous a expliqué que Gustave était bien parti, « mais avec l'accord d'Alphonse, voire que c'est Alphonse qui lui a donné l'idée de disparaître ».

— Et vous en déduisez quoi ?

— Qu'Alphonse a vécu le non-versement de la dot de Lucile par la famille Anglade comme un affront et une injustice. Qu'il a vu un couple amoureux, mais confronté à des difficultés matérielles, ne pouvant vivre correctement en l'absence de ce paiement et peut-être même que Lucile et Guillaume ont subi les reproches des parents de ce dernier.

— Votre analyse est d'une finesse étonnante.

— Lorsque Gustave est rentré le soir du conseil de révision et qu'il lui a annoncé qu'il avait tiré un mauvais numéro et que Paul Anglade, lui, en avait tiré un bon, il lui est venu l'idée d'assouvir la vengeance que son frère Guillaume et sa belle-sœur n'avaient pas eu le temps de mettre en place, si tant est qu'ils en aient eu le projet, puisqu'ils ont été emportés par l'épidémie de choléra.

— Ce fut un grand malheur, à quelques jours d'intervalle !

— Je suppose qu'Alphonse connaissait les difficultés financières des parents de Paul. Dans le pays, tout le monde doit connaître le train de vie de chacun. Il a alors proposé à son neveu de demander à Paul s'il voulait le remplacer en contrepartie du versement de la somme de deux mille quatre cents francs. Une belle somme quand même ! Huit cents francs payables immédiatement et les mille six cents restants un an après.

— Vous êtes bon en calcul.

— Gustave a accepté, de gré ou de force...

— ... de gré, coupa le curé, parce que Gustave avait émis à son oncle son intention de partir pour Paris et de quitter l'Aubrac. C'est d'ailleurs cette confidence qui a dû donner l'idée à Alphonse de monter cette vengeance.

— Donc c'est de gré que Gustave est parti, mais vers... le sud et qu'il est arrivé à Macassargues. En 1868, il a épousé ma fille. Comme le veut l'administration, notre maire a envoyé une publication de mariage au vôtre. Comme Alphonse était conseiller municipal, il a caché le courrier en question et celui-ci est ressorti, involontairement, il y a un peu plus d'un mois. Paul Anglade a alors découvert où Gustave était allé s'établir et il est allé lui demander des comptes. Voilà comment deux innocents ont fait les frais d'une affaire qui concernait leurs parents...

— Non, leurs grands-parents, car tout est parti des parents de Guillaume et de Lucile.

— Ou de la faute de Guillaume et de Lucile qui avaient fait Pâques avant les Rameaux, conclut Jules.

— J'adore quand on met la religion au cœur des fautes charnelles humaines, s'amusa le prêtre.

— Je suis désolé de vous avoir choqué, s'excusa le grand-père.

— Vous ne m'avez pas choqué, mon fils. Il faut vivre avec son temps ! consentit le curé en renversant son verre dans sa bouche pour en recueillir la dernière goutte de gentiane.

— De cette manière, Alphonse a fait payer la dette de mille six cents francs aux descendants Anglade.

— Ce qui est le plus désastreux dans cette affaire, c'est que la première génération a créé le problème, la deuxième a fomenté sa vengeance et la troisième a payé les pots cassés, analysa l'ecclésiastique.

De son côté, Armand pensa que, si Cécile avait vécu, la quatrième génération aurait pu tout rattraper et réconcilier les deux familles. Malheureusement, le destin en avait voulu autrement.

Le curé remarqua que Jules semblait dubitatif.

— Il y a quelque chose qui vous chagrine, mon fils ?

— Oui. Pour quelle raison est-ce qu'on a maudit le nom des Ligourel, alors que c'était beaucoup plus celui des Anglade qui devait l'être ?

— C'est tout simple. D'un côté, il y avait une famille et, de l'autre, une seule personne, Alphonse. D'autre part, l'histoire du non-paiement de la dot était une affaire interne aux deux familles que personne ne connaissait, alors que l'escroquerie de Gustave, si vous me le permettez, s'est étalée à la vue de tous. Une personne qui achète un remplaçant après avoir tiré un mauvais numéro, tout le monde le sait. Ça fait discuter dans les chaumières. Et puis peut-être que Pierre et Paul Anglade ne savaient pas, et ne savent toujours pas, ce qui s'est passé à l'époque de leurs grands-parents. Lucile était leur tante et leurs parents n'ont pas dû s'étendre sur ces histoires. On ne fait pas la publicité de sa malhonnêteté. Surtout pas en famille ! C'est donc en toute bonne foi que Pierre et Paul ont participé au bannissement de Gustave et du nom de ses ancêtres. Allez donc savoir !

Armand était moins catégorique quant à la dernière affirmation du prêtre. Il se rappela la réaction de Pascaline quand il avait demandé des comptes à son patron, la veille. Elle avait conseillé à son mari : « Ne penses-tu pas qu'il faut savoir laisser au passé ce qui lui appartient ? » Mais de quel passé parlait-elle ? Il ne le saurait vraisemblablement jamais, car il n'aurait pas l'audace d'aller le lui demander.

C'était ce passé qui était à l'origine de la mort, même involontaire, de Paul Anglade et de celle, préméditée, de son père, Gustave, à quoi il fallait ajouter la disparition fortuite de Cécile.

« Que de malheurs présents pour ce qui aurait dû être une belle histoire d'amour ancienne entre Guillaume Ligourel et Lucile Anglade », pensa l'exilé.

— Vous semblez soucieux, jeune homme, remarqua le curé.

— Non. Je me dis que la bêtise des hommes est bien souvent à l'origine de beaucoup de ses malheurs.

— Vous devriez faire le séminaire de Mende, mon fils.

— Ce n'est pas dans mes projets immédiats, mon père, sourit Armand.

— Alors je vous offre ma tournée de gentiane !

— Vous pensez que c'est bien raisonnable ?

— Mais ce ne sont que quelques plantes...

— ... oui, je sais, « des plantes que nous a données Notre-Seigneur », si je me souviens bien. Il a offert aussi le thé d'Aubrac, entre autres. Vous savez, avec ses trompes violettes aux vertus digestives également.

— Ne détournez pas la conversation, mon fils, ne détournez pas la conversation...

Les trois hommes éclatèrent de rire avant de trinquer à une vie meilleure pour cette humanité qui en avait vraiment bien besoin.

XXXIII

Les choix

LES DEUX JOURNÉES qui avaient suivi la fête de la Saint-Jean avaient été particulièrement éprouvantes pour Armand. En peu de temps, il avait subi toutes les retombées des antécédents de son histoire familiale, bons ou mauvais. Il était passé en quelques heures du rôle de victime à celui du fils d'une fripouille avant de devenir l'enfant d'une personne qui avait été manipulée pour que son oncle assouvisse son esprit de vengeance. Pas moins !

Ses vingt printemps avaient du mal à tout encaisser. Il avait fallu la présence de son grand-père maternel à ses côtés pour qu'il puisse aborder toutes ces révélations avec le minimum de sérénité qu'elles demandaient.

Dans toutes ces explications, ce qui avait le plus marqué le jeune homme était l'enchaînement diabolique des situations qui s'engrenaient de manière étonnante et incontrôlable depuis presque un demi-siècle, en sacrifiant à chaque génération des innocents.

Ses grands-parents, Guillaume Ligourel et Lucile Anglade, avaient été dépossédés de ce qui leur revenait de droit et payé le non-respect de la parole des parents de cette dernière, alors que ceux-ci avaient terminé leur vie de manière tranquille, sans problèmes financiers apparents.

De son côté, Alphonse Ligourel s'était éteint dans sa maison de Rieutort calmement, entouré des prévenances de sa servante, après avoir embarqué son neveu, devenu sa marionnette, dans une sombre histoire de règlements de comptes qui avait entraîné la mort des deux amis d'adolescence, Paul et Gustave, à quelques jours d'intervalle, à Macassargues.

Quant à Armand, il s'en était fallu de peu, si son évasion avait échoué, qu'il ne paye, à l'occasion de son conseil de révision, les suites de celui de son père, vingt ans plus tôt, et ne fasse les frais de toute cette haine qui s'était accumulée au fil des ans entre les deux familles.

En tout cas, ce qui était sûr, c'est que sans cette affaire Armand ne serait jamais venu vivre sur l'Aubrac, n'aurait jamais connu la vérité sur sa famille et, surtout, n'aurait jamais rencontré ce qui était, à ce jour, son plus grand amour, Cécile. Mais là aussi, la fatalité avait fait son œuvre en interdisant aux deux tourtereaux de pouvoir vivre ensemble et de mettre un terme à cette vendetta familiale.

Avec le recul que méritait la compréhension de cette histoire, l'exilé constata qu'elle était parsemée de beaucoup d'injustice et que la bassesse des hommes, au lieu de s'expliquer directement pour mettre un terme à une spirale infernale, avait amené à des contextes particulièrement abominables entraînant la chute de personnes sacrifiées sur l'autel des rancœurs.

Après le repas que Jules et Armand partagèrent avec le curé à l'auberge de Marchastel, les deux Méridionaux prirent le chemin du retour vers le buron.

Dès leur arrivée, le grand-père proposa son aide pour la traite, comme il l'avait fait la veille et le matin même.

— Vous commencez à prendre goût à notre travail, s'amusa Louis, occupé à nettoyer les pis d'une vache voisine de celle de Jules.

— Tant que je suis avec des gens bien, tout va pour le mieux.

Alors que tous étaient occupés, le cantalès profita d'un moment de proximité avec Armand pour l'interroger :

— Alors, tu as trouvé tout ce que tu voulais ?

— Ça a dépassé toutes mes espérances.

— Tu peux donc me dire ton vrai nom, maintenant ?

— Si vous êtes prêt à l'entendre, oui !

— À l'âge que j'ai, je suis prêt à tout entendre.

— C'est vous qui le dites ! Il y a toujours des choses qui sont assez difficilement compréhensibles, croyez-moi, et celle-là l'est tout particulièrement.

— Bon, tu vas me le dire ou pas ? s'impatienta à voix basse le cantalès.

— Est-ce que vous connaissez une histoire qui s'est passée sur le plateau, il y a une vingtaine d'années ?

— Il y en a tellement, des histoires, que je ne suis pas sûr de pouvoir te répondre.

— Oh, une sale histoire de conseil de révision qui s'est soldée par...

— ... la fuite d'un conscrit, coupa Louis.

— C'est ça ! Par la fuite d'un jeune du pays qui...

— ... devait de l'argent à une autre famille.

— Et qui s'appelait ?

— Gustave... Gustave Ligourel !

— Oui, c'est bien ça.

— Et alors ?

— Ben... je suis son fils.

— Oh ! P... !

Le gros mot qui allait suivre cette interjection resta bloqué au fond de la gorge du cantalès. En revanche, le lait qui s'étala au pied des bovins, après que le seau se fut renversé, surprit les animaux. La vache se demanda si sa progéniture n'avait pas quelques problèmes d'alimentation. Quant au veau, il regardait le liquide être absorbé par la terre avec beaucoup d'incompréhension. Ses yeux exprimaient la confusion qu'engendrait cette scène, face à cette perte.

Après s'être repris, Louis soutint le regard d'Armand et lui lança la première réflexion qui lui passait par la tête :

— Et Pierre Anglade le sait ?

— Bien sûr !

— Et il t'a quand même embauché ?

— Il ne le sait que depuis hier.

— Et il ne t'a pas mis dehors ?

La suite de phrases débutant par « Et » reflétait la surprise et le désarroi du cantalès.

— Alors il faudra que tu m'expliques. Je ne pense pas qu'il ait pardonné si facilement.

Sans rentrer dans tous les détails et surtout en évitant de parler de l'histoire de la dot qui était à l'origine du conflit familial et que personne ne connaissait, Armand énuméra toutes les péripéties qui avaient précédé son arrivée à Bonnefon et surtout détailla l'explication qu'il avait eue avec leur patron, la veille.

— Et il t'a pardonné ? s'enquit Louis.

— Mais il n'y a aucun pardon à demander ou à accorder. Il a bien compris que les générations actuelles ne sont pas responsables des bêtises de leurs aïeux et qu'il faut tirer un trait sur le passé, si douloureux soit-il.

— Comme ça, d'un seul coup, alors que cette affaire les mine depuis des années, lui et son frère Paul…

— Son décès l'a peut-être fait changer d'avis, qui sait ? Pascaline n'est pas étrangère à sa compréhension, ajouta Armand qui avait apprécié l'intervention de l'épouse du patron.

À cet instant de la discussion et au moment où il faisait allusion à l'appui que lui avait accordé Pascaline Anglade, pour calmer le courroux et les reproches de son mari, Armand pensa que la situation dans laquelle la pauvre femme se trouvait, après le décès de Cécile, ne devait pas être étrangère à sa réflexion.

Il imagina que le deuil qui la frappait de plein fouet lui avait ouvert les yeux d'une manière telle qu'elle pouvait comprendre un peu mieux les paroles d'apaisement que proposait l'employé de son mari quand il avait expliqué que les générations actuelles ne devaient pas subir les conséquences des bêtises des anciens.

Fort de cette pensée, Armand reprit le dialogue avec Louis :

— De toute façon, ça ne change rien puisque vous m'appelez Armand, pas Vigouroux et encore moins Ligourel.

— Oui, mais maintenant je sais.

— Qu'est-ce que vous savez ?
— Que tu es un Ligourel et donc un...
— ... lâche, puisque je porte le nom d'un lâche, n'est-ce pas ?
— Ben, oui !
— Pourtant, vous me côtoyez tous les jours et vous commencez à me connaître ?
— C'est sûr que je n'ai rien à te reprocher, sauf ce seau que je viens de renverser par ta faute, sourit le cantalès.
— Ah non, ce n'est pas de ma faute, mais parce que vous avez des préjugés envers mon nom de famille, et donc moi maintenant, que vous l'avez fait tomber à la renverse.
— Je ne te juge pas, mais tu dois avouer que c'est une drôle d'histoire.
— Quoi ?
— Ben, la vérité que tu viens de me dire.
— Comme ça, si je parle encore une fois, la nuit, vous ne serez pas surpris et vous ne vous poserez pas de questions. Si vous m'y autorisez, je parlerai aux autres montanhièrs, ce soir, parce que je suppose qu'ils ont les mêmes *a priori* que vous sur moi.
— Bien sûr. Tout le plateau connaît cette histoire.
— Alors, est-ce que vous me donnez l'occasion de m'expliquer ?
— Oui. Je préfère qu'ils entendent ça de ta bouche que de la mienne.
— Merci beaucoup, cantalès ! accorda Armand en donnant une tape amicale sur l'épaule de Louis, chose qu'il n'avait jamais osé faire depuis qu'il était sous ses ordres, respect du chef oblige !

Armand fut étonné de la manière dont tous les autres hommes reçurent ses explications autour de la table, au coin de la cheminée, après que Louis eut mis le caillé dans la cave à fromage.

Le jeune homme s'attendait à une certaine hostilité de leur part. Au contraire, ils écoutèrent avec beaucoup d'attention, sans poser de questions, sans faire preuve d'étonnement. Leurs regards alternaient entre le second pastre et son grand-père, très attentif à toutes les explications de son petit-fils, prêt à intervenir si la situation le demandait. Contre toute attente, elle ne le demanda pas et ce fut Milou qui trouva les mots appropriés et justes pour résumer cette histoire :

— Écoute Armand, tu es un bon gars. Nous travaillons avec toi depuis plus d'un mois maintenant. Bien que tu ne connaisses pas le métier, tu t'es investi avec nous de la meilleure des façons, avec beaucoup de courage et de concentration. Je me fous totalement de ce que tu as fait ou pas fait. Tu es loin d'être un fainéant, et ça c'est appréciable. Je sais ce qu'on dit sur les Ligourel, mais c'est de ton père dont on parle, pas de toi. Si aujourd'hui tous les protagonistes sont partis, qu'ils s'expliquent devant Dieu et lui seul. En tout cas, il va avoir beaucoup de mal à concilier tout le monde.

— Qui ça ? questionna Gilbert qui suivait les paroles du vedelièr d'une manière un peu distraite.

— Dieu, bien sûr ! Laissons aux hommes le droit de mettre ces bêtises de côté et vivons, Seigneur Dieu, vivons !

D'un geste de la tête, Louis approuva les paroles de son collègue. Quant au rol, il regardait tous ces hommes d'âge plus ou moins mûr qui lui donnaient une magnifique leçon de tolérance.

Ce fut Jules qui conclut cette soirée un peu particulière :

— Les hommes sont capables du meilleur comme du pire, mais je vous assure que je suis fier de vous. Il y a deux jours, je ne vous connaissais pas. Et voilà que sous vos traits burinés par la bise, la neige et les souffrances d'un pays dur à vivre, loin des jovialités de la plaine où je vis, il y a des sentiments qui sont mille fois meilleurs que ceux de beaucoup d'hommes soi-disant plus recommandables.

Quand le grand-père eut terminé, Louis s'inquiéta :

— Mais alors, si ton histoire est terminée, tu vas nous quitter. C'est pour ça que vous êtes venu, Jules, n'est-ce pas ? Pour venir le chercher !

— Non. C'était pour donner des nouvelles du pays à mon petit-fils et lui annoncer surtout la mort de son père. C'est à lui de décider, mais je pense connaître son choix.

Armand fit un tour de table du regard. Chacun de ceux des autres compagnons évoquait un sentiment soucieux. Ils exprimaient la peur que le second pastre ne les abandonne ainsi en plein milieu de l'estive.

— Ne vous faites pas de mauvais sang. Je reste avec vous. J'ai une mission à accomplir.

— Et laquelle ? interrogèrent d'une même voix les buronniers sans s'être concertés auparavant.

— Celle de redonner ses lettres de noblesse à mon nom et que Ligourel ne soit plus banni de ces hautes terres. Il me faudra bien quelques mois pour arriver au bout de cette mission. Au moins jusqu'au... mois d'octobre, non ?

— Quand je vous disais que je connaissais sa réponse. Il a également du sang Cassagnole dans ses veines, ce petit ! s'amusa Jules en buvant d'un trait le verre de lait qu'il avait réchauffé dans ses mains durant toute la conversation.

* *
*

Jules resta quelques jours supplémentaires au buron avant de repartir vers la plaine et ses activités habituelles, à Macassargues.

De leur côté, les montanhièrs reprirent leurs habitudes et Sylvain se remit rapidement du rhabillage que lui avait pratiqué Pierrounet.

À la fin du mois de juillet, Pierre Anglade accompagna un marchand de fromage qui acheta à bon prix une partie des fromages que Louis avait entreposés dans la cave.

Armand remarqua que le propriétaire avait retrouvé une certaine amabilité à son égard. Il s'en félicita.

Lorsque arriva le mois de septembre, les premières gelées blanches firent leur apparition. Hormis aux endroits où les veaux l'avaient fumée, dans les parcs successifs, l'herbe commençait à blondir. L'été amorçait sa descente vers des jours plus courts, laissant la place aux premières journées d'automne.

Dans le petit bois contigu au masuc, les hommes allèrent chercher les branchages nécessaires à préparer les treillages qu'utiliseraient les buronniers de la saison suivante pour construire le parc des veaux. Ils en profitèrent également pour rentrer le bois indispensable à l'ouverture du buron au mois de mai suivant.

Une fois les claies terminées, elles furent empilées les unes sur les autres et maintenues avec des planches et de grosses pierres durant toute une semaine afin qu'elles soient pressées avant d'être mises à l'abri des intempéries en prévision du séjour à venir, dans le masuc.

Le matin du 3 octobre, le lever fut encore plus matinal que les autres jours. Après la traite, chaque homme s'habilla différemment. Tout en gardant leurs habits traditionnels, ils firent un peu plus attention à leur allure. Laissant le rol surveiller les bêtes, ils se rendirent tous ensemble jusqu'à Aubrac où se tenait la foire annuelle, la *louée*.

Tous les buronniers se retrouvaient pour proposer leurs bras pour l'hiver, dans les exploitations de l'Aubrac ou du causse. Cette journée était également le prétexte à un bon moment de convivialité, à l'auberge, où la nourriture affluait et le vin coulait à flots. C'était la première fois que tous retrouvaient la civilisation et les autres montanhièrs qu'ils avaient côtoyés sur le vaste plateau des limites du Cantal, de l'Aveyron et de la Lozère, sans jamais se rencontrer.

Esquivant les inévitables bagarres qui émaillaient ces fins de journées bien arrosées où certains en profitaient pour régler leurs comptes avec un cantalès un peu trop strict ou un pastre un peu tire-au-flanc, c'est en titubant que Gilbert, Milou et Armand prirent le chemin du retour, heureux d'avoir passé ce moment ensemble. Louis, de son côté, avait limité l'usage des boissons alcoolisées afin d'être dans un meilleur état que ses buronniers.

Le vedelièr et le premier pastre avaient trouvé un emploi pour la saison hivernale. Louis, de son côté, retournerait dans sa ferme où l'attendaient sa femme et ses autres enfants. Quant à Armand, c'est le cœur lourd qu'il leur avait expliqué qu'il n'avait pas encore pris sa décision concernant la prolongation de son séjour en terre d'Aubrac et qu'il était un peu prématuré de chercher un emploi.

Les paysages avaient changé. L'herbe avait jauni, les arbres du bosquet laissaient échapper leurs feuilles au moindre coup de vent. Les oiseaux ne s'attardaient plus comme aux beaux jours. La saison avançait.

Tout sentait la fin de l'estive et d'une aventure pleine d'expériences pour un Méridional de Macassargues !

Épilogue

UN MATIN, un char muni de montants se présenta au buron. Pierre Anglade, accompagné du marchand de fromage qui était déjà venu chercher des fourmes au cœur de l'été, en descendit.

Après avoir salué tous les montanhièrs alignés devant l'entrée de la bâtisse, comme pour une inspection, il laissa le marchand parler :

— Je suis revenu avec votre patron pour acheter votre production. Celle du mois de juillet était excellente et je n'ai pas voulu rater celle-ci.

Le cantalès, le patron et l'acheteur allèrent dans la cave à fromage. Muni d'une sonde, ce dernier testa quelques tomes.

— Je ne me suis pas trompé. Votre équipe a sacrément bien bossé. Je prends la totalité du lot.

Pierre et Louis se regardèrent avec satisfaction.

Les trois hommes revinrent jusqu'à la charrette pour se saisir de la balance romaine qui allait leur servir à peser chaque unité. Avec l'aide des autres buronniers, le pesage pouvait commencer.

Chaque pièce de fromage était enveloppée dans un sac de toile, sortie à l'air libre, posée sur le plateau de la balance. Après chaque opération, le marchand gravait sur la croûte le poids exact avant que le fromage ne soit placé dans un grand panier individuel muni de deux anses et garni de paille pour le transporter sans détérioration.

Les hommes virent la production de leur travail quotidien partir vers des horizons nouveaux, dans le halo d'un soleil rasant automnal essayant de réchauffer les pâturages encore recouverts d'une fine couche de gelée blanche.

Le fruit de leur labeur estival irait garnir les tables des gourmets de toutes les villes de la région, d'Aurillac à Toulouse, de Clermont-Ferrand à Millau et de Lyon à Rodez, sans oublier celles du midi de la France, de Paris ou même d'Algérie, le produit qu'ils avaient fabriqué avec tout l'amour de leur passion étant un des seuls à supporter la traversée de la Méditerranée en bateau.

* *
*

Les derniers jours de l'estive furent marqués par les rangements divers et la préparation du retour des bêtes vers leur villégiature hivernale.

Le 13 octobre au matin, jour où l'on fête Géraud, saint patron de l'Auvergne, une agitation un peu particulière anima le buron.

La dernière traite effectuée, Sylvain fut mis à contribution pour surveiller un peu plus qu'à l'accoutumée les vaches. Plusieurs d'entre elles sentant le retour proche n'auraient pas hésité à se mettre en route d'elles-mêmes pour le vallon. Il fallait donc éviter qu'elles n'entament, seules, la descente.

Au moment où la gèrla arrivait au masuc, Pierre Anglade arriva avec la charrette attelée avec les deux bœufs qui avaient fait la montée. Lorsqu'il posa le pied à terre, il souleva la bâche. Chacun découvrit les sonnailles qui n'avaient pas été utilisées au mois de mai, suite au décès de Paul.

— Je ne sais pas ce que vous désirez faire. Je vous avais demandé de ne pas les utiliser suite à la mort de mon frère. Aujourd'hui, je suis en deuil de ma fille. Je les ai apportées avec moi. Je vous laisse le soin de décider si vous voulez les mettre autour du cou des vaches ou pas.

Le silence qui s'installa marqua la gêne que chacun éprouvait face à cette situation. Si tous voulaient marquer cette journée très particulière de la fin de l'estive d'une manière joyeuse, ils avaient également la volonté de rendre hommage à la fille de leur patron et donc de poursuivre le deuil qu'ils avaient porté cent quarante-deux jours plus tôt.

Ce fut Armand qui prit tout le monde de court :

— Je pense qu'il faut les mettre. Vous avez refusé à votre fille le bonheur de la laisser monter avec nous le 25 mai, offrez-lui au moins la possibilité d'entendre, du haut de son paradis, les tintements qu'elle aurait appréciés ce jour-là.

Les yeux de Pierre s'embuèrent.

— Je pense que leur mère sera heureuse d'entendre les tintements à l'arrivée du troupeau à la ferme. Tu as raison, Armand ! Tu es vraiment un sacré personnage. Il faut savoir rebondir à chacune de nos peines.

En moins de temps qu'il ne faut pour le dire, les bestiaux furent équipés de leurs apparats festifs qui les excitèrent. Les dernières bêtes encore réticentes avaient compris : le départ était annoncé !

Avant de commencer la descente, le char fut chargé de tous les ustensiles qui ne restaient pas sur place et des derniers fromages qui avaient été emballés dans les couvertures des buronniers pour éviter qu'ils ne prennent l'air.

Lorsque tout fut prêt, Pierre réunit tous les hommes, sans exception, dans la salle commune où ils avaient partagé leur existence pendant de longues semaines. Le moment le plus important arrivait : la paye.

Le patron appela en premier Sylvain à qui il remit la somme qui lui revenait. Le premier fruit de son travail. Sa fierté se remarqua. Milou en avait cinquante pour cent de plus, Gilbert et Armand un peu moins du double et Louis doublait largement la somme remise à son fils.

Les parcs étaient rangés, le char chargé, les vaches équipées, la descente pouvait débuter.

Le cantalès remit la clé du buron à son patron. Celui-ci en verrouilla la porte clôturant derrière elle tout un pan de vie de cette montagne, comme à chaque fin de saison.

Ce soir-là, sur l'Aubrac il n'y aurait plus de bêtes et encore moins de montanhièrs. Le calme de la nature avait repris ses droits millénaires.

* *
*

Si l'ambition d'Armand était que son nom ne soit plus synonyme de poltronnerie, beaucoup de personnes l'aidèrent dans sa tâche, chacun avec ses moyens.

Le prêtre de Marchastel se fendit d'un sermon sur la tolérance et sur les dégâts que pouvaient occasionner les préjugés. Monté en chaire, il évoqua la parole des Évangiles :

— Il faut éviter de se faire une idée fausse sur des *a priori*, des idées reçues. Saint Jean nous dit : « Ne jugez pas selon l'apparence, mais jugez selon la justice. » Réfléchissez à ces paroles !

Si des paroissiens ne saisirent pas cette allusion, Jeanne, la servante d'Alphonse, pour une fois présente à la messe, comprit l'insinuation du curé.

Lorsque Armand revint à la ferme de la famille Anglade, il reprit sa place autour de la table familiale. Pascaline apprécia cette présence d'une personne plus jeune.

Au bout de quelques semaines, Armand vint trouver son patron.

— Je voulais vous annoncer mon intention de vous quitter.

Face au visage décomposé de Pierre, il s'expliqua :

— Je suis venu sur ces terres parce que je voulais me cacher. Aujourd'hui, je n'en ai plus besoin. Je vais repartir dans la plaine retrouver les miens qui ont besoin de moi. Je vous assure que j'ai pris un réel plaisir de travailler pour vous...

— Nous aussi, coupa Pierre. Je te l'ai déjà dit, mais je veux te le répéter. Tu es quelqu'un de très bien. Je vois que ta décision est prise, mais je veux que tu saches que si tu veux rester avec nous, tu peux. Tu fais partie de la famille. En plus, je n'ai plus personne à qui léguer ce que nous possédons et avons accumulé au fil des années. Alors si l'envie te prend de revenir vivre ici, n'hésite pas. Mais sache que la vie est courte et que si tu attends trop longtemps, nous ne serons plus là pour t'accueillir.

Armand le remercia de cette marque de sympathie, mais refusa. Sa famille l'attendait dans la plaine.

Quelques jours plus tard, Pascaline et Pierre allèrent se recueillir sur la tombe de Cécile. Quelle ne fut pas leur surprise de trouver un bouquet de fleurs fraîchement placé sur le monticule de terre par une main inconnue.

Alors que Pascaline se demandait qui avait bien pu les déposer, Pierre regarda sa femme.

— Ne cherche pas à comprendre. La personne qui les a mises ici devait aimer notre fille autant sinon plus que nous. En tout cas, pas de la même manière ! Il y a des garçons qui ne courent pas après les dots des filles qu'ils espèrent épouser...

* *
*

Lorsqu'il prit la route du retour, au début du mois de novembre, Armand fit une halte à Marchastel pour remercier Jeanne de son implication dans la recherche de la vérité sur sa famille.

Au moment où il quittait la ferme familiale du hameau de Rieutort, quelques flocons se mirent à virevolter. L'hiver s'installait sur le plateau de l'Aubrac.

L'estive que venait de vivre Armand avait été marquée par des événements totalement inattendus, des moments d'une telle tristesse que les souvenirs auraient beaucoup de mal à s'effacer du cœur de certains. Cette estive reflétait également l'histoire commune et attachante de tous ces hommes qui gravaient, jour après jour, saison après saison, la vie de cette région dans la mémoire collective.

Cette aventure avait exercé une influence toute particulière dans l'esprit d'Armand. Il se rappela les paroles du curé de Marchastel lorsqu'il était arrivé : « Ce sont les gens qui voyagent qui ont une meilleure compréhension de la vie. »

La leçon était belle et ses conséquences insoupçonnées.

Gajan (Gard),
le 18 octobre 2020.

Sources bibliographiques

Livres :
BLANCHET Pierre, *Zou, boulégan !*, Christine Bonneton Éditeur, 2000.
BRUGÈS Daniel, CHESSEL Mathieu, *L'Âme du Cantal*, Éditions De Borée, 2017.
CROZES Daniel, SOISSONS Pierre, *L'Aveyron*, Éditions du Rouergue, 2015.
DOMERGUE René, *Le Parler méridional en pays de Nîmes… et bien au-delà*, 2 tomes, 2014 et 2018.
FOURNIER Paul, PALLIER Patricia, *142 jours dans un masuc de l'Aubrac*, Grelh Roergàs, 4e édition, 2019.
LAJOUX Jean-Dominique, *Aubrac, des racines et des hommes*, Delachaux et Niestlé, 2014.
RATONNAT Jean-François, *La Vie d'autrefois en Aveyron*, Éditions Sud-Ouest, 1999.

Revues :
Terres d'Aubrac – Le magazine qui explore l'Aubrac, hors-séries du *Bulletin d'Espalion*, de 2013 à 2019.
Connaissance du Pays d'Oc, « La transhumance en Aubrac », n° 24, mars/avril 1977 ; « Les buronniers de l'Aubrac », n° 81, avril 1988.

Chemin faisant en Languedoc-Roussillon, Éditions de La Saladelle, « Pierrounet, rebouteux à Nasbinals », Isabelle Bonnet, n° 19, février 2001.
Massif central, « Le Paris des petites mains auvergnates », François Desnoyers, n° 134, printemps 2020.

Divers sites Internet :
> Sur le tirage au sort pour le service militaire :
https://wikicollection.fr/?p=15164
https://www.histoire-genealogie.com/Les-etapes-de-l-appel-des-classes-deuxieme-etape-le-tirage-au-sort

> Recette de la fouace :
https://www.cuisinealafrancaise.com/fr/recettes/desserts-et-boulangerie/gateaux-cremes-entremets/fouace-aveyronnaise

> Sur les bancels :
http://www.etymologie-occitane.fr/2011/07/bancel-bancal

Table des matières

Si vous désirez faire un commentaire à l'auteur,
il sera heureux d'y répondre :

alain.delage9@sfr.fr

Imprimé en France
Dépôt légal : août 2021
ISBN : 978-2-8129-2723-2
ISSN : 1769-1788
www.deboree.com
livres@centrefrance.com

Achevé d'imprimer en mai 2021
sur les presses de la Source d'Or
63200 Riom
Numéro d'impression : 104832